SENSE
AND
SENSIBILITY

———— · ————

JANE AUSTEN

理 智 与 情 感

〔英〕简·奥斯汀———— 著   汪洋———— 译

天津出版传媒集团

天津人民出版社

目录

Volume 1

Chapter 1

达什伍德家族已经在萨塞克斯郡[1]定居多年。他们在这里置下了大片田产，府邸就位于田产中心的诺兰庄园。这家人世世代代过着体面的日子，赢得了邻里乡亲的称赞。已故庄园主是个单身汉，活到耄耋高龄。他在世时，一位妹妹常年陪伴在身边，替他打理家务。没想到妹妹先他十年离世，导致府上发生大变。为了填补妹妹亡故的缺憾，他将侄儿亨利·达什伍德一家接来同住。这个侄儿是诺兰庄园的法定继承人，老庄园主也打算百年之后将家业传给他。有了侄儿、侄媳及其子女的陪伴，老庄园主最后几年过得十分舒心，也越来越依恋他们。亨利·达什伍德夫妇对老庄园主总是有求必应，让他尽享天伦之乐。这番孝心并不仅仅是出于利益考量，也是他们的善良本性使然。此外，孩子们的欢声笑语也为老庄园主的生活平添了不少乐趣。

---

1. 萨塞克斯郡位于英格兰东南部。

亨利·达什伍德先生同前妻生了一个儿子，同现任太太生了三个女儿。达什伍德先生的儿子是一名行事稳重，受人尊敬的年轻人。他母亲给他留下一大笔遗产，确保他衣食无忧。成年之后，一半的遗产都交给了他。不久后因为结婚，他又增添了一笔财产[1]。所以对他来说，父亲能否继承诺兰庄园，远没有对三个妹妹那样重要。如果父亲无法继承，那妹妹们能得到的财产将少得可怜。她们的母亲一无所有，父亲能留下的也只有区区七千英镑。至于达什伍德先生前妻的另一半遗产，最终也是要传给她儿子的，达什伍德先生只是拥有终身受益权[2]罢了。

老庄园主去世了。遗嘱宣读后发现，同几乎所有遗嘱一样，这份也是让人喜忧参半。老庄园主既没有罔顾公平，也没有忘恩负义，确实把田产传给了侄儿。不过，这份遗嘱是附有条件的，所以价值就丧失了一半。达什伍德先生之所以希望得到这笔遗产，本不是为自己或儿子着想，而是要给妻女留点家底。可是遗嘱规定，将来田产必须完整地传给他的儿子，然后再传给他的孙子——小家伙当时才四岁。如此一来，达什伍德先生便无权变卖田产，或者变卖田产中的珍贵树木，去供养那些最亲近、最需要帮助的家人。为了维护那个孩子的利益，整个家产都被冻结起来。其实，那孩子也只是随父母来过诺兰庄园几次，跟其他两三岁的小孩相比，并无任何出众之处——同样是口齿不清，性情倔强，喜欢恶作剧，还总是吵闹个没完——但却博得了老人的欢心。相形之下，侄媳妇和她三个女儿多年来对老庄园主无微不至的照顾，倒似乎没那么重要了。不过，老人家也不想做得太刻薄，为了表示对三个姑娘的喜爱，他给她们每人留了一千英镑。

达什伍德先生起初极为失望。好在他天性乐观开朗，满以为自

---

1. 指嫁妆。
2. 受益人在世时可以享受遗产收益的权利。该权利不得出卖或赠予。受益人过世之后，受益权不得被继承，而是回归遗产所有人。

己还能活上好多年，既然手里握着这么大一份田产，只要马上改善经营，勤俭持家，就能从田产收益中存下一大笔钱。然而，这份姗姗来迟的财富才到手一年，他便随叔父而去，一命归西了，留给太太和三个女儿的财产，算上叔父给她们的在内，总共不过一万英镑。

看他病情危笃，家人把他儿子找了过来。达什伍德先生强撑病体，用尽最后的力气，急切地叮嘱儿子，务必照顾好继母和三个妹妹。

约翰·达什伍德先生并不像其他家人那样重感情，但此时此刻，受到父亲如此重托，他还是被打动了，答应父亲一定竭尽所能让继母和妹妹们生活舒适。听到这番许诺，做父亲的终于安然长逝。此后约翰·达什伍德先生才得空思考，在自己能力范围内，到底帮到继母和妹妹们什么程度才算精明。

这个年轻人其实心眼并不坏，除非你把冷漠和自私定义为坏心眼。总的说来，他很受人尊敬，因为他在日常事务上能尽职尽责，循规蹈矩。如果娶了个和善些的女人，也许会比现在更受人尊敬，甚至自己也会变得和善起来。可惜他结婚时太年轻，对妻子又太过宠爱。而约翰·达什伍德太太同他本人惊人地气味相投，甚至更加心胸狭隘、自私自利。

对父亲做出承诺时，他在心里暗想，要给妹妹们每人再补贴一千英镑。他当时确实觉得，这是自己力所能及的。除了目前的收入和母亲留下的另一半遗产之外，还有望每年再添四千英镑的收入。想到这点，他就不禁心中一暖，感觉自己有能力慷慨助人。"对，我可以给她们三千英镑，这样才够大方！足以让她们无忧无虑地过日子了。三千英镑！我可以毫不费劲地省出这一大笔钱！"他成天想着这件事，接连想了好多天，从没反悔过。

公公的葬礼刚结束，约翰·达什伍德太太便带着孩子和仆从来到庄园，事先也没打过招呼。没有人可以指责她这样做。公公一过世，这座房子便是她丈夫的了。不过，此举实在太失分寸。用常理去揣度，任何一位处于达什伍德太太[1]这个位置上的女人，都会对儿媳的举止十分不满。更何况，达什伍德太太自尊心特别强，又慷慨得不切实际，对于这种行为，不管是谁干的，或者是对谁干的，她都会深恶痛绝。约翰·达什伍德太太从来没得到过丈夫家人的喜爱，不过直到这时，她才有机会让她们明白，只要有必要，她便可以毫不顾忌旁人的感受。

达什伍德太太对这种蛮横无理的行为大为光火，因此也对儿媳厌恶透顶。后者一进门，她就恨不得立即离开这个家，再也不回来。不过，在大女儿的再三恳求下，她认识到这样一走了之有失妥当。后来，出于对三个女儿的爱怜，她决定留下来。看在她们的面子上，她才没有跟她们的哥哥翻脸。

大女儿埃莉诺对母亲的劝告颇为有效。她向来头脑清楚，遇事冷静，虽然只有十九岁，却已经是母亲的参谋。达什伍德太太性情急躁，行为难免鲁莽，多亏埃莉诺识大体，常常出面调解。她心地善良，性情温柔，感情强烈，但她懂得如何控制情绪——在这一点上，她母亲还需多多学习，而她的一个妹妹却是决心永远也不学。

二女儿玛丽安的才能从各方面都可与姐姐埃莉诺媲美。她聪明懂事，只是做什么都毛毛躁躁。无论是伤心还是高兴，她都不懂得节制。她大方、可爱，也很风趣，就是沉不住气。她同她母亲简直是一个模子刻出来的。

埃莉诺见妹妹如此感情用事，自然有些担心。但这在达什伍德太太看来，却是难能可贵的优点。母亲和玛丽安用极度哀伤的情绪感染着彼此。她们起初都悲痛得难以自持，过段时间又会主动去想伤心事，然后悲从中来，如此一再反复。她们放任自己沉浸在悲伤之中，越想越伤心，而且打定主意不再听人劝慰。埃莉诺也非常伤

---

1. 文中提到"达什伍德太太"时，指的是亨利·达什伍德的遗孀，而非其儿媳。

心，但她还能苦苦支撑，努力振作。她遇事同哥哥商量，嫂嫂来了之后也以礼相待，照顾得体。她还尽量劝母亲像自己一样打起精神，凡事多忍让。

小妹玛格丽特是个好脾气的乖丫头。不过，她已经习染了不少玛丽安的浪漫气质，却又不如玛丽安那么聪明，在十三岁的年纪，还看不出长大后是否赶得上两位姐姐。

Chapter 2

约翰·达什伍德太太如今成了诺兰庄园的女主人，她的婆婆和小姑子们则落得寄人篱下的境地。不过，主客关系互换之后，她对她们便悄悄客气起来。而她的丈夫待她们也礼貌有加——除了对自己和自己的老婆孩子之外，他对别人充其量也只能好到这个地步。他确实带着几分真诚地请她们把诺兰庄园当作自己家。达什伍德太太一时也没能在附近找到合适的房子容身，无奈之下，只得接受邀请，继续留在那里。

待在这个一花一草都能让她回忆起旧日快乐时光的地方，可以说正合达什伍德太太的心意。每当她高兴的时候，谁都没有她那样开心、那样乐观地期待着幸福来临，仿佛期待本身就是一种幸福。不过一旦伤心起来，她也同样会胡思乱想，悲伤得无法自拔，正如快乐时不能自已一样。

约翰·达什伍德太太完全不赞成丈夫打算资助三个妹妹的想法。从他们亲爱的小宝贝的财产中夺走三千英镑，这会把他弄成穷光蛋的。她请求丈夫务必重新考虑此事。剥夺自己的孩子，而且是唯一的孩子这么一大笔钱，当父亲的于心何忍？达什伍德小姐们只是他同父异母的妹妹，这在她看来完全算不上什么亲戚，她们有什么权利接受他如此慷慨的资助？众所周知，同父异母的子女之间从来不存在什么真感情，那他为什么要给同父异母的妹妹们这么一大笔钱，毁掉自己和他们可怜的小哈里呢？

"这是我父亲的临终嘱托，"她的丈夫答道，"要我帮助寡母和妹妹们。"

"我敢说，他当时根本不知道自己在讲什么，十有八九是神志不清了。要是他头脑还清醒的话，就绝对不会冒出如此荒谬的念头，竟然让你把自己孩子的财产送出去一半。"

"他倒没有规定具体数目，亲爱的范妮。他只是笼统地请求我帮助她们，让她们生活得更舒适——比他能给她们提供的条件更好点。或许，他把这件事全交给我处置更好。他总不至于觉得我会不管她们吧。但他要我许诺，我只好答应下来，至少当时我是这么想的。所以我做出了许诺，而且还必须兑现。不管她们何时离开诺兰庄园，去别处安家，我们总得帮她们一把。"

"那就帮她们一把好了。不过，帮一把可用不着出三千英镑呀。你想想，"她接着道，"一旦这笔钱给了她们，就再也收不回来了。你的妹妹们会嫁人，到时候钱可就永远落入别人的口袋了。如果这钱能重回我们可怜的儿子手里……"

"哎呀，那当然会大不一样。"她丈夫一本正经地答道，"总有一天，哈里会怨恨我们把这么大一笔钱给了外人。要是他将来有一大家子要养，这笔钱可是会派上大用场。"

"那还用说。"

"既然如此，那不如减半，这样对大家或许都有好处。给她们每人五百英镑，这也大大增加了她们的财产啊。"

"噢！那当然是很大一笔钱！世上哪个当哥哥的对妹妹能有你一半好？就算是对亲妹妹也做不到！更何况她们只是你同父异母的妹妹！你真是太慷慨大方了！"

"我可不想表现得小家子气。"他回答说，"遇到这种情况，你宁可过分慷慨，也不能太吝啬。至少谁也不会觉得我亏待了她们。就算她们自己，也不会指望从我这里得到更多了。"

"天晓得她们想要多少。"太太说道，"但我们用不着去管她们有什么指望。问题在于，你能拿出多少给她们。"

"那是当然。我想，给她们每人五百英镑，这我还拿得出。就算我不给她们这份补贴，她们的母亲过世之后，每人也能拿到三千多英镑。对任何一个姑娘来说，这都是一笔巨款啦。"

"这还用说。我看啊，她们真的不需要你再额外给钱。她们有一万英镑可分。倘若结了婚，她们的日子肯定会相当富足。就算嫁不出去，靠这一万英镑的利息，她们住在一起也能生活得很舒服。"

"没错。所以我又在想，整体而言，趁她们母亲在世时给她补贴，会不会比给她女儿更可取呢？我是说，给她点年金之类的。这样一来，妹妹们和她们的母亲都能受惠。一年给个一百英镑，管保她们心满意足。"

但他的妻子犹豫了一会儿，没有马上同意这个计划。

"当然，"她说，"这比一次掏给她们一千五百英镑好。不过，要是达什伍德太太活上十五年，我们可就上了大当了。"

"十五年！我亲爱的范妮，她连十五年的一半都活不到。"

"肯定活不到。不过，如果你留心就会发现，人一旦有年金可拿，就总能活很久。她还壮实健康得很呢，四十岁都不到。给年金可是件了不得的事，必须一年接一年不停地给，到时候你想不给都不行。你不知道这是怎么回事，我对年金有多麻烦可是一清二楚。当年我母亲遵照我父亲的遗嘱，每年都向三个老仆人支付退休金，这让她苦恼极了。退休金每年要支付两次，还得送到仆人手里，真是麻烦死了。后来听说有个仆人死了，结果发现并没有。我母亲简直烦得不行。她说，照这样没完没了地给下去，她连自己的收入都没法做主了。都怪我父亲太心狠，要不然，这些钱还不是全由我母亲自由支配，想怎么用就怎么用。所以我恨透了年金，要叫我给谁付年金的话，我是无论如何也不会答应的。"

"这当然让人很不舒服，"达什伍德先生回答说，"眼看着自己的收入一年年被人白白拿去。你母亲说得太对了，那财产就完全不由自己来支配。每到年金支付日，都得掏出一笔钱来，谁会不讨厌这样的事情呢？这把人的自由权都给剥夺了。"

"这是当然的。况且，你这样付出，还不讨好。到时候她们觉得这笔钱到期就该领，不会少一分；而你也不会多给，她们怎么会心存感激呢？要换了我是你，不管我做什么，肯定要自己来决定。我不会昏了头，去许诺给她们年金。总有些年头，你会发现省下一百英镑，甚至五十英镑来给她们，都是非常困难的事情。"

"我想你是正确的，亲爱的，安排给年金确实不妥。我不时地接济她们一下，肯定好过给她们年金，因为一旦觉得自己会到手更多的钱，她们就会大手大脚地花钱，到年底就连一块六便士硬币[1]都拿不出来。这样肯定是最好的办法。不定期地给她们五十英镑，她们就不会因为手头缺钱而苦恼，而我也充分履行了对父亲的承诺。"

"那是当然。真的，说实话，我心里总觉得，你父亲当时并不是想让你给她们钱。我敢说，他所谓的帮助，不过是叫你合乎情理地帮点忙。比如说，帮她们找一座舒适的小房子，搬家的时候搭把手，时令到了就送她们些鲜鱼和野味什么的。我愿拿性命担保，你父亲就是指的这些。说真的，要是他还有些别的什么想法，那不是

1.英国面值最低的硬币。

太奇怪、太有悖常理了吗？我亲爱的达什伍德先生[1]，好好想想吧，你的继母和她的女儿们靠着那七千英镑得来的利息，能过上多么舒服惬意的日子。况且，每个女儿都有一千英镑，每年能给每人带来五十英镑的收益。当然，她们得从中拿一部分给母亲当伙食费。四个女人合起来，每年有五百英镑的收入。就四个女人，难道这笔钱还嫌少？她们过日子压根儿用不了多少钱！完全没有什么家务开支。没有马车，不用养马，也没有仆人。不跟外人来往，这方面的开销根本不存在！想想她们的生活有多舒心吧！一年五百英镑啊！我简直无法想象她们能花掉一半。至于你打算再给她们补贴些钱，这个想法可真是荒唐。她们倒是有能力给你点钱。"

"确实，"达什伍德先生说，"我觉得你说得完全正确。父亲要求我做的，肯定只是你说的那些事。我现在完全明白了。我会严格履行我的诺言，按你说的办，给她们帮点忙，尽点心意。等继母搬家时，一定尽心尽力帮她安顿好。到时我还会送她们些家具之类的小礼物。"

"当然了。"约翰·达什伍德太太回答说，"不过，可别忘了一件事。你父亲和继母搬到诺兰庄园来的时候，虽然把斯坦希尔那边的家具都卖了，但所有瓷器、银盘子和亚麻布都还留着呢。现在这些东西都落到你继母手里了。搬家之后，她屋里几乎马上就能摆得满满当当的。"

"你考虑得真周到。那些东西确实是传家宝啊！有些餐具如果能留在这儿给我们用，那就太美了。"

"是啊，那套早餐瓷器就比我们家现在用的漂亮多了。我看是太漂亮了，根本不适合放在她们租得起的那种地方。不过，事情已经这样，我们也没办法。你父亲光想着她们。我必须说：你不用觉得自

---

1. 当时英国夫妻通常都用正式称谓称呼对方。

己欠父亲的情，也不用去理会他的遗愿，因为我们心里跟明镜似的，但凡他做得到，是绝对会把所有财产都留给她们的。"

这番话具有无法抗拒的说服力。如果达什伍德先生之前还有些犹豫不决的话，听完这话就铁了心了。最后，他决定就按妻子说的办，对父亲的遗孀和女儿们所尽的心意，就跟对邻居那般就够了。若是对她们更好些，即便算不上多么失礼，也绝对是不必要的。

Chapter 3

达什伍德太太又在诺兰庄园住了几个月。倒不是因为她不愿搬走。有段时间，这座庄园里每一处熟悉的地方都让她激动，但现在她不会触景生情了。她已经重新振作，不再沉湎于忧伤的往事徒增痛苦，开始能思考别的问题了，于是她急切地想要离开这里，不知疲倦地到处打听诺兰庄园附近哪里有适合的房子。她对诺兰庄园仍然十分留恋，所以不可能搬得太远。不过，她一直没找到一座同时满足她和她大女儿要求的房子。她自己觉得房子一定要舒适安逸，大女儿在做判断时则谨慎许多。因此，做母亲的倒是看中好几个地方，可大女儿却固执得很，偏认为那些房子都太大住不起，只好作罢。

达什伍德太太听丈夫说过，他儿子是郑重承诺要照顾她们母女的。弥留之际听到儿子这番许诺，丈夫才算了了最后一桩心愿。她跟丈夫一样，对儿子的真诚深信不疑。为女儿的利益着想，她觉得这样的结果非常令人满意。至于她自己，别说七千英镑，就算财产更少些，也能过得相当富足。他们的哥哥心眼这么好，她由衷地感到高兴。一想到之前还以为当哥哥的会一毛不拔，她便责怪起自己的小人之心。他对自己这个继母和几个妹妹都非常照顾，这足以让达什伍德太太相信，他真的关心三个妹妹的幸福。在很长一段时间里，她都对他的慷慨大方深信不疑。

而对自己的儿媳，达什伍德太太从一开始就不大瞧得起。如今在儿媳家又住了半年，加深了对她性格的了解，便更加鄙视她的为人。尽管当婆婆的对儿媳以礼相待，用母爱去关怀对方，但婆媳俩仍旧很难相处。如果不是中间发生了一件事，达什伍德太太也许早就搬走了。在达什伍德太太看来，这件事发生后，她的女儿们就更有资格留在诺兰庄园了。

这件事便是，她的大女儿埃莉诺和约翰·达什伍德太太的弟弟之间渐生情愫。这个年轻人举止优雅，惹人喜爱。他姐姐住进诺兰庄园后不久，就介绍他与母女四人认识了。此后，他的大部分时间都在那里度过。

出于利益考虑，有些当母亲的或许会鼓励这种亲密关系的发展，毕竟爱德华·费拉斯是一位已故财主的长子。不过，有些当母亲的或许会谨慎行事，阻止这段感情，因为除了一笔少得可怜的资产，爱德华的所有财富都取决于自己母亲的遗嘱。可达什伍德太太对以上两种情况都不予考虑。对她来说，只要爱德华看起来温柔亲切，爱她女儿，而埃莉诺也爱他，那就够了。由于财产上的差异而拆散一对情投意合的恋人，这与她的观念背道而驰。而且她觉得，任何认识埃莉诺的人都不可能意识不到女儿的优点。

爱德华·费拉斯之所以赢得了她们的好感，倒不是因为他仪表不凡，谈吐出众。他的外表并不英俊，只有与他相熟的人才会觉得他的举止风度讨人喜欢。他太缺乏自信，这样就更加无法凸显优点了。不过，克服了天生的羞怯后，他的一举一动就显得坦率、热情多了。他的理解力原本就很强，良好的教育越发增进了他的智力水平。然而，无论是才能还是性格，他似乎都不能让母亲和姐姐满意。她们渴望看到他出人头地，当上个——她们也说不出具体当上个什么。她们想让他无论如何都要在这世上出类拔萃。他母亲希望他对政治感兴趣，从而进入议会；或是看到他结交当世名流。约翰·达什伍德太太也对弟弟抱有同样的期待，但在他得享这无上的幸福之前，能看到弟弟驾上一辆带折叠篷的四轮四座大马车，她就心满意足了。可爱德华偏偏对结交大人物或者驾上大马车不感兴趣。他一心追求的只是安逸的家庭和平静的生活。幸运的是，他有个比他有出息的弟弟。

爱德华在庄园逗留了几个星期，才引起达什伍德太太的注意。那阵子她太过悲痛，对周围的一切毫不关心。她只是觉得这个年轻人文文静静，谨慎低调，于是对他产生好感。他从不用不合时宜的谈话去触碰她内心的痛苦。埃莉诺某天无意中跟母亲提起，爱德华同他姐姐不是一路人，这话让达什伍德太太开始进一步观察并认可这个年轻人。因为拿他们姐弟做对比极具说服力，令达什伍德太太对他好感倍增。

"这就够了，"她说，"只要他不像范妮那样就够了。这就说明他是个厚道可亲的好人。我已经爱上他了。"

"我想，等你更了解他，"埃莉诺说，"你会喜欢上他的。"

"喜欢他！"她母亲微笑着说，"这孩子深得我心，这感情只能是'爱'。"

"你会尊敬他。"

"我从来不知道怎么把'敬'和'爱'分开。"

达什伍德太太之后便想方设法接近爱德华。她态度和蔼，很快就使他不再拘谨。她迅速摸清了他的所有优点。她相信爱德华是爱慕埃莉诺的，或许正因为如此，她才能洞察他的方方面面。但她确信他是个品德高尚的人。他那文静的个性，原本同她对年轻人举止谈吐的既定看法相冲突，但在了解到他是位热心肠、好脾气的绅士之后，就不再觉得令人讨厌了。

一察觉到爱德华对埃莉诺有爱慕的表示，她便认定他们已经真心相爱，盼望着他们很快就能喜结连理。

"再过几个月，亲爱的玛丽安，"她说，"埃莉诺的终身大事差不多就要定下来了。我们会想念她的，不过她一定会生活得很幸福。"

"噢！妈妈，要是没有了她，我们可怎么过啊？"

"亲爱的，这几乎算不上分离。我们和她住的地方只相隔几英里，天天都可以见面。你会多一位兄长，一位真正的、有情有义的兄长。我看啊，这世上再没有比爱德华更好心肠的人了。你干吗板着脸啊，玛丽安？难道你不赞成姐姐的选择吗？"

"也许是吧，"玛丽安说，"我觉得有点意外。爱德华性格温和可亲，我也很喜爱他。不过，他不是那种年轻人——他的身上总是少了点什么——他的模样没那么好看。我觉得，他不具备那种可以吸引我姐姐的魅力。他的双眼缺乏神采和热情，从中看不出美德与才华。除此之外，妈妈，我还怀疑他没有真正的审美能力。音乐似乎根本无法吸引他。虽然他十分欣赏埃莉诺的绘画，但他并不理解那些画的价值。尽管埃莉诺作画时他总是凑到跟前，可他对绘画明显一窍不通。他对姐姐的称赞只是出于情人的爱慕，而不是行家的赏识。能让我满意的人，必须既爱我又懂我。跟一个品位爱好与我不合拍的人在一起，我是绝不会快乐的。他必须与我情投意合——我们必须爱读一样的书，爱听一样的音乐。噢，妈妈，爱德华昨晚给我们朗诵的样子是多么沉闷乏味！我真的很同情姐姐，可她自己却表现得那么冷静，就像完全没留意到这些似的。我都快坐不住了。那些常常令我激动不已的诗句，他念起来却是那么平淡，那么冷漠！"

"让他朗诵简洁优雅的散文的话，他的表现肯定会更好。我当时就是这么想的，可你却偏要让他念古柏[1]的诗。"

"得了吧，妈妈，如果连古柏的诗都无法点燃他的激情，那他还能读什么！不过我们也必须承认，各人有各人的品位。埃莉诺的感情没有我这样强烈，所以才对他的缺陷视而不见，觉得跟他在一起也挺幸福。可是，如果爱他的人是我，听到他如此毫无感情地念诗，我的心肯定会碎一地的。妈妈，我越了解这世界，就越觉得我永远也遇不到值得我付出真爱的男子。我的要求太多了！他必须具备爱德华的所有美德，同时还风度翩翩，仪表迷人，为其美德增光添彩才行。"

"别忘了，亲爱的，你还没到十七岁呢。现在就对幸福失去信心，未免太早了。你怎么会不如你母亲幸运呢？玛丽安，但愿你的命运同我的只会在一点上不同[2]！"

Chapter 4

"真是可惜，埃莉诺，"玛丽安说，"爱德华竟然对绘画没兴趣。"

"对绘画没兴趣？！"埃莉诺反问道，"你怎么会这样想呢？没错，他自己确实不会画，可他非常喜欢看别人作画，而且我可以保证，他绝不缺乏鉴赏绘画的天赋，只是没有机会深造。要是他学过的话，我想，一定会画得很好。他不相信自己在这方面的鉴赏力，所以

1. 威廉·古柏（1731—1800），英国浪漫主义诗人。
2. 达什伍德太太希望玛丽安不要像她一样过早地承受丧夫之痛。

总是不愿意对画作发表意见。不过，他具有一种与生俱来的得体而纯朴的趣味，所以总的来说，他的看法都相当准确。"

玛丽安担心惹恼姐姐，便不再往下说了。埃莉诺刚才说他会赞赏别人的绘画，但这种赞赏还远没有达到痴狂的程度；而在玛丽安看来，只有达到痴狂的程度，才称得上是真正具有鉴赏力。虽然姐姐的错误让她暗自发笑，但她又很佩服姐姐对爱德华的盲目偏爱，正是这种偏爱使姐姐犯下了那样的错误。

"我希望，玛丽安，"埃莉诺接着道，"你不会认为他连一般的鉴赏力都没有。其实，我可以说你不会有那种想法，因为你待他十分热情。如果你真的那样看他，我想你肯定不会对他这么客气的。"

玛丽安简直不知说什么好。她无论如何都不想伤害姐姐的感情，但是又无法说些言不由衷的话。最后，她只好回答说："埃莉诺，如果我对他的赞赏与你对他优点的看法不尽相同，你可千万别生气。与你不一样，我没有那么多机会去评估他思想、爱好和趣味的细微倾向。但是，对他的美德和理智，我是极为钦佩的。我想他是我见过的最高尚和善的人了。"

"我敢肯定，"埃莉诺微笑着说，"这样的称赞，就连他最亲密的朋友听了也不会不满意。我想你是说不出比这更热情的赞美之词了。"

看到姐姐这么容易取悦，玛丽安也不禁乐了。

"说到他的理智和美德，"埃莉诺继续道，"我想，凡是常常见到他，能同他畅所欲言的人，都不会对此产生怀疑。他性格过于腼腆，大多数时候都默不作声，所以他卓越的见识和操守会一时无法显露。你很了解他，才能对他真实的优点予以公正的评价。至于你所说的他那些细微的倾向，由于某些特殊情况，你确实没我了解。他和我共处的时间很多，而你总是陪着母亲，沉浸在最伤心的往事里。我常常见到他，观察他的情绪反应，听取他在文学与鉴赏方面的见解。总之，我敢断言，他见识广博，酷爱读书，想象力丰富，观察事物准确到位，趣味高雅纯洁。跟他的举止和人品一样，你越是了解他，就越会发现他在各方面的能力都非常出色。最初接触时，你不会觉得他的谈吐多么出众，相貌也称不上俊朗。不过，一看到他那尤其善良的眼神，还有那和蔼可亲的表情，你对他的印象就会大大改观。现在我已经非常了解他，便觉得他其实相当英俊。或者说，至少算得上英俊吧。你怎么看呢，玛丽安？"

"埃莉诺，就算我现在不觉得他英俊，也会很快转变看法的。你要我爱他如爱自己的兄长，那我自然不会再从他脸上看到不足，就像我现在看不出他内心有什么缺陷一样。"

听了妹妹这话，埃莉诺心头一惊，后悔自己在说到爱德华时无意中流露出的热情。她觉得自己对爱德华的评价很高。她认为爱德华也是如此看她，但她现在还不够确定。只有自己有更大的把握之后，她才会认为玛丽安也真心相信他们之间的感情。她知道妹妹和母亲两人都是，上一刻冒出猜想，下一刻便信以为真。对她们来说，希望得到什么就等于可以盼到什么，可以盼到什么就等于注定得到什么。她试图将事实真相给妹妹解释清楚。

"我不想否认，"她说，"我对他的评价很高—— 我非常尊敬他，喜欢他。"

玛丽安突然怒不可遏。

"尊敬他！喜欢他！埃莉诺，你可真是冷酷无情！噢！你比冷酷无情更坏！你是怕羞，才不敢表达真实的想法吧。你要是再这样说话，我就马上离开这屋子。"

埃莉诺不禁笑了。"请原谅，"她说，"你放心，我这样轻描淡写地谈论我的感情，并没有要冒犯你的意思。你要相信，我的感情比我说的更强烈。总之，你要相信，我对他的感情，取决于他的优点是否可靠，取决于我对他钟情于我的猜测—— 或者说怀疑—— 是否成立，否则这种感情就是轻率而愚蠢的。但除此之外，你切不可相信。我现在还无法断定他对我的心意。有时候，这心意到底有几分是很难说清的。在彻底弄清他的感情之前，我不希望对事实妄加猜测，纵容自己对他的偏爱。我的这一想法，你应该不会觉得奇怪吧。在我心中，我没有——几乎没有怀疑过他对我有意。但除此之外，还有别的问题需要考虑。他现在还远不能独立自主。他的母亲到底是怎样一个人，我们完全不了解。可根据范妮偶尔谈到的她母亲的行为和观点来看，我们从不认为她是和蔼可亲的。如果爱德华要娶一个没什么财产、出身也不高贵的女人，必然会困难重重——如果他自己都不清楚这一点，那我就看错他了。"

玛丽安惊愕地发现，原来她母亲和她自己的想象远远超越了现实。

"原来你没有跟他订婚！"她说，"但你们马上会订的。这事推一下，倒有两个好处：一是我不会马上失去你；二是爱德华可以有更多的机会来提高自己对你的爱好的鉴赏能力，这对你们将来的幸福可是必不可少的。噢！要是他能被你的天赋所激发，也去学习画画，那该多么令人高兴啊。"

埃莉诺把自己的真实想法告诉了妹妹。她不像妹妹那样，把与爱德华相恋的事情想得那么顺遂。他有时候会无精打采，如果这不表示他对自己冷淡了的话，就说明他在为这段感情的未来深感忧虑。如果他只是怀疑埃莉诺对自己是否真心，大不了会坐立不安，不太可能总是为此垂头丧气。那么更合理的解释或许就是，他现在尚未独立，不允许放任自己的感情。埃莉诺知道，如果爱德华不严格走他母亲为他制定的上进之路，那他母亲既不会让他在家里过上安生日子，也根本不会允许他自己单独成家。清楚这一点后，埃莉诺就不可能不对他们的未来感到不安。她觉得他对自己的感情不会有什么结果，但她的母亲和妹妹却觉得她同爱德华的结合是板上钉钉的事。不，他们在一起的时间越长，他对她的感情就越是让人生疑。有时候，在那令人痛不欲生的几分钟里，她会认定他只不过把她当作朋友而已。

不过，无论他们之间的感情究竟发展到何种程度，被他姐姐察觉到之后，都足以令她坐立不安，同时越发粗暴无礼（这种情况更常见）。一有机会，她就会当面奚落婆婆，说自己的弟弟如何前程远大，说费拉斯太太一心要给两个儿子都寻门好亲事，说要是谁家的小姐胆敢引诱她弟弟，就绝不会有好下场。她说得那么露骨，以至于达什伍德太太既不能佯装不知情，也无法强行保持镇定。她鄙夷地回敬儿媳一句，接着便离开房间，决心无论有多不方便，花费有多大，都必须马上搬家，不能让亲爱的埃莉诺再受这种侮辱，一个星期也不行。

拿定主意之后，达什伍德太太收到一封信，信中的建议非常及时。她的一个亲戚——德文郡[1]的一位有钱有势的绅士——愿意将一幢小房子租给她们，租金也很便宜。信是这位绅士亲自写的，措辞真诚友善，表示愿意提供援助。他听说她正在寻觅住所，虽然他现在推荐的这座宅子不过是乡舍，但他向她保证，只要她觉得位置合适，他一定会按照她的需要尽力修缮。他详细介绍了这幢房子及其花园的情况之后，便恳切地请求她带上女儿，早日光临他的寓所巴顿庄园，这样她就可以亲自走走看看，以便决定与他的寓所同在一个教区的巴顿乡舍经过修缮之后是否合她的心意。看样子，他确实急切地想为她们提供住房。整封信的措辞都如此友好，达什伍德太太读了哪能不高兴！尤其是最近，遭受了近亲的冷酷对待，就更容易接受别人的好意。她不需要时间多想多问，读信时就下定决心。巴顿乡舍地处德文郡，远离萨塞克斯郡。哪怕是在几个小时前，仅这一个不利条件就足以抵消其可能具备的一切有利条件。而现在，这反倒

---

1. 德文郡位于英格兰西南部。

成了最可取之处。搬离诺兰庄园一带不再是不幸，反倒成了她的渴望。与其继续寄人篱下，受儿媳的窝囊气，离开无疑是一件幸事。虽然她深爱着诺兰庄园，但有儿媳这样的女人当家，永远离开这里所带来的痛苦，还是比在这里久居或者小住少得多。她立即提笔给约翰·米德尔顿爵士写信，感谢他的好意，并表示愿意接受他的建议。然后她急忙把两封信都拿给女儿们看，以便在发信之前征得她们的同意。

埃莉诺一向觉得，谨慎起见，还是搬得离诺兰庄园远些好，不要跟兄嫂同住一个屋檐下。基于这一点，她并没有反对母亲准备搬去德文郡的打算。从约翰爵士的来信看，那幢房子可能非常简陋，房租也非常低廉，这样她就更没有理由提出反对了。因此，尽管这并不是一个能令她向往的计划，尽管她也舍不得诺兰庄园一带，她还是没有阻拦母亲把那封接受建议的回信发出去。

Chapter 5

达什伍德太太将回信一发出，就喜不自胜地向儿子儿媳宣布，她已经找好房子，等做好所有迁居准备，她就不会再打扰他们了。约翰·达什伍德夫妇听到这个消息，不由得大吃一惊。约翰·达什伍德太太什么也没说，不过她丈夫还是客气地表示，希望继母不要搬到离诺兰庄园太远的地方。达什伍德太太则得意扬扬地回答，她将搬去德文郡。爱德华一听，连忙转向她，重复了一遍："德文郡！您真的要去那里？离这儿那么远！去德文郡什么地方？"不出达什伍德太太所料，他语气中带着惊讶和关切。她告知了具体地点：在埃克塞特[1]以北不到四英里的地方。

"那不过是一座乡舍，"她接着道，"不过我希望能在那里接待我的许多朋友。那座房子里再加一两个房间还是很容易的。如果我的朋友们能不嫌麻烦远道来看我，我一定会给他们安排住房的。"

最后，她非常客气地邀请约翰·达什伍德夫妇去巴顿乡舍做客，还向爱德华发出了更加热情的邀请。虽然她与儿媳的最近一次谈话让她下定决心，除非万不得已，绝不在诺兰庄园多待一天，但她却完全没有理会儿媳在那次谈话中表达的主旨。同往常一样，她的目的绝不是把埃莉诺和爱德华分开。她这样直率地向爱德华发出邀请，就是要向约翰·达什伍德太太表明，不管后者多么反对这门婚事，她都压根儿不在乎。

约翰·达什伍德先生一再对继母表示自己感到无比愧疚，因为她找的房子离诺兰庄园太远，他没法帮她搬运家具。此时他良心上也确实有些过不去。他答应父亲照顾继母和妹妹，最后却只愿意在搬家这件事上出点力，可是现在，他连这点忙也帮不上了。家具都将从水路运走，主要包括家用亚麻布、金银器皿、瓷器、书籍，还有玛丽安的一台漂亮钢琴。眼看着这些都被打包运走，约翰·达什伍德太太不由得叹了口气——达什伍德太太的收入跟他们相比微不足道，却拥有那么漂亮的家具，怎能不叫她难过呢？

那座房子，达什伍德太太租了一年，里面已经修缮一新，马上就可以住进去。双方在达成协议时没遇到任何困难。达什伍德太太只等着处理掉她在诺兰庄园的财物，确定好留用的仆人，然后就启程西迁。凡是她关心的事情，处理起来都极其迅速，所以这些问题很快就解决了。她丈夫死后不久，他们就把他留下的马都卖掉了。现在又出

---

1. 德文郡首府。

现了一个处理马车的机会，经大女儿力劝，她也同意将马车卖掉。若是依着她自己的意思，为了孩子们今后出行方便，她是会留下马车的。但埃莉诺坚持己见，达什伍德太太只好顺从。埃莉诺还做了另一个明智的决定：只留用三个仆人——两个女仆，一个男仆——而且很快就从诺兰庄园的仆人中挑了出来。

男仆和一个女仆马上就被派往德文郡收拾房子，准备迎接女主人。因为与米德尔顿夫人素未谋面，达什伍德太太不愿到巴顿庄园做客，而是打算直接搬进乡舍。约翰爵士信中对房子的描述，她深信不疑，没有动过一丝亲自去查看的念头，只想着等搬过去再说。她离开诺兰庄园的急迫心情一点都没有消减，因为儿媳一想到她要搬走，脸上就忍不住浮现出得意的神情，即使冷冷地请她过几天再走的时候，这种神情也几乎未加掩饰。现在该她的继子实践对父亲的诺言了。既然他刚入主庄园时忘了有所表示，那在她们行将离开之际，也许是他履行义务的最佳时机。但达什伍德太太很快就打消了这个念头。从他的话里话外听得出来，他所谓的帮助，不过是指让她们母女在庄园寄居了六个月。他成天唠叨的就是什么家庭开支越来越大，要花钱的地方数也数不清，说世上任何有点地位的人，都会面临难以计数的花销。听那口气，仿佛他自己都需要更多的钱，绝没有往外搭钱的打算。

约翰·米德尔顿爵士的第一封信送到诺兰庄园后不过几个星期，达什伍德太太和她的女儿们的新居便已收拾妥当，于是她们启程了。

最后告别深爱的庄园时，她们无不潸然泪下。"亲爱的诺兰庄园！"离别前的那一晚，玛丽安在房前独自徘徊，边走边说，"我什么时候才能不怀念你！什么时候才能把别的地方当成自己的家！噢！幸福的家园，你知道我此刻从这里看着你时有多痛苦吗？从今往后，也许我再也见不到你了！还有你们，你们这些熟悉的树木！你们将依然如故。你们的叶子不会因为我们的离开而枯萎，你们的枝条不会因为没了我们的注视而不再摇摆！不会的，你们会跟往常一样，对你们带给人们的悲喜全无觉察，对在你们的树荫下散步的人们发生了怎样的变化一无所知！可是，谁将留在这儿享受你们给予的惬意与舒适呢？"

Chapter 6

　　启程后，大家心情抑郁，自然觉得旅途枯燥无趣。但快到达目的地时，一看到马上就要居住的乡间，她们的兴致便高涨起来，先前的沮丧也一扫而光。进入巴顿山谷后，那里的景色令她们分外喜悦。山谷中土地肥沃，林木茂密，牧草丰盛。沿着蜿蜒的山路走上一英里多，便到她们自己的房子了。房前只有一个绿荫庭院，母女四人穿过一扇整齐的便门进入院子。

　　以住房而论，巴顿乡舍虽然很小，却也算舒适紧凑。但作为一间乡舍[1]，这房子就有缺陷了——样式中规中矩，房顶铺的是瓦，窗板没有漆成绿色，外墙上也没有爬满忍冬藤。一条狭窄的走廊径直穿过房子，通向后面的花园。走廊两旁各有一间客厅，约十六英尺见方；从客厅再往里是下房[2]和楼梯。此外房子就只剩四间卧室和两间阁楼。房子建好的时间并不长，修缮得也很好。同诺兰庄园比起来，这房子确实显得寒酸低矮！刚进屋时，她们因为追忆往昔而落泪，但

---

1. 这里的乡舍是指乡间的小型别墅。

2. 住宅中处理家事的房间，如厨房、食物贮藏室、洗衣室等。

这泪水很快就干了。仆人见主人到了，全都开开心心地出来迎接，主人也跟着快乐起来。每个人都为别人着想，决心表现出高高兴兴的样子。此时刚入九月，正值一年的好季节，加上她们初来乍到就碰上好天气，对这里产生了非常美好的印象。她们后来长久地喜爱这个地方，这份第一印象起到很大的作用。

房子选址相当理想。屋后紧靠着高山，左右两侧不远处也有山峦依傍，其中一部分是丘陵草原，其他的则是耕地和密林。巴顿村大部分坐落于群山中的一座山上。从乡舍窗户望出去，便能看到这个美丽的村庄。房子正面的视野尤其开阔，整个山谷的景色尽收眼底，甚至看得到远处的田野。山谷在那个方向被环绕乡舍的山峦截断，但是在两座最陡峭的山峦之间，山谷朝另一方向分出了一条另有名字的支谷。

整体而言，达什伍德太太对房子的大小和陈设还是很满意的。她虽然习惯了之前的生活方式，少不得要给新家添置物品，但这种增添和修缮对她来说却是乐在其中。眼前她手里有足够的现金，可以把房间布置得更雅致些。"至于房子本身，"她说，"我们一家人住着肯定太小了。但现在月份不早了，来不及再改建，我们只好先凑合着住下。等到来年春天，要是我手头更加宽裕——我敢说这是肯定的——我们或许可以考虑一下改建的事。我希望能常常邀请朋友来这里聚会，所以那两间客厅都太小了。我倒是想把走廊并入一间客厅，或许还要加上另一间客厅的一部分，然后将剩下的部分改成走廊。这么一来，再增建一个新客厅——这是很容易办到的——一间楼上的卧室和一个阁楼，这座小乡舍就能住得很舒服了。我本来打算把楼梯修得更漂亮些，不过我们不能指望所有事情一蹴而就，虽然加宽楼梯并不算什么难事。我想还是到了春天，先看看手头有多少余款，再根据情况制定改建方案吧。"

达什伍德太太一生从未攒过钱，现在竟然要从一年五百英镑的收入里省下钱来完成所有的房屋修缮计划。在此之前，母女四人明智地接受了这房子的现状。她们各自忙着各自的事,把书籍和其他物品布置妥当,努力为自己营造出家的感觉。玛丽安的钢琴也拆包了,摆放在恰当的位置。埃莉诺的画则挂在客厅的墙上。

第二天早饭后不久,母女们就这样各自忙碌的时候,房东突然登门来访,欢迎她们来到巴顿,还告诉她们,如果有什么短缺,他可以从自己的府邸和花园取来。约翰·米德尔顿爵士年约四十,相貌堂堂。他曾去斯坦希尔拜访过,但因为时间久远,几个表侄女都不大记得了。他满脸喜气,举止风度与他信件中的口气一样友善。她们的到来似乎确实令他非常满意,她们的舒适则成为他深切关心的问题。他一再表示,真诚地希望她们能与他家保持亲密友好的关系,并且热情地劝说她们在彻底安顿好之前每天都去巴顿庄园用餐。他恳求起来十分固执,甚至有些失礼,不过她们没有生气。他的一片关心并不只是嘴上说说,在离开后不到一个小时就从巴顿庄园送来满满一大篮子蔬菜水果,天黑之前又送来些野味。不仅如此,他还坚持要替她们往邮局送取信件,还乐于把自己订的报纸每天都送给她们看。

米德尔顿夫人托丈夫捎了个口信,也是十分客气,表示愿意在她们母女方便的时候,前来拜访达什伍德太太。达什伍德太太同样客气地发出了邀请,于是,这位爵士夫人第二天就被引见给达什伍德母女了。

当然,她们是很想见见这位夫人的,因为她们以后在巴顿能否过得舒适,很大程度上要仰仗于她,她要光临正合她们心愿。米德尔顿夫人不过二十六七岁,面容俊俏,身材高挑,体态迷人,谈吐优雅。她丈夫所缺少的高雅举止,她倒是全都具备。不过,若是她能多几分她丈夫的坦率和热情就更好了。她待的时间一长,达什伍德母女便不再像开始那样欣赏她。因为她虽然有良好的教养,却过分矜持冷淡,简单寒暄几句后,再无话可说。

不过，大家还是聊了很多。这得归功于约翰爵士极其健谈，而且米德尔顿夫人也有先见之明，将自己家的老大——一个六岁左右的小男孩——也带了来。有了这孩子，只要谈话陷入僵局，太太小姐们总可以围绕他找到新话题。因为她们免不了要问问他叫什么名字，今年几岁，夸夸他长得多好看，还会问他各种各样的问题，但这些都由他母亲代答，他自己则粘在母亲身边，头也不抬。这让爵士夫人颇感意外，因为小家伙在家总是又吵又闹，到了客人面前却这般羞羞答答。每逢正式拜访，人们总会带上孩子，以便提供谈资。就像这次，大家花了整整十分钟来讨论这孩子更像父亲还是更像母亲，以及具体哪个部位像哪个人。当然，大家的看法都不一样，并对别人的看法深感惊讶。

　　很快，达什伍德母女就获得了对约翰爵士另外几个孩子展开争论的机会，因为直到她们答应第二天去巴顿庄园用餐，爵士才肯告辞离去。

Chapter 7

　　巴顿庄园离乡舍大约半英里。达什伍德母女沿山谷来乡舍时，曾路过庄园附近，但从乡舍望过去，庄园正好被一座山挡住了。庄园宅邸高大气派，米德尔顿夫妇保持着好客、高雅的生活做派——前者是约翰爵士的爱好，后者则是他太太的追求。他们家几乎随时都有朋友做客，而且各种客人都有，比附近任何人家的都多。这对米德尔顿夫妇的幸福是不可或缺的。不管他们的性情和举止如何迥异，在缺乏天资和情趣这一点上却极为相似。所以，他们的兴趣范围非常狭窄，与上层社会的爱好毫不相干。约翰爵士喜欢打猎，米德尔顿夫人则专注于带孩子。一个在外追捕狩猎，一个在家哄逗孩子，这便是夫妻二人仅有的娱乐。米德尔顿夫人在这方面更占优势，因为她可以一年到头娇惯孩子，而约翰爵士一年只有一半的时间可以独自娱乐。不过，夫妻二人这样家里家外不停地忙活，倒弥补了先天禀赋和后天教育上的不足—— 一方面让约翰爵士保持了高昂的精神，另一方面又使他妻子有机会运用自己的良好教养。

米德尔顿夫人向来都以家中的美味佳肴和精美陈设为荣。她最大的乐趣便是在家中举办宴会，以满足自己的虚荣心。相比之下，约翰爵士对社交活动的喜爱则是发自内心的。他喜欢把一大帮年轻人召集到家中，多得屋子都容纳不下，而且他们越吵闹他就越开心。附近的青少年都把他视作福星。夏天一到，他就总会把大伙儿叫来，在户外吃冷冻火腿和鸡肉；而到了冬天，他会举办不计其数的家庭舞会，除了无论怎么跳都不会厌倦的十五岁女孩，任何年轻姑娘都会觉得心满意足。

每次乡间新到一户人家，约翰爵士都会觉得是一件喜事。这次他为巴顿乡舍找来的新房客，无论哪方面他都非常喜欢。三位达什伍德小姐年轻漂亮，又毫不做作，足以赢得他的好感。因为漂亮的姑娘只要真实自然，其心灵之美就会如同其外貌一样迷人。爵士性情友善，乐于为那些处境与过去相比堪称不幸的人提供方便。通过对几位表亲展现善意，好心的爵士可以获得由衷的喜悦。而作为狩猎爱好者，让这一家女眷安居在自己的乡舍，他也感到非常满意。因为狩猎爱好者虽然只敬佩那些与他有相同爱好的男士，却不是很愿意把他们引入自己的庄园居住，纵容他们发展自己的爱好。

约翰爵士在宅邸门口迎接达什伍德太太和她的女儿，真诚地欢迎她们光临巴顿庄园。在陪客人走进客厅时，他一再向几位小姐表示，由于没能找来几位俊俏的小伙子作陪，他从昨天开始就深感忧虑。他说，除了他自己，她们今天只能见到一位男士。那是他一位特别要好的朋友，目前就住在庄园里，不过他既不是很年轻，也不是很活跃。爵士希望她们能够原谅宾客这么少，并向她们保证，以后绝不会再发生这样的事情。其实那天上午，他已经去拜访过几户人家，希望多拉几个人来。不过这天晚上将是月圆之夜，人人都有约会。幸运的是，米德尔顿夫人的母亲在最后一刻来到了巴顿。她是个非常快乐又和气的人，爵士希望小姐们不会如她们想象中那样感到无聊。在宴会上看到两位完全不相识的客人，几位小姐与她们的母亲已经感到非常满意，并没有更多的奢望。

米德尔顿夫人的母亲詹宁斯太太是个脾气和善、性格活泼、上了年纪的胖妇人。她一直说个不停，看起来非常愉快，但也相当粗俗。她没完没了地讲笑话，讲完就哈哈大笑。到宴会结束时，她已经说了不少关于情人和丈夫的俏皮话，还说希望姑娘们没把心上人留在萨塞克斯郡，然后坚称看到她们羞红了脸，不管这是不是事实。玛丽安为姐姐愤愤不平，她把目光转向埃莉诺，想看姐姐如何忍受这种攻击，但埃莉诺对詹宁斯太太那陈词滥调的戏谑还能淡然处之，反倒是妹妹的认真劲儿让她更为痛苦。

从风度举止来看，约翰爵士的朋友布兰登上校并不适合做爵士的朋友，正如米德尔顿夫人不适合做爵士的妻子，詹宁斯太太不适合做米德尔顿夫人的母亲一样。布兰登上校沉默寡言，神情严肃。虽然玛丽安和玛格丽特认为他是个彻头彻尾的老光棍，因为他已经过了三十五岁，但他的模样并不令人讨厌。他的脸蛋算不上俊俏，可表情却显得相当理智，谈吐也颇有绅士派头。

这一群人里头，达什伍德母女觉得没有一个同她们合得来。不过，米德尔顿夫人的冷漠乏味让人尤为反感，相比之下，另外三位——不苟言笑的布兰登上校、欢快吵闹的约翰爵士和他的岳母——

还更有趣些。米德尔顿夫人似乎只在宴会后四个孩子叽叽喳喳地跑进来时才提起了兴致。孩子们把她拖来拽去，拉扯她的衣服，于是大家的话题全都集中在了他们身上。

到了晚上，大家发现玛丽安喜好音乐，便邀请她为大家表演。钢琴打开了，大家都准备沉醉一番。玛丽安很会唱歌，在大家的要求下，她把歌谱里的主要歌曲都唱了一遍。这些歌谱还是米德尔顿夫人新婚时带过来的，后来可能一直放在钢琴上，位置都没动过，因为爵士夫人为了庆贺自己的婚事，便放弃了音乐[1]。不过，照她母亲的说法，她以前演奏得好极了；而照她自己的说法，她是非常喜欢音乐的。

玛丽安的表演得到了众人的高度称赞。每唱完一首，约翰爵士都会大声叫好，而在玛丽安的演唱过程中，他又会同别人大声说话。米德尔顿夫人屡次叫他安静些，好奇怎么有他这种听歌走神的人，她自己则要求玛丽安演唱她刚刚唱完的一首歌。在座的所有人中，只有布兰登上校在听歌时没有欣喜若狂。他只是满怀敬意、聚精会神地听着。玛丽安当时也对他深感尊敬，而其他人因为缺乏鉴赏音乐的能力，理所当然地遭到了她的鄙视。虽然布兰登上校对音乐的爱好还没有达到唯一能引发玛丽安共鸣的那种痴狂程度，但与其他人的麻木无感相比，已经实属难得。玛丽安有充足的理由认为，一个三十五岁的男人很可能已不再具备敏锐的感知力和细腻的鉴赏力。上校毕竟上了年纪，玛丽安觉得应当充分体谅他，这才合乎人情。

---

1. 当时的人们认为，演奏音乐的女子会吸引异性的关注，所以女子结婚后往往会放弃音乐。

Chapter 8

　　詹宁斯太太是个寡妇，丈夫生前给她留下一大笔遗产。她只有两个女儿，在她有生之年，这两个女儿都已嫁入体面人家，于是现在她全心全意地扑在了给他人做媒这件事上。她总是热情高涨、尽其所能地撮合一对对男女。只要是她认识的年轻人，她从不错过一次为他们牵线搭桥的机会。在发觉男女恋情方面，她的嗅觉异常灵敏，所以她总是会当着姑娘的面，暗示某位公子已经被这姑娘迷得神魂颠倒，惹得姑娘脸红心跳，她自己则每每以此为乐。凭这份眼力，她刚到巴顿没几天便断然宣布，布兰登上校已经深深爱上了玛丽安·达什伍德。第一天晚上聚会时，从他听她唱歌的专注神情看，她就已经有所怀疑。后来，米德尔顿夫妇到乡舍回访用餐时，他又是那么全神贯注地听她唱歌，那事情便确凿无疑了。肯定是这样，她完全确信这一点。郎有财，女有貌——他们简直是天造地设的一对。自从女儿嫁入约翰爵士家，詹宁斯太太第一次得知有布兰登上校这个人以来，她就急于给上校说一门好亲事。另一方面，她又总是急于给每个漂亮姑娘都找个好丈夫。

　　这件事也让詹宁斯太太直接占了不少便宜，因为她可以没完没了地拿这两人取乐。在巴顿庄园，她嘲笑上校；而到了乡舍，她又拿玛丽安寻开心。对上校来说，只要詹宁斯太太的戏弄只牵涉到他一个人，他多半是毫不在意的。但对玛丽安来说，起初还有些不明所以。等后来发现詹宁斯太太针对的是自己之后，玛丽安真不知道到底是该嘲笑她荒谬，还是指责她无礼。在她看来，这完全是对上校这个老单身汉的孤苦处境的无情捉弄。

　　达什伍德太太很难想象，在她女儿心中，一个只比自己年轻五岁的男子竟会如此老迈，于是她大着胆子为詹宁斯太太开脱，说后者不可能是故意拿上校的年龄取笑。

"虽说她可能没有恶意，但是妈妈，你至少不能否认这种取乐十分荒唐。布兰登上校肯定比詹宁斯太太年轻，不过他老得可以做我的父亲了。就算他曾有过恋爱的激情，恐怕现在也早就丧失那种冲动。真是荒谬透顶！如果到了他这般年纪，身体像他这般衰弱，还要遭受这般戏谑，那到底要什么年纪的人才不会被嘲笑呢？"

"衰弱！"埃莉诺说，"你说布兰登上校身体衰弱？确实，他的年纪在你眼中要比在母亲看来大得多，但你总不能骗自己说他手脚都不灵便了吧！"

"你没听说他抱怨过风湿病吗？那难道不是年老体衰者最常见的病症？"

"我亲爱的女儿，"她母亲笑着说，"照你这么说，你肯定一直在为我的衰老而担惊受怕吧。你肯定觉得，我能活到四十岁的高寿是一个奇迹吧。"

"妈妈，你冤枉我了。我当然知道布兰登上校还没老到让他的朋友们现在就担心他会寿终正寝。他可能会再活二十年。但三十五岁的人就别指望还能结婚了。"

"也许，"埃莉诺说，"三十五岁的人和十七岁的人最好不要谈婚论嫁。不过，要是碰巧遇到一个二十七岁的单身女人，那我认为三十五岁这个年龄不会成为布兰登上校娶她为妻的障碍。"

"二十七岁的女人嘛，"玛丽安过了一会儿接着道，"是不会再为男人动心的，也无法令男人为她动心。倘若这个女人家境不好，或者财产不多，那她或许甘愿嫁给他，并尽到保姆的职责，以换取衣食无忧的安稳生活。因此，他娶这样一个女人，确实没有什么不妥的地方。这份婚姻契约对双方都有好处，能让大家都满意。但在我看来，这根本算不上婚姻。不过，这个问题其实无足轻重。我认为，这种婚姻只不过是一笔买卖，交易双方都希望利用对方来给自己谋利。"

"我明白，"埃莉诺说，"不可能让你相信，一个二十七岁的女人会对一个三十五岁的男人产生爱慕之情，认定他就是自己的理想伴侣。不过，如果仅仅因为布兰登上校昨天偶尔抱怨自己一只肩膀有点风湿病的感觉——昨天天气可是非常阴冷潮湿——你就认定他和他将来的妻子要永远关在病房里，那我是不赞同的。"

"可他说到了法兰绒背心。"玛丽安说，"在我看来，法兰绒背心总是同疼痛、痉挛、风湿，以及折磨年老体弱者的种种疾病联系在一起。"

"如果他只是发了一场高烧，你就不会这么看不上他了。说实话，玛丽安，人发烧时脸颊通红，眼睛深陷，脉搏也跳得飞快，你是不是觉得这很有趣？"

话一说完，埃莉诺就离开了房间。"妈妈，"玛丽安说，"我不能瞒你，提到疾病，我一直在担心一件事。我肯定爱德华·费拉斯生病了。我们搬到这儿都快两个星期了，他还没来过。只有真的得了病，才会拖这么久都不来。还有什么事能让他滞留在诺兰庄园呢？"

"你觉得他会这么快就来？"达什伍德太太说，"我可不这么想。相反，如果说我对这件事有什么担忧的话，那就是当初邀请他来巴顿乡舍做客时，他那时答应得不是很爽快——这事我现在都记得。埃莉诺是不是已经在盼他来了？"

"我从来没跟她提过这件事。不过，她当然在盼啊。"

"我倒觉得你弄错了。昨天我和她提起给那间空卧室添个新的炉子，她说现在不着急，那间屋子可能一时还派不上用场。"

"这可真奇怪！到底是什么意思呀！不过，他们对彼此的态度还真叫人捉摸不透！他们最后分别的时候是多么冷淡，多么镇定呀！他们在一起的最后一晚，说起话来是多么无精打采！爱德华跟我们道别时，对埃莉诺和对我完全没有分别——都是以兄长的身份说了几句热忱的祝福。第二天早上，我有两次故意把他们单独留在屋里，可不知道什么原因，爱德华两次都跟着我走了出来。而埃莉诺在离开诺兰庄园和爱德华的时候，哭得还不如我伤心！直到现在，她依然在拼命克制自己。她什么时候沮丧忧伤过？什么时候躲着不愿见人，或者在人前表现得烦躁不安？"

Chapter 9

　　达什伍德母女在巴顿乡舍定居下来，日子过得还算惬意。房屋、花园及周围的一切，她们都渐渐熟悉起来。她们之所以留恋诺兰庄园，部分原因是她们在那里每天都有事可做。现在，她们又再度忙碌起来，而且比父亲离世之后，继续待在诺兰庄园时快乐多了。约翰·米德尔顿爵士在她们搬来的头半个月里天天来访。他在家里闲着没事干，现在看到达什伍德母女总是有事可做，不禁大为惊讶。

　　除了巴顿庄园的一家人之外，达什伍德家也没多少访客。约翰爵士迫切希望她们多与附近的邻居来往，并且一再保证，她们可以随时使用他的马车。可达什伍德太太向来好强的脾气盖过了让女儿们社交的愿望。凡是相距太远、步行无法轻松抵达的人家，她全都拒不走访。其实，满足这一条件的人家本来就很少，何况还不是每家都会接受拜访。前文提到过，从巴顿山谷分出一条支谷。一天清晨，小姐们沿着这条名为艾伦汉姆的蜿蜒山谷散步时，在离乡舍大约一英里半的地方，发现一座古老气派的大宅子。这宅子勾起了她们对诺兰庄园的点滴回忆，使她们浮想联翩，打算去一探究竟。可打听之后才知道，这座宅子的主人——一位名声颇佳的老夫人——体弱多病，无法与人交往，从来不出家门。

她们所住的乡间遍布美丽的小径。从乡舍的任何一个窗户往外望，几乎都能看到高高的山丘，吸引着她们到山顶去享受清新的空气。当山谷泥泞，阻碍了她们去欣赏绝美的风景时，这些山丘就成了令人满意的备选地点。在一个难忘的早晨，玛丽安和玛格丽特朝一座这样的山丘爬去。这天虽然阴云密布，一副要下阵雨的样子，但从天空缝隙洒下的阳光却吸引了她们，而且前两天一直阴雨连绵，她们闷在家里实在受不了了。尽管玛丽安声称当天肯定不会下雨，乌云马上就会从山顶消散，但这天气依然无法将母亲和姐姐吸引出来。她们继续待在家中，看书的看书，作画的作画。于是，只有玛丽安和玛格丽特结伴出行。

姐妹俩兴高采烈地爬上丘陵草原的山丘。每瞥见一线蓝天，她们便会为自己的先见之明感到高兴。一阵阵强劲的西南风迎面吹来，令人精神振奋。两人不禁为母亲和埃莉诺感到惋惜，因为她们顾虑太多，不肯出来，以至于分享不到这般快乐的感受。

"世上还有比这更开心的事吗？"玛丽安说，"玛格丽特，我们起码要在这儿走上两个小时。"

玛格丽特同意姐姐的提议，两人顶风前行，一路嬉笑着又走了大约二十分钟。突然，乌云盖顶，滂沱大雨向她们劈头盖脸地泼下来。两人又惊又恼，无奈之中，只好折返，因为附近没有比乡舍更近的避雨处了。不过，倒是有一件事可以让她们略感安慰——她们可以用最快的速度跑下陡峭的山岗，直达花园门口。在这样紧急的时刻做这样的事，也算不上有失体统。

于是她们便往下冲。玛丽安跑在前面，谁知突然脚下一滑，摔倒在地。玛格丽特控制不住步子，没法去扶姐姐，只能身不由己地继续往前冲，平安无事地抵达了山脚。

这时，一个带枪的男子正上山经过这里，两条猎狗在他身边跑来跑去。玛丽安不慎摔倒时，他就在几码开外。男子放下枪，跑过去扶她。玛丽安已经从地上爬了起来，她摔倒时扭伤了脚，根本无法站立。那男子想要帮忙，却发现玛丽安非常羞怯，不愿他靠近。但事已至此，男子必须当机立断，于是立刻抱起玛丽安，送下山，然后穿过花园——花园门玛格丽特故意没关——把玛丽安径直抱进屋子，放在客厅的一把椅子上才松手。这时玛格丽特也刚到不久。

一见他们进来，埃莉诺和母亲都惊愕地站起了身。两人直直地盯着这个陌生男子，对他的出现表面上惊讶，暗地里钦佩。男子对自己的贸然闯入表示歉意，同时也陈述了理由，态度坦率而优雅。男子非常英俊，他的声音和表情令他越发魅力四射。就算他又老又丑，俗不可耐，单凭关照到了她女儿这一点，达什伍德太太也会对他感激不尽，真心相待。更何况他年轻帅气，举止斯文，更是让达什伍德太太对他这此番暖心之举赞赏不已。

她再三向他道谢，并以一贯的亲切语气请他坐下。但他谢绝了，因为他浑身又脏又湿。接着，达什伍德太太询问了这位好心人的姓名。他说他姓威洛比，目前住在艾伦汉姆庄园。他还请求说，希望达什伍德太太能允许他明天来看望达什伍德小姐。他的请求迅速获准，然后他便起身告辞，重回大雨之中，此举令他显得越发有趣。

威洛比的英俊外表和不凡举止立即成为大家称赞的话题。她们取笑玛丽安，说威洛比对她太殷勤，特别是一想到他那迷人的外表，大家就笑得更加起劲。玛丽安对他的模样看得没别人那般仔细，因为自从被他抱起来，她便一直羞得满面通红，小鹿乱撞，就连进屋之后也没敢好好看他。不过，她多多少少还是看了几眼，光这几眼便足以令她跟别人一起对他大加赞赏。而她称赞起人来一向非常起劲。他的容貌和风度正符合她想象中故事里的英雄形象。他能不拘小节将她抱回家，可见是个利落干脆的人，这一点她尤为赞赏。与他相关的一切都非常有趣——他的名字多么好听；他又住在她们最喜欢的村子里；而且她很快便发现，在所有的男士衣服中，就数他当时穿的那种狩猎夹克最帅气。她春心萌动，思绪纷乱，越是回忆就越开心，早把脚踝扭伤的事忘得一干二净了。

这天上午，天一放晴，约翰爵士便上门来访。她们把玛丽安扭伤脚踝的事告诉了他，同时非常急切地问他是否认识艾伦汉姆庄园一位姓威洛比的先生。

"威洛比！"约翰爵士嚷道，"怎么，他在这里？这可真是个好消息。我明天就骑马过去一趟，请他星期四过来吃饭。"

"这么说，你认识他？"达什伍德太太说。

"认识他！我当然认识。哈，他每年都会来这里一次。"

"那他是个什么样的年轻人？"

"我敢向你保证，他可是再好不过的年轻人了。不仅是个神枪手，而且在英格兰找不到比他更勇敢的骑手。"

"关于他，你能说的就这些？"玛丽安气呼呼地嚷道，"他对待熟人是什么态度？他喜欢什么？有什么特长和才能？"

约翰爵士相当为难。

"说实在的，"他说，"对他这些方面的情况，我不是太了解。不过，他是个可爱活泼的小伙子，养了一只黑色小猎犬——特别招人疼。他今天有没有带那只母犬出来呀？"

但玛丽安也说不清威洛比的猎犬是什么颜色，正如约翰爵士无法描述威洛比的内涵修养一样。

"那他是什么人？"埃莉诺说，"从哪里来？在艾伦汉姆有房子吗？"

关于这些，约翰爵士倒是可以提供更确切的情报。他告诉她们，威洛比先生在乡下没有自己的产业。只有来探望艾伦汉姆庄园的老太太时，他才会在那里住几天。他与那位老太太是亲戚，将来会继承她的遗产。约翰爵士补充道："没错没错，我可以告诉你，达什伍德小姐[1]，他是非常值得追的。他在萨默塞特郡还有一个小庄园。我要是你的话，绝不会把他让给妹妹，尽管他们一起滚下了山。玛丽安小姐可别想霸占世上所有的男人。如果她不注意点，布兰登可是会嫉妒的。"

"我相信，"达什伍德太太和颜悦色地笑着说，"我的这两个女儿都不会像你说的那样去追威洛比先生，让他感到为难。我把她们养大，可不是要让她们干这种事的。男人不管多有钱，跟我们在一起都用不着担心。不过我还是很高兴，因为按照你的说法，他是个体面的年轻人，跟他结识没什么不妥当的。"

"我觉得他是个好得不能再好的小伙子了。"约翰爵士再次强调，"我记得去年圣诞节，在巴顿庄园的一次小舞会上，他从晚上八点一直跳到第二天凌晨四点，中间一次也没坐下来过。"

"他？真的？"玛丽安大喊起来，双眼放光，"他跳得很优雅、很精神？"

"是啊。第二天一早八点他就起床，骑马打猎去了。"

"我就喜欢这样的，这才是年轻人该有的样子。不管有什么样的爱好，都应该如饥似渴，不知疲倦。"

"哎呀哎呀，我知道是怎么回事了，"约翰爵士说，"我知道是怎么回事了。你现在要去挑逗他，再也不理会可怜的布兰登了。"

"约翰爵士，"玛丽安气不打一处来，"我特别不喜欢您刚才说的那个词儿。我厌恶所有打趣用的陈词滥调。什么'挑逗'啦，'征服'啦，尤其令人作呕。这些说法粗俗不堪，没有教养。就算曾经听上去像是俏皮话，到如今也早就索然无味了。"

约翰爵士不大明白这番指责是什么意思，但他还是开心地笑

---

1. 根据当时英国的习惯，在姐妹都在场时，"达什伍德小姐"指的是大姐埃莉诺，妹妹则以"名＋小姐"的形式称呼，如"玛丽安小姐"。

了，一副听懂了的样子，然后答道："是呀，我敢说，你肯定会征服不少男人的。可怜的布兰登！他已经被你迷得不行了。我可以这么跟你讲，尽管发生了你滑倒摔跤、扭伤脚踝这一档子事儿，布兰登上校还是非常值得你去挑逗的。"

Chapter 10

玛丽安的救命恩人——这是玛格丽特对威洛比的称呼，足够文雅，但有失精确——第二天一大早便亲自登门拜访。达什伍德太太接待他时礼遇有加，和蔼可亲。这既是约翰爵士的美言所致，也出自达什伍德太太本身的感激。通过拜访期间的所见所闻，威洛比发现，自己意外结识的这家人通情达理，举止文雅，感情融洽，生活和美。对于几位小姐的妩媚动人，他无须再次探访，便已深信不疑。

达什伍德小姐面容精致，五官端正，身材尤为苗条。玛丽安比姐姐更漂亮。虽然体型不及姐姐匀称，但她个子更高，所以也更加动人。她的长相十分可爱，就算老生常谈地恭维她是"美女"，也不会像通常的奉承话那样言过其实。她肤色很深，但却是透明的，所以看上去异常光润。她的五官都非常好看，笑容甜美迷人。她眼珠乌黑，透着活力、神采和热情。谁看到这双眼睛都会爱上的。不过，她起初还克制着自己对威洛比的感情流露，因为一想到头天被他抱回家的情形，她就觉得忸怩不安。这一阵不安过去之后，随着情绪渐渐平复，她便发现，威洛比具备完美的绅士教养，既坦率又活泼。尤其是听到威洛比说他热爱音乐和舞蹈时，玛丽安不禁向他投去了欣赏的目光。正是这目光，让威洛比随后逗留此地的大部分时间都在与她交谈。

想要同玛丽安聊开，只消提她喜欢的任何一种消遣就可以。每次谈到这样的话题，她就会说个不停，而且绝不会羞羞答答，有所保留。他们很快发现，彼此都爱好舞蹈和音乐，而且对这两者方方面面的认识基本一致。玛丽安因此大受鼓舞，想进一步了解威洛比的观点，便开始询问他读过哪些书。她列举了自己钟爱的几位作家，然后便兴高采烈、滔滔不绝地说开了。任何一个二十五岁的年轻人，不管之前多么不重视读书，听了她这番夸赞，若不赶紧崇拜如此优秀的作品，那一定是个冥顽不灵的糊涂蛋。他们的口味惊人地一致。他们甚至喜欢同一本书里的同一个段落。即使偶尔出现了分歧和异议，只要她开口争辩两句，眼神闪烁几下，分歧和异议就会立刻消失。凡是她决定的，他都默认；凡是她热衷的，他都喜欢。早在这次拜访结束之前，他们就已经像相交多年的老友一样无拘无束地谈起来了。

"噢，玛丽安，"威洛比一离开，埃莉诺便说，"你这一上午倒是成绩不菲呀！威洛比先生在几乎所有重大问题上的看法，你都弄清楚了。你知道他如何看待古柏和司各特[1]，了解到他对他们的优美诗篇做出了应有的评价，你还完全确定他对蒲柏[2]的赞赏恰如其分。可是，照你们的速度，话题接二连三地被消耗掉，你们的交往如何长久地维持下去呢？用不了多久，即便在最喜欢的话题上，你们也会变得无话可说。只需再见一次面，你就能把他对美景和再婚的看法搞得一清二楚。再接下去，你可真就没东西可问了……"

"埃莉诺，"玛丽安嚷道，"你这话公平吗？合理吗？难道我

---

1. 沃尔特·司各特（1771—1832），英国著名的历史小说家和诗人。
2. 亚历山大·蒲柏（1688—1744），18世纪英国最伟大的诗人。

的思想就这么贫乏？但我知道你是什么意思。我一直都太随性，太快活，太坦率了。我违背了每一条陈腐的礼仪观念。我不该这么直率真诚，我应该少言寡语，无精打采，单调乏味，虚情假意。如果我只是谈谈天气好不好，道路糟不糟，而且十分钟才开一次口，就不会听到你对我的这番指责了。

"亲爱的，"她母亲说，"你不该生埃莉诺的气——她不过是开开玩笑罢了。如果她真心想阻止你跟我们的新朋友愉快地交谈，我都会去骂她的。"一听这话，玛丽安马上就消气了。

威洛比这边呢，显然非常想拉近自己同达什伍德母女的关系，所以处处表现出认识她们他有多高兴的样子。他每天都登门拜访。一开始是借口来探望玛丽安的伤势，但她们接待他一天比一天热情，这让他备受鼓舞，很快就不用这个借口了——反正等玛丽安痊愈后，这个借口也会失效的。玛丽安被关在家里好几天，但一点都不心烦，这还是以前从未有过的。威洛比这个小伙子很有才干，思维敏捷，精力旺盛，性格开朗，感情丰富。他的方方面面都恰好与玛丽安的心意相符，因为除了上面这些优点，他还拥有迷人的外表和天生的热情。现在，这份热情已经被她自己的热情所激发，变得越发火热，而这比其他任何东西都更能打动她的芳心。

跟威洛比在一起渐渐成为玛丽安最大的乐趣。他们一起读书，一起交谈，一起唱歌。他的音乐天赋极高，朗读起来感情充沛，精神饱满，可惜这些正是爱德华所缺乏的。

跟玛丽安一样，威洛比在达什伍德太太眼中也是完美无瑕的。埃莉诺看不出威洛比身上有什么值得批评的毛病，只是觉得他有一个倾向与妹妹十分相似，而且也极讨妹妹喜欢。那就是，想到什么就说什么，一说就收不住，不顾对象，也不分场合。他对别人的看法总是下得太快，而且总是脱口而出；一旦沉浸在自己喜欢做的事情中，他就心无旁骛，以至于连基本的礼貌都顾不上了；对于世俗礼仪，他也可以轻而易举地抛诸脑后。这些都是他为人不够稳重的表现，不管他同玛丽安如何辩护，埃莉诺都无法赞同。

玛丽安现在开始明白，她十六岁半时便认定自己永远都遇不到如意郎君，这种绝望的情绪是轻率的，毫无道理的。在这段不幸的时光中，以及其他更快乐的时候，她都在脑海中勾勒过自己心上人的模样，而威洛比简直就是这个形象的翻版。而威洛比的行为也表明，他与玛丽安交往的愿望非常强烈，也具备赢得她芳心的卓绝能力。

玛丽安的母亲从未因为看中威洛比的财富而生出让女儿嫁给他的打算，可不到一个星期，她却开始期待这门亲事，并暗自庆幸自己找到爱德华和威洛比这两个好女婿。

布兰登上校对玛丽安的爱慕，他的朋友们很早就发现了，但埃莉诺直到现在才看出来，而那些人早就不在意这件事了。他们关注和戏谑的对象都变成了比上校更走运的那个对手。上校还没有产生爱慕之情时，他们偏要打趣他；等到他动了真感情，正该被取笑的时候，反倒没人戏弄他了。埃莉诺不得不勉强承认，詹宁斯太太说上校对玛丽安有意思，虽然有给自己找乐子的成分，但现在看来，上校的爱情真的被妹妹激发出来了。威洛比和妹妹脾性相仿，这或许助长了威洛比先生对妹妹的感情。但布兰登上校同妹妹的性格截然相反，这照样没有妨碍上校对妹妹的关注。她不禁暗自担心：一个三十五岁、沉默寡言的男人，跟一个二十五岁、活力充沛的男人对阵，哪里还有获胜的希望？她连祝福上校成功都做不到，只能衷心希望他不要太痴情。埃莉诺喜欢他——虽然他严肃矜持，她却觉得他值得关心。他的言谈举止一本正经，为人却相当温和。他的矜持绝不是天生性情忧郁所致，而是遭受某种精神压抑的结果。约翰爵士曾透露，上校以前受过伤害，有过失意，这证实了埃莉诺对他是个不幸的人的猜想，所以她既尊敬他，又同情他。

也许正是因为威洛比和玛丽安看不起上校，埃莉诺才越发对他感到同情、尊敬。他们对他心存偏见，说他既不活泼，又不年轻，似乎下定决心要贬低他的优点。

"布兰登就是这么一种人，"一天，他们一起谈论到上校时，威洛比说，"人人都说他好，却没有人关心他；人人都乐意看到他，却没有人想得起去同他谈话。"

"这正是我对他的看法。"玛丽安叫道。

"可别夸大其词了，"埃莉诺说，"你们俩都没说公道话。巴顿庄园全家对他都是非常尊敬的。我自己每次见到他，也总会想法子和他聊一会儿。"

威洛比答道："得到你的垂青，他当然是脸上有光的。但别人对他的尊敬，那本身就是耻辱。谁会自甘下贱，接受米德尔顿夫人和詹宁斯太太这样的女人的称赞？那只能招来别人对他的冷漠。"

"但是，像你本人和玛丽安这样的人的贬损，也许恰好能弥补米德尔顿夫人和她母亲对他的尊重。如果说她们的赞扬是非难，那你们的非难就是赞扬，因为她们不明是非，你们偏见不公，彼此彼此嘛。"

"为了替你的宠儿辩护，你居然说话都尖刻起来了。"

"你所说的我的宠儿，可是个相当理智的人，而理智总是能吸引我。是的，玛丽安，即使是一个三四十岁的人，只要他有理智，我也会欣赏的。上校见过很多世面，去过国外，读过书，而且爱动脑筋。我发现他在各种问题上都能给我提供大量知识。他回答我的问题时总是十分机敏，体现了良好的教养和非凡的耐心。"

"也就是说，"玛丽安鄙夷地嚷道，"他告诉过你，东印度群岛气候炎热，蚊子讨厌啦。"

"如果我问到这些问题，他毫无疑问会这样回答我的。不过，这些事我恰好早就听说过。"

"也许，"威洛比说，"他见多识广，还知道什么纳波布[1]、莫赫尔金币[2]和东方轿子吧。"

"我敢说，他的见闻要比你的心胸宽广得多。可是，你究竟为什么不喜欢他？"

"我并没有不喜欢他。相反，我认为他是一位非常可敬的人。人人都称赞他，却没有人理睬他。他的钱多得花不完，时间多得不知如何打发。他每年都要买两件新外套[3]。"

"除此之外，"玛丽安嚷道，"他也没有天赋和鉴赏力，没有活力。悟性不高，热情不够，声音也毫无感染力。"

"你们认定他满身缺点，"埃莉诺答道，"又坚信自己对他的臆想，那相比起来，我对他的称赞就平淡无味了。我只能说他是个理智的人，富有教养，见识广博，谈吐优雅，并且我相信，他心地很好。"

"达什伍德小姐，"威洛比大声说，"你对我真是太不客气了。你费尽口舌，就是想说服我改变主意，可这只是枉费心机。你会发现，无论你多么能言善辩，我都会固执己见。我有三条不喜欢布兰登上校的理由，都是你无法辩驳的：第一，我希望天晴，他却吓唬我说要下雨；第二，他对我的小马车的车幔吹毛求疵；第三，我怎么说他也坚决不买我的棕色母马。可是，如果我说他的品格在其他方面都无可指责，就能让你心满意足的话，那我随时可以这样做。但承认这一点肯定会让我感觉有些难受，所以，作为相应的报答，你不能否定我依然拥有不喜欢他的权利。"

---

1. 在印度发了大财后返回英国的英属印度殖民地官员。

2. 英属印度殖民地使用的一种金币。

3. 当时英国绅士穿的外套都价格不菲。

Chapter 11

达什伍德太太和女儿们刚到德文郡时，压根儿没料到马上就会有这么多约会，占去她们大把的时间。既要参加接二连三的宴请，又要接待络绎不绝的访客，简直没有空闲干正经事。但情况偏偏就是这样。玛丽安的脚伤一好，约翰爵士之前制定的室内和户外娱乐计划便逐个付诸实施。庄园里开始举办私人舞会；利用十月里阵雨的间歇，还搞起了水上游乐活动。每逢这样的聚会，威洛比都会参加，因为这种场合气氛轻松自在，正好可以增进他和达什伍德母女的关系，让他有机会目睹玛丽安的卓越风姿，吐露对她的热烈爱慕，同时也能从她对自己的态度中，得到她也钟情于自己的最明显证据。

埃莉诺对他们的相恋并不感到意外。她只希望他们不要表现得太招摇，也曾向玛丽安提过一两次，劝妹妹稍加克制。但玛丽安讨厌在恋爱这件事上遮遮掩掩，认为毫无保留地表现出自己的感情没什么好丢脸的。在她看来，既然感情本身无可指责，那么限制这种感情的做法不仅是徒劳的，而且是理智对陈腐错误观念的可耻屈服。威洛比也持相同的看法。他们俩的行为也无时无刻不在表明他们的观点。

只要威洛比在场，玛丽安眼中便再也看不到别人。他做的每件事都正确，说的每句话都聪明。如果庄园里的晚会最后以打牌结束，那么威洛比就会故意牺牲自己，还要哄骗别人，给玛丽安凑一手好牌。如果晚会的活动是跳舞，那么他们有一半的时间都是在一起跳，即使有一两支舞不得不分开跳，他们也总会尽量站在一起，跟别人几乎一个字都不会说。这种行为当然遭到其他人的大肆嘲笑，但他们却没有因为这样的戏弄而感到羞耻，而且看上去也没怎么生气。

达什伍德太太完全能体会他们的心情。她自己也很兴奋，从未想过去阻止他们的感情过分外露。在她看来，这不过是年轻人火热恋情的自然反应。

这是玛丽安的幸福时光。她把整颗心都给了威洛比。从萨塞克斯郡搬来时，她还对诺兰庄园满怀留恋，觉得这份感情是不太可能淡漠的。可现在，威洛比给这个家增添了无穷魅力，让她渐渐忘掉诺兰庄园。

埃莉诺却没那么幸运。她的内心不像妹妹那般轻松，也不是真心喜欢他们的娱乐活动。她在这些活动中找不到一个伴侣，可以取代那个留在诺兰庄园的人，或者开导她不再那样哀伤地思念诺兰庄园。无论是米德尔顿夫人还是詹宁斯太太，都不能让她体会到她所怀念的那种谈话乐趣，尽管詹宁斯太太十分健谈，成天停不住嘴，并且从一开始就对她很是亲热，让她常能听到高谈阔论。詹宁斯太太已经把自己这辈子的故事向埃莉诺讲了三四遍。受到这么多次教育，倘若埃莉诺的记性足够好，就算认识詹宁斯太太不久，她也已经知道詹宁斯先生最后一场病的详细情况，以及他去世前几分钟对太太说了什么。米德尔顿夫人倒是比她母亲更易相处，但那只是因为她说的话没那么多。埃莉诺一眼就发现，她之所以沉默寡言，只是因为她性情沉稳，与理智毫不相干。她对待丈夫和母亲，跟对待旁人是一个态度，因此根本不能指望她会对什么人很亲热。她每天都在重复前一天说过的话。她的冷漠无趣是始终如一的，因为连情绪也总一成不变。对于丈夫安排的聚会，只要办得风光体面，只要有两个最年长的孩子的陪伴，她都不会反对。可是，她参加聚会时，从不显得比坐在家中更快乐。也从不介入客人的交谈，所以她是否出席，对他们的乐趣毫无影响，以至于只有当她操心那两个调皮的儿子时，他们才会意识到她的在场。

埃莉诺觉得，在她新结识的人里头，只有布兰登上校具备一定的才干，能激起她与其建立友谊的兴趣，或者带给她交往的乐趣。至于威洛比，那根本不在考虑之列。虽然她欣赏他，尊敬他，甚至是姐妹般的尊敬，但他是热恋中的人，只晓得向玛丽安献殷勤。一个远不如他那样讨喜的人，或许能让更多的人满意。布兰登上校就很不幸了，他一心想着玛丽安，换来的却只是玛丽安对他的不理不睬。不过，通过与埃莉诺交谈，他获得极大的安慰。

埃莉诺越发同情上校，因为她有理由怀疑，他已经觉察到失恋的痛苦。一天晚上，在巴顿庄园，他无意中透露的几句话让她产生这样的怀疑。当时别人都在跳舞，他俩则一道坐了下来。上校注视着玛丽安，沉默了几分钟，然后淡然一笑，说："据我所知，你妹妹不赞成第二次爱情。"

"是的，"埃莉诺答道，"她满脑子都是浪漫的想法。"

"我相信，更确切地说，她觉得那种东西根本不存在。"

"我认为她就是这么想的。但我不知道她得出这个观点时，有没有想到自己的父亲，他老人家自己就有过两任妻子啊。不过，再过几年，等她有了常识和阅历，见解也会合乎情理的。到那时，别人或许会更容易理解并接受她的观点，不像现在这样只是她在自说自话。"

"很可能会是这样，"他说，"但对于年轻人来说，他们的偏见中有些特别迷人的东西，谁都不忍心抛弃偏见，去接受更普通的看法。"

"这我可不赞同。"埃莉诺说，"玛丽安这些看法会惹来许多麻烦，无论世间的热烈痴迷和无知狂妄有多大的魅力，也不足以弥补。在她的思想观念中，有一种非常令人遗憾的倾向，那就是毫不在乎礼仪规矩。我希望她能深入地了解这个世界，这会对她大有好处的。"

上校等了片刻才继续这个话题："你妹妹是不是反对所有的第二次恋爱，毫无例外？难道只要是第二次恋爱的人都有罪吗？总有人会第一次恋爱受挫，或是因为对方移情别恋，或是因为世事变化无常，这些人难道必须在余生中心如死水吗？"

"说真的，我不清楚她到底是怎么想的。我只知道，我从没听她说过哪个人的第二次恋爱是可以宽恕的。"

"这种看法是不能持久的。"他说，"可感情一旦改变，一旦彻底改变——不，不，别去渴望那种改变。如果年轻人被迫放弃心中浪漫的美好感情，取而代之的常常会是那些极平庸、极危险的观点！我这样说是有切身体会的。我曾经认识一位小姐，她的性情和心思与你妹妹很接近，她们用类似的方式思考问题、判断是非。但由于一次被迫的改变，由于一连串的不幸遭遇，这位小姐……"他突然打住，似乎觉得自己说得太多了。看他那脸色，埃莉诺不禁生疑。如果他没有让埃莉诺发现他后悔说漏了嘴，那这位小姐的事或许不会引起埃莉诺的疑心。其实很容易就能看出，他之所以如此激动，是因为回想起了旧日的柔情。埃莉诺没有继续追问。但如果换作玛丽安，就决不肯善罢甘休。她会用活跃的想象力迅速构思出整个故事，将一切情节都安排妥当，编出一部令人肝肠寸断的爱情悲剧。

Chapter 12

第二天早晨，埃莉诺和玛丽安一道散步时，玛丽安告诉了姐姐一个消息。虽然埃莉诺早就知道玛丽安说话做事基本不过脑子，但这次还是被吓了一跳，因为这件事实在不像话。玛丽安欢天喜地地告诉她，威洛比送了她一匹马，是他在萨默塞特郡的庄园里亲自喂养大的，专门给女子骑乘。她也不想想，母亲并不打算养一匹马。就算母亲为了接受这件礼物而改变心意，还得雇一个仆人，再给这个仆人买一匹马[1]，最后还得给这些马建一间马厩。这一切，玛丽安全都没有考虑，就毫不犹豫接受了礼物，并欣喜若狂地告诉姐姐。

"他打算立刻就派马夫去萨默塞特郡取马，"她接着说，"马儿一到，我们就能天天骑啦。你也可以和我一起骑。你想想看，亲爱的埃莉诺，在这丘陵草原上骑马飞奔，那会多么惬意呀！"

她极不情愿从这幸福的美梦中醒过来，因为那样就会了解到这美梦将带来的不幸事实。有好长一段时间，她都拒绝承认这些事实。再雇一个仆人也花不了几个钱，她相信母亲绝不会反对。佣人骑什么马都可以，随时都可以到巴顿庄园去取。至于马厩嘛，一个简简单单的小棚子就足够了。埃莉诺大胆质疑她接受这份礼物并不恰当，因为她对这个送礼的男人了解得太少，或者说，至少相识的时间太短。这番话可让玛丽安受不了。

"你以为我对威洛比知之甚少。"她激动地说，"你错了，埃莉诺。我认识他的时间确实不长，可这世界上除了你和妈妈，我最了解的人就是他。两个人是否能成为密友，并不取决于时间和机缘，而只取决于性情。某些人七年都无法了解对方，而另外一些人七天就足够了。如果送我马的是哥哥，而不是威洛比，那我才会觉得不恰当并且有愧于心。尽管我同约翰在同一个大家庭里相处了这么多年，但仍然不了解他。不过，对威洛比，我却早就有了定见。"

埃莉诺觉得还是避开这个话题为妙。她了解妹妹的脾气。在如此敏感的话题上表示反对，只会让她更加固执己见。于是，她转而唤起妹妹对母亲的感情，指出母亲向来溺爱孩子，如果母亲同意雇仆人建马厩（这是很有可能的），那一定会给自己招来诸多不便。这么一讲，玛丽安马上就让步了。她答应不向母亲提威洛比送礼这件事，以

---

1. 当时妇人单独骑马出行是不合适的，必须有仆人相伴。

免惹得母亲心肠一软便贸然同意。她还答应下次见到威洛比时会坚决谢绝这份礼物。

玛丽安信守承诺。当天威洛比来乡舍造访时，埃莉诺听到玛丽安低声向他表示自己的失望，因为她不得不放弃他的这份礼物。同时她也说明了自己改变主意的原因，以便让他无法继续恳求下去。但是，威洛比的脸上写满了担忧。在急切地表达了自己对玛丽安的关心之后，他也压低声音说："不过，玛丽安，虽然你现在用不上那匹马，但它仍然归你所有。我先替你养着，直到有一天你能领走。等你离开巴顿乡舍，去建立自己的家庭时，这匹'麦布女王'[1]会来接你的。"

这些全被达什伍德小姐无意中听到了。从威洛比说的这番话，从他说话的态度，以及他只用教名称呼妹妹来看[2]，埃莉诺当即就发现他们之间已经异常亲密，可以直白地表达心意，这说明他们已经完全情投意合。从那一刻起，她便认定他们已经私下订婚。对此，她只对一点感到意外——她自己，还有他们的其他朋友，竟然从未听他们透露过分毫，最后是偶然发现这个秘密，这实在与他们坦率的性格不符。

第二天，玛格丽特向她透露一件事，让问题更加明朗了。头天晚上，威洛比是和她们一起度过的。有一段时间，客厅里只剩下玛格丽特、威洛比和玛丽安，玛格丽特便趁机观察一番。随后和大姐独处时，她便神气活现地透露了自己的发现。

"噢，埃莉诺！"她嚷道，"我要告诉你一个玛丽安的秘密。我敢肯定她很快就要嫁给威洛比先生了。"

---

1. Queen Mab，出自莎士比亚的《罗密欧与朱丽叶》，是传说中可以帮助人类实现梦境的仙女精灵。

2. 教名即姓氏中最前面的名，如玛丽安或埃莉诺。根据当时英国的风俗，只有在女子接受了男子的求婚之后，男子才可以直呼其教名。

"自从他们第一次在高派教会山冈¹偶遇以来，"埃莉诺回道，"你差不多每天都要这样说。我记得，他们认识还不到一个星期，你就一口咬定玛丽安脖子上戴着他的小画像。但事实证明，那不过是我们叔公的。"

"但这次完全是另一码事。我敢肯定他们很快就要结婚啦，因为他拿到了玛丽安的一绺头发呢。"

"别乱说，玛格丽特。说不定那只是他的哪位叔公的头发。"

"可是，埃莉诺，那真的是玛丽安的头发。我几乎可以肯定，因为我是亲眼看到他剪下来的。昨晚用过茶点之后，你和妈妈离开了房间，他们两个就凑在一块儿窃窃私语，而且语速极快。威洛比似乎在向玛丽安央求着什么，不久他就拿起玛丽安的剪刀，剪下了她长长一绺头发。她的头发都披散在背后，很好剪。他拿着头发亲了两下，然后折起来，包在一张白纸里，装进了皮夹。"

玛格丽特说得如此细致生动，有理有据，由不得埃莉诺不信。她自己也不想再怀疑，因为小妹所说的这些情况，与她耳闻目睹的完全吻合。

玛格丽特虽然聪明伶俐，但有时难免聪明过头，惹来埃莉诺的不满。一天晚上在巴顿庄园，詹宁斯太太硬逼着玛格丽特说出埃莉诺意中人的名字，这是詹宁斯太太一直都颇感兴趣的问题。玛格丽特没有直接作答，而是看着姐姐问："我不能讲，对吧，埃莉诺？"

这句话自然惹来了哄堂大笑。埃莉诺也努力挤出一丝笑容，却感到分外痛苦。她相信玛格丽特已经猜到这人是谁，而妹妹一旦将这个名字说出口，埃莉诺就不能镇定自若地听任它沦为詹宁斯太太的长期笑料。

---

1. 高派教会是英国国教的一派。此处是地名，指的是玛丽安和威洛比初次相遇时的丘陵草原。

玛丽安真心同情姐姐的处境，但她好心却帮了倒忙。她涨红了脸，怒气冲冲地对玛格丽特说："记住，不管你怎么胡乱猜测，都没有权利说出来。"

"我从没乱猜，"玛格丽特答道，"是你自己告诉我的呀。"

此话一出，大家笑得更开心了，又逼着玛格丽特多说一些。

"噢！玛格丽特小姐，求你了，把一切都告诉我们好吧。"詹宁斯太太说，"那位先生叫什么名字？"

"我不能说，夫人。但我非常清楚他是谁，我也知道他现在在哪儿。"

"没错没错，我们能猜得到他在哪儿，肯定是在诺兰庄园他自己的家里啦。我敢说，他是那个教区的助理牧师。"

"不对，他才不是呢。他根本没有职业。"

"玛格丽特，"玛丽安怒不可遏，"你知道，这一切都是你自己胡编乱造出来的，实际上根本不存在这么一个人。"

"这么说，他就是最近过世了，玛丽安。我敢肯定曾经有这么一个人，他姓氏的首字母是'F'。"

就在这时，米德尔顿夫人说了句"雨下得好大啊"，让埃莉诺感激不尽。不过，埃莉诺知道，爵士夫人之所以打岔，并不是出于对她的关心，而是因为她对丈夫和母亲用来打趣的这种无聊话题深感厌恶。她开的这个话头立刻被布兰登上校接了下去，上校在任何场合都很照顾别人的情绪。于是，两人围绕下雨这件事说了一大堆话。威洛比打开钢琴，请玛丽安坐下来弹奏。大家都各自忙碌起来，避免谈论那个令埃莉诺尴尬的话题。但虚惊一场的埃莉诺费了好大的劲儿才恢复平静。

这天晚上，大家约好第二天去参观一个景色秀美的地方，那里离巴顿庄园大约十二英里，属于布兰登上校的一位姐夫。这位主人当时正在国外，他曾下达严令，没有上校的引介，任何人禁止入园参观。据说那个地方美丽极了，约翰爵士尤其赞不绝口。过去十年，爵士每年夏天都要组织亲友去那里至少两次，所以他的话大体信得过。那里有一大片水域，上午的大部分时间可以乘船游玩。大家带上冷餐，乘敞篷马车去就行，一切都按集体出游的通常模式进行。

出游队伍中，只有个别人觉得此行太冒险，因为时节已不太合适，而且两周来每天都在下雨。达什伍德太太已经感冒，她听从埃莉诺的劝说留在了家里。

Chapter 13

大家本来定好了要去惠特维尔庄园游览，结果却同埃莉诺的预想大相径庭。她本以为玩一趟下来，不仅要全身被淋透，还免不了担惊受累。谁承想事情比这还要糟糕——他们根本没去成。

十点钟时，所有出游的人都聚集到巴顿庄园，准备吃早饭[1]。虽然昨晚下了一夜的雨，但早上的天气却很舒服。天上的乌云渐渐散开，太阳频频露出头来。大家都兴高采烈，欢天喜地，迫不及待地想去玩个痛快。不管有多么不便，多么艰苦，大家都决心坚持下去，决不中途折返。

早餐时，仆人送进来几封信，其中一封是给布兰登上校的。他接过信，看到信上的地址，脸色顿时大变，当即离开房间。

"布兰登怎么了？"约翰爵士问。

1.当时英国的富人普遍起得较晚，十点用早餐是常见现象。

谁也答不上来。

"但愿不是什么坏消息。"米德尔顿夫人说，"肯定出了什么不寻常的事，不然布兰登上校不会这么突然地离开我的餐桌。"

大约过了五分钟，上校回来了。

"上校，应该不是什么坏消息吧？"上校一进屋，詹宁斯太太便问道。

"没什么事，夫人，谢谢你。"

"是从阿维尼翁[1]寄来的吗？但愿不是你姐姐的病加重了吧？"

"没有，夫人。信是从伦敦寄来的，只是一封商务信。"

"但如果只是封商务信的话，你为什么一看字迹就慌了神呢？算了，算了，你就别糊弄我们了，上校。告诉我们实情吧。"

"亲爱的妈妈，"米德尔顿夫人说，"看你都在说什么呀。"

"信上是不是说，你的表妹范妮结婚了？"詹宁斯太太说，压根儿没有理会女儿的指责。

"不是，真的不是。"

"好吧，那我知道是谁的来信了，上校。希望她现在身体健康。"

"夫人，您所说的是谁呢？"上校说，脸色微红。

"噢！你知道我说的是谁。"

"非常抱歉，夫人，"上校转而对米德尔顿夫人说道，"我偏偏在今天收到这封信，信上的事情要求我马上去伦敦。"

"去伦敦！"詹宁斯太太大叫起来，"在这个时节，你到底去伦敦做什么呀？"

"离开如此令人愉快的聚会，对我来说真是莫大的损失。"上校接着说，"但让我更担心的是，恐怕必须有我在场，你们才能进惠特维尔庄园。"

1.法国东南部城市。

众人如遭当头一棒！

"可是布兰登先生，你可以给那里的管家写个字条呀，"玛丽安急切地说，"这还不够吗？"

他摇摇头。

"我们一定要去，"约翰爵士说，"我们都快出发了，绝不能推迟。你可以等明天再去伦敦，布兰登，就这么定啦。"

"我也希望能这么容易就定下来。可我无权推迟行期，一天也不行！"

"只要你告诉我们你要去办什么事，"詹宁斯太太说，"我们就可以看看这事可不可以延期。"

"等我们回来之后你再动身，"威洛比说，"也顶多晚走六个小时而已。"

"我一个小时也耽搁不起。"

这时，埃莉诺听到威洛比小声对玛丽安说："有些人啊，就是受不了同大家一起玩乐。布兰登就是这种人。我敢说他是因为怕感冒才耍这套把戏，好让自己脱身。我愿拿五十几尼[1]打赌，那封信就是他自己写的。"

"我对此毫不怀疑。"玛丽安答道。

"布兰登，我早就了解你。"约翰爵士说，"一旦你做出决定，别人就无法说服你改变主意。不过，我还是希望你重新考虑一下。你想想，这里有从牛顿赶来的两位凯里小姐，有从乡舍走过来的三位达什伍德小姐。还有威洛比先生，他比平时早起两个小时，就是为了去惠特维尔庄园。"

布兰登上校再次表示，因为他的缘故而让大家无法出游，他十分遗憾。但他同时也说，这确实无法避免。

---

1. 英国旧金币，1 几尼等于 21 先令。

"那你什么时候回来呢？"

"我希望，你一旦可以离开伦敦，就回巴顿庄园来。"米德尔顿夫人接着说，"我们只好等你回来之后再去惠特维尔庄园了。"

"您真的非常体谅我。但我也说不准什么时候能回来，所以现在不敢做出任何承诺。"

"噢！他必须回来，一定得回来。"约翰爵士嚷道，"如果他周末还没回来，我就去找他。"

"对，就这么干，约翰爵士。"詹宁斯太太大声说，"也许那时你就会发现他到底干什么去了。"

"我不想去探究别人的隐私。我猜是他羞于启齿的什么事吧。"

仆人来报，布兰登上校的马已备好。

"你不会是要骑马去伦敦吧？"约翰爵士又说。

"不，我只是骑到霍尼顿[1]，然后转乘驿车。"

"好吧，既然你一定要走，我只能祝你一路顺风了。但你最好能改变主意。"

"我确实无能为力。"

然后他向大家道别。

"达什伍德小姐，今年冬天没有机会在伦敦见到你和你妹妹们吗？"

"恐怕是没有。"

"那我们分别的时间就比我想得更久了。"

对玛丽安，他只是鞠了一躬，什么也没说。

"哎呀，上校，"詹宁斯太太说，"你走之前，还是告诉我们你到底要去干什么吧。"

上校只对她说了声"再见"，便由约翰爵士陪同，离开了房间。

---

1. 德文郡东部城镇。

大家出于礼貌一直憋着的埋怨和哀叹现在全都爆发出来。他们一再表示，碰上这样扫兴的事，真是让人窝火。

"不过，我倒是能猜到他要去干什么。"詹宁斯太太得意扬扬地说。

"真的吗，太太？"大家异口同声地问。

"当然啦。我敢肯定是为了威廉斯小姐的事。"

"谁是威廉斯小姐啊？"玛丽安问道。

"什么！你不知道谁是威廉斯小姐？我还以为你以前一定听说过她呢。她是上校的一个亲人，亲爱的。一个关系非常近的亲人。我们不说有多近，免得吓坏诸位小姐。"接着，她便压低声音对埃莉诺说，"是他的私生女。"

"真的？！"

"噢，当然是真的。她盯着人看时，模样像极了上校。我敢说，上校会把自己的所有财产都留给她。"

约翰爵士回来后，便同大家一样，对这样的倒霉事深表遗憾。但他最后却说，既然大家聚到一起，总得寻点开心。经过一番商量，大家一致同意，虽然只有去惠特维尔庄园才能玩得痛快，但坐马车在乡下转转也能调剂心情。于是主人便吩咐备好马车。威洛比的马车打头，玛丽安上车时真是前所未有的开心。威洛比驱车迅速穿过庄园，转眼便消失不见。此后两人也一直没有踪影，等大家都回来之后，才再次见到他们。两人看上去高兴极了，但只是笼统地说，大家都去了丘陵草原上面，他们则始终在下面的小道上兜风。

大家决定晚上再举行一场舞会，让狂欢持续一整天。凯里家又来了几个人吃饭。约翰爵士心满意足地看到，有将近二十人围坐在餐桌旁。威洛比坐在达什伍德家大小姐和二小姐之间的老位子。詹宁斯太太坐在埃莉诺右边。大家刚入座，她就在埃莉诺和威洛比背后俯下身子，同玛丽安说起话来。那声音正好能让他俩听见："你们再滑头也瞒不过我的。我知道你们上午跑哪儿去了。"

玛丽安涨红了脸，慌忙答道："哪儿啊，你说？"

"你难道不知道我们乘我的小马车出去了？"威洛比说。

"当然，当然，厚脸皮先生，这我知道得一清二楚。可我一定要弄明白：你们究竟去哪儿了。我希望你很喜欢自己的宅子，玛丽安小姐。我知道那房子很大。等我去看你的时候，希望你们已经把那里布置一新。六年前我去的时候，就觉得那儿该好好添置些东西了。"

玛丽安连忙转过脸去，方寸大乱。詹宁斯太太不由得开心地大笑起来。埃莉诺发现，这位太太铁了心要弄清两人到底跑哪里去了，实际上已派自己的女仆询问过威洛比的马车夫。通过这种渠道，她知道他们去过艾伦汉姆庄园，在花园里转来转去，还把整座房子里里外外看了个遍，在那里消磨了好长时间。

埃莉诺简直不敢相信这是事实。因为史密斯太太还住在庄园，而玛丽安与史密斯太太素未谋面，按理说，威洛比不可能会邀请玛丽安去庄园，而玛丽安也不可能会答应。

一离开餐厅，埃莉诺就向玛丽安求证此事。令她大吃一惊的是，詹宁斯太太所说的一切居然全是真的。玛丽安反过来还因为姐姐不肯相信而非常生气。

"埃莉诺，为什么你就认为我们没有去过那里，没见过那座房子呢？难道这不是你自己也常想做的事情吗？"

"你说得没错，玛丽安。但史密斯太太还住在那里，而且你只有威洛比先生一人陪伴——在这样的情形下，我是绝不会去的。"

"可威洛比先生是唯一有权带我去看那座房子的人啊。而且我们乘坐的是敞篷马车，不可能再坐下第三人[1]。我从没像今天上午过得这样愉快过。"

---

1. 威洛比驾驶的是两马两轮敞篷轻便马车，只能容纳两人舒适地乘坐。

"恐怕，"埃莉诺答道，"一件事是令人愉快的，并不能证明它就是应该做的。"

"正相反，埃莉诺，没有比这更有力的证明了。要是我真的做了什么不该做的事，那我当时就会觉察出来。我们做错事的时候，自己总是知道的。而只要我们知道自己错了，就不可能感到愉快。"

"但是，亲爱的玛丽安，这件事已经让你遭受嘲讽捉弄，难道你还不怀疑自己的行为不够谨慎吗？"

"如果哪件事被詹宁斯太太讥讽过，就证明那件事不对，那我们大家可以说无时无刻不在犯错。她的称赞也好，责难也好，我全都不在乎。我不明白，去史密斯太太的花园散散步，看看她的房子，这到底有什么错。有朝一日，那里的一切都会是威洛比先生的，而……"

"就算有朝一日，那里的一切都归你所有，玛丽安，你的做法也是不妥当的。"

姐姐话里有话，听得玛丽安羞红了脸，但明显也颇为得意。她仔细思考了十分钟，又找到姐姐，高高兴兴地说："埃莉诺，也许我去艾伦汉姆庄园的确有些冒失，不过威洛比先生一定要带我去看呀。说真的，那房子真是让人着迷。楼上有一间特别漂亮的客厅，平常用的话刚刚合适。要是换上新式家具，就更讨人喜欢了。那是一个转角房间，两侧都有窗户。从一侧的窗户看出去，是屋后的一片用来玩滚木球游戏的草坪。再往外是一个陡坡，覆盖着美丽的树林。从另一侧的窗户看出去，则是教堂和村庄，再往外就是我们常常赞叹的美好而陡峭的小山岗。我倒没怎么看上那个房间，因为房间里的家具实在一副可怜相。不过，要是能重新好好布置一下——威洛比说，只要花上两三百英镑，这房间就会成为英格兰最舒适的避暑室之一。"

如果没有别人打岔，埃莉诺能一直听她讲下去，玛丽安准会把宅子里的每个房间都这样眉飞色舞地描述一番。

Chapter 14

布兰登上校突然结束拜访，离开巴顿庄园，而且坚决不肯透露原因，这让詹宁斯太太满脑子都是问号，一连揣测了两三天。她是个凡事爱寻根究底的人。不过，那些热衷于打听别人行踪的好事之徒，又有哪个不是这副德行？她时时刻刻都在心里嘀咕：到底是什么原因呢？她觉得上校准是收到什么不幸的消息，于是把他可能遭遇的种种危难都想了一遍。她拿定主意，绝不能让上校瞒过大伙儿。

"我敢肯定，绝对是出了令人非常难过的事情，"她说，"从他脸上的表情就看得出来。可怜的人啊！恐怕他的境况很不好。算起来，德拉福德庄园的年收入从没超过两千英镑，而且他哥哥在把家业搞得一团糟后才扔给了他。要我说呀，准是为了钱的事才找的他，要不然还会是什么原因呢？我真想知道是不是这么回事儿。无论如何我都要查明真相。也许是威廉斯小姐的事儿——嗯，我敢说就是这事儿。因为我上回提到她的时候，上校的表情非常警觉。也许她在伦敦生病了。八成就是这个事，因为我记得她总是病快快的。我敢打赌，肯定就是威廉斯小姐的事。现在上校不大可能为家境而苦恼，因为他相当精明，庄园背负的债务应该早就还清了。真猜不到是什么事！也许是他在阿维尼翁的姐姐的病情加重了，要他赶紧过去？他走得那么匆忙，看样子很像是这回事。唉，我真心希望他能早日摆脱困境，娶上一位好太太。"

詹宁斯太太就这样猜来猜去，自说自话。一有新的猜测，就会立马抛弃旧的想法，而且每个念头刚冒出来的时候，她都觉得自己很可能抓住了真相。埃莉诺虽然非常关心布兰登上校的情况，但她不能像詹宁斯太太期望的那样，一门心思去猜他为什么会突然离开。在她看来，这件事并不值得老是这么大惊小怪，胡猜乱想。除此之外，还有真正令她费解的事，那就是她妹妹和威洛比的表现。他们明明知道，大家对他们的关系产生了异乎寻常的兴趣，但两人却出乎意料地保持着缄默。他们越是不吭声，情况就越是可疑，完全与他们二人的性情不相符。他们平日里对彼此的态度已经表明了他们之间的关系，但他们就是不肯向母亲和姐姐公开承认，埃莉诺想不出这究竟是什么原因。

她很容易便看出来，他们还没有能力马上结婚，因为威洛比虽然经济独立，但绝对谈不上富裕。约翰爵士曾经估算过，他一年有五六百英镑的收入，可是他花销太大，入不敷出。他自己也常常抱怨没钱用。但令她百思不得其解的是，他们订婚的事实际上已尽人皆知，他们却古怪地要保守秘密。这与他们惯常的观念和行为截然不同，以至于她有时候也会怀疑，他们是否真的订了婚。这份疑心足以让她打消询问妹妹的念头。

威洛比对达什伍德母女的一片深情真是再明显不过了。他用情人所特有的万般柔情对待玛丽安；对她家里的其他人，他则抱以儿子和兄长般的亲切关怀。他似乎已经把巴顿乡舍当成是自己家了。他热爱这个家，在这里盘桓的时间比在艾伦汉姆庄园多得多。如果大家没有约好在巴顿庄园聚会，他早上出来活动之后，几乎毫无例外地会来到乡舍，在玛丽安身边陪伴一整天，而他的爱犬就躺在她的脚边。

特别是布兰登上校离开约一周后的一个晚上，威洛比对周围的事物产生了异乎寻常的眷恋。达什伍德太太偶尔提起来年春天改建乡舍的计划，当即遭到他的强烈反对，因为他已经深深爱上这个地方，觉得它尽善尽美，一丝一毫也不能改。

"什么！"他惊呼道，"要改建这座可爱的乡舍！不行，我决不同意。您要是尊重我的感受的话，那墙上一块石头都不要增加，房子一英寸都不要扩大。"

"别这么紧张，"达什伍德小姐说，"这种事是办不成的，因为我母亲永远也凑不够改建的资金。"

"那我就太高兴了，"他大声说，"如果她这样乱花钱的话，我倒宁愿她一辈子受穷。"

"谢谢你，威洛比。你尽管放心，我不会为了搞什么改建，而伤害你或者我所爱的任何人对这地方的感情。相信我吧，到了来年春天清账时，不管剩下多少钱，我宁愿放着不用，也不会做让你如此伤心的事。不过，你真的这么喜欢这个地方，一点缺陷也看不出来？"

"真的啊，"他说，"我确实觉得这里完美无缺。不，更进一步说，我认为只有在这种样式的房子里，才能获得幸福。要是我足够富裕的话，立马就会推掉库姆¹，完全按照这座乡舍的模样重建。"

"我想，那就得有又暗又窄的楼梯和烟雾缭绕的厨房喽。"埃莉诺说。

"没错。"威洛比用依然急切的语气大声说，"必须跟这里一模一样。无论是便利的方面，还是不便利的方面，都不能看出丝毫的不同。这样，也只有这样，只有住进这样一座房子，我在库姆或许才会像在巴顿乡舍一样快活。"

"我倒是觉得，"埃莉诺答道，"即使你今后不幸住上更好的房间，用上更宽的楼梯，你也会觉得自己的房子完美无缺，就像现在对这座乡舍的看法一样。"

"在某些情况下，"威洛比说，"我当然会非常喜爱自己的房子。但我对这个地方永远都怀着一份眷恋之情，这是别的地方无法比拟的。"

达什伍德太太满脸喜色地看着玛丽安，女儿那双美丽的眼睛正含情脉脉地注视着威洛比，这明显表示，女儿完全明白他的意思。

---

1. 库姆是威洛比自己的宅邸，全名为库姆大厦。

"一年前的这个时候，我也在艾伦汉姆庄园。"他接着说，"当时我常想，真希望巴顿乡舍能有人家搬进来啊！每次我从乡舍经过，总要赞叹它的位置真好，只可惜一直闲置着。我当时完全没想到，当我第二次来到这里的时候，从史密斯太太口中听到的第一条消息就是，已经有人家入住巴顿乡舍了。我既感到得偿所愿，又对这家人产生了兴趣。这只能解释为一种预感：我将因此得到幸福。玛丽安，事实难道不正是如此吗？"他压低声音对她说，然后恢复了之前的语调，"但是，您却要毁掉这座房子，达什伍德太太？您所设想的改建方案，会破坏这座房子的简单自然的！这间可爱的客厅，我们正是在这里第一次碰面，在这里一起度过许多快乐时光，您却要将这里降格为人人都会匆匆而过的普通走廊，而在此之前，这里一直都那么方便，那么舒适，世上任何豪华气派的房间都比不上。"

达什伍德太太再次向他保证，自己绝不会去做改建这种事。

"您真是一位好太太，"他热情地回应道，"您的承诺让我放心了。如果您能做出更大的承诺，那我就会感到幸福。答应我，不仅这座房子会保持原样，您和您的女儿们也会像房子一样永不改变，永远对我这样好，让我觉得你们的一切都是那样亲切。"

达什伍德太太立刻全盘应承下来。威洛比整晚的行为举止都表明，他不仅满怀爱意，而且沉浸在幸福之中。

"你明天过来吃饭吗？"达什伍德太太在他告辞时问，"不用上午过来，因为我们要步行去巴顿庄园拜访米德尔顿夫人。"

威洛比答应下午四点再到乡舍来。

Chapter 15

达什伍德太太第二天去拜访米德尔顿夫人，只有两个女儿跟着。玛丽安借口有琐事要处理，没有同行。她母亲猜，头天晚上威洛比肯定同她约好，趁她们都不在的时候来找玛丽安，于是便心满意足地准许她留在家中。

母女三人从巴顿庄园回来时，发现威洛比的小马车和仆人在乡舍外等候，达什伍德太太当即确定自己猜中了。到目前为止，事情都在她的料想之中。谁承想，一进屋，她便看到了大大出乎意料的场面。她们刚进走廊，玛丽安就从客厅匆匆跑出，看上去极其痛苦，不停地用手帕抹着眼泪，没有理会她们便跑上楼去了。她们又惊又怕，径直走进她刚刚离开的客厅。那里只有威洛比一个人，正背对着她们，靠在壁炉台上。听到她们进来，他转过身，脸上流露出同玛丽安一样的激动表情。

"她出什么事了？"达什伍德太太一进客厅便嚷嚷起来，"生病了吗？"

"但愿没有。"他努力装出高兴的样子，挤出一丝微笑，接着说，"我倒是觉得自己快生病了，因为我遇上一件令人十分失望的事情，正苦恼着。"

"失望？"

"是的，因为我答应与你们共进晚餐，现在却做不到了。今天早上，史密斯太太仗着自己有钱，对我这个依靠她的可怜侄儿发号施令起来，派我去伦敦给她办事。我刚接到这份差事，告别了艾伦汉姆庄园。为了能让自己开心一点，现在特来向你们辞行。"

"去伦敦！今天上午就走？"

"差不多马上就得动身。"

"这真是太令人遗憾了。不过，史密斯太太吩咐的事情，你不得不办。但愿她的事不会让你离开我们太久吧。"

他红着脸答道："您对我真好，但我想我不会很快返回德文郡。我每年只来探望史密斯太太一次，一向如此。"

"难道只有史密斯太太是你的亲友？难道这一带只有艾伦汉姆欢迎你？太不像话了，威洛比。难道你非得等我们发请帖你才回来？"

他的脸更红了，两眼紧盯着地板，只是回答说："您对我真是太好了。"

达什伍德太太惊诧地看着埃莉诺，埃莉诺跟母亲一样诧异。一时间，所有人都默不作声，最后还是达什伍德太太打破沉默。

"我只能再说一句，亲爱的威洛比，巴顿乡舍永远欢迎你。我不想逼你马上回来，因为只有你自己才能判断，怎样做才能让史密斯太太满意。在这个问题上，我不怀疑你回来的意愿，也相信你会做出明智的判断。

"我现在担负的差事，"威洛比惊慌地回答道，"是那种……那种……我自己也不敢说……"

他说不下去了。达什伍德太太惊愕得说不出话来，于是大家再次陷入沉默。这次打破沉默的是威洛比。他淡淡一笑，说："这样磨蹭下去太傻了。我不想折磨自己，既然现在无法与朋友们欢乐相聚，那留在这里也没什么意义。"

接着他便匆匆向大家告别，离开了房间。她们看他上了马车，一转眼，连人带车都消失不见了。

达什伍德太太心中五味杂陈，一言不发地快步离开了客厅。威洛比的突然离去，令她既忧虑又惊愕。她想独自静静。

埃莉诺心中的不安不亚于母亲。想起刚才发生的事，她除了焦虑之外，也不禁生疑。威洛比告辞时的态度，他的尴尬，他的强颜欢笑，尤其是他对母亲邀请的拒绝，那副忸怩迟疑的样子，根本不像是妹妹的情人，也不像是他本人——这一切都让她十分不安。她一会儿担心威洛比从未对他与妹妹的感情有过认真的打算，一会儿又担心他和妹妹之间不幸发生了争吵。玛丽安离开客厅时是那么痛苦，最合理的解释就是他们真的大吵了一架。不过，考虑到玛丽安那么爱他，吵架又似乎不大可能。

但是，不管他们到底是怎样分的手，妹妹的痛苦都是无可置疑的。她极为体贴同情地想，玛丽安此刻多半正在纵情大哭，以纾解心中的痛苦吧。她的悲伤还会反反复复，没完没了，仿佛这是自己必须承担的义务。

大约过了半个钟头，母亲回到客厅，虽然双眼通红，脸色却没有那么忧郁了。

"我们亲爱的威洛比现在已经离巴顿好几英里远了，埃莉诺，"她一边坐下干针线活儿，一边说，"你说他路上的心情该多沉重啊！"

"这事可真怪，他说走就走了！就像是一眨眼的事！昨晚他跟我们在一起时还那么开心，那么快活，那么亲热！可是现在，他只提前十分钟打个招呼就走了，而且还不打算回来！一定出了什么事，他瞒着我们。有话不说，这也太不像他了。您一定也看出这很反常吧。到底是怎么回事呢？他们是不是吵架了？否则他为什么那么不情愿接受您的邀请回这里来呢？"

"他不是不想回来，埃莉诺。这一点我看得很明白。他是没能力接受我的邀请。我告诉你，我已经全想通了。一开始我同你一样，觉得这一切很奇怪，但现在，所有问题我都能解释清楚了。"

"您真的可以解释？"

"当然。我对自己的解释是非常满意的。但是你嘛，埃莉诺，你总是喜欢疑神疑鬼——我知道，我的解释，你是不会满意的。但你也无法动摇我的观点。我相信，史密斯太太怀疑威洛比对玛丽安有意，但她并不赞成——也许是因为她对他另有安排——因此迫不及待地把他支开。她派他去办的事情，不过是为把他支走而编造的借口罢了。我相信，事情就是这样。而且，他也知道，史密斯太太确实不赞成他同玛丽安交往，因此他还不敢向她坦白跟玛丽安订婚的事。他觉得自己还得依附于她，只好听从她的安排，暂时离开德文郡。我知道，你会对我说，事情也许是这样，也许不是。我不想听你挑刺儿，除非你提出另一番理论，能同样圆满地解释这件事。现在，埃莉诺，你有什么说的？"

"没有，因为您已经猜到我想说什么了。"

"我知道你会对我说，事情可能是这样，也可能不是。噢，埃莉诺，你的想法真让人捉摸不透！你宁愿往坏处想，也不肯相信会有好事。你宁愿担心玛丽安会遭遇不幸，担心可怜的威洛比会犯错误，也不肯替他辩解。他向我们告别时没有平常那么热情，你就认定他应该受到责备。他也许只是一时疏忽，或者只是因为最近的失意而情绪低落，难道你就不能体谅他一下？虽然没有得到完全确认，但你能因此就否认这种可能性吗？对于一个有那么多地方值得我们喜欢，没有一个地方让我们瞧不起的人，我们就一点也不能替他辩解？他的动机或许是无可置疑的，只是不得不暂时保守秘密罢了。说到底，你究竟在怀疑他什么呀？"

"我自己也说不清楚。但是，我们刚才看到他一反常态的样子，自然会怀疑发生了什么不愉快的事。不过，您刚才劝我应该体谅他，这话很有道理。我评判所有人的时候，都希望做到公正坦率。威洛比那样做，也许确实有充分的理由，我也希望他有。但是，假如他刚才就把前因后果讲清楚，那才更符合他的为人。保守秘密或许是应该的，但他这样的人竟然会做出这样的事，我难免会觉得奇怪啊。"

"既然这样，你就别责备他行为反常了，毕竟他身不由己。话说回来，你真的认为我为他辩解的话有道理？我真高兴 —— 他被宣判无罪啦。"

"话也不能这么讲。对史密斯太太隐瞒他们订婚的事实——如果他们确实订了婚的话——这也许是恰当的。如果事实果真如此，那威洛比尽量少在德文郡露面就是非常明智的做法。可是，他们没有理由连我们也瞒着啊。"

"瞒着我们！我的乖女儿，你是在指责威洛比和玛丽安瞒着我们吗？这就真是奇了怪了，你难道不是每天都在用眼神责备他们不够谨慎吗？"

"我不需要他们相爱的证据，"埃莉诺说，"但需要他们订婚的证据。"

"我对这两点都深信不疑。"

"但在这件事情上，他们俩可是一个字也没向您透露过啊。"

"他们的行为已经表明了一切，根本不需要亲口承认。至少最近两周，威洛比对玛丽安和我们大家的态度，难道不是已经明白地显示出他爱玛丽安，把她当作未来的妻子，把我们当作最亲的亲人？难道我们不是完全心意相通？他之所以每天都有那样的神色和举止，对我抱着那样殷勤而深情的尊敬，难道不就是为了得到我的首肯？我的埃莉诺，你怎么能怀疑他们没有订婚？你怎么会产生这种念头呢？威洛比明知你妹妹中意他，怎么会不对你妹妹表明心迹就一走了之，而且一走可能就是几个月？他们怎么可能一句贴心话都不说就分手？"

"我承认，"埃莉诺答道，"种种迹象都表明他们已经订婚，只是有一点除外。那就是，他们两人对这件事都闭口不谈。在我看来，这一点几乎就能推翻其他所有证据。"

"真是怪了！他们俩公开谈情说爱的事，你全都看见了，却对他们的关系提出质疑，看来你一定觉得威洛比是个卑鄙小人。这么长时间以来，难道他对你妹妹只是在逢场作戏？你认为他真的对你妹妹毫无感情？"

"不，我不是这样想的。我相信，他肯定是爱玛丽安的。"

"可是在你眼中，他却冷漠无情地离开了她，全然不顾他们的未来。如果真是如此，他们之间的柔情蜜意也太不可思议了吧？"

"您别忘了，亲爱的妈妈，我从不认为这件事是绝对的。我承认，我有过疑虑，但现在已经减轻，也许很快就会彻底消失。如果我们发现他们有书信往来，那我所有的担忧都会烟消云散[1]。"

"这可真是巨大的让步啊！要是你看到他们两个站在圣坛前，应该会认为他们要结婚了吧。你这孩子真是讨厌！我可不需要这样的证据。我对这事儿没有一星半点的怀疑。他们从未遮遮掩掩，一直都光明正大，毫无保留。你不会怀疑妹妹的心意，那就一定是在怀疑威洛比。但为什么呢？难道他不是个爱名誉、重感情的人？难道他曾经表里不一，引起了你的警觉？难道他是个骗子？"

"我希望他不是，也相信他不是这种人。"埃莉诺叫喊起来，"我喜爱威洛比，真心喜爱他。对他的诚实的怀疑，不仅让您痛苦，也让我自己难受。这种怀疑是不知不觉中冒出来的，我不会任其发展下去。我承认，他今天上午态度大变，把我吓了一跳。他的言谈一反常态，您好心邀请他，他的回应却很不诚恳。但这一切都可以用您设想的处境来解释。他刚同妹妹告别，眼看着她哀痛欲绝地离开。却不敢得罪史密斯太太，只好克制住尽快返回这里的愿望。但他也知道，拒绝您的邀请，说要离开很长一段时间之后，他会在我们全家心目中转变成一个既卑鄙又可疑的角色，这当然会让他感到窘迫不安。在这种情况下，我觉得他完全可以公开承认自己的难处，这样做不是更能维护他的名誉吗？而且也更符合他平日里的个性。但我不会那样褊狭，仅仅因为对方和自己见解不同，或者不如我想的那样正确，那样前后一致，就质疑对方的行为。"

"你说得很对。威洛比当然不用怀疑，虽然我们认识他的时间

---

1. 根据当时英国的习俗，陌生的年轻男女不能有书信往来，除非双方已经订婚。

不长，他在这里却不是个陌生人，有谁说过他一句坏话呢？要是他自己做得了主，能马上结婚的话，走之前不立即把所有事都向我交代清楚才怪呢。可他做不了主呀。从某些方面看，他们的订婚从一开始就不顺利，因为到底何时结婚还完全说不准。现在，只要行得通，就连守口如瓶也是十分明智的。"

玛格丽特走进来，打断了她们的谈话。这时埃莉诺才得空思考母亲的解释。她承认，其中许多说法是有可能的，并希望一切都能如母亲所言。

她们一直没有看到玛丽安，到吃晚饭时，她才一言不发地走进餐厅，坐在餐桌边。她的眼睛又红又肿，看样子，她到这时才好不容易止住泪水。她躲避着大家的目光，吃不下饭，也说不出话。过了一会儿，她母亲怀着关切与怜惜，默默握住她的手。她仅有的那点自制力又瞬间丧失——顿时泪如雨下，拔腿离开了房间。

这种强烈的精神压抑持续了整整一个晚上。她无力控制自己，因为她根本无意控制自己。只要有人稍稍提到与威洛比有关的事情，她马上就会受不了。虽然一家人都万分焦虑地想要安慰她，但只要一开口，总免不了会触及她的伤心事，让她想起威洛比。

Chapter 16

与威洛比分离后的当天晚上，玛丽安要是还能安然入睡，就会觉得自己简直不可宽恕。要是第二天起床时，她不是昏昏欲睡，比上床的时候更困的话，都会觉得自己没脸去见家人。她把平静视作为耻辱，实际上也压根儿平静不下来。她整宿没合眼，大部分时间都在啜泣。起床时，头疼得厉害，说不出话，也不想吃饭，这令她母亲和姐妹每时每刻都为她感到痛苦。不管谁来劝慰，她都一概不听。她的多愁善感可真让人有得受！

早饭过后，她独自走出家门，大半个上午都在艾伦汉姆村各处闲逛，一面沉浸在对往昔欢乐的回忆之中，一面又为眼下的不幸而痛哭。

晚上，玛丽安依然怀着同样的心情。她弹奏了过去常弹给威洛比听的每一首心爱的曲子，弹奏了他们频频齐声高歌的每一段旋律，然后坐在钢琴前，凝视着威洛比写给她的每一行曲谱，直到心情沉痛到无以复加。她每天都用这样的方式增加自己的痛苦。在钢琴旁一坐就是几个小时，唱了又哭，哭了又唱，常常泣不成声。她看书时也同弹琴唱歌一样，总要从今昔对比的情节中寻找痛苦。她专挑他们曾一起读过的书，别的一律不看。

这样强烈的痛苦当然是不可持久的。没过几天，她便平静下来，变得郁郁寡欢。不过，每天的独自散步和沉思默想还是免不了，有时候，她又突然悲从中来，像往常那样一发而不可收。

威洛比没有来信，玛丽安似乎也不指望会收到信。她母亲对此深感诧异，埃莉诺则再次不安起来。不过，达什伍德太太随时都能找出一堆解释，至少可以让她自己满意。

"别忘了，埃莉诺，"她说，"寄给我们的信件通常是由约翰爵士到邮局取回来的，寄走的邮件也是他送到邮局的。既然我们已经一致认定，他们有必要保守秘密，那我们就必须承认，如果他们的信件经过约翰爵士的手，就不再是秘密了。"

埃莉诺无法否认。她试图从中找到他们保持沉默的动机。不过，有个非常直接、非常简单，而且她觉得非常恰当的办法，可以立刻揭开真相，驱散疑云，于是她忍不住向母亲提了出来。

"您为什么不马上问问玛丽安呢？"她说，"问她是不是真的和威洛比订了婚？您是她母亲，而且这么和蔼，对她这么宠爱，您问这个问题是不会惹她生气的。您爱她，自然会关心她的幸福。她从来就肚子里藏不住话，对您尤其如此。"

"我无论如何也不会去问这样的问题。要是他们真的没有订婚，那我这一问会给她造成多大的痛苦啊！不管怎样，这样做都太刻薄了。她现在不愿对任何人透露的事情，如果我硬逼她说出来，那今后我就再也不值得她信任了。我懂玛丽安的心，我知道她非常爱我，如果条件允许，她可以公布真相的话，我绝不会是最后一个知道的。我不想强迫任何人向我吐露秘密，尤其是自己的孩子。出于对我的孝心，她会把原本不想说的话也说出来。"

埃莉诺觉得妹妹年纪还小，母亲对她过于宽厚了，于是催着母亲去问，但却徒劳无功。这种不切实际的体贴，让达什伍德太太抛却了所有起码的常识、起码的关心，以及起码的谨慎。

一连好多天，家里人都没有当着玛丽安的面提起威洛比。当然，约翰爵士和詹宁斯太太就没那么谨小慎微了。每次他们拿这件事说笑，就无异于往玛丽安的伤口上撒了一把盐。不过有天晚上，达什伍德太太无意中拿起一本莎士比亚的书，大声说：

"我们还没读完《哈姆雷特》呢，玛丽安。没等我们读完，亲爱的威洛比就走了。把书收到一边吧，等他回来的时候……可是，那也许得等好几个月呀。"

"几个月！"玛丽安万分惊讶地叫起来，"不会的！都用不了几个星期。"

达什伍德太太后悔自己说错了话，不过埃莉诺却很高兴，因为这句话促使玛丽安给出答复，表明她对威洛比充满信心，并且了解他的想法。

威洛比离开乡下大约一个星期后的一天上午，玛丽安终于被姐妹说服去参加例行散步，没有独自走开。这之前，每次外出闲逛，她总是小心翼翼地躲开别人。如果姐姐妹妹想到丘陵草原去散步，她就连忙悄悄溜到山谷中的小路上；如果她们说去山谷，她就立刻往山上爬。等到别人出发的时候，她早已跑得无影无踪。埃莉诺非常不赞成她总是这样离群独处，费了很多口舌才把她拖住同去。姐妹三人顺着山谷一路走，大部分时间都沉默不语，一来玛丽安的心神依然无法平静，二来埃莉诺满足于已争取到的局面，不愿得寸进尺。山谷入口之外依旧土地肥沃，但已经不再草木丰茂，视野也更加开阔。他们面前伸出一条长长的道路，是她们第一次来巴顿时走的那条路。来到此地，她们停下脚步，四下张望，观赏那些从乡舍只能远眺的景色。她们之前散步时还从没来过这个地方。

在眼前的景物中，她们很快发现一个活动目标。那是一位骑马的男子，正朝她们而来。过了几分钟，她们能看出那是一位绅士，玛丽安随即欣喜若狂地大喊：

"是他！真的是他！我就知道！"说着便急忙跑去迎接，这时埃莉诺却大声说：

"玛丽安，你看错了。那人不是威洛比。他没有威洛比高，也没有他的风度。"

"他有，他有，"玛丽安嚷道，"我肯定他有。他的风度，他的外套，他的马。我就知道他很快会回来的。"

她边说边急匆匆地往前走。埃莉诺差不多可以肯定，来者绝不是威洛比。为了拦住玛丽安不让她看清楚，埃莉诺也快步追上去。她们很快与那位绅士相距不到三十码。玛丽安又定睛一看，心里咯噔一下，猛然转身向后跑去。她的姐妹扯开嗓子喊她站住的时候，她听到了第三个声音，几乎跟威洛比的声音一样熟悉，也在恳求她止步。她惊奇地转过身去，发现对面那人竟是爱德华·费拉斯，便迎了上去。

此时此刻，爱德华是世上唯一虽不是威洛比却可以被宽恕的人，也是唯一可以赢得玛丽安笑容的人。玛丽安擦干眼泪，向他微笑。一时之间，她居然因为替姐姐高兴而忘记了自己的失望。

爱德华下了马，把马交给仆人，与三位小姐一起步行返回巴顿乡舍。他正是专程来拜访她们的。

爱德华受到达什伍德姐妹的热诚欢迎，特别是玛丽安，接待他时甚至比埃莉诺还要兴奋。

当初在诺兰庄园，她就常常看到姐姐同爱德华交往时态度冷淡，让人琢磨不透，而在她看来，这次相聚简直就是那种关系的继续。尤其是在爱德华方面，完全缺乏在这种场合一个情人应有的神色和言语。他神情茫然，见到她们似乎也不怎么开心，既没有欢天喜地，也没有笑逐颜开，只是被问到的时候，才勉强回应两句，对埃莉诺也没有特别亲热的表示。玛丽安的所见所闻，令她越来越诧异，甚至有点厌恶爱德华了。而这又让她想到威洛比，想到他的态度恰好同这位未来的姐夫形成鲜明对比。她现在无论心中产生何种感情，最后都会让她想到威洛比。

见面时的惊喜和寒暄之后，大家沉默了片刻，然后玛丽安问爱德华是不是直接从伦敦来的。结果他却说不是，还说自己到德文郡已经两个星期了。

"两个星期！"玛丽安重复了一遍。他跟埃莉诺身处同一郡内这么久，却到现在才来看她，这令玛丽安相当意外。

爱德华非常苦恼，说自己一直待在普利茅斯[1]附近，与几位朋友在一起。

"你最近去过萨塞克斯郡吗？"埃莉诺说。

"一个月前我去过诺兰庄园。"

"我们最最亲爱的诺兰庄园现在怎么样了？"玛丽安大声问。

---

1. 德文郡西南部港口。

"我们最最亲爱的诺兰庄园，"埃莉诺说，"大概还是每年这个时节的老样子吧。树林里，小路上，都铺满厚厚的枯叶。"

"噢，"玛丽安嚷道，"以前见到树叶飘落时，我是多么激动啊！散步时，看见树叶乘着风儿，在我身边纷纷扬扬地飘落，真是快乐极了！那样的季节，那样的空气，真是让人心旷神怡！现在，再也没有人去观赏落叶了。住在那里的人只会觉得落叶是垃圾，必须赶紧清扫干净，最好一片都看不到。"

"不是人人都像你那样爱落叶的。"埃莉诺说。

"是呀。我的感情不是人们常有的，也常常不被大家理解。不过，有时候我也会遇到知音。"说这话时，她又陷入沉思，过了会儿才回过神来。"看，爱德华，"她将他的注意力引向这里的风景，"这儿就是巴顿山谷。好好看看吧，看完不激动才怪呢。看那些山岗！你见过这么美的山岗吗？左边是巴顿庄园，环绕在树林和种植园当中。你可以看到宅邸的一角。还有那儿，最远处那座雄伟屹立的山岗，我们的乡舍就在山脚下。"

"真是美丽的乡村啊。"他答道，"不过，到了冬天，谷底一定会很泥泞吧。"

"面对这样的美景，你怎么会想到泥泞上去？"

"因为，"他微笑着回答道，"在所有美景当中，我还看到一条非常泥泞的小道呀。"

"这人真怪！"玛丽安边走边自言自语道。

"你们与这里的邻居都处得好吧？米德尔顿夫妇都很和蔼吧？"

"不好，一点也不好。"玛丽安回答道，"我们的处境再糟糕不过了。"

"玛丽安，"她姐姐大声说，"你怎么能这么说？怎么这么不公道？他们是非常体面的一家人，费拉斯先生，他们待我们也极其友好。玛丽安，难道你忘了，他们给我们带来多少快乐的日子？"

"我没忘，"玛丽安低声说，"也没忘记他们给我们带来多少痛苦的时光。"

埃莉诺没有理会这话，把注意力转移到来访者身上，尽量与他谈话，谈她们现在的住宅，以及居住条件多么便利，等等，使他不得不也偶尔问一两个问题，发表点评论。他的冷淡和沉默让她感到非常屈辱。她既烦恼又气愤，但她决定按照过去而非现在的情况来节制自己的行为，展现出对待亲戚所应有的态度，尽力避免流露出不满和不快。

Chapter 17

看到爱德华时，达什伍德太太只是惊讶了一刹那，因为在她看来，爱德华来巴顿原本就是再自然不过的事情。她表达欣喜和关切的时间要远远超过惊讶的时间。爱德华从她这里得到最热情的欢迎，羞涩、冷漠和沉默是抵挡不住这种欢迎的。他还没进屋便已经开朗起来，而达什伍德太太令人着迷的态度让他完全放下了矜持。要是哪位男士爱上了她的女儿，不管是哪一个女儿，都不可能不对她这个母亲也抱以深情。埃莉诺满意地发现，爱德华很快恢复了常态。他对她们似乎重新热情起来，而且再次关心她们的生活福祉。但他的兴致还是不高。他称赞她们的房子和四周优美的景色，对她们殷勤和气，可是一直提不起多大精神。这一切，达什伍德母女全都看在眼里。达什伍德太太把这归咎于爱德华母亲待他不够慷慨宽容，因此在坐下来吃饭时，对所有自私自利的父母都深表愤慨。

"那眼下费拉斯太太对你的前途有什么打算，爱德华？"吃完晚饭，大家都围坐在火炉前，达什伍德太太问，"还是不管你愿不愿意，都要让你成为一名伟大的演说家？"

"没有。我希望我母亲现在能明白，我既没有涉足政界的意愿，也没有那种才干。"

"那你准备怎么树立名声呢？只有出了名，才能叫全家人都满意呀。但你既不爱花钱，又不热衷于交际，还没有自信，要出名可就难了。"

"我本来也没打算出名。我从没想过出人头地，而且我敢说我永远都不想。谢天谢地！就算再逼我，我也没那份天才和口才。"

"你没有雄心壮志，这我很清楚。你的愿望全都很平凡。"

"我相信，我的愿望跟世上其他人的一样平凡。我与别人一样，希望自己能过得美满幸福，而且跟别人一样，我希望通过自己的方式去追求幸福。地位显赫并不能让我幸福。"

"要能那才怪呢！"玛丽安嚷道，"财富和高位同幸福有什么关系？"

"高位同幸福关系不大，"埃莉诺说，"但财富却对幸福至关重要。"

"埃莉诺，真丢脸！"玛丽安说，"只有没有别的办法来获取幸福时，金钱才能带来幸福。就个人来说，除了充足的生活条件，金钱不能给人带来真正的满足。"

"也许，"埃莉诺笑着说，"我们说的是同一回事。我敢说，你所指的'充足的生活条件'和我所说的'财富'是非常相近的。我们都承认，现在这世上，若是没有钱，就享受不到舒适的生活。你的说法只是比我的听上去高贵一些。好吧，你所说的'充足的生活条件'是指什么？"

"每年大约一千八到两千英镑，不超过这个数[1]。"

埃莉诺大笑。"两千英镑一年！我所说的'财富'只是一千英镑！我早就猜到会是这样。"

"可是，一年两千英镑也是非常有限的收入啊，"玛丽安说，"再少的话就没办法供养家庭了，我觉得这要求并不过分。总得有一帮像样的仆人，一辆马车，或者两辆，还得有猎犬，收入太少是不够用的。"

听到妹妹如此精确地算计着她将来在库姆大厦的开销，埃莉诺又笑了。

"猎犬！"爱德华重复道，"可是你为什么必须有猎犬？并不是每个人都爱打猎啊。"

玛丽安脸一红，回答道："大多数人都喜欢啊。"

"我在想，"玛格丽特异想天开地说，"要是有人能给我们每人一大笔财产，那该多好啊！"

"噢，会的！"玛丽安嚷道。她脑中全是幸福的幻想，双目激动得闪闪发光，两颊通红。

"我想，大家都有这样的愿望，"埃莉诺说，"只是这世上并没有那么多的钱。"

"噢，亲爱的姐姐！"玛格丽特嚷道，"要是那样的话，我该多幸福啊！我简直不知道该拿那笔钱干什么好！"

玛丽安对这个问题似乎毫无疑虑。

"要是我的孩子全都有了钱，不需要我的帮助，"达什伍德太太说，"我也不知道怎么花掉手头这一大笔钱了。"

"你应该先去修缮这座房子，"埃莉诺说，"你的这个难题马上就能解决。"

---

1. 当时英国只有不到百分之一的人达到了这样的收入水平。

"这样一来，"爱德华说，"你们府上要向伦敦发出多少数额可观的订单啊！对书店、乐谱店和版画店来说，那将会是非常愉快的日子！你达什伍德小姐，肯定会到处托人，凡是值得一读的新书都要给你寄一本。至于玛丽安，我知道她心志高远，就算伦敦所有的乐谱加在一起也不能令她满意。还有书啊！汤姆森[1]、古柏、司各特……这些人的大作她都会一买再买。我相信，她会把每本书买光，以免它们落入庸人之手。她还会把那些教她如何欣赏歪脖子老树的书也全买下来。难道不是吗，玛丽安？请原谅我可能太唐突。不过我想告诉你，我还没有忘记我们以前的争论。"

"我喜欢有人向我提起过去，爱德华。不管那些往事会令我伤心还是开心，我都愿意去回忆。所以你提过去的事情，绝不会让我生气。关于我会怎样花钱，你猜得很对。至少其中一部分，也就是我的零用钱，肯定会花在扩充我的乐谱和书籍收藏方面的。"

"你的大部分财产都将作为年金送给作家及其继承人吧。"

"不，爱德华，我还有别的地方要花钱。"

"那你或许要设立奖金，赏给那些为你最中意的信条做出最强有力辩护的人吧。这信条就是：人的一生只能恋爱一次。我猜，你的这一看法并没有改变吧？"

"那还用问。我这个年纪的人，看法基本都定型了，不会因为现在看到或听到什么就改变。"

"你看，玛丽安还跟以前一样固执，"埃莉诺说，"一点也没变。"

"她只是比以前严肃了一些。"

"不对，爱德华，"玛丽安说，"你可没资格责怪我，你自己也不是多么爱说笑的人。"

"你怎么会这么想呢？"他叹了口气，答道，"不过，外向活

---

1. 詹姆斯·汤姆森（1700—1748），苏格兰诗人。

泼从来都不是我性格的一部分。"

"我认为那也不是玛丽安性格的一部分，"埃莉诺说，"很难说她是个无忧无虑的姑娘。不论做任何事，她总是太认真，太急切。有时候话很多，而且总是按捺不住兴奋劲儿。但她真正开心的时候并不多。"

"我觉得你说得对。"他答道，"但我一直认为她是个无忧无虑的姑娘。"

"我也常常发现自己犯这样的错误，"埃莉诺说，"总会完全误解别人性格的这个方面或者那个方面。要么把人想象得太活泼或者太严肃，要么把人想象得太聪明或者太愚蠢，总之就是同实际情况不相符。我不知道自己为什么会这样，也不知道误解从何而来。我有时候会被他们对自己的评价所左右，更多的时候会听信别人对他们的议论，自己却没花时间去仔细思考判断。"

"但是，埃莉诺，我觉得完全被别人的意见所左右并没什么不对。"玛丽安说，"我以为我们之所以被赋予判断力，就是为了去迎合旁人的主张。我敢说，这一向都是你的信条。"

"不，玛丽安，这从来都不是我的信条。我从来都不主张屈从别人的判断。我只是试图影响你的态度。你可别误解我的意思。我承认自己有愧，因为常劝你更周到地对待我们的普通朋友。但在重大问题上，我什么时候劝过你接受别人的看法，或者屈从别人的判断？"

"看来，你还没能说服妹妹接受你的礼仪规范。"爱德华对埃莉诺说，"还一点成效都没有吧？"

"恰恰相反。"埃莉诺意味深长地看着玛丽安，回答道。

"道理上，"爱德华回道，"我完全站在你这一边。但行动上，恐怕我更偏向你妹妹。我从不愿冒犯他人，但我实在胆怯得可笑，常常显得待人轻慢，其实这只是因为我天生笨拙，不善交际。我时时会想，我肯定是天生喜欢结交地位低微的人。在陌生的上流社会之中，我反倒浑身不自在。"

"玛丽安待人简慢无礼，是没法拿自己生性羞怯做借口的。"埃莉诺说。

"她清楚地知道自己的价值，所以不用故作羞怯，"爱德华说，"羞怯只是自卑感的某种反映。要是我能相信自己举止从容优雅，无可挑剔，那我也不会羞怯的。"

"可你还是会拘谨的，"玛丽安说，"这更糟糕。"

爱德华瞪大了眼睛。"拘谨！我拘谨吗，玛丽安？"

"是的，非常拘谨。"

"我不明白你的意思，"爱德华红着脸答道，"拘谨！我……我怎么拘谨了？我该对你说什么才对？你想听我说什么？"

见他如此激动，埃莉诺颇感惊讶。但为了化解尴尬，她还是对他说："你不是很了解我妹妹吗？难道不明白她的意思？你不知道，所有说得没她快、爱得没她狂的人，都被她称为拘谨？"

爱德华没有作答。他再次彻底陷入严肃沉思中，一声不响地呆坐了好一阵子。

Chapter 18

埃莉诺看到她的朋友情绪低迷，心中十分不安。爱德华的来访只给她带来有限的欢快，而爱德华本人似乎也郁郁寡欢。显然，他并不快乐。埃莉诺希望，同样明显的还有他对自己一如既往的深情。她曾一度确信，自己能够引起他这种爱慕。可到如今，他是否仍然对自己青睐有加，埃莉诺却没有把握了。他对她的态度阴晴不定，上一刻还含情脉脉，下一刻却变得冷淡，真是判若两人。

第二天一早，其他人还没下楼，餐厅里只有埃莉诺和玛丽安两人的时候，爱德华也来了。玛丽安一直都想竭力撮合他俩，于是立刻起身离开，留下他们单独相处。但她上楼还没走到一半，便听到客厅门打开的声音。她转身一看，惊讶地发现爱德华竟然要出门。

"既然早饭还没准备好，"他说，"我打算先到村子里看看我的马，很快就回来。"

爱德华回来之后，又将四周的景致赞美了一番。前往村子的路上，他对山谷中的很多地方都印象深刻。村子本身的地理位置比乡舍高许多，从那里可以纵览整个山谷的全景，让他大饱眼福。这个话题当然引起玛丽安的兴趣，她开始描述自己是如何喜爱这些美景，同时也详细地询问是哪些景物打动他。不料，爱德华却打断她的话，说："就别细问了，玛丽安——别忘了，我对如何欣赏风景其实一窍不通。要是细谈下去，我在这方面的无知和审美力的匮乏肯定会惹恼你的。描述山，本应说'险峻'，我却只会说'陡峭'；描述地面，本应说'崎岖不平'，我却只会说'奇形怪状'；还有薄雾中的远景，本应说'朦胧隐约'，我却只会说'看不清楚'。我只有这种大白话一样的赞美，你可千万别见怪。我认为这里非常优美——山坡陡峭，林子里似乎都是好木材，山谷看上去令人平静而惬意。山谷中草地繁茂，零星坐落着几座精巧结实的农舍。这里正是我理想中的好去处，因为它既优美又实用。我可以用风景如画来形容它，因为连你都对它赞不绝口。不难想象，这里一定到处都是巉岩、山岬、灰苔和灌木，但是这一切都被我忽略了。我对美景真是一窍不通。"

"恐怕真是这样，"玛丽安说，"但你为什么还引以为傲呢？"

"我猜，"埃莉诺说，"爱德华是为了避免一种形式的做作，结果陷入另一种形式的做作。他认为很多人只是在假装自己有多爱自然美景，实际上根本无动于衷。对这种装模作样的行为，他十分反感，于是装出自己对美景也兴致寥寥、不懂欣赏的样子。但他实际上并非如此。他对那些做作的人颇为挑剔，结果自己也做作了起来。"

"说得很对。"玛丽安说，"对风景的赞美都变成套话了。所有人都在模仿第一个定义'美景'的人[1]，无论是心里的感受还是口中的描述，都在假装像他那样品味高尚，优雅不凡。我讨厌任何形式的套话。有时候，我宁可把自己的感受埋在心里，因为除了那些毫无意义的陈词滥调，我找不到别的字眼来形容。"

"我相信，"爱德华说，"你在欣赏美景时，确实感受到了你所说的所有喜悦。但你姐姐也必须反过来承认，我对美景的感受只能达到我所说的程度。我喜爱美景，但并不遵从什么美学原则。我不喜欢歪脖子的枯树，我更喜欢那些高大挺拔、枝叶繁茂的树。我不喜欢破烂不堪、摇摇欲坠的茅舍。我不喜欢荨麻、蓟草或石南花。舒适的农舍比瞭望塔更令我钟意，而一群爱整洁的快活村民比世上最帅气的绿林好汉更让我喜欢[2]。"

玛丽安惊讶地看看爱德华，又同情地看看姐姐。埃莉诺却只是哈哈一笑。

这个话题没有继续下去。玛丽安默默沉思着，直到一个新的话题突然吸引了她的注意。她坐在爱德华旁边，当爱德华伸手去接达什伍德太太递来的茶时，他的手恰好从她眼前经过，这时她无比清楚地看见，他戴着的一枚戒指中间夹着一绺头发。

"我从没见你戴过戒指啊，爱德华。"她嚷道，"那是范妮的

---

1. 英国浪漫主义作家威廉·吉尔平（1724—1804）在《论美景》（1792）中，阐述了一套运用艺术分类和概念对自然界进行评估和描述的方法。

2. 当时英国流行的一种审美观认为，风景之中如果存在强盗、吉普赛人、乞丐等角色，会使其更具特色，也更迷人。而用于观察危险的瞭望塔，又契合了当时浪漫主义文学作品中流行的暴力和犯罪主题。

头发吗？我记得她答应过给你的。可是，我觉得她的头发颜色要更深些。"

玛丽安不假思索地将心里所想都说了出来。可是，当她发现爱德华听到这番话后多么难堪时，她又对自己的粗心大意感到非常生气，简直比爱德华还要恼怒。他脸涨得通红，匆匆瞥了埃莉诺一眼，答道："没错，是我姐姐的头发。你知道的，戒指底座会影响头发的色调。"

埃莉诺与他视线相交，露出同样警觉的神色。那是埃莉诺自己的发色。她与玛丽安立刻得出同样的结论。但她们的结论有一点不同，即玛丽安认为那是姐姐私下赠送的，而埃莉诺知道，那一定是爱德华偷偷取走，或者要了什么把戏弄到的。但她无意把这视为冒犯，而是装作若无其事的样子，立刻聊起别的话题。但她暗下决心，要抓住机会瞧个仔细，以便百分百地确认那绺头发的颜色。

爱德华尴尬了好一阵子，变得越发心不在焉。整个上午，他都特别严肃。玛丽安深深谴责自己不该说那番话，但如果她知道姐姐并没生气，就会立刻原谅自己。

还没到中午，约翰爵士和詹宁斯太太便来拜访。他们听说乡舍里来了一位绅士，便特地前来一探究竟。在岳母的帮助下，约翰爵士很快发现，费拉斯这个姓氏的首字母是"F"。这为他们将来打趣痴情的埃莉诺提供了取之不竭的笑料，只不过他们跟爱德华是初次见面，所以没有立刻开始嘲笑。事实上，仅从他们交换的几次意味深长的眼神，埃莉诺就明白，他们根据玛格丽特说漏的信息，已经猜得八九不离十。

约翰爵士每次来访，不是请她们次日去巴顿庄园吃饭，就是请她们当晚去喝茶。这一次，为了更好地款待她们的客人，他觉得自己理应为客人的娱乐尽一份力，便想对他们同时下这两道邀请。

"你们今晚一定要同我们一起喝茶，"他说，"不然我们会非常寂寞的。明天你们务必要同我们一起吃晚餐，因为我们将会有一大帮客人。"

詹宁斯太太进一步强调他们必须去。"说不定你们还可以组织一次舞会呢！"她说，"这会吸引你去的吧，玛丽安小姐。"

"舞会！"玛丽安嚷道，"不可能！谁会跳？"

"谁！当然是你们自己啊，还有凯里一家、惠特克一家，这是肯定的。怎么！你觉得某个我不能指名道姓的人不在，就没人能跳舞啦！"

"我真心希望，"约翰爵士大声说，"威洛比能回到我们中间。"

一听这句话，玛丽安立刻满脸通红。这让爱德华产生新的怀疑。"威洛比是谁？"他低声问坐在身边的达什伍德小姐。

埃莉诺只简短回答了一下，玛丽安的表情却透露了更多信息。这一切被爱德华看在眼里，足以让他领会到别人的意思，也想通了先前令他不解的玛丽安的表情。客人都离开之后，他立即走到玛丽安身旁，悄声说："我一直在猜。要不要听我猜到了什么？"

"什么意思？"

"要不要听？"

"当然要。"

"那好。我猜，威洛比先生会打猎。"

玛丽安先是一惊，没明白他的意思。不过，一看到他那不声不响的调皮样儿，便忍不住笑了。沉默片刻之后，她开口：

"噢，爱德华！你怎么能这么说？不过，我希望会有那么一天……我肯定你会喜欢他的。"

"对此我毫不怀疑。"爱德华说，玛丽安的诚挚和热情让他深感惊讶。他本以为那只是她的朋友寻开心，拿威洛比先生和玛丽安之间或有或无的关系说的一句普通玩笑话，要不然他也不会这么冒昧地提起这件事。

Chapter 19

爱德华在巴顿乡舍逗留了一个星期。达什伍德太太热情地挽留他再多住几天，可他似乎一心要给自己施加痛苦似的，硬要在与朋友们相处得最愉快的时候离去。最后两三天，他的情绪虽然时好时坏，但比起之前还是好多了。他越来越喜欢这宅子及其周围的环境，每次提起要离开时，总要叹息一声。尽管他声称自己闲得无事可做，甚至不知道自己离开之后会去什么地方，但他还是执意要走。从来没有哪个星期过得这么快，他简直不敢相信时间就这么飞也似的溜走了。他反复说起这些话，还说了些别的话，表明他内心是纠结的，行动是不得已的。他在诺兰庄园过得并不愉快，又讨厌住到伦敦去。但是他走之后，不是去诺兰庄园就是去伦敦，只有这两种选择。她们的好意是他最为珍惜的，与她们待在一起是他最大的幸福。尽管她们不想他走，他自己其实也不想走，也并没有什么急事要办，但一周过后，他还是必须离开。

埃莉诺把他这些出人意表的行为都算在他母亲头上。幸好爱德华有这样一位埃莉诺完全不了解脾性的母亲，她才得以把爱德华身上所有的古怪行为都归咎于他母亲。不过，虽然她又失望又苦恼，有时也会为他待自己的态度反复无常而生气，但总的来说，她总会大度地宽容他的行为，慷慨地为其开脱。当初她对威洛比也曾如此宽宏大量，但那是她母亲强逼出来的。爱德华之所以萎靡不振，忸怩作态，反复无常，大部分情况下都要归因于他经济上不能独立，而且深知费拉斯太太的计划和打算。他没住几天便执意要走，个中原因自然也是他不能随心所欲，不得不与母亲妥协。欲望必须服从责任，子女必须服从父母，这些古老的金科玉律乃是万恶之源。如果能知道什么时候这种苦难才可以终结，这种对立可以缓和——费拉斯太太何时才能幡然醒悟，她儿子何时才能自由地追求幸福——她该会多么开心啊！但她不得不抛开这些痴心妄想，转而从别处寻求慰藉——她再次确信爱德华是爱自己的，她还回忆起他在巴顿乡舍的这几天，神色和言谈中一次次流露出来的对她的关切，尤其是他时时戴在手指上的那件信物，更是让她心生欢喜。

最后一天吃早饭时，达什伍德太太说："爱德华，我觉得你要是有个工作，就会更有利于你制定计划和开展行动，也会因此更快乐些。当然，这可能会给你的朋友们造成不便——你不会再花这么多时间陪在她们身边。不过，"说到这里，她微微一笑，继续道，"这对你至少有一个好处——你离开她们之后就知道该去哪里了。"

"说真的，"他回答道，"您说的这个问题，我很早之前就考虑过。我始终没有必须去做的事，没有职业可以让我忙碌，或者获得经济上的独立。这对我来说，无论是过去、现在还是将来，都是一大不幸。令人遗憾的是，我自己和我的亲友们挑肥拣瘦，以致落到今天这个地步，变成一个游手好闲、不可救药的人。在我的职业选择上，我们从未达成一致。我一直想当牧师，现在也想，可是我家里人觉得那不够时髦。他们建议我加入陆军，可那职业对我来说实在太时髦了。人们认为当大律师[1]才足够精英——不少年轻人在律师学院[2]里设有议事室，器宇轩昂地出入上流社会，搭乘非常时髦的马车在城里东游西逛。但我不想当律师。即使像我家人赞成的那样，去浅尝辄止地研究一下法律，我也没兴趣。至于加入海军，虽说也能让我获得一定的社会威望，但第一次提起这件事的时候，我已经严重超龄[3]。最

---

1. 指有资格出席高级法庭的律师，而非普通的事务律师。

2. 内殿律师学院和中殿律师学院。它们是伦敦四大律师学院中的两所，任何想成为大律师的人，都必须进入律师学院学习并通过考核。而许多执业大律师都在律师学院附近或学院里有议事室，因为这些学院均位于伦敦的高级法院周围。

3. 当时英国有抱负的海军军官一般在十一岁到十三岁出海，或者进入海军学院。

后，既然没有必要非找个职业，既然披不披上那身红色军服，我都可以衣着华丽昂贵，那大家便认为，总体上说，无所事事对我反倒是最有利、最体面的。十八岁的年轻人一般不会热衷于为工作而忙碌，要是有朋友引诱他什么事都不要做，他是无法抗拒的。于是，家人把我送入牛津大学，从那以后我便彻底闲下来了[1]。"

"我想，这会导致一个后果，"达什伍德太太说，"既然闲暇没有增进你自己的幸福，你就会将自己的儿子们培养成科卢梅拉[2]的儿子们那样，从事各行各业的工作。"

"我会培养我的孩子们，"他一本正经地说，"让他们以后尽量不要像我一样——无论是感情、行动，还是身份地位，各方面都不要像我。"

"行了行了，这只不过是你眼下意志消沉的表现，爱德华。你心情沮丧，便觉得跟你不一样的人都是幸福的。你可别忘了，与朋友离别时，谁都会感到痛苦，这与他们受到的教育和所处的社会地位无关。你要看到自己的幸福。你所需要的只是耐心——说得好听点，就是希望。你所渴望的独立，你母亲总有一天会给你的。这是她的义务，现在是，将来也是。过不了多久，她就会把不让你郁郁寡欢、虚度青春视为她的幸福。想想看，几个月的时间会带来多大的变化呀！"

"我想，"爱德华说，"再过多少个月也不会给我带来任何好事。"

他这种消沉情绪虽然很难影响达什伍德太太，但在接下来的告别时，给大家都增添了许多痛苦，尤其是埃莉诺心头留下的不愉快，

---

1. 牛津大学和剑桥大学是当时英国仅有的两所大学，因为没有严格的学术要求，那里的学生，尤其是许多上等阶层的学生，常常不学无术。

2. 英国小说家理查德·格雷夫斯（1715—1804）的长篇小说《沮丧隐士科卢梅拉》（1779）中的主人公，他让儿子们跟一个多面手学生意，以便使他们不致像他本人那样过单调无聊的生活。

须经一番痛苦和时间才能克服。不过，她决心克制自己，不因爱德华的离开而表现得比其他人更难过，所以她没有采取玛丽安在类似情形下的做法。为了加剧痛苦并沉浸在痛苦之中，她总是一言不发，独来独往，无所事事。这对她来说，无疑是合理的。她们的目标不同，办法也不一样，不过都达到了各自的目的。

爱德华刚离开，埃莉诺便坐到自己的画桌前，整天忙个不停，既不主动提起他的名字，也不刻意回避，几乎像往常一样料理着家里的日常事务。这样做即使未能减少她心中的痛苦，至少没有无谓地增加痛苦，这就让母亲和妹妹们免于为她操心。

在玛丽安看来，自己当时的行为没什么错，但姐姐这种与自己截然相反的举动也没什么好称赞的。关于自我克制这个问题，在她看来非常简单：如果感情强烈的话，那么自我克制是做不到的；而如果感情冷淡的话，自我克制是没必要的。尽管羞于承认，但她无法否认，姐姐的感情确实很冷淡。对于这样的姐姐，她却仍然心怀敬爱，这足以证明她感情强烈，尽管这也令她非常痛心。

埃莉诺既没有把自己同家人隔绝，也没有执意独自离家躲开她们，或者彻夜难眠地胡思乱想。不过，她每天仍然会有足够的闲暇来思念爱德华，揣摩他的态度。在不同的时间和不同的心境下，她对爱德华的感情也不一样，时而温柔，时而怜惜，时而赞许，但也时有谴责和怀疑。不少时候，母亲和妹妹们不在跟前，或者忙着做其他什么事，无法同她交谈，独处的效果便会充分展现。她难免无拘无束地畅想一番，但所思所想都与自身有关。过去的经历，未来的图景，一一呈现在她眼前。这是个极为有趣的问题，让她不得不去关注，围绕它展开回忆、思考和想象。

爱德华离去后不久的一天早上，她正坐在画桌前，沉浸在这样的遐思里。这时家里来了客人，将她拖回现实之中。她听到屋前绿茵庭院入口的小门关上的声音，便抬眼看去，一大群人朝门口走来。其中有约翰爵士、米德尔顿夫人和詹宁斯太太，另外还有两人，一男一女，她从未见过。她坐在窗口附近，约翰爵士看到她，便让别人去礼貌地敲门，自己则穿过草坪，叫她打开窗子讲话。可是，门窗之间距离很近，窗口边的交谈，门那边的人一定听得见。

"喂，"爵士说，"我给你们带来两位稀客哟。你喜欢他们吗？"

"嘘！他们会听见的。"

"听到也没关系。他们是帕尔默夫妇。我告诉你呀，夏洛特[1]很漂亮。你从这里就能看到她。"

埃莉诺知道过一会儿就能见到她，无须现在冒昧，便婉言谢绝。

"玛丽安哪儿去啦？是不是看到我们来就溜走了？我看到她的钢琴还没合上呢。"

"应该是去散步了。"

这时，詹宁斯太太凑上来。她等不及开门后再把一肚子的话倒出来，便冲着窗口大声打起招呼："你好啊，亲爱的。达什伍德太太好吗？你的两个妹妹怎么都不见啦？什么！只有你一个人？那你肯定欢迎有几个伴儿来陪你坐坐。我把我另一对女儿女婿带来看你们啦。想想看，他们来得多么突然呀！昨晚我们喝茶的时候，隐约听到马车声，但我万万没有想到会是他们俩。我只是想，说不定是布兰登上校回来了，所以对约翰爵士说：'我听到马车声，兴许是布兰登上校回来了……'"

詹宁斯太太还没唠叨完，埃莉诺就不得不转身去接待其他客人。米德尔顿夫人介绍了那两位初次见面的客人。达什伍德太太和玛格丽特这时也走下楼来。大家全都坐下，互相打量。与此同时，詹宁斯太太在约翰爵士的陪伴下穿过走廊，进入客厅，边走还在边讲她的故事。

---

1. 詹宁斯太太的二女儿，帕尔默先生的妻子夏洛特·帕尔默。

帕尔默太太比米德尔顿夫人小了好几岁，身上没有一处像她姐姐。她又矮又胖，长着一张非常好看的面孔，一脸愉悦的样子，看上去十分和善。她的举止远不如她姐姐那么优雅，但却讨人喜欢得多。她进屋时便笑吟吟的，在整个来访过程中一直都笑吟吟的——但有时候也会放声大笑——告辞时还是笑吟吟的。她丈夫是个二十五六岁的年轻男士，表情非常严肃，看样子比他妻子更时髦，也更理智，但没有他妻子那么爱讨好人，或者渴望被讨好。进屋子时便带着妄自尊大的神气，只是向女士们微微点了下头，什么话也没说，然后迅速把众人和房间扫视一圈，拿起桌上的一张报纸，一直看到离开的时候。

帕尔默太太则与丈夫完全相反，天生热情活泼，自始至终都礼貌又开心。没等坐稳，她就开始对客厅和里面的每件陈设赞不绝口。

"哎呀！多么可爱的客厅啊！我还从没见过这么漂亮的房间！妈妈，您想想，我上次离开后，这儿发生了多大的变化呀！我一直都觉得这是个怡人的好地方。太太！"说着，她转向达什伍德太太，"您把房子布置得多漂亮啊！姐姐，你看，一切都是那么讨人喜欢！我真希望自己也能有这样一座房子。你难道不希望吗，帕尔默先生？"

帕尔默先生没理她，甚至视线都没从报纸上挪开一下。

"帕尔默先生没听到我的话，"她乐呵呵地说，"他有时候就是听不见。真可笑！"

这事在达什伍德太太看来还真是稀奇。她可从来都不觉得对人简慢无礼有什么幽默感可言，禁不住讶异地看着帕尔默夫妇。

与此同时，詹宁斯太太又放开嗓子说起来。她接上刚才的话头，继续说他们头天晚上看到这对女儿女婿时多么惊讶，直到讲完所有细节才肯罢休。一想到当时大家吃惊的样子，帕尔默太太便忍不住开怀大笑起来。大家都反复表示了两三遍，说这确实是个不小的惊喜。

"你们可以相信，我们见到他俩的时候是多么开心啊。"詹宁斯太太朝埃莉诺探出身子补充道，声音压得很低，仿佛不想让别人听见似的，可事实上她们两个分别坐在客厅的两边。"不过，我还是希望他们没有赶得这么急，跑得这么远。他们因为要办点事，绕道去了趟伦敦才过来的。"她意味深长地点点头，指指自己的女儿说，"你们知道，她身子不大方便。我本来是想让她上午在家里好好休息一下，可她偏要跟我们一起过来。她是多么渴望见到你们一家人啊！"

帕尔默太太哈哈一笑，说这根本不碍事。

"她二月份就要生了。"詹宁斯太太接着说。

米德尔顿夫人再也无法忍受这种对话，鼓起勇气岔开话题，问帕尔默先生报上有什么新闻没有。

"没，啥也没有。"他答道，又接着看报。

"噢，玛丽安来了。"约翰爵士嚷道，"帕尔默，你要看到一位绝世美女啦。"

他立即进入走廊，打开前门，亲自把玛丽安迎进来。玛丽安刚一露面，詹宁斯太太便问她是不是去艾伦汉姆庄园了。一听到这个问题，帕尔默太太立马放声大笑，说明她知道内情。玛丽安进屋时，帕尔默先生抬起头，瞪大眼盯了她几分钟，接着又继续埋头看报。这时，帕尔默太太的目光被四面墙上挂着的画吸引住了，于是站起身仔细观赏起来。

"噢，天啊！这些画真漂亮呀！哇，真是太讨人喜欢了！快看呀，妈妈，多可爱！要我说啊，这些画都太迷人了，叫我看一辈子也看不够。"说完她又坐下来，转眼间就忘了屋子里还有这些东西。

米德尔顿夫人起身要走，帕尔默先生也跟着站起来，放下报纸，伸了伸懒腰，然后环视众人。

"亲爱的，你睡着了吧？"他妻子边说边哈哈大笑。

这位丈夫没有理她，只是将这客厅又审视一番，说屋顶坡度太小，就连天花板都弯了，然后对众人欠欠身，与其他客人一道离开了。

约翰爵士一定要达什伍德母女次日去巴顿庄园做客。达什伍德太太不愿到庄园吃饭的次数比他们到乡舍吃饭的次数多，于是坚决表示自己不去，至于女儿们去不去则随她们的便。但是她的三位女儿都没兴趣观看帕尔默夫妇如何吃饭，也不指望他们能带来任何别的乐趣。于是她们同样试图谢绝，说什么天气多变，很可能会下雨。但约翰爵士说什么也不答应——他说他会派马车来接，她们一定得去。米德尔顿夫人虽然没有勉强达什伍德太太，却叫三位小姐非去不可。詹宁斯太太和帕尔默太太也出言恳求，仿佛他们全都急切地希望家族之外的人参与聚会。达什伍德家的三位小姐只好无奈地同意了。

"他们为什么要邀请我们？"客人们刚走，玛丽安便问道，"这乡舍的房租虽然低廉，但要是我们家或者他们家一来了客人，我们就得去他们家里吃饭的话，那么住在这里的条件也太苛刻了。"

"几周前我们就频频受到他们的邀请，那是因为他们太客气、太友好。"埃莉诺说，"现在他们常请我们过去，也是出于同样的好意。如果他们的宴会越来越单调乏味，那不应该归咎于他们变了。我们必须从别的方面寻找变化。"

Chapter 20

第二天，达什伍德家的三位小姐刚进巴顿庄园的客厅，帕尔默太太就从另一道门跑了过来，跟头天晚上一样兴高采烈。她非常热情地抓起她们的手，表示再次见到她们很高兴。

"见到你们真高兴！"她一边说，一边在埃莉诺和玛丽安中间坐下，"天气不大好，我还担心你们可能不来了呢。如果真是那样就糟了，因为我们明天就得离开。我们不得不走，因为韦斯顿一家下周要来看我们，知道吗？我们这次来这里实在太突然，马车都到门口了我才知道。帕尔默先生那时才问我愿不愿意跟他来巴顿庄园。他这人太怪了！总是什么事情都不告诉我！很遗憾我们不能多待些日子，但我想我们很快就能在伦敦见面。"

她们不得不请她放弃这一期待。

"不去伦敦？"帕尔默太太大笑道，"你们不去的话，我会非常失望的。我可以在隔壁给你们搞到一座世上最舒适的房子，就在汉诺威广场[1]。你们一定得来，真的。要是达什伍德太太不愿抛头露面，那我非常乐意做你们的女伴[2]，随时陪你们出去，直到要分娩的时候。"

她们向她道谢，但不得不拒绝她的一再恳求。

"噢，亲爱的，"帕尔默太太对此时刚进屋的丈夫嚷道，"你必须帮我劝说三位达什伍德小姐今年冬天去伦敦。"

她亲爱的没答话，向三位小姐微微欠了欠身，便开始抱怨天气。

"天气真是糟透了！"他说，"这鬼天气啊，搞得事事可恶，人人可憎。只要一下雨，无论是待在室内还是室外，都会同样无聊，即便是看到熟人，也会觉得厌烦。约翰爵士到底什么意思，家里也不弄个台球房！怎么就没个懂得享受的人呢！约翰爵士真是跟这天气一样乏味。"

转眼间，其他人都来到客厅。

"玛丽安小姐，"约翰爵士说，"恐怕你今天不能像往常一样去艾伦汉姆庄园散步了。"

玛丽安板着脸，一言不发。

---

1. 修建于十八世纪早期，位于伦敦当时最富裕、最时髦的住宅区梅费尔。
2. 当时伦敦的未婚女性在出席社交场合时，通常都需要年长女性相陪。

"噢，别在我们面前遮遮掩掩啦。"帕尔默太太说，"告诉你吧，我们可什么都知道。我很佩服你的眼光，我觉得他帅气极了。要知道，我们乡下住的地方离他家不远。我敢说，不超过十英里。"

"都快三十英里了！"她丈夫说。

"哎呀！那也差不了多远嘛。我从没去过他家，不过听说那地方十分漂亮。"

"是我这辈子见过的最恶心的地方。"帕尔默先生说。

玛丽安仍然一声不吭，但她的面部表情却泄露了她的真实想法：她其实对他们的谈话很感兴趣。

"很丑陋吗？"帕尔默太太接着说，"那人们说的非常漂亮的房子准是在别的地方。"

大家在餐厅入座之后，约翰爵士觉得煞是遗憾，因为总共只有八个人。

"亲爱的，"他对妻子说，"就这么几个人，真是太令人扫兴了。今天你怎么没有把吉尔伯特夫妇请来？"

"约翰爵士，此前你跟我提起这事儿的时候，我不是告诉过你不行吗？他们刚同我们吃过饭呀。"

"约翰爵士，"詹宁斯太太说，"你我就不要太拘礼了。"

"那你就太缺乏教养了。"帕尔默先生嚷道。

"亲爱的，你怎么跟谁都要顶上两句啊？"他妻子说，像平时一样哈哈一笑，"你知道这样相当无礼吗？"

"我只是说你母亲缺乏教养。我不知道这是在跟谁顶嘴。"

"没错，你怎么骂我都随你的便。"那位性情温和的老妇人说，"我把夏洛特交到你手里了，现在你想还给我是不可能的。你瞧，是我占了便宜。"

想到丈夫甩不掉她，夏洛特就不由得畅怀大笑。接着，她得意扬扬地说，她不在乎丈夫对她发多大的脾气，因为他们只能绑在一起过日子[1]。没有人可以像帕尔默太太那样，脾气好到了家，还铁了心地找乐子。她丈夫故意冷落她，侮辱她，嫌弃她，都不曾让她感到痛苦。她丈夫训斥她、辱骂她的时候，她反倒乐在其中。

"帕尔默先生太怪了！"她对埃莉诺小声说，"他总爱发脾气。"

经过一番短暂的观察，埃莉诺发现，帕尔默先生并不像他故意表现出来的那样仿佛天生就是坏脾气，没教养。他同许多男人一样，出于对美貌的莫名偏好，娶了一个愚不可及的女人。或许正因为如此，他的脾气才会变得有点乖僻。不过，埃莉诺知道，这种错误相当普遍，只要是理智的男人，都不会没完没了地痛苦下去。她觉得，他只不过是自命非凡，所以才会藐视所有的人，诋毁所有的事。他想表现得高人一等。这种动机非常普通，不足为怪，但他采取的手段，除了能让他在缺乏教养方面无人能及之外，不太可能让他妻子之外的任何人喜欢他。

"噢，亲爱的达什伍德小姐，"帕尔默太太说，"我想请你和你妹妹赏光，今年圣诞节的时候到我们的克利夫兰庄园住些日子，怎么样？请赏光啊。到时候韦斯顿一家也会来做客。你想象不出我会有多高兴！简直是天大的开心事！亲爱的，"她转而向丈夫求情，"难道你不盼望达什伍德小姐们去克利夫兰庄园吗？"

"当然盼啦，"丈夫讥笑道，"我正是为了这事儿才到德文郡来的。"

"你们看你们看，"他太太说，"帕尔默先生也期待你们的光临。你们可千万别拒绝。"

姐妹们连忙坚决拒绝了她的邀请。

"不行，你们必须得来，无论如何也要来。我肯定你们会喜欢那里的。韦斯顿一家也要来做客，到时候会非常欢乐的。你们想象

---

1. 当时英国离婚是非常困难的，绝大多数夫妻都将终身相处。

不出克利夫兰庄园有多可爱。我们现在可开心啦，因为帕尔默先生总是四处奔走，拉票竞选。那么多我没见过的人都会同我们吃饭，真叫人兴奋！不过，可怜的家伙！他也够累的，因为他不得不取悦每一个人。"

埃莉诺附和说这确实是一项苦差时，好不容易才忍住没笑。

"如果他进了议会，"夏洛特说，"那该多么美妙！不是吗？我准会笑到合不拢嘴的！看到寄给他的信上都写着'M.P.'[1] 两个字母，那该多么可笑啊！但你知道吗，他说过绝不会给我签发免费信件[2]。他宣布自己不会干这种事。是不是，帕尔默先生？"

帕尔默先生没有理睬她。

"你知道吗，他可受不了为我签字。"夏洛特接着说，"他说这简直是骇人听闻。"

"不，"帕尔默先生说，"我从没说过这种荒唐话。不要诬陷我。"

"又来了。瞧他有多怪。他老是这样！有时候大半天不搭理我，然后突然就冒出些稀奇古怪的话来——天南海北的什么都有。"

用完餐返回客厅后，夏洛特问埃莉诺她是不是很喜欢帕尔默先生，这让埃莉诺大吃一惊。

"当然喜欢，"埃莉诺说，"他看上去很随和。"

"哎呀，真高兴你喜欢他。我就知道你会的，他那么好相处的一个人。跟你说实在话，帕尔默先生也非常喜欢你和你的两个妹妹。你肯定想象不出，如果你们不去克利夫兰庄园，他会有多么失望。我不明白你们为什么不肯去。"

埃莉诺只好再次谢绝邀请，并趁机转移话题，让她无法再恳请下去。她想，既然帕尔默太太与威洛比同住一个郡，她或许可以详细

---

1. "议会成员"（Member of Parliament）的缩写。

2. 当时英国的议员只要在折好并封口的信件表面上签名（当时还没有信封）就能免费寄送信件，但这种权利常被滥用。

介绍一下威洛比口碑如何，不会像米德尔顿夫妇那样，同威洛比只是泛泛之交，了解十分有限。她衷心希望能有人证实威洛比的优点，以消除对玛丽安的担心。她先问他们在克利夫兰庄园是否经常见到威洛比，同他交情深不深。

"噢，亲爱的，没错，我非常了解他。"帕尔默太太回答道，"其实我没怎么跟他说过话，但我总在伦敦见到他。不知道什么原因，他到艾伦汉姆庄园来的时候，我从没碰巧也在巴顿庄园。我妈妈以前在这里见过他一次，可我那时跟舅舅住在韦茅斯[1]。不过我敢说，若不是因为我们不走运，从没同时待在萨默塞特郡的话，我们肯定会常见到他的。我觉得他很少住在库姆。不过，就算他常住在那里，帕尔默先生也不会去拜访他的。你知道，威洛比是反对党，况且两家离得那么远。我很清楚你为什么要打听他。你妹妹会嫁给他。我真开心，因为你妹妹马上就要成为我的邻居了。"

"说真的，"埃莉诺说，"如果你有理由期待这门亲事的话，那你肯定比我更清楚内情。"

"别装傻啦。你知道大家都在谈论这件事呢。告诉你吧，我是路过伦敦时听说的。"

"我亲爱的帕尔默太太！"

"我用名誉担保，我真的听说了。星期一早上，就在我们离开伦敦之前，我在邦德街[2]遇到布兰登上校。他可是直接这样跟我说的。"

"你让我大吃一惊，布兰登上校会告诉你这种事！你肯定是弄错了。我不相信布兰登上校会把这消息告诉一个完全不相关的人，即使这消息确有其事。"

"我可以向你保证，这是他亲口告诉我的。我给你讲讲具体的

---

1. 英国多塞特郡一城镇，在十八世纪时成为颇受欢迎的度假胜地。
2. 位于伦敦梅贵尔住宅区，是当时的主要购物街。

经过吧。我们遇到他，他转过身来与我们一起走。我们谈起了我姐姐和姐夫，天南地北地聊了一会儿，然后我跟他说：'上校，我听说有一户人家最近搬进了巴顿乡舍。我妈妈来信说她们全都很漂亮，还说其中一位很快就要嫁给库姆大厦的威洛比先生。这是真的吗？你刚去过德文郡，应该知道吧。'"

"上校怎么回答的？"

"噢，他没说几句话。不过，看他那神情，似乎确实知道有这么回事。所以从那之后，我就认定这是事实了。依我看，这真是天大的喜事！什么时候办啊？"

"布兰登先生身体还好吧？"

"噢，是的，非常好。他对你赞不绝口，张口闭口都在说你的好。"

"能得到他的褒奖，我感到很荣幸。他是个极好的人，我觉得和他相处非常愉快。"

"我也这么认为。他是个很有魅力的人，可惜就是太严肃、太阴郁。妈妈说，他也爱上了你妹妹。我向你保证，如果他爱上了你妹妹，那才真是可喜可贺呢，因为他难得爱上什么人。"

"在萨默塞特郡你们那一带，威洛比先生很有名吧？"埃莉诺问。

"噢，没错，十分有名。这并不是说有许多人认识他，因为库姆大厦实在太偏远了。但说真的，大家都认为他是个极易相处的人。威洛比先生无论走到哪里，都是最讨人喜欢的那一个。这话你可以告诉你妹妹。我以名誉担保，你妹妹能找到他，可以说是天大的福气。但他能找到你妹妹，更是撞了大运，因为你妹妹实在太漂亮、太温柔了，谁都配不上她。不过，我可以向你保证，我并不觉得你没有妹妹漂亮。我认为你们俩都很美。帕尔默先生肯定也是这样认为的，只是昨晚我们无法让他承认罢了。"

关于威洛比，帕尔默太太讲不出很具体的东西。不过，不管是多么细碎的事情，只要能证明威洛比还不错，埃莉诺都爱听。

"真高兴我们终于认识了，"夏洛特接着说，"我希望我们永远都是好朋友。你不知道我多么渴望见到你！你能住在乡舍里，这实在太好了！真的不能再好了！你妹妹能嫁个如意郎君，我很高兴！希望你能常去库姆大厦。大家都说那是个可爱的地方。"

"你和布兰登上校认识很久了，对不对？"

"没错，我们是老相识啦。我姐姐出嫁的时候就认识了。他是约翰爵士的好友。"她压低声音补充道，"我觉得，要是可能的话，他原本是非常愿意娶我的。约翰爵士和米德尔顿夫人都挺赞成，可妈妈觉得这门亲事对我来说还不够理想，否则约翰爵士早就向上校提亲了，我们马上就能结婚。"

"约翰爵士向你母亲提这门亲事之前，布兰登上校难道不知道？难道他没有向你本人表达过爱意？"

"噢，那倒没有。不过，如果妈妈没有反对，我敢说他是求之不得的。当时他只见过我两次，因为我还在学校念书呢。但话说回来，我现在幸福多了。帕尔默先生正好是我喜欢的那种男人。"

Chapter 21

帕尔默夫妇第二天便回克利夫兰庄园去了，留在巴顿的两家人又恢复了之前请来请去的日子。但这种情况并没有持续多久。埃莉诺始终无法忘记上次的客人——她依然不知道夏洛特为什么会无缘无故地如此开心，不知道帕尔默先生怎么会明明才智过人，举动却愚蠢可笑，不知道夫妻之间为何会常常这样奇怪地不般配——没过多久，热心交际的约翰爵士和詹宁斯太太又给她介绍了几位新朋友。

一天上午，他们一起去埃克塞特游览，恰巧遇到两位小姐。詹宁斯太太高兴地发现，她们竟然是她的亲戚，这足以让约翰爵士邀请她们一结束埃克塞特的活动，便到巴顿庄园做客。她们立刻调整了埃克塞特的活动安排以便赴约。约翰爵士回到家，米德尔顿夫人听说马上要接待两位素未谋面的小姐，不免大感意外。她无从得知她们是否举止优雅，甚至都拿不准她们是否有教养。她的丈夫和母亲对这种事所做的保证都靠不住。况且，她们还是母亲的亲戚，这就让事情更糟了。詹宁斯太太劝她不要计较两个小姐是否出身高贵，因为她们毕竟是表姐妹，总得互相包涵。不幸的是，这些安慰的话没什么用。事已至此，想要制止她们到来是不可能了，米德尔顿夫人只好采取富有教养的女士应有的达观态度，对此听之任之，每天柔声细语地责怪丈夫五六次就作罢了。

两位小姐来了。从外表看，她们绝对算得上优雅、时髦。她们衣着光鲜亮丽，举止彬彬有礼，对房子十分满意，尤其钟爱房间里的陈设。她们碰巧又特别喜欢家中的孩子，于是她们来巴顿庄园还不到一小时，便赢得了米德尔顿夫人的好感。她宣称她们的的确确是十分讨人喜欢的小姐。对爵士夫人来说，这算得上非常热情的称赞了。听到夫人这番热烈的夸奖，约翰爵士对自己的眼力越发充满自信，当下便跑去乡舍，告诉达什伍德家的小姐们，两位斯蒂尔小姐已经到了，并赌咒发誓说，那两位小姐是天底下最可爱的姑娘。可是，从这样的溢美之词里是无法了解多少实情的。埃莉诺很清楚，世上最可爱的姑娘在英格兰随处都能碰到，只是她们的体态、面容、脾气和智力千差万别。约翰爵士要求达什伍德母女立刻前往巴顿庄园去见见客人。他是多么仁慈善良啊！就算只是两位远房表妹，他若不介绍给别人，也会觉得难受。

"现在就来吧，"他说，"请务必动身—— 你们一定要来—— 我说你们一定得来啊。你们想象不到自己会多喜欢她们。露西漂亮极了，脾气又好，特别讨人喜欢！孩子们正围着她转呢，好像跟她是老熟人似的。她们俩都渴望见到你们，因为她们在埃克塞特的时候就听说，你们是世上最漂亮的姑娘。我已经告诉她们，这话一点也不假，而且事实远不止于此。你们肯定会喜欢那对姐妹的。她们给孩子们带来整整一马车玩具。你们怎么能狠心不来？知道吗，算起来，她们还是你们的远房表亲呢。你们是我的表妹，她们是我太太的表妹，那你们当然也是亲戚呀。"

但约翰爵士还是没能说动达什伍德母女。他争取到的最终结果是，她们答应这一两天内就去庄园拜访。他对这份冷漠感到难以置信，但也只能离开乡舍。回到家后，又把达什伍德姐妹的美貌向两位斯蒂尔小姐吹嘘了一番，就像刚才向前者吹嘘后者一样。

达什伍德母女按照许诺来到巴顿庄园，被引荐给两位年轻的小姐。她们发现，那位姐姐年近三十，样貌平平，看上去并不聪慧，没什么地方值得称赞。倒是妹妹，顶多二十二三岁，她们一致觉得颇有姿色。妹妹模样俊俏，目光敏锐，打扮时髦，虽然算不上真正的优雅高贵，倒也可以说出类拔萃。姐妹俩的态度非常恭敬有礼。埃莉诺见她们为博取米德尔顿夫人的好感，频频向她献殷勤，不由马上意识到，这对姐妹颇通人情世故。同米德尔顿夫人的孩子们玩耍时，姐妹俩总是兴高采烈，称赞他们漂亮，吸引他们的关注，迎合他们各种稀奇古怪的想法。她们的彬彬有礼惹来了孩子们无休止的纠缠，但在可以脱身的时候，如果爵士夫人恰好在做事，无论是做什么事，她们都会赞美一番，或是量取爵士夫人头天穿的、曾使她们艳羡不已的优雅新装的尺寸，绘制图样。利用人性的缺陷博取对方好感的人是相当走运的，因为一个溺爱孩子的母亲虽然在追求别人对自己孩子的赞美方面最贪得无厌，但同样也最容易上当受骗。她渴望听到最离谱的赞美，能相信最荒唐的夸奖。所以，斯蒂尔姐妹对她孩子的溺爱与纵容，在米德尔顿夫人看来便显得不足为怪、毫不虚假。看到两位表妹被孩子们无礼冒犯、恶意捉弄，做母亲的反倒心满意足。她就这样眼看着她们的腰带被解开，耳边的头发被扯得乱七八槽，针线袋也被搜了个底朝天，刀剪全给偷走，丝毫不怀疑两位表妹也同孩子们一样乐在其中。令她唯一感到惊异的是，埃莉诺和玛丽安竟然冷静地坐在一边，对眼前发生的事视若无睹。

"约翰今天可真兴奋！"约翰从斯蒂尔小姐[1]手中夺过手帕，扔出窗外时，米德尔顿夫人说道，"这孩子就爱胡闹！"

过了一会儿，她的二儿子又把斯蒂尔小姐的手指狠捏了一下。她饱含爱意地说："威廉可真够顽皮的！"

"还是小安娜玛丽亚乖。"她边说边温柔地抚摸着一个三岁的小姑娘，这小家伙已安静了两分钟，"她总是这么文静。哪里去找这么文静的小乖乖！"

但不幸的是，正这样搂抱着的时候，米德尔顿夫人头饰上的别针轻轻划了一下孩子的脖子，惹得这位再文静不过的小姑娘放声尖叫，气势之凶猛，就连自称最能吵闹的人也望尘莫及。孩子的母亲一时手足无措，但她的惊慌还比不上斯蒂尔姐妹。在这紧急关头，三个人都心疼得不行，用尽一切办法减轻这位小受难者的苦痛。母亲让小姑娘坐在自己大腿上，不停地亲吻她；一位斯蒂尔小姐双膝跪在地上，往伤口涂薰衣草香水；另一位斯蒂尔小姐塞了小姑娘一嘴糖果。小姑娘发现眼泪可以为自己获得如此多的好处，便机灵地哭个没完。她继续拼命号啕大哭，还抬脚乱蹬两个想来摸她的哥哥。众人的一番安抚全不管用，直到米德尔顿夫人幸运地想起，上周也出现过类似的紧急状况，用杏子酱涂在小姑娘青肿的太阳穴上女孩就不哭了，于是她连忙提议，用同样的办法来治疗这次不幸的

---

1. 文中单独提到"斯蒂尔小姐"时，指的是姐姐安妮。

刮伤。小姑娘听到这一提议，哭声中断了片刻，这让大家有理由期待，她不会拒绝杏子酱。于是，母亲把她抱出房间去寻找这剂灵药了。两个男孩不顾母亲的极力劝阻，偏要跟着去，留下四位小姐单独相处。吵闹了几个小时的房间终于安静下来。

"可怜的小家伙！"母子四人一离开，斯蒂尔小姐便说，"差点闹出一场大祸！"

"我倒不觉得，"玛丽安嚷道，"除非是在截然不同的情况下。不过，人们常常这样自己吓自己，其实根本没什么好大惊小怪的。"

"米德尔顿夫人真是个和蔼可亲的女人啊。"露西·斯蒂尔说。

玛丽安默不作声。不管是在多么无足轻重的场合，她都没法说出违心的话。因此，出于礼貌上的需要不得不说谎的任务总是落在埃莉诺的头上。现在有此需要，她便言不由衷地热情谈论起米德尔顿夫人来，尽管远远比不上露西小姐的热乎劲儿。

"还有约翰爵士！"露西的姐姐嚷道，"他是一个多么有魅力的人啊！"

说到约翰爵士，达什伍德小姐的称赞也是简单而又公正，绝无鼓吹夸大之词。她只是说：他脾气很好，待人友善。

"还有他们的儿女，多么可爱！我从没见过这么漂亮的孩子。告诉你们，我已经深深喜欢上他们了。我向来爱孩子爱得要命，真的。"

"从今天上午的情况看，"埃莉诺浅笑道，"我认为的确如此。"

"我觉得，"露西说，"你认为米德尔顿家的小孩给娇惯得太厉害了。也许他们让人有点吃不消，但在米德尔顿夫人看来却十分自然。对于我，我喜欢看到孩子们活力四射、朝气蓬勃的样子。我可受不了规规矩矩、死气沉沉的孩子。"

"说实话，"埃莉诺答道，"只要是在巴顿庄园，我就绝不会讨厌规规矩矩、死气沉沉的孩子。"

此话一出，众人陷入沉默，但片刻之后斯蒂尔小姐就打破了沉默。她似乎非常爱说话，这会儿突然开口道："你觉得德文郡怎么样，达什伍德小姐？我想你离开萨塞克斯郡一定很难过吧。"这话问得太冒失，至少问的方式不礼貌，埃莉诺不免有些惊讶，回答说她确实很难过。

"诺兰庄园是个极其美丽的地方，对吗？"斯蒂尔小姐接着问。

"听说约翰爵士对那里赞不绝口。"露西说。她似乎觉得姐姐的话有失稳重，需要她出面打打圆场。

"我想谁见了那个地方都会夸赞的。"埃莉诺说，"只是并非每个人都能像我们这样去评论它的美妙。"

"你们那里有不少风流倜傥的小伙子吧？我看这一带倒是不多。我觉得有了他们，总能给一个地方增色不少。"

"但你为什么认为德文郡有教养的年轻男士没有萨塞克斯郡多？"露西说，似乎替她姐姐害臊。

"不，亲爱的，我当然不是在乱说。在埃克塞特，风流倜傥的小伙子肯定很多。你也知道，我说不准诺兰一带有没有？我只是担心，如果达什伍德小姐们见不到跟以前一样多的小伙子，会觉得巴顿是单调乏味的地方。不过，也许你们年轻姑娘不稀罕什么风流倜傥的小伙子，有没有都无所谓。就我来说，只要他们穿戴整齐，举止文雅，就十分可爱。但要是见到他们外表邋遢，行为下流，我就会觉得难以忍受。埃克塞特就有个罗斯先生，很帅气，是真正的翩翩公子。要知道，他还是辛普森先生的秘书呢。但你要是哪天早晨碰到他，他可真让人看不上眼啊。达什伍德小姐，你哥哥那么有钱，结婚前准是个风流倜傥的小伙子吧？"

"说真的，"埃莉诺回答道，"这个问题我答不上来，因为我不太懂'风流倜傥'是什么意思。不过，有一点我可以告诉你：如果他婚前果真风流倜傥，那他现在也依然如此，因为他没有一丝一毫的变化。"

"噢！天啊！结了婚的男子依然风流倜傥，这可绝对不行——他们还有别的事要做呢！"

"天呀！安妮，"她妹妹嚷道，"你张嘴闭嘴都是风流倜傥的小伙子，会让达什伍德小姐觉得你成天没有别的事可想似的！"然后露西转换话题，开始称赞这座房子和里面的陈设。

到此为止，斯蒂尔姐妹的言行举止已经足以表现她们的为人。大小姐庸俗冒失，愚昧无知，毫无可取之处。二小姐看上去俊俏机灵，埃莉诺却没有被外表所蒙蔽，以至于看不出她缺乏真正的优雅和纯朴。因此，在离开巴顿庄园的时候，埃莉诺压根儿不希望与她们进一步交往。

斯蒂尔姐妹却不是这样想。她们从埃克塞特来的时候，早就对约翰·米德尔顿爵士及其家人、亲戚满怀倾慕，而这种倾慕现在大部分都给了他的几位漂亮表妹。斯蒂尔姐妹公开声称，达什伍德姐妹是她们见过的最美丽、最优雅、最多才多艺、最温柔可亲的姑娘，非常希望能与她们进一步交往。埃莉诺很快发现，跟斯蒂尔姐妹交往下去是不可避免的，因为约翰爵士完全站在斯蒂尔姐妹一边。他们加在一起实在太强势，让埃莉诺难以拒绝，不得不与她们亲密起来，而这就意味着，几乎每天都要与她们在同一个房间里坐上一两个小时。约翰爵士只能做到这一点，不过话说回来，他也不知道还需要做什么。在他看来，只要大家待在一起，自然就会亲密起来。只要能够安排她们经常聚在一起，他便毫不怀疑几个姑娘已经成了好朋友。

说句公道话，为了让她们坦率交谈，约翰爵士算是用尽全力。他把自己知道的或者猜测到的关于表妹们的全部情况向斯蒂尔姐妹做了极其详尽的介绍。埃莉诺才同她们见过两次，斯蒂尔小姐便向她道喜，说她妹妹运气真好，来巴顿后竟然征服了一位非常潇洒的小伙子。

"这么年轻就能出嫁，当然是大大的好事。"她说，"听说他是个不折不扣的翩翩公子，长得英俊极了。我希望你很快也会交上好运。不过，也许你早就心有所属吧。"

埃莉诺觉得，既然约翰爵士把玛丽安的事到处宣扬，那对她的事自然不会嘴上留情。斯蒂尔姐妹怕是已经知道，约翰爵士怀疑她喜欢爱德华。实际上，相较起来，约翰爵士更喜欢开埃莉诺的玩笑，因为关于埃莉诺的恋情，他知道得更晚，谜底也更不确定。自从爱德华来访后，每次一起吃饭，他总要意味深长地举杯祝她觅得佳偶，还频频点头眨眼，引起大家注意。字母"F"被反复提及，引出无数的笑话，以至于埃莉诺认为，它是所有字母中最为奇妙的那一个。

不出所料，斯蒂尔姐妹早已从这些玩笑中听出了名堂。大小姐的好奇心被激发出来，想要弄清那个玩笑中提到的男子的名字。她说话鲁莽无礼，打听闲事的态度也如出一辙。平时约翰爵士喜欢逗弄别人的好奇心，这次很快就兜不住了。同斯蒂尔小姐非常想听到那人的名字一样，他也非常想把那人的名字说出来。

"他姓费拉斯，"他说，自以为是在窃窃私语，其实旁人听得一清二楚，"但千万别张扬，这可是天大的秘密呀！"

"费拉斯！"斯蒂尔小姐重复道，"费拉斯先生就是那个幸福的人啊，对吧？什么！你嫂嫂的弟弟，达什伍德小姐？他肯定是个非常讨人喜欢的小伙子。我跟他可熟啦。"

"你怎么能这样说，安妮？"露西嚷道。不管姐姐说什么，她总爱纠正一下。"我们虽然在舅舅家见过他一两次，可你说跟他熟就未免太夸张了。"

这话引起了埃莉诺的高度专注，也让她满心诧异。"这位舅舅是谁？他住在何处？他们是怎么认识的呢？"她很希望斯蒂尔姐妹把这个话题继续下去，虽然她自己并不想介入谈话。可斯蒂尔姐妹却没有再多说一句。埃莉诺平生头一次觉得，詹宁斯太太要么就是对闲言碎语缺乏好奇，要么就是不愿意传闲话。斯蒂尔小姐刚才说到爱德华时的态度进一步激起埃莉诺的好奇，因为埃莉诺觉得斯蒂尔小姐有点不怀好意，怀疑这位小姐已经知道——或者自以为知道——爱德华有什么不光彩的事情。但埃莉诺的好奇只是徒劳，因为无论约翰爵士是暗示还是明说费拉斯这个名字，斯蒂尔小姐都没有再理会。

Chapter 22

玛丽安向来无法容忍无礼、粗俗、愚笨，甚至是与她趣味不同的人。现在她就处在这样的心态之中，自然对斯蒂尔姐妹越发厌恶。她们主动接近她，她却爱答不理。她对她们总是冷冰冰的，拒绝亲近。埃莉诺认为，斯蒂尔姐妹之所以更喜欢自己，主要就是这个原因。这种偏爱很快就从她们的行为举止中明显地表现出来。尤其是露西，她从不放过任何机会找埃莉诺恳谈，想通过轻松坦率的感情交流努力改善关系。

露西天生机敏，说话往往恰如其分，风趣幽默。埃莉诺常常觉得，同她相处半个小时还是愉快的。但她的先天才能没有得到后天教育的支撑，致使她愚昧无知。尽管她总在努力卖弄自己，但达什伍德小姐仍然很清楚，她心智还不成熟，甚至缺乏最普通的常识。原本通过教育可以提升到相当高度的才能，现在全都荒废了。埃莉诺看在眼里，不禁为她深感惋惜。但埃莉诺同样看到，露西在巴顿庄园大献殷勤、恭维逢迎，实在有失体面，也不够正直和诚实，这就让埃莉诺不那么同情她了。埃莉诺绝不愿意同这样一个人长期交往。她虚伪无知，埃莉诺无法同她进行平等交流。而她对埃莉诺的殷勤和尊重分文不值，因为她对所有人都这样。

"我有个问题，你一定会觉得有点怪。"一天，她们一起从巴顿庄园向乡舍走去时，露西对她说，"但还是请问一下，你本人见过你嫂嫂的母亲费拉斯太太吗？"

埃莉诺确实觉得这个问题很蹊跷，脸上流露出诧异的神色，回答说她从没见过费拉斯太太。

"真的啊！"露西回答，"那可真是奇怪。我本以为你肯定在诺兰庄园见她几次呢。这么说来，你也许不能告诉我她是什么样的人了？"

"是的。"埃莉诺答道。她很谨慎，不愿透露自己对爱德华母亲的真实看法，同时也不太想满足露西唐突无礼的好奇心，"我对她一无所知。"

"我这样打听她的情况，你一定会觉很奇怪。"露西边说边注视着埃莉诺，"不过我是有理由的——但愿我可以冒昧说出来——我希望你不要误会，请相信我并不是有意冒犯你。"

埃莉诺客客气气地回了一句，她们默默地继续走了几分钟。露西打破沉默，又重提刚才的话题，迟疑地说：

"如果你认为我是个唐突无礼、喜欢乱打听的人，那我是接受不了的。你的好评对我来说很有价值，所以无论如何我都不愿意你这样看我。我可以放心大胆地信任你。处在我这样尴尬的境地，简直不知道如何是好，真的很想听到你的建议。不过，现在没有理由劳烦你了。真遗憾，你并不了解费拉斯太太。"

"若是我对她的看法确实对你有用的话，"埃莉诺惊讶万分地说，"那实在非常抱歉，我确实不了解她。不过说实话，我从来不知道你与那家人有什么关系。所以，你现在这样郑重地打听她的为人，我承认我有些惊讶。"

"你会感到惊讶，对此我并不觉得奇怪。但如果我敢把事情对你和盘托出，你就不会这么吃惊了。费拉斯太太现在当然与我毫无关系，但我跟她的关系将会十分密切——至于多久之后才会有这样的关系，那取决于她自己。"

说这话的时候，她垂下了视线，温柔中带着羞涩。她斜睒了埃莉诺一眼，看后者有何反应。

"天啊！"埃莉诺说，"你是什么意思？难道你认识罗伯特·费拉斯？这可能吗？"想到将来会有这么一个弟妹，她心里很不是滋味。

"不，"露西答道，"不是认识罗伯特·费拉斯——我从没见过他。但是，"她双眼紧盯着埃莉诺，"我认识他的哥哥。"

埃莉诺那一刻是什么感受？她若不是当即对这话有所怀疑，必定会无比惊讶与痛苦。她忍住错愕，默默转向露西，猜不透露西为什么说这样的话，抱着何种目的。她虽然脸色都变了，但却坚决不信露西的话，也不认为自己会因此歇斯底里或者晕厥。

"你当然会吃惊，"露西接着道，"因为之前你对此一无所知。我敢说，这事儿他必定半点儿风声都没对你或你的家人透露过。我们一直保守着这个大秘密。我敢保证，在此刻之前，我自己都是守口如瓶。除了安妮，我的亲人中没有一个人知道此事。如果我不是绝对信任你，也根本不会说。而且我问了这么多关于费拉斯太太的问题，必然会让人莫名其妙，也确实应该解释一下。我想，即便费拉斯先生知道我将秘密告诉了你，也不会不高兴的。因为我知道，你们一家人在他心中的分量是最重的。他把你和你的两个妹妹都看作是自己的亲妹妹。"说到这里，她便停住了。

埃莉诺沉默了片刻。刚听这番话时，她吃惊得一个字也说不出来。但最终她还是强逼自己开口，说得非常谨慎，用外表的沉着与镇定勉强掩盖住内心的惊讶和不安。过了一会儿，她开口说道："冒昧地问一下，你们订婚很久了？"

"我们已经订婚四年了。"

"四年！"

"是的。"

埃莉诺虽然极度震惊，但依然觉得难以置信。

"在那天之前，"埃莉诺说，"我都不知道你们两个也认识。"

"但我们已经认识好多年了。你知道，他由我舅舅照料了好多年。"

"你舅舅！"

"是的，普拉特先生。你从来没听他提起过普拉特先生吗？"

"我应该听说过。"埃莉诺答道。她的情绪越来越激动，也越发努力地克制自己。

"他在我舅舅家住了四年。我舅舅家在普利茅斯附近的朗斯特珀尔，我们就是在那里认识的，因为姐姐和我常待在舅舅家。我们也是在那里订的婚，尽管是他结束了我舅舅那里的学习一年之后才订的。但后来他几乎总是跟我们待在一起。你可以想象，我是很不情愿这样订婚的，因为他的母亲既不知情，也没有同意。但那时我太年轻，也太喜欢他，无法做到应有的审慎。虽说你不如我了解他，达什伍德小姐，但你也同他相处了足够长的时间，你一定知道，他很有魅力，能让女人真心爱上他。"

"当然。"埃莉诺答道，连自己说了什么也浑然不知。沉思片刻之后，她又对爱德华的节操和爱情恢复了信心，认定是露西在撒谎。于是她接着说："你同爱德华·费拉斯先生订了婚！不瞒你说，这实在出乎我的意料，所以真的，请你不要见怪。但你一定是弄错人，或者把名字搞混了。我们说的不可能是同一个费拉斯先生。"

"我们说的肯定是同一个人。"露西笑面带笑意，大声道，"我说的爱德华·费拉斯先生，是帕克街费拉斯太太的长子，你嫂嫂约翰·达什伍德太太的弟弟。我已经把自己所有的幸福都寄托在他身上了，你说我怎么可能把他的名字搞错呢？"

"这就怪了，"埃莉诺无比痛苦困惑地答道，"我竟然从未听他提起过你。"

"这并不奇怪。考虑到我们的处境，他这样做也是难免的。我们首先考虑的就是保密。你本来就不知道我或者我的家人，所以他没有理由向你提起我的名字。而且，他向来最怕他姐姐猜疑，这就足以令他不敢提到我的名字了。"

埃莉诺无言以对。她丧失了先前的自信，但并未失去自制。

"你们已经订婚四年了。"她语调沉稳地说。

"没错。天晓得我们还得等多久。可怜的爱德华！被搞得心灰意冷的。"露西从衣袋里取出一幅小画像，接着说，"为了避免弄错，请你看看他的面孔吧。当然，画得不是特别像。不过，我想你总不至于搞错画的是谁。这幅小画像我都保存三年多了。"

露西一边说，一边把小画像放到埃莉诺手里。埃莉诺担心自己草草做出结论，又希望能发现露西在说谎，所以心中一直将信将疑。但在看到小画像的那一刻，她知道这毫无疑问是爱德华的面孔。她当即还回画像，承认画中人与爱德华很像。

"我一直没能回赠他一张我的小画像，"露西接着说，"对此我深感苦恼，因为他一直渴望能得到一张！我决定一有机会就请人画一张。"

"这样很对。"埃莉诺平静地答道。随后两人默默地走了几步，露西再次先开口。

"真的，"她说，"我相信你会保守这个秘密，因为你肯定知道，不让他母亲知道这件事对我们来说有多么重要。我敢说，她绝不会同意这门亲事。我将来没有财产，我想她是个极其傲慢的女人。"

"我没想过要你向我倾吐秘密，"埃莉诺说，"但你认为我信得过，这倒没有错。我会严守这个秘密。不过，请恕我直言，你把秘密告诉我，我感到非常诧异，因为这完全没有必要。你至少应该明白，我知晓这件事，并不会让它变得更保险。"

埃莉诺说这话时仔细看着露西，希望能从她的表情中发现些什么，也许可以看出她所说的绝大部分都是谎言。但露西的表情毫无变化。

"你恐怕会认为，我把这件事告诉你太冒昧了。"露西说，"确实，我认识你的时间不长，至少直接接触的时间还不长，但是很久之前我就听人说起过你和你的家人。我一见到你，就感觉像故友重逢。况且，在刚才的情形下，既然我向你详细询问爱德华母亲，就应该向你做出些解释。我真是太不幸了，连个能给我建议的人都没有。安妮是唯一知情的人，可她根本没什么主意。可以说，她是成事不足败事有余，因为我总怕她走漏了风声。你一定看出来了，她管不住自己的嘴。那天我听到约翰爵士提起爱德华的名字，吓得魂都快掉了，唯恐她没头没脑地全抖露出来。你无法想象当时我有多焦急、多痛苦。这四年来，我为爱德华受了那么多苦，居然还能活着，我自己都觉得不可思议。一切都悬而未决，没有定论，同他见面也相当困难——一年顶多见两次。真不知道我的心为什么还没有碎成一地。"

说到这里，她取出手帕，可埃莉诺却没有感到多少同情。

"有时候，"露西擦了擦眼泪，接着说，"我想干脆解除婚约，一了百了，这对彼此都更好。"说这话的时候，她直直地盯着自己的同伴，"可还有些时候，我又下不了决心。我不忍心他痛苦难受。我知道，一旦提出分手，他必定会伤心欲绝。何况还有我自己——我那么爱他，分手也是我无法承受的。达什伍德小姐，这种情况下，你说我该怎么办？如果换作是你，你会怎么办？"

"对不起。"埃莉诺答道，这个问题让她吃了一惊，"我也不知道如何应对这种情况。你必须自己拿主意。"

"可以肯定的是，"两人沉默几分钟后，露西又说，"他母亲迟早得供养他。但可怜的爱德华却因此那么沮丧！他在巴顿庄园时，你不觉得他特别无精打采吗？他离开朗斯特珀尔到你们这里来的时候，真是悲惨极了，我还担心你们会认为他得了重病呢。"

"这么说，他上次是从你舅舅那里来探望我们的？"

"嗯，是的。他与我们一起待了两个星期。你以为他是直接从伦敦来的吗？"

"没有。"埃莉诺答道。她痛切地意识到，每一件新了解到的事都在证明，露西没有撒谎。"我记得他对我们说过，他同普利茅斯附近的一些朋友待了两个星期。"她还记得自己当时就觉得奇怪，因为关于那些朋友，他没有再多说一个字，连他们的名字都绝口不提。

"难道你们没发现他郁郁寡欢吗？"露西再次问道。

"我们确实发现了，特别是他刚到的时候。"

"我恳求他振作起来，以免你们疑心出了什么事。可是，他因为只能同我们待两个星期，又看到我那么伤心，所以自己也忧郁起来。可怜的人啊！我担心他现在还是那个样子，因为他的来信一字一句都反映出低落的情绪。就在离开埃克塞特前，我收到他一封信。"她从口袋里掏出信来，漫不经心地让埃莉诺看了看姓名地址。"我敢说你认得他的笔迹——他的字写得可好看啦。可这封信却不如往常那般工整。我敢说他是累了，因为他只不过勉强写满一页纸。"

埃莉诺认出那的确是出自爱德华的手笔，也就无法再怀疑下去了。她本来还宽慰自己，说那个小画像也许是露西意外搞到的，并不是爱德华送给她的。可是，爱德华与露西只有在明确订婚的情况下，才可能保持书信往来，否则是绝不容许的。一时之间，她几乎被压垮了——心情跌落谷底，站也站不稳。但她无论如何都必须撑住。她竭力挣扎，克制住满心的哀痛。这立刻取得了效果，而且效果还不错。

"我们俩长期分离，"露西一边说，一边把信放回口袋，"书信往来成了我们之间唯一的慰藉。没错，我还有他的画像作为安慰，但可怜的爱德华连这也没有。他说只有拿到我的画像，他才会安心。

- 112 -

他上次在朗斯特珀尔时，我送了他一绺头发，夹在一枚戒指上。他说那给了他几分慰藉，但绝比不上画像。你见到他的时候，也许注意到那枚戒指了吧？"

"嗯，注意到了。"埃莉诺说，但在那平静的语调背后，却隐藏着她未曾经历过的激动和痛苦。她感到屈辱、震惊和迷茫。

幸好她们已经走回乡舍，谈话也必须告一段落。斯蒂尔姐妹和她们坐了几分钟便回庄园去了。埃莉诺这才有空去回想刚才听到的种种，去感受内心的痛苦。

Volume 2

Chapter 1

　　对露西的话，埃莉诺一般不大相信。但经过仔细考虑后，她无法怀疑这件事的真实性，因为实在没有任何原因，可以引诱她干下编造这种谎言的蠢事。所以，露西宣称的事实，埃莉诺不能，也不敢再怀疑了。各方面的可能性和证据都在支持这些事实，而唯一否定这些事实的，只是她自己的愿望而已。他们在普拉特先生家的相识是两人之间发生的其他事情的源头，这样的机缘既无可置疑也令人惊异。爱德华在普利茅斯附近的访问，他忧郁的心境，对前途的不满，对埃莉诺忽冷忽热的态度，斯蒂尔姐妹对诺兰庄园和她们家亲戚的了如指掌——这常常令她大感意外——还有那幅画像，那封信，那枚戒指，所有的一切构成了一条证据链，彻底打消了她认为可能冤枉了他的顾虑。这一切都证明，是他对不起她，无论她再怎么偏袒他，都无法抹杀这个事实。她憎恶他这种行为，也对自己蒙受了欺骗愤恨不已，一时间只能自怨自艾。但很快，别的念头和想法都冒了出来。

难道爱德华一直在故意骗她？难道他对她的种种关心都是虚情假意？难道他与露西的订婚出自真心？不，无论从前情形如何，她相信现在并非如此。他只喜欢自己一个人，这一点她绝不会弄错。在诺兰庄园，她母亲、妹妹们、范妮，她们全都看出了他对她的爱意。这绝不是虚荣心导致的幻觉。他肯定是爱她的，这一信念让她得到莫大的安慰！既然如此，她还有什么不能原谅他的呢！爱德华在察觉到她对他有着不同寻常的吸引力之后，却依然留在诺兰庄园，这样做实在不应该，大大地不应该。在这一点上，他无论如何都不能为自己辩白。不过，如果说他伤害了她，那么他对自己就伤害得更深！如果说她的境遇值得同情，那他的境遇则令人绝望。他的鲁莽带给她的是一时的痛苦，而带给自己的，却似乎是其他所有机会的丧失。她迟早会恢复平静，可是他呢？他如今还有什么盼头？与露西·斯蒂尔在一起，他会得到起码的幸福吗？像他这样正直、优雅、见识广博的人，如果对埃莉诺这样的女人都不中意，像露西那样一个无知、狡猾、自私的妻子又如何能令他满意呢？

当时爱德华只有十九岁，年轻人对爱情的狂热使他只看得到露西的美貌和温顺，但在随后的四年里——如果能理性地度过这段时间，见识也会得到大大提升——他必定发现了她教养上的缺陷。而在这段时间里，露西却同出身低下的人来往，喜欢的尽是些无聊的事，而当年为其美貌增色的天真烂漫，此时也许已消失殆尽。

如果说爱德华与埃莉诺成婚会遭到他母亲的强烈反对，那么现在他的订婚对象，论家族背景无疑比埃莉诺差，论财产也很可能不及埃莉诺多，那他母亲岂不是更不可能同意？当然，由于他同露西的感情相当疏远，母亲的反对也许不至于让他难以忍受。来自家庭的反对和冷漠本可以让他感到欣慰，但他的心情总是那样忧郁！

埃莉诺痛苦地思来想去，不禁为自己，更是为他潸然泪下。她相信自己并没有做什么错事以招致今日的不幸，于是强打起精神。她也相信，爱德华并没有做出什么事情使她丧失对他的尊重，于是也感到欣慰。尽管她因为刚刚遭受沉重打击而饱尝痛苦，但她认为自己还能自我克制，不让母亲和妹妹对真相产生怀疑。她也很好地将这一想法付诸了行动。就在她所有最美好的希望破灭后仅仅两个小时，她同母亲和妹妹们一起吃饭。从她们的表情看，谁都猜不到埃莉诺正在暗自神伤，为注定将她同她所爱分开的重重障碍。也猜不到玛丽安正在默默想念那个她心中完美的男人——她认为自己已经彻底俘获了他的心；每当有马车从乡舍附近经过，她都会期待马车上出现那个男人的身影。

露西告知的那个秘密，埃莉诺必须瞒着母亲和玛丽安，这需要她一刻不停地克制自己。不过，这并没有加剧她的痛苦，反倒让她颇感宽慰，因为她不用告诉她们这种只会给她们带来痛苦的事，她也不用听到她们对爱德华的谴责。她们是那样偏爱埃莉诺，很可能会对爱德华大加指摘，而那是她难以承受的。

她知道，无论是她们的建议还是评论，对她都毫无帮助。她们对她的温柔劝慰，为她感到的悲伤，都只会令她更加痛苦。她们不会克制情感，为她树立榜样，也不会称赞她的自我克制。她独自承受这一切的时候，反倒更加坚强。她自己的理智会为她提供巨大的力量，让她尽可能地保持内心坚定，外表愉悦如常，尽管刚刚发生的事令她悲痛不已。

虽然她与露西在这个话题上的第一次谈话让她痛苦不堪，但转眼间她又迫切希望能再谈一回。这是有多种原因的。她想听她重新介绍他们订婚的详细情况，希望更清楚地了解露西对爱德华的真实感情，看看她是否如她宣称的那样爱他。她尤其希望，通过主动表示自己愿意心平气和地再次谈论此事，能让露西相信她只是作为朋友才关心此事。埃莉诺非常担心，上午谈话中自己不知不觉表现出的焦虑不安，让露西至少已经怀疑埃莉诺跟爱德华并非只是朋友关系。

露西看样子很可能在妒忌她。显然，爱德华常常对她大为赞赏，这不仅能从露西的话中听出来，而且还从露西的大胆行为中得到了印证——她们刚认识不久，露西竟然就向她吐露了这个明显十分重大的秘密。就连约翰爵士平日的玩笑也肯定起了些作用。不过，既然埃莉诺认定爱德华深爱着她，那就自然不用考虑别的可能性，认为露西是在妒忌她。露西也确实是在妒忌她，前者吐露这个秘密就是证明。露西之所以透露这件事，除了想告诉埃莉诺，爱德华已归她所有，埃莉诺今后不能再纠缠他之外，还会有其他什么原因？埃莉诺很理解自己情敌的企图。她下定决心，严格遵从荣誉和诚实的原则行事，克制自己对爱德华的感情，尽量避免与他见面。但为了给自己安慰，她也努力让露西相信，她并没有因此伤心。在这个问题上，她不会听到比已知的更痛苦的事情了，所以她相信自己能够镇定地听露西把具体情况再说一遍。

尽管露西跟她一样，也很想找个机会再谈谈，但这样的机会不是想来就来的。因为天公总是不作美，让她们无法外出散步，而本来一起散步是最容易避开旁人的方法。虽然她们至少每隔一晚上就会见一面——不是在庄园就是在乡舍，主要是在庄园——但这种聚会可不是为了谈话而举行的。约翰爵士和米德尔顿夫人的脑子里永远都不会冒出这样的念头，因此大家很少有闲谈的时间，更别提单独交谈了。这种聚会的目的是吃吃喝喝，一起说笑，打打牌，玩玩康西昆司[1]，或是其他足够热闹的游戏。

这样的聚会举办了一两次，埃莉诺始终没找到与露西私下交谈的机会。一天早晨，约翰爵士来到乡舍，恳求达什伍德母女务必赏光，同米德尔顿夫人共进晚餐，因为他自己要前往埃克塞特参加俱乐部活动。倘若她们不答应，米德尔顿夫人便只有她母亲和两位斯

---

1. 一组人集体讲述一对假想的男女发生的浪漫故事的游戏。

蒂尔小姐做伴，必定会深感孤寂。埃莉诺猜想，参加这样的聚会，也许更有机会达成自己的心愿。因为在米德尔顿夫人安静而有教养的主持下，比起她丈夫把大伙儿聚到一起嬉笑玩闹来，她们要自由得多，于是她立刻接受了邀请。玛格丽特得到母亲的许可，也答应要去。至于玛丽安，一向不愿参加她们的聚会。母亲不忍心让她独自在家，避开与大家的玩乐，硬是说服她跟着一起去。

三位小姐前往赴约，险些陷入可怕孤独之中的米德尔顿夫人终于幸运地得救了。正如埃莉诺所料，这次聚会十分无趣。没有人提出新鲜的想法，也没有人说新鲜的词语。无论是在餐厅还是在客厅，她们的所有谈话都索然无味到了顶点。孩子们随着她们进入客厅，只要他们留在那里，埃莉诺就断定她休想有机会与露西好好说话。直到茶具撤下之后，孩子才离开客厅。可一转眼，牌桌又摆好了。埃莉诺不由得嗔怪自己，居然妄想在庄园中找到谈话的机会。就在这时，大家都站起身，准备打一局牌。

"我很高兴你没打算在今晚给可怜的小安娜玛丽亚织好小篮子，"米德尔顿夫人对露西说，"因为在烛光下做纸条手工[1]一定很伤眼睛。就让可爱的小宝贝儿扫扫兴吧，我们明天再给她补偿好了。但愿她不要太失望。"

这点暗示已经足够了。露西马上回过神来，回答道："您可真是完全弄错了呢，米德尔顿夫人。我只不过是等着看看，你们玩牌没我行不行，要不然我早就动手编起来了。无论如何都不能让小天使失望呀。如果您要我现在打牌，我一定会在夜宵之后编好篮子的。"

"你真是太好了。希望你别弄坏眼睛。你是不是拉拉铃[2]，多要

---

1. 英国当时流行的一种女士消遣方式，用非常薄的硬纸条或者羊皮纸条，仿照金属细丝工艺，或卷或折，编成各种精美的形状。

2. 当时英国乡村大宅中都有复杂精致的铃铛与滑轮系统，可以通过拉铃呼叫仆人前来服务。

些蜡烛来？我知道，如果到明天小篮子还没编好，我那可怜的小姑娘会大失所望的。虽然我告诉过她明天肯定编不好，但她却认为肯定编得好。"

露西立即将工作台拉到跟前，重又坐下。看着她那麻利、愉悦的样子，似乎再也没什么事比给一个被宠坏的孩子编纸篮更让她高兴的了。

米德尔顿夫人提议大家再玩一轮三局两胜的卡西诺[1]。除了玛丽安，大家都没表示反对。玛丽安向来不拘礼节，大声说道："爵士夫人行行好，别把我算上——你知道我讨厌打牌。我去弹钢琴吧，自从调了音以后，我还没碰过呢。"她也不再客气，转身径直朝钢琴走过去。

米德尔顿夫人那副神情，仿佛在谢天谢地，她可从来没说过这么冒昧无礼的话。

"你知道，夫人，玛丽安太喜欢那架钢琴了。"埃莉诺说，极力想为玛丽安的失礼行为开脱，"这也难怪，我还从没听过音质这么好的钢琴。"

剩下的五个人开始抽牌。

"如果我碰巧出局了，"埃莉诺接着说，"或许可以给露西·斯蒂尔小姐帮个忙，替她卷卷纸什么的。我看那篮子还得费些工夫，如果全让她一个人干，今晚肯定完成不了。她要是肯让我搭把手，我倒是非常乐意干这活儿。"

"要是你能来帮忙，我真是感激不尽呢，"露西叫道，"因为我发现剩下的活儿比我预想的多。万一让可爱的安娜玛丽亚失望，那就太不应该了。"

"噢！那确实不应该。"斯蒂尔小姐说，"可爱的小宝贝，我多爱她啊！"

---

1. 一种纸牌游戏。

"你真好，"米德尔顿夫人对埃莉诺说，"既然你真心想干这活儿，那你愿不愿意下一轮再加入我们？还是说，你想现在就试试手气？"

埃莉诺愉快地接受了前一条建议，于是，凭着玛丽安绝对不屑说出口的几句机灵话，她既达到了自己的目的，又讨好了米德尔顿夫人。露西马上给她腾出位置，两位容貌美丽的情敌并肩坐在同一张桌前，非常融洽地做着同一份工作。而玛丽安此时早已沉醉在自己的音乐和遐想之中，忘记了房内除了她还有别人。幸运的是，钢琴离埃莉诺和露西很近，因此达什伍德小姐断定，有这嘈杂的琴声做掩护，她可以放心大胆地提出那个有趣的话题，而不用担心牌桌上的人会听见。

Chapter 2

埃莉诺开口说话，语气坚定而审慎。

"我有幸得到你的信任，如果我不继续谈论那件事，不再对那个话题感兴趣，就会辜负你的信任。所以我现在才会不揣冒昧，重提那个话题。"

"谢谢你终于开口。"露西激动地叫起来，"听你这样说，我就放心了。不知道怎么回事，我总是担心星期一那天我说的话冒犯了你。"

"冒犯我！你怎么会这么想？相信我，"埃莉诺极其诚恳地说，"让你产生这样的想法，绝不是我的本意。你如此地推心置腹，难道还会抱着不体面、不愉快的动机？"

"我可以向你保证，"露西回答道，目光锐利的小眼睛意味深长地望着她，"你当时的态度似乎很冷淡，很不高兴，弄得我相当难受。我想你肯定是生气了。后来我就一直责怪自己，不应该这么冒失地拿自己的事来烦你。我很高兴知道那只不过是我自己在瞎想，你并没有真的责怪我。我把这辈子无时无刻不在思量的事情告诉了你，像卸下心中一块大石头。如果你知道这让我感到多么宽慰的话，你肯定会同情我，不再计较别的事情了。"

　　"我的确毫不怀疑，你把自己的处境告诉我，对你来说是一件非常畅快的事。你尽管放心，你这样做是永远不会后悔的。你们的情况相当不幸，看上去困难重重。你们需要对彼此的深情才能在困境中坚持下去。我相信，费拉斯先生的生活全靠他母亲吧。"

　　"他自己只有两千英镑。靠这点钱来结婚，那简直是痴心妄想。不过就我个人来说，我可以毫无怨言地放弃所有对更富裕生活的期待。我习惯了微薄收入。为了他，什么穷日子我都能坚持。要是他娶了他母亲中意的女子，也许会得到母亲的不少财产。我太爱他了，不能这么自私自利，让他失去这笔财产。我们只能等，也许要等很多年。对世上几乎所有别的男子来说，这都是可怕的前景。但我知道，爱德华对我一片深情和忠诚，是无论如何都剥夺不走的。"

　　"你的信任，对你肯定是至关紧要的。他无疑也同样信任你。万一你们之间的感情淡了，那你的境况就会非常可怜。出于种种原因，很多人在四年的订婚期里，感情自然而然会有所消逝。"

　　听到这里，露西抬起头。不过埃莉诺十分谨慎，尽量不露声色，叫人无法觉察她话中有什么可疑的倾向。

　　"自从我们订婚以来，"露西说，"我们很长、很长时间都不在一起。爱德华对我的爱情经受住了这番严峻的考验，我如果现在起疑，那简直不可饶恕。我可以保证，从一开始，他在这方面就从未让我担忧过。"

听到这番话，埃莉诺真不知是该失笑还是该叹息。

露西继续说："而且，我天生容易妒忌。我跟他的生活处境不同，他比我见的世面多得多，我们又长期分离，所以我免不了会疑神疑鬼。我们见面时，他对我的态度哪怕有些微的变化，情绪哪怕有一丝低落，谈论某个女人哪怕比别的女人多一句，在朗斯特珀尔哪怕有一丁点不如从前那般快乐，我都能马上察觉。倒不是说我的观察多么敏锐，眼神多么犀利。只是碰到这种情况，我敢肯定自己是不会受到蒙蔽的。"

话说得真动听，埃莉诺心想，但这又能骗得了我们两个谁呢？

"不过，"短暂沉默之后，埃莉诺说，"你们有什么打算吗？还是说，你们只能等着费拉斯太太去世？那可是令人忧伤又震惊的极端情况。难道她儿子宁愿这么干等着，宁愿承受长年累月提心吊胆的枯燥生活，甚至拉着你一起苦熬，也不肯冒着惹她一时不快的风险，把事实真相说出来？"

"要是她真的只会一时不快就好了！费拉斯太太是个十分固执傲慢的女人，听到这个消息很有可能会大发雷霆，把所有财产都留给罗伯特。这样的前景把我所有迅速成婚的想法都吓退了。我得为爱德华着想啊。"

"也是为你自己着想，不然你的自我牺牲就真的令人匪夷所思了。"

露西再次看着埃莉诺，闭上嘴不说话。

"你认识罗伯特·费拉斯先生吗？"埃莉诺问道。

"完全不认识。我从未见过他，但我想他跟他哥哥大不相同——愚蠢，而且是个十足的公子哥。"

"十足的公子哥！"斯蒂尔小姐重复道。她在玛丽安的琴声突然中断时听到了这个词。"噢，她们肯定是在谈论各自的心上人吧。"

"不是的，姐姐，"露西嚷道，"你搞错了，我们的心上人才不是十足的公子哥呢。"

"我敢担保，达什伍德小姐的心上人绝不是公子哥，"詹宁斯太太开心地笑了起来，"因为他是我见过的最谦虚、最优雅的年轻人了。但说到露西嘛，她可是个深藏不露的小丫头，我至今都不知道她喜欢谁呢。"

"噢，"斯蒂尔小姐喊道，意味深长地来回打量着她们，"我敢说，露西的心上人同达什伍德小姐的一样谦虚、一样优雅。"

埃莉诺不由得羞红了脸。露西咬咬嘴唇，愤怒地看着她姐姐。两人沉默了一会儿，露西首先打破沉默。尽管玛丽安正在弹奏一支庄严宏大的曲子，给了她们有力的掩护，但露西还是压低声音说："坦率地告诉你吧，最近我想到一个可以解决问题的法子。当然，我一定会让你知道这个秘密的，因为你也同它有关。你跟爱德华很熟，肯定知道他最想当牧师吧。现在我的计划是这样：他尽快获得圣职，然后你运用个人的影响，劝你哥哥将诺兰教区的职位给他。出于同他的友谊以及对我的关心，我敢说你会好心帮忙的。据我了解，那个职位相当不错，而现任牧师很可能活不了多久了。得到那个职位，就足够保证我们先结婚。至于其他的事情，也只能听天由命了。"

"我一向乐于表示对费拉斯先生的尊重和友情。"埃莉诺回答道，"可是，难道你不觉得在这件事情上，完全不需要我的影响吗？他是约翰·达什伍德太太的弟弟——单凭这一点，她丈夫也肯定会帮他的。"

"可约翰·达什伍德太太不怎么赞成爱德华当牧师。"

"那样的话，我觉得自己的影响更不可能起到多大作用了。"

她们又沉默了半晌。最后，露西深深地叹了口气，大声说道："我想，最明智的办法还是解除婚约，立即结束这桩婚事。我们在各方面似乎都困难重重。解除婚约虽然会让我们痛苦一阵子，但最终或许会更幸福些。你就不能给我点建议吗，达什伍德小姐？"

"我不能。"埃莉诺答道，脸上泛起一丝微笑，用以掩饰无比激动的心情。"在这种事情上，我当然给不到什么建议。你非常清楚，我的观点若是不合你的意，对你来说就毫无分量可言。"

"你可真是冤枉我了，"露西一本正经地答道，"在我认识的所有人中，我最尊重你的意见。我真心相信，如果你对我说，'我劝你无论如何都要与爱德华·费拉斯解除婚约，这会让你们双方都更幸福'，我就会决心立刻照办。"

埃莉诺为爱德华未来妻子的虚伪感到脸红，答道："即便我对这件事真有什么意见，你这番恭维也把我吓得不敢开口。你大大高估了我的影响。作为局外人，我是绝没有力量将你们这对情投意合的恋人分开的。"

"正因为你是局外人，"露西带着几分怒气，特别加重了最后三个字，"我才应该重视你的意见。如果我觉得你在感情上有失偏颇，就根本不会询问你的意见了。"

埃莉诺觉得自己还是沉默以对最好，以免双方说话丧失克制，火药味越来越足。她甚至在一定程度上决定此后不再提起这个话题。两人又沉默良久，结果还是露西先开口。

"今年冬天你会去伦敦吗，达什伍德小姐？"她带着惯常的得意说道。

"当然不去。"

"这可真是太让我遗憾了。"露西答道。听到这话，她的眼睛都亮了。"要是能在伦敦见到你，我该多么高兴呀！不过，我敢说你终归还是会去的。你的哥哥嫂嫂肯定会要你去他们那里的。"

"即使他们要我去，我也不能接受邀请。"

"那真是太不幸了！我还满心想着能在伦敦见到你呢。安妮和我一月底要去探访几个亲戚，他们这几年都在盼着我们。不过，我只是为了去见见爱德华，他二月份会到伦敦。要不是因为这个，伦敦可是一丁点吸引力也没有，我才没兴趣去那里呢。"

牌桌上打完第一轮，埃莉诺立刻被叫了过去，两位小姐的密谈只好告一段落。不过她们倒也乐得如此，因为双方都没说出什么话能减轻对彼此的厌恶。埃莉诺在牌桌前坐下，伤感地断定，爱德华不仅不喜欢这个将成为他妻子的人，而且即使他们结了婚，他也不会感到起码的幸福，因为只有她的真挚爱情才能给他带来快乐。如果一个女人看上去已经完全明白与她订婚的男人心中的厌倦，却还是紧抓着男人不放，那只能说明她太自私。

之后，埃莉诺再没有主动提起过这个话题，而露西却几乎一有机会就要说，尤其是每次收到爱德华来信的时候，她总会特意向密友分享自己的快乐。凡是遇到这种事，埃莉诺都能平静而谨慎地对待，尽量合乎礼节地结束话题。因为她觉得，这种谈话对露西来说是一种不配享有的宽纵，对她自己却是一种危险。

两位斯蒂尔小姐在巴顿庄园做客的时间大大超出主人最初邀请她们时的预想。她们越来越受欢迎，怎么都脱不开身。约翰爵士坚决不同意她们离开。虽然她们在埃克塞特早就定下许多约会，必须去赴约，而且周末的约会尤其多，但她们还是被说服了，在巴顿庄园待了近两个月，还帮着主人家举办了圣诞欢庆活动，因为这个节日需要更多的家庭舞会和大型晚宴，才能突显其有别于普通节日的重要性。

Chapter 3

虽然詹宁斯太太每年有大量时间住在孩子或朋友家，但她并不是没有自己的固定住所。她丈夫先前在伦敦不怎么高雅的区域做生意，赚了些钱。丈夫过世后，每年冬天她都住在波特曼广场附近一条街上的一座房子里。眼下一月就快到了，她不禁又想起了那个家。一天，她突然邀请两位达什伍德小姐陪她到那里去，让埃莉诺和玛丽安大感意外。听到这个邀请，玛丽安的脸色起了变化，那激动的表情说明她已经动了心。埃莉诺没有留意到这些，在表达感谢之后便代表两人拒绝了，并且以为自己说出的是两人共同的心愿。她提出的理由是，她们断不能在一年的这个时节离开母亲。詹宁斯太太听到这话，不禁感到有些意外，又立刻再次发出邀请。

"噢，天啊！我肯定你们的母亲会准许的，我恳求你们能好心陪我走一趟，我可是下定决心了的。别以为你们会给我造成什么不便，我是不会为了你们而给自己添麻烦的。我只需打发贝蒂坐公共马车就行[1]，这点钱我想我还是给得起的。这样我们三个人就能舒舒服服地坐我的马车了。到了伦敦以后，要是你们不喜欢跟着我去什么地方，那也没关系，你们可以随时跟我哪个女儿出去。你们的母亲肯定不会反对，因为我很走运，两个女儿都嫁了出去，她知道由我来照顾你们是再合适不过的。如果到头来我不能让你们当中的至少一个嫁得称心如意，那可怪不得我。我会向所有小伙子夸赞你们，你们尽管放心好了。"

"我认为，"约翰爵士说，"玛丽安小姐是肯定不会反对这个

---

1. 贝蒂是詹宁斯太太的女仆，而詹宁斯太太的二轮轻便马车只有一排座位，最多容纳三人。

计划的，只要她姐姐同意就行。如果因为达什伍德小姐不愿意，她就不得不放弃玩乐的机会，那可太说不过去了。所以我建议你们俩在巴顿庄园待腻了后就动身去伦敦，一句话也别跟达什伍德小姐说。"

"不，"詹宁斯太太嚷道，"不管达什伍德小姐愿不愿意去，我都会非常高兴能有玛丽安小姐做伴。只不过嘛，人越多越热闹。而且我觉得，她们俩在一起会更愉快些，因为一旦她们讨厌我了，还可以一起说说话，背地里嘲笑一下我这个老怪物。不过，要是她们不能两个人都来，那至少得有一个人陪我。我的天啊！你们想想看，往年冬天都有夏洛特陪着，我早就习惯了，今年冬天我怎么能一个人在家里混日子呀。得啦，玛丽安小姐，我们现在就击掌成交吧。要是达什伍德小姐改变主意，那自然就更好啦。"

"谢谢您，太太，真心地感谢您。"玛丽安激动地说道，"您这样邀请我们，我会感谢您一辈子。如果能接受，我会非常开心——没错，简直就是这辈子最开心的事。但我最亲爱、最慈祥的母亲——我觉得埃莉诺说得有道理，如果我们不在家，她会不怎么高兴，也会不怎么舒服的——噢，不行，我无论如何不能离开她。这件事不应该勉强，也绝不能勉强。"

詹宁斯太太再次保证，达什伍德太太肯定会准许她们去的。埃莉诺现在才明白妹妹的想法。看到妹妹一门心思想同威洛比重聚，其他一切几乎都不管不顾了，埃莉诺便不再直接反对这个计划，只说由母亲来决定。她很清楚，尽管自己努力阻止这次伦敦之行，但她几乎不能指望从母亲那里获得支持。她不仅不赞成玛丽安去，就连她自己，由于某些特殊原因，也是不去为宜。无论玛丽安想做什么，母亲总是会急切地予以支持。她不可能说服母亲谨慎行事，因为她始终没能让母亲对玛丽安与威洛比订婚一事产生疑惑。何况，她也不敢把自己不想去伦敦的理由说出来。玛丽安是个极挑剔的人，她非常了解詹宁斯太太的为人，而且向来都觉得十分讨厌。尽管如此，玛丽安却不顾所有的不便，不顾她脆弱的情感将承受多大的痛苦，铁了心地追求她的目标。这就足以证明，那个目标对妹妹而言是何等重要！埃莉诺虽然知道一切，却还是对妹妹的举动深感意外。

听说这个邀请后，达什伍德太太觉得，这次旅行肯定会给两个女儿带来许多乐趣。透过玛丽安对她的体贴关怀，她看出女儿其实十分渴望能去伦敦，所以她不同意女儿们因为她而回绝邀请，非要她们立即接受不可。接着，她又像往常一样开心起来，开始想象她们一家能从这次离别中获得的各种好处。

"我喜欢这个计划。"她嚷道，"它正合我意。不仅对你们俩，对玛格丽特和我也有好处。你们同米德尔顿夫妇走后，我们就可以安安静静、快快乐乐地读书弹琴了！等你们回来的时候，就会发现玛格丽特长进了好多！我早就想给你们的卧室搞点改建，现在动工就不会给任何人带来不便。你们确实应该去伦敦玩一玩。像你们这种社会地位的年轻女子，都应该去熟悉一下伦敦的风俗习惯和娱乐活动。再说，你们会得到一位慈母般的好心太太的照料，我丝毫不怀疑她会待你们很好。你们还非常有可能见到哥哥。不管他有什么错，或者说他太太有什么错，只要想到他是你们父亲的儿子，我就不忍心看见你们兄妹如此疏远。"

"虽然您总是渴望我们都能幸福，"埃莉诺说，"对这个计划中的困难，您也想尽办法加以克服，可是我觉得，这个计划中仍有一个障碍是无法逾越的。"

玛丽安的脸色沉了下来。

"我亲爱的精明女儿埃莉诺，"达什伍德太太说，"她又要发表什么高见呢？她发现了什么难以克服的障碍呢？可别跟我说你担心的是钱。"

"我反对的理由是：虽然我觉得詹宁斯太太非常热心，但她的陪伴不会使我们多么愉快，她的监护也不会提升我们的社会地位。"

"这话说得在理。"她母亲说，"不过，你们脱离众人与她独处的机会应该几乎不存在吧。你们总是可以同米德尔顿夫人一起出现在公众场合嘛。"

"如果埃莉诺是因为讨厌詹宁斯太太而不敢接受邀请，"玛丽安说，"那至少这不会妨碍我接受。我没有这种顾虑。我敢保证，对于詹宁斯太太带给我们的不快，我可以轻而易举地全都忍受下来。"

看到妹妹对詹宁斯太太的举止态度表现得毫不介意的样子，埃莉诺忍不住笑了，因为过去她很难说服妹妹对这位老太太保持起码的礼貌。她心里打定主意，如果妹妹坚持要去，她也只好一起去。因为她觉得不应该由着妹妹去自行其是，也不应该让本可以在家中悠闲度日的詹宁斯太太受玛丽安的摆布。这个决定，她下得还算容易，因为她记得露西说过，爱德华·费拉斯在二月之前不会到伦敦去，而她们逗留在伦敦的时间，就算不会无故缩短，也绝不可能延长到二月。

"我要你们两个都去，"达什伍德太太说，"那些所谓的障碍都毫无意义。你们在伦敦会过得很愉快，特别是你们在一起的时候。要是埃莉诺肯屈尊找点乐子，那肯定能在伦敦遇到各种开心事。也许，能多了解嫂嫂家的人，这会让她快活些吧。"

埃莉诺常想找机会给母亲泼泼冷水，让母亲别太信任爱德华与自己的感情，免得将来真相大白之后过于震惊。虽说这次泼冷水几乎不会成功，她还是硬着头皮一试，尽量镇定地说："我非常喜欢爱德华·费拉斯，并且将总是乐意见到他。至于他的家人是否认识我，我是完全不在意的。"

达什伍德太太微微一笑，什么也没说。玛丽安听到这话，惊讶地抬起了头。埃莉诺暗忖，自己刚才还不如不开口呢。

母女三人没再多商量，最终决定完全接受邀请。得知这一消息，詹宁斯太太非常高兴，反复保证会好好照顾两位小姐。乐开花的不止她一个，约翰爵士也非常高兴，因为对一个最怕孤独的人来说，能给伦敦居民带去两位客人实属非常了不起的业绩。就连米德尔顿夫人也高兴起来，这对她来说可是相当难得。至于斯蒂尔姐妹，尤其是露西，在得知这一消息之后，更是一辈子都没这么高兴过。

埃莉诺接受这次安排，虽说有悖于自己的本意，但也没有当初设想的那样不情不愿。就她个人来说，去不去伦敦其实无所谓。只是，看到母亲对这个计划颇为满意，而妹妹的神情、语气和仪态都那样兴奋，不仅恢复了往日的活力，甚至比平时更加活泼，埃莉诺就无法再对她们热衷伦敦之行的原因表示不满，也几乎不忍心再怀疑其结果。

玛丽安欣喜若狂，慌张烦乱，迫不及待地想动身。唯一能让她冷静下来的，只有她对母亲的不舍之情。她在分别之时简直伤心欲绝。她母亲也同样悲伤不已。母女三人之中，似乎只有埃莉诺没有把这次分离看作是永别。

她们在一月的第一周动身。米德尔顿夫妇大约一星期后出发。斯蒂尔姐妹则暂时留在巴顿庄园，随后再同爵士家的其他人一道离开。

Chapter 4

埃莉诺着实想不到，自己竟然与詹宁斯太太同乘一辆马车，在她的监护下，作为她的客人，开始伦敦之旅。毕竟，他们认识的时间不长，在年龄和性情上都完全不相称，而且就在几天前，埃莉诺还对詹宁斯太太的提议表示强烈反对！不过，玛丽安和母亲都被点燃了快乐的青春热情，埃莉诺的反对意见不是被驳倒就是被忽视。虽然埃莉诺有时仍会怀疑威洛比是否会忠贞不二，但一看到妹妹那充盈于整个灵魂、闪烁在双眼之中的喜悦和希望，她就不由得感到，相形之下，自己的前景是多么黯淡，心情多么悲凉。她多么希望自己能像妹妹那样抱着对恋人的渴望，有着令人兴奋的目标，怀着可能实现的梦想啊。不过，用不了多久，应该说非常快，就可以弄清楚威洛比的真实用意了。他十有八九已经在伦敦。玛丽安如此急着要动身，表明她相信能在那里找到威洛比。埃莉诺下定决心，不仅要通过自己的观察和旁人的描述，获得对威洛比人品的全新认识，还要热情地关注他对妹妹的态度，以便无须多次见面就弄清他究竟是怎样的人，要达到什么目的。如果她观察后得出的结论是负面的，那她无论如何都要让妹妹睁开眼睛认清事实；如果结论是正面的，那她就会做出另一种性质的努力——她要学会避免进行任何自私的比较，摒除所有的懊恼，以免对玛丽安的幸福产生丝毫不满。

她们在路上走了三天。可以从玛丽安在旅途中的表现推测她将来会如何讨好、接近詹宁斯太太。她一路上几乎都沉默不语，沉浸在自己的冥想之中，几乎从不主动开口。只有目睹美景之后，她才仅仅对姐姐发出一声带着喜悦的称赞。为了弥补妹妹的冷淡态度，埃莉诺马上承担起她给自己分配的保持礼节的任务，对詹宁斯太太十分殷勤，同她有说有笑，听她不停唠叨。而詹宁斯太太也对她们关怀备至，总在操心她们是否舒适快乐。只有一件事让她感到不安：在旅馆里，姐妹俩无论如何都不肯自己点菜，也问不出它们是不是爱吃鲑鱼胜过鳕鱼，或者爱吃炖鸡胜过小牛排。第三天三点钟，她们到达伦敦。经过这一路的颠簸，终于能从狭窄的马车车厢中解放出来，准备在暖烘烘的炉火边好好享受一番。

詹宁斯太太的房子相当大，陈设也很是讲究。两位小姐立刻被安顿在一个非常舒适的房间里。这个房间原先是夏洛特住的，壁炉上方还挂着她亲手制作的风景刺绣，证明她在伦敦一所名牌学校上了七年学，还是有点成绩的。

她们到达之后，至少还得两个小时才能开饭，埃莉诺打算利用这段时间给母亲写封信，于是坐下写了起来。过了一会儿，玛丽安也坐下来写信。"我正在给家里写信，玛丽安。"埃莉诺说，"你是不是过一两天再写？"

"我不是给母亲写信。"玛丽安急忙回答，看样子并不希望姐姐追问下去。于是埃莉诺没再开口。她当即意识到，妹妹肯定是在给威洛比写信。紧接着她就断定，无论他们俩想把事情搞得多神秘，都肯定是订了婚的。这个结论并不能让她完全满意，但还是让她很高兴，更加流畅地继续写了下去。玛丽安没几分钟就写好了。估计只是封短信。她匆匆把信叠好封起来，写上收信人的姓名地址。埃莉诺觉得，自己准能从姓名地址上看见一个偌大的"W"。但刚写好，玛丽安就赶紧拉铃，吩咐进来的男仆替她将信送到两便士邮局[1]去。此举立刻让事情变得不言自明。

玛丽安的兴致依然很高，但同时也有点心神不宁，这就让她姐姐不怎么高兴得起来了。随着夜幕降临，她越发不安起来。晚餐时几乎没吃什么东西。后来回到客厅，她似乎一直在焦灼地倾听每一辆过往马车的声音。

令埃莉诺大感欣慰的是，詹宁斯太太正在自己房里忙得不可开交，没看到正在发生的事情。等茶具端进来的时候，隔壁家的敲门声已经让玛丽安失望了不止一次。突然，又传来一阵响亮的敲门声，这次敲的绝不可能是别人家。埃莉诺想，肯定是威洛比来了。玛丽安忽地站起身，朝门口走去。门外没有一点声音。她按捺不住，打开门，朝楼梯走了几步，听了一会儿，又回到房里，样子十分激动，只有断定自己听到的是威洛比的脚步声，她才会如此。她在狂喜中忍不住大叫起来："噢，埃莉诺，是威洛比，一定是他来了！"她看上去仿佛

---

1. 当时英国伦敦有许多用于接收市内信件的邮局，寄一封信只需两便士。

马上就要扑入来人怀中一样，谁知这时出现的却是布兰登上校。

大惊之下，玛丽安难以自持，立刻离开了房间。埃莉诺同样感到失望，不过她一向敬重布兰登上校，所以仍旧欢迎他的到来。令她倍感痛苦的是，一个对妹妹如此情有独钟的人，竟然发现妹妹在见到自己时只感到悲伤失望。她立刻看出，上校并非毫无察觉。他满脸惊讶和关切地注视着玛丽安离开房间，竟然都忘了对埃莉诺还礼。

"你妹妹病了？"他问。

埃莉诺略带忧虑地回答说，妹妹确实病了，然后便扯到了头疼、情绪不高、过度劳累之类的托词，为妹妹的冒昧之举寻找体面的解释。

上校无比认真地听完她的话，然后似乎镇定下来，没有继续这个话题。他马上说很高兴能在伦敦见到她们，接着便寒暄开来，询问她们一路上的情形，还有留在家里的那些朋友的近况。

他们就这样平静地交谈着，双方都兴致寥寥，情绪低落，各怀心事。埃莉诺很想问问上校威洛比在不在伦敦，可又担心这样打听他的情敌会让他痛苦。最后，为了找点话说，埃莉诺便问自从上次别过，他是不是一直待在伦敦。"是的，"他有点尴尬地答道，"那之后，我差不多一直待在伦敦。其间只有一两次去德拉福德庄园住过几天，但始终没能回巴顿庄园。"

他的话，以及他说话时的神情，顿时让埃莉诺想起他离开巴顿庄园时的情景，想起詹宁斯太太对他的离开深感不安和怀疑。埃莉诺担心，自己这一问会让上校觉得她很好奇这件事，而事实上她没那么强的好奇心。

很快詹宁斯太太进来了。"噢，上校！"她还是像平常一样，欢天喜地地嚷嚷开来，"见到你可真让人高兴——对不起呀，我没能早些过来——请原谅，我必须得到处转转，处理些自己的事。我有好长日子不在家了。你知道，一旦离开家，不论多久，回来了总会有一大堆琐事得处理。而且我还得同卡特赖特[1]算算账目。上帝啊，用完餐之后，我就一直忙得跟只蜜蜂似的！可是上校，请问你是怎么猜到我今天回来的？"

"我是在帕尔默先生家吃饭时，有幸听说的。"

"噢，是这样啊。他们一家人都好吗？夏洛特怎么样了？我敢说她现在肚子已经很大了。"

"帕尔默太太看上去很好。她托我转告您，她明天会来看望您。"

"没错，我就知道她肯定会来。对了，上校，我带来两位小姐，你看——我是说，你现在只看得到其中一位，还有一位不知去哪儿了，就是你的朋友玛丽安小姐，她也来了。你听到这话不会伤心吧。我不知道你和威洛比先生打算对她怎么办呢。是啊，年轻漂亮可真好！唉，我也曾经年轻过，可从来都不怎么好看——真够倒霉的。但我嫁了个非常好的丈夫，世上最标致的美人也没我运气好。唉，可怜的老头子！他都去世八年多了。但是上校，你同我们分别后都跑到哪儿去啦？你的事情办得怎么样了？得啦得啦，咱们朋友之间可别藏着掖着的。"

上校以他惯常的温和态度回答了所有问题，但没有一个回答令詹宁斯太太满意。埃莉诺开始泡茶，玛丽安这时也不得不再度现身。

她一进屋，布兰登上校就变得比先前更加心事重重，少言寡语。詹宁斯太太没能说服上校多留一会儿。那天晚上再没来别的客人，女士们一致同意早点就寝。

第二天早上起床后，玛丽安又恢复了往日的精神和快活模样。她对这天满怀期待，似乎忘掉了昨晚的失望。吃完早饭不久，帕尔默太太的大马车便停在门前。没过几分钟，她便笑容满面地走进屋来。见到大家伙儿，她高兴极了，但很难说她是见到母亲更开心，还

---

1. 詹宁斯太太的男管家。

是见到达什伍德姐妹更开心。虽说她一直都在盼望达什伍德家的两位小姐能来伦敦，但等她们真的来了，她却觉得十分惊讶。她们在拒绝了她的邀请之后，居然又接受了她母亲的邀请，这令她非常气愤。但如果母亲出面都请不动她们的话，她是绝不会宽恕姐妹俩的！

"帕尔默先生会很高兴见到你们的。"她说，"听说你们要与妈妈一起来，你们猜猜他是怎么说的？我现在忘了具体是什么，但他那话可好笑了！"

于是众人交谈了一两个钟头，用帕尔默太太母亲的话说，那是在"惬意地闲聊"：一边是詹宁斯太太把她们所有朋友的情况问了个遍，另一边是帕尔默太太在无缘无故地笑个不停。谈笑过后，帕尔默太太提议，大家上午都陪她去几家商店办事。詹宁斯太太和埃莉诺欣然同意，因为她们自己也要去买点东西。玛丽安起初不肯去，后来也被说服了。

无论她们走到哪里，玛丽安显然总是在留神周围。特别是到了邦德街——她们主要就在那里办事——她的眼睛就一直在东张西望。不管她们走到哪个商店，她对眼前的一切东西，对别人关心忙活的一切事情，统统心不在焉。走到哪里都是一副心神不宁、无法满意的样子。姐姐买东西时征求她的意见，就算那是两人都用得着的东西，她也不做回应。她完全不感兴趣，只想快点回家。帕尔默太太一见到漂亮、昂贵、新奇的东西就目不转睛地盯上半天，让人烦不胜烦，玛丽安好不容易才克制住怒火。帕尔默太太恨不得把看得上眼的都买下来，但最后没能下定决心买任何东西，她时而狂喜，时而犹豫，时间就这样被白白耗掉了。

她们到家时，都快中午了。刚一进门，玛丽安就急匆匆地飞奔上楼。埃莉诺跟上去，看到妹妹从桌前转过身，满脸悲伤，显然威洛比并没来信。

"我们出去之后，没人给我来信吗？"她问正将包裹拿进屋的男仆。男仆回答说没有。"你可以肯定吗？"她又问，"你敢肯定没有佣人或者门房来送过信或是便条？"

男仆回答说没有。

"真是太奇怪了！"玛丽安声音低沉，失望至极，转身面对窗户。

确实很奇怪！埃莉诺也在心里重复道，不安地打量着妹妹。倘若妹妹不知道威洛比在伦敦，就不会给他写信，而只会把信寄往库姆大厦。不过，倘若他真在伦敦，却为何人也不来，信也不写？那也太反常了！唉，亲爱的母亲啊，你真不该允许年纪这么小的女儿同这么个不知底细的男人稀里糊涂、神神秘秘地订了婚！我是真想问个清楚，可这件事哪里容得下我插嘴呢？

考虑一番之后，她决定，如果多日之后事态仍像现在这样令人不快的话，她就要以最强硬的态度告诉母亲，必须认认真真地把这件事查个水落石出。

帕尔默太太和另外两位上了年纪的太太同她们一起吃饭。詹宁斯太太今天上午遇到这两位密友，并邀请她们共进晚餐。帕尔默太太用完茶后不久就起身告辞，赶去赴晚上的约会。埃莉诺只好帮她们凑起一桌惠斯特[1]牌局。这种场合玛丽安是帮不上什么忙的，因为她从不肯学打牌。虽然她的时间可以自由支配，不过整个晚上，她并没有比埃莉诺过得更快乐，因为她一直忍受着期待的煎熬和失望的折磨。她有时候会勉强读几分钟书，但很快便把书丢到一旁，又在室内来回踱步，这样做似乎比读书更有趣。每每走到窗口，她都要逗留片刻，希望能听到盼望已久的敲门声。

---

1. 一种纸牌游戏。

Chapter 5

"如果一直没有降霜，"第二天大家一起吃早餐时，詹宁斯太太说，"约翰爵士到下个星期也不会离开巴顿庄园。喜欢打猎的人哪怕有一天不游乐也会难受。可怜的家伙！他们一觉得难受我就同情他们，不过他们也未免太执着了。"

"没错。"玛丽安快活地嚷道，边说边朝窗边走去，想看看天气。"我还没想到这一点呢。这样的天气可能会吸引好多爱打猎的人留在乡下不走的。"

幸亏想到了这一点，她重新变得兴致高昂起来。"这天气当然能让他们着迷。"她接着说，一脸喜悦地坐在饭桌前。"他们一定玩得很开心！不过，"她又转而忧虑起来，"不能指望天气一直会这样好。到了这个时节，又接连下了好几场雨，好天气当然不会持续多久。马上就要降霜了，很可能会冻得十分厉害，说不定就在这一两天。这种极端温和的天气是很难长久的——不，也许今晚就要霜冻！"

"不管怎样，"埃莉诺不想让詹宁斯太太像她一样看透妹妹的心事，于是打岔道，"我敢说，下个周末约翰爵士和米德尔顿夫人准会到伦敦的。"

"没错，亲爱的，我敢担保这没问题。玛丽[1]总能让别人听她的。"

埃莉诺暗忖，玛丽安现在要往库姆写信了，今天就会寄出去。

但如果她真的写了信，那也是偷偷写好寄走的。尽管埃莉诺观察得如此仔细，还是不能确定妹妹有没有写信。不论真相如何，不论埃莉诺对妹妹的做法多么不满，看到玛丽安兴高采烈的样子，她就没有理由那么难受了。玛丽安确实兴致高昂，不仅为这温和的天气而

---

1. 米德尔顿夫人的名字。

高兴，更为即将到来的霜冻而高兴。

这天上午的大部分时间，都用于到詹宁斯太太的熟人家送名片，通知他们她已经回伦敦。玛丽安始终在忙着观察风向，观察天空的变化，想象着就要变天。

"难道你不觉得现在比早上更冷吗，埃莉诺？我感觉温差很明显。甚至戴着这副皮手筒，我的手都暖和不起来。我记得昨天可不是这样的。云朵也在散开，太阳一会儿就要出来了，下午准会放晴[1]。"

埃莉诺时而开心时而痛苦，但玛丽安却情绪稳定。她夜察炉火，早观天象，发现了霜冻即将到来的确切征兆。

两位达什伍德小姐受到詹宁斯太太一如既往的亲切对待，没有理由感到不满，也同样没有理由抱怨她的生活方式和朋友。她在处理家事时总是慷慨大度，还同城里少数几位老朋友一直保持着联系，而这正是米德尔顿夫人一直耿耿于怀的。除了这些故交，她从不去拜访别人，生怕引起年轻伙伴的不安。发现自己在社交方面的处境比预想中好很多，埃莉诺感到很欣慰，也就心甘情愿地委屈自己，去参加那些无聊透顶的晚间聚会。不管是在詹宁斯太太家还是在别人家，娱乐项目都只是打牌而已，她对此着实兴趣寥寥。

布兰登上校是家中的常客，几乎每天都会来与她们做伴。他到这里来，一是看望玛丽安，二是与埃莉诺交谈。同他谈话，往往能带给埃莉诺其他日常活动无法带来的满足感。但与此同时，她也十分关切地注意到，上校依然对妹妹一往情深。她担心这种感情会与日俱增。看到上校时常情真意切地望着玛丽安，她就禁不住悲从中来。他的精神也确实比在巴顿庄园时差很多。

她们到伦敦大约一周之后，才确认威洛比也到了。那天上午，她们乘车兜风回来，看到桌上放着他的名片。

---

1. 冬季白天晴朗，往往意味着晚上会有霜冻。

"上帝啊！"玛丽安喊道，"我们出去的时候他来过。"埃莉诺得知他确在伦敦，也不禁高兴起来，大胆说道："你放心好了，他明天一定会再来的。"但玛丽安仿佛没听见姐姐的话，詹宁斯太太一进屋，她便拿着那张珍贵的名片避开了。

这件事不仅让埃莉诺情绪高涨，更是让她妹妹像过去那样激动不安起来，而且有过之而无不及。从那一刻起，玛丽安就没再平静过，无时无刻不在期待与威洛比见面，别的什么事都干不了。第二天早上大家出门的时候，她执意要留在家里。

埃莉诺出门后，满脑子都是想着大家不在期间伯克利街[1]可能发生的事。不过她们回到家后，埃莉诺只扫了妹妹一眼，便知道威洛比没有来。恰在此时，仆人送来一封短信，放在桌上。

"给我的！"玛丽安嚷道，急忙冲上前去。

"不是，小姐，是给我家太太的。"

可玛丽安偏不信，马上拿起来看。

"真是给詹宁斯太太的。太气人了！"

"这么说，你是在等信啦？"埃莉诺再也忍不住，开口问道。

"是的！算是吧——也不完全是。"

埃莉诺顿了顿，接着说："你不信任我，玛丽安。"

"埃莉诺，没想到你居然这样责备我！你谁也不信任！"

"我！"埃莉诺有些慌张，"玛丽安，我真的对你无话可说。"

"我也一样。"玛丽安气势汹汹地回答，"现在，我们的情况都一样。我们都没什么好说的：你没什么好说的，是因为你承认自己对爱德华没什么牵挂；我没什么好说的，是因为我从不隐瞒自己对威洛比的感情。"

埃莉诺被妹妹指责不够坦率，又无法为自己辩解，心里颇为烦

---

1. 詹宁斯太太伦敦寓所的所在地。

恼。在目前这种情况下，她也不知道如何才能让玛丽安更坦白。

　　詹宁斯太太不久就过来了。她接过短信念起来。那是米德尔顿夫人写来的，说他们昨晚已经到了康迪特街，请她母亲和表妹们第二天晚上去做客。因为约翰爵士有事在身，米德尔顿夫人自己又患了重感冒，无法来伯克利街拜访。她们接受了邀请。出于普遍的礼节，两位达什伍德小姐必须陪同詹宁斯太太。可赴约时间临近时，埃莉诺才好不容易说服妹妹跟着一起去。因为玛丽安连威洛比的影子都没见着，自然不愿冒着让他再次扑空的危险自己出门找乐子。

　　晚间聚会结束后，埃莉诺发现，人的性情不会因为居所的改变而发生多大变化，因为约翰爵士刚到伦敦还没安顿好，就设法聚集了近二十个年轻人，还举办了舞会为他们提供消遣。但米德尔顿夫人并不赞成他这么做。在乡下时，这样未经预先安排就举行舞会倒也无伤大雅，但到了伦敦，更重要、更难得的，是赢得高雅的名声。而眼下，为了取悦几位小姐，让人知道米德尔顿夫人办了个小舞会，来的只有八九对舞伴，伴奏的只有两把小提琴，吃的只有餐具柜里的冷餐，这未免太冒险了。

　　帕尔默夫妇也在场。自从到伦敦以来，他们一直没有见到帕尔默先生。她们进屋时，他却没有表现出认识她们的样子，因为他刻意避免让人看出他注意到了岳母，所以从不往她这边凑。他只是看了她们一眼，就像不认识她们似的，只是从房间另一头朝詹宁斯太太点了点头。玛丽安进屋后，把室内扫视一圈。这就足够了，他不在这里。于是她坐下来，既没有搭理别人，也不找人说话。聚会大约一小时之后，帕尔默先生才慢慢向达什伍德小姐们踱了过来，说真想不到竟然会在伦敦见到她们。其实，布兰登上校最初就是在他家听说她们已到伦敦的消息，而他自己一听说她们会来，还说了几句怪里怪气的话。

　　"我以为你们还在德文郡呢？"他说。

"是吗？"埃莉诺说。

"你们什么时候回去？"

"我不知道。"谈话就此结束。

玛丽安一生中从未像那天晚上那般不愿跳舞，也从未跳得那般筋疲力尽。一回到伯克利街，她便开始抱怨起来。

"没错没错，"詹宁斯太太说，"我们非常清楚这一切到底是为什么。要是那位我们不点名道姓的先生在场，你就一点也不会觉得累了。不过说实话，我们请了他，他却不肯来见你一面，真是有点不大像话。"

"请了他！"玛丽安嚷道。

"我女儿米德尔顿是这样说的。约翰爵士今天早上好像在街上碰到他了。"

玛丽安没再说话，不过看起来异常痛苦。见此情形，埃莉诺也耐不住了。为了消解妹妹的痛苦，她决定第二天上午就给母亲写信，希望通过唤起母亲对妹妹健康的担忧，借机向母亲询问那些早该查清楚的问题。第二天早饭过后，她发现妹妹又在给威洛比写信——她认为收件人不可能另有其人——给母亲写信的心情便越发迫切了。

大约正午时分，詹宁斯太太独自外出办事，埃莉诺便立刻开始给母亲写信。与此同时，玛丽安却心烦意乱，既无心做事，也无意交谈，一会儿从一个窗口走到另一个窗口，一会儿又坐在火炉前忧郁地沉思。埃莉诺言辞恳切地向母亲求助，在信中把这里发生的事情全讲了一遍，还说自己怀疑威洛比用情不专，并恳请母亲出于自身的义务和对女儿的关爱，要求玛丽安说明她同威洛比的真实关系。

她刚写好信，便传来访客的敲门声，随即仆人通报布兰登上校来了。玛丽安早从窗口看到了他，但她这会儿谁也不想见，于是在上校进来之前离开了房间。上校看起来比平日更严肃。发现只有埃莉诺一人，他显得很满意，仿佛有什么特别的事要告诉她似的，但他坐了好一阵子都一言不发。埃莉诺确信他有话要说，而且肯定同她妹妹有关，便焦急地等他开口。这已经不是她第一次产生这样的确定感了。在此之前，上校曾不止一次到了便说"你妹妹今天好像不大舒服"，或是"你妹妹似乎没什么精神"，看样子欲言又止，像要透露或打听她的什么特殊情况。过了好几分钟，他终于打破沉默，声音有点激动地问埃莉诺，什么时候能向她道道喜，恭贺她得到一位妹夫。埃莉诺完全没料到他会有此一问，仓促间也不知如何作答，只好采取简单常用的应急之策，问他是什么意思。他勉强挤出笑容，答道："你妹妹与威洛比先生订婚的事情，已是人尽皆知了。"

"不可能人尽皆知，"埃莉诺说道，"因为她自己的家人都不知道呢。"

他大为惊诧，说道："请原谅，恐怕我问得太失礼了。但我本以为这没什么好保密的，因为他们已经在公开通信了，而且人人都在谈论他们的婚事。"

"怎么可能？你听谁说的？"

"很多人—— 有些人你根本不认识，有些人你十分熟悉，比如詹宁斯太太、帕尔默太太，还有米德尔顿夫妇。不过，要不是仆人今天引我进门时，我无意间看到他手中拿着一封给威洛比的信，信上是你妹妹的字迹，我也许还是不肯相信—— 或许，一个人若是心中不愿去相信某件事，就总是会想去寻找质疑这件事的证据吧。我原本是来问个究竟的，但在发问之前就知道答案了。是不是一切已成定局？是不是不可能……？但我没有权利，也没有机会取得成功。请原谅我，达什伍德小姐。我知道我不应该说这么多的，但我简直不知道该如何是好。你行事向来谨慎，在这点上我完全信任你。告诉我，事情已经千真万确，我再怎么努力也于事无补。总而言之，我能做的只是尽量隐藏自己的感情。"

在埃莉诺听来，这番话无异于公开承认他对妹妹的爱慕之情，令她大为感动。她当时什么话也说不出来。甚至在心情平静之后，她还是踌躇了一阵子，不知该如何回答才最合适。其实，对妹妹与威洛比之间的真实关系，她自己也几乎不知情，倘若勉强解释，她很可能言之无物，或者言过其实。但她确信玛丽安是爱威洛比的，无论他们的爱情是何结果，布兰登上校绝无成功的希望。同时，她又想保护妹妹的行为不受指责。思虑一番之后，她觉得最谨慎友善的做法，还是说得比她真的了解和相信的更多一些。于是她承认，虽然他们从未将他们之间的关系亲口告诉她，但她并不怀疑他们之间的爱情，听说他们保持通信联系时也并不惊讶。

上校一言不发地认真听完她的话。等她一说完，上校便立即从椅子上站起来，激动地说："对你妹妹，我祝她幸福如意。对威洛比，我只愿他能努力配得上你妹妹。"说完便告辞而去。

埃莉诺从这次谈话中没有得到任何安慰，可以减轻她对别的问题的不安。相反，布兰登上校的不幸在她心中投下忧郁的阴影，而她并不希望驱除这道阴影，因为令布兰登上校不幸的那件事，恰恰是她渴望能成为现实的。

Chapter 6

随后的三四天里没有发生任何事可以让埃莉诺后悔给母亲发出那封求助信。因为威洛比人没来，信也没到。就在这几天快过去时，她们应邀陪米德尔顿夫人参加一个晚会，詹宁斯太太因为小女儿身体不适不能去。玛丽安对晚会毫无兴趣，也不在意自己的妆容，似乎去不去都无所谓。做准备的时候，她脸上全无期待，也看不到一丝喜悦。从用完茶点到米德尔顿夫人抵达之前，她一直坐在客厅的壁炉边，一动不动，连坐姿都没变一下，只顾着想她的心事，甚至都没察觉姐姐也在房里。最后听人说米德尔顿夫人已在门口等候她们，她才突然惊起，仿佛早已忘记自己在等人。

她们一行按时到达目的地。前面的一串马车刚让开路，她们便走下车，登上台阶，有仆人在一级级楼梯平台上通传她们的名字。她们进入一间灯火通明的客厅，里面宾客满堂，闷热难当。她们先去向女主人行了屈膝礼，表达敬意，然后便融入人群中。她们的到来不可避免地弄得室内更加闷热不适，但也只能同大家一起忍受。她们几乎无话可说，更是无事可做。就这样无聊地待了一阵子，米德尔顿夫人在卡西诺牌桌前坐下。玛丽安没兴趣走来走去，幸好同埃莉诺找到空椅子，在离牌桌不远的地方坐了下来。

两人刚坐下没多少工夫，埃莉诺便发现了威洛比。他站在几码之外，正同一个看起来非常时髦的女子热烈地交谈。威洛比很快注意到她，并立刻鞠了一躬，却不打算同她说话，或者过来找她——他绝不可能没看见玛丽安——而是继续与那位女士交谈。埃莉诺不禁转向玛丽安，想看看她有没有觉察这一幕。恰在这时，玛丽安也发现了威洛比，马上喜不自胜，容光焕发。要不是姐姐拉住她，她已经朝威洛比那边奔过去了。

"天啊！"她嚷道，"他在那儿——他在那儿！——噢！他为什么不看我？为什么我不能去同他说话？"

"求求你，求求你冷静些。"埃莉诺厉声道，"别把你的心思暴露给在场的每个人。也许他还没看到你。"

但就连埃莉诺自己也不相信这句话。而此时此刻要冷静下来，玛丽安不仅做不到，更是不想做。她烦躁不安地坐在那里，脸上写满痛苦。

威洛比最后又转过身来，望着她们。玛丽安突然站起身，饱含深情地喊了声他的名字，向他伸出手。威洛比走过来打招呼，但他似乎只是在对埃莉诺而不是玛丽安说话，好像要刻意避开玛丽安的视线，存心不理会她的态度一样。他匆匆问了一下达什伍德太太的情况，还问起她们到伦敦多久了。威洛比的这番话顿时把埃莉诺弄得六神无主，一个字也说不出来。但她妹妹却当即就把情绪全宣泄出来。她涨红了脸，无比激动地大喊道："天啊！威洛比，你这是什么意思？难道你没收到我的信吗？你为什么都不同我握手[1]呢？"

威洛比这下再也避不开，只好同玛丽安握手。但她的触碰似乎令他异常痛苦，只握了一下就松开了。这期间，他显然都在力图保持镇定。埃莉诺一直观察着他的表情，发现他平静了下来。沉默片刻后，他才心平气和地开口作答。

"上周二，我有幸到伯克利街拜访，非常遗憾，你们和詹宁斯太太碰巧都不在家。我留下了名片，但愿它没有丢。"

"可难道你没有收到我的信吗？"玛丽安急不可耐地嚷起来，"肯定出了什么差错，十分可怕的差错。这到底是怎么回事？告诉我，威洛比。看在上帝的份上，告诉我吧，这是怎么回事？"

他没有回答，不过脸色却变了，又现出刚才的窘态。但先前与他交谈的那位女士的目光往他这儿一瞟，他似乎就决心立刻克制住情绪，于是他恢复镇定，说："是的，谢谢你一番好意寄给我那封信。得知你已到伦敦，我很开心。"说完他微微点了一下头，匆匆转身，回到朋友身边。

玛丽安的脸色看上去白得吓人，站也站不住，一下跌坐到椅子上。埃莉诺怕她随时都会昏过去，一边挡在她身前，不让别人瞧见她这副样子，一边用薰衣草香水给她提神。

---

1. 根据当时英国的习俗，握手是关系亲密的男女之间标准的打招呼方式。

"去找他，埃莉诺。"她一能说出话，便大叫起来，"非得叫他到我这边来。告诉他，我必须再见到他——必须马上跟他说话。我没法安下心来——他不解释清楚，我一刻也不会安宁——一定是发生了什么可怕的误会。噢，你马上就去找他。"

"这怎么可以？不行，我最亲爱的玛丽安，你必须等等。这里不是做解释的地方。等到明天再说吧。"

埃莉诺费了好大的劲儿才拦住妹妹，没有让她亲自去找威洛比。但埃莉诺也劝妹妹不要那么激动，至少表面装出镇定的模样，等待在一个更私密的场合同他交谈，那样才会有效果，但玛丽安根本做不到。她一直在低声悲叹自己的不幸。没过一会儿，埃莉诺便看见威洛比从通往楼梯的门离开了房间，便告诉玛丽安他已经走了。她反复强调，今晚不可能再同他谈上话了，借以开导妹妹冷静下来。玛丽安当即央求姐姐去请米德尔顿夫人带她们回家，因为她实在太伤心，一分钟也待不下去了。

米德尔顿夫人一轮牌正打到一半。听说玛丽安不舒服要回家，出于礼节，她没有表现出半点不乐意，把手里的牌交给了一位朋友，一找到马车就离开了。回伯克利街的路上，她们几乎一句话都没有说。玛丽安一言不发，痛苦不堪，心情压抑得连眼泪都流不出来。幸亏詹宁斯太太还没有到家，她们径直返回房间。玛丽安闻了闻鹿角精[1]，才稍有恢复。她很快脱了衣服上床。姐姐见她似乎想一个人待着，便离开房间。等候詹宁斯太太期间，埃莉诺得以从容不迫地回顾过去。

她毫不怀疑威洛比和玛丽安之间曾存在婚约。而同样确定无疑的是，威洛比已经厌倦了这个婚约，因为不论玛丽安如何心存幻

---

1. 公鹿角上刮下来的碎屑，可以助人恢复神志或缓解头痛，也是当时制作氨及嗅盐的主要原料。

想，埃莉诺都不能将威洛比的表现归因为误解或者误会。唯一的解释只能是，他已经变心了。若不是埃莉诺亲眼看见他那副窘态，她肯定会更加义愤填膺。他的窘态表明，他知道自己做错了事，也使埃莉诺不至于怀疑他道德败坏，打一开始就是在玩弄妹妹的感情，全无经得起深究的打算。或许是分离削弱了他的感情，或许是私利导致了他的变心，但他以前一定是爱过玛丽安的，这一点毋庸置疑。

至于玛丽安，这次不幸的会面肯定已令她痛彻心扉，而未来可能的结局会给她带来更大的打击。想到这里，埃莉诺不由得深感忧虑。相较而言，她自己的处境还算好。因为她能一如既往地"尊敬"爱德华，不论他们将来如何分离，心里总能有所寄托。但是玛丽安呢？所有对她不利的事都凑到了一起，令她对威洛比的劣行倍感伤心，而这也将加剧她同威洛比最终分手时的痛苦——他们很快就将迎来不可调和的决裂。

Chapter 7

第二天一大早，女仆还没有生火，太阳也还没有驱散一月清晨的寒冷阴暗，玛丽安就起床，衣裙不整地跪倚在窗口，借助透进来的微光，一边泪如泉涌，一边奋笔疾书。埃莉诺被她激动的啜泣声吵醒后，最先看到的就是她这副模样。埃莉诺满心焦虑地默默观察了一会儿，才用极体贴、极温柔的声音说：

"玛丽安，我可不可以问一下？"

"不行，埃莉诺，"她答道，"什么也别问。你很快就会全都知道的。"

说这话时，玛丽安极力保持着镇定。可话一说完，她马上又悲痛难当。过了好几分钟，才能够继续写信。但她还是不时失声痛哭，不得不一次次停下笔来，这充分证明了埃莉诺的预感：玛丽安一定是在给威洛比写最后一封信。

埃莉诺只好默默关注着妹妹，生怕再刺激到她。倘若妹妹不是这般烦躁易怒，急切地恳求埃莉诺千万别跟她说话，埃莉诺肯定会试图劝慰她，让她冷静下来。在这种情况下，她们最好不要总待在一起。玛丽安心神不宁，穿好衣服后，便在房里一刻也待不下去了。她既想一个人静静，又不愿始终待在一个地方。于是早饭前她都一直在房子周围转来转去，避不见人。

早饭时，她什么东西都没吃，也不想吃。埃莉诺那时正忙着将詹宁斯太太的注意力全部吸引到自己身上，所以既没有催妹妹吃饭，也没有流露出半点怜悯，就好像完全没注意到妹妹一样。

这顿早饭很合詹宁斯太太的口味，所以吃了很久才结束。饭后她们刚在针线桌前坐下，仆人便给玛丽安送来一封信。玛丽安迫不及待地一把夺过来，顿时面如死灰，跑出房间。见到这一幕，埃莉诺便料定信是威洛比写来的，就好像她清清楚楚地看到信上的姓名地址一样。她立刻心生厌恶，几乎抬不起头来，坐在那里浑身发抖。自己的反常表现怕是很难逃脱詹宁斯太太的双眼。可是，这位好心的太太只看到玛丽安收到威洛比的一封信。对她来说，这是一份绝佳的笑料，于是又打趣起来，哈哈一乐，说但愿这封信能让玛丽安称心如意。对于埃莉诺的苦恼，她却一点都没有察觉，因为她正忙着量用来织地毯的绒线。玛丽安一不见，她便平静地继续说下去：

"说真的，我这辈子还没见过哪个姑娘这么痴心呢！我的几个女儿可比不上她，不过她们以前也够傻的。但玛丽安小姐嘛，她可是大不一样。我是打心底里希望，威洛比别让她等太久。瞧她那副病恹恹、孤零零的样子，真让人心痛。请问，他们到底什么时候结婚啊？"

埃莉诺此刻虽然非常不想说话，但面对这样的突袭，她也不得不作答，于是挤出一丝笑容说："太太，难道您真的相信我妹妹与威洛比先生订了婚？我还以为您只是在开玩笑，可您现在问得这么严肃，似乎并不像是开玩笑那么简单。所以我想请您不要再误解下去。我可以向您保证，如果听到他们要结婚的消息，我肯定会无比震惊。"

"少来啦，少来啦，达什伍德小姐！你怎么能说出这样的话？难道他们要结婚不是我们都知道的吗？难道他们不是刚一认识就卿卿我我、难分难舍？难道我在德文郡的时候没有看到他们每天从早到晚都黏在一起？难道我不知道你妹妹跟我来伦敦是为了置办婚服？得了，得了，你就别装傻啦。你自己讳莫如深，就以为别人都是瞎子。我告诉你，没这么回事。他们的婚事，全城的人都知道了。我反正逢人便说，夏洛特也一样。"

"太太，"埃莉诺非常严肃地说，"您真的弄错了。您到处传播这样的消息，实在是有失厚道。纵使您现在不相信我的话，将来总有一天会发现我是对的。"

詹宁斯太太又哈哈大笑起来，不过埃莉诺已无心再说。她心急如焚，无论如何都想知道威洛比写了些什么，便匆匆返回她们的房里。一打开房门，她就看见玛丽安躺在床上，伤心得泣不成声，手里还捏着那封信，身旁还放着两三封。埃莉诺默不作声地走上前去，在床上坐下来，抓起妹妹的手，温情地吻了她好几次，然后也忍不住泪如雨下，一开始的伤心劲儿简直不亚于妹妹。

玛丽安虽然一句话都说不出，但能感到姐姐对自己情真意切。姐妹俩就这样痛哭了一阵，玛丽安把几封信都塞到埃莉诺手里，然后用手帕捂住自己的脸，悲痛得几乎尖叫起来。埃莉诺明白，这种悲痛虽然看上去令人惊骇，却只能任其自然。她在旁边看着妹妹，等妹妹从极度的伤痛中稍有恢复，她才匆匆打开威洛比的信件，读了起来：

亲爱的小姐：

　　方才有幸接到您的来信，请允许我向您致以诚挚的谢意。得知自己昨晚有举止失当之处，我深感不安。虽然我还不清楚哪里不幸冒犯了您，但还是要恳请您的原谅，因为我敢保证，那纯属无心之失。每每回想起在德文郡时与贵府的交往，我便倍觉感激喜悦，所以我斗胆猜测，不论我犯下什么过失，引起什么误会，都不会破坏我们之间的友情。我对您全家都抱着诚挚的敬意。不过，倘若我不幸让您认为我还抱有别的想法或者意图，那我只能责备自己有失谨慎，在表达敬意时未能掌握分寸。您如果知道我早已心有所属，而且不出几个星期就将履行婚约，就不会误认为我对您另有所图。我有幸收到的书信，以及您惠赠的那绺头发，现在都奉命归还，并深表遗憾。

　　　　　　　您最恭顺谦卑的仆人，约翰·威洛比
　　　　　　　　　　　　　一月，于邦德街

　　可以想象，达什伍德小姐读到这样一封信时是多么义愤填膺。虽然她读信之前就已经知道，威洛比会在信中承认自己移情别恋，从而证实妹妹同威洛比永远无法结合，但她却没料到，威洛比竟会用这样的语言加以宣告。她无法想象，威洛比怎么会如此寡廉鲜耻，如此不顾绅士的体面，给她寄来一封无耻恶毒的信！这封信里，他不仅没有表达丝毫悔意，而且根本不承认自己背信弃义，更是矢口否认自己同玛丽安之间存在特殊感情。这封信字里行间都充满侮辱，说明写信人是个彻头彻尾冷酷无情的恶棍！

埃莉诺看完信，既愤怒又惊讶。她踌躇片刻，又把信拿起来读了好几遍。不过每读一遍，都只会让她对威洛比的憎恨多一分。这份恨意实在太深，以至于她都不敢说话，生怕自己出言不妥，让妹妹更加伤心。她觉得，他们解除婚约对妹妹来说不仅毫无损失，而且还能让妹妹逃过一场最可怕、最无可挽回的灾难，不至于同一个无耻之徒过一辈子，这才是真正的解脱，天大的幸事。

她就这样陷入沉思，想着信里的内容，想着写出这种信的人有多么邪恶，可能也想到了一个与威洛比性格判若云泥的人。此人同这件事全无干系，只是刚才发生的一切都让埃莉诺想到了他。兀自沉思的埃莉诺忘记了妹妹眼前的痛苦，忘记了自己膝上还放着三封信没看，甚至完全忘记了自己在房间里待了多久。直到听见一辆马车驶到门前，她才起身去窗口，想看看是谁来得如此之早[1]，却发现那是詹宁斯太太的马车，不由得大吃一惊，因为她知道詹宁斯太太吩咐马车到门口的时间是下午一点。尽管现在她无法让玛丽安平静下来，但还是打定主意要陪着妹妹，于是急忙去告诉詹宁斯太太，因为妹妹身体不适，自己无法离开，只能失陪。好心的詹宁斯太太十分关心玛丽安，当即就同意埃莉诺留下。把詹宁斯太太平安送走之后，埃莉诺回去找玛丽安，只见她挣扎着想起床。因为长时间没有好好吃饭睡觉，她头晕眼花，差点栽倒在地上，幸亏埃莉诺及时回来，一把扶住了她。这么多天来，她一直食欲不振，夜不能寐。可现在，心头那份焦灼的期待荡然无存，各种后果便接踵而至：头也痛，胃也虚，整个神经都脆弱不堪。埃莉诺马上给她倒了一杯葡萄酒，她喝下之后觉得舒服了些，终于表现出对姐姐这份关怀的感激，说道："可怜的埃莉诺！你被我拖累得这么凄惨！"

---

1. 根据英国当时的社交礼节，客人通常都会在白天比较晚的时间来访，给主人留出处理家中重要事务的时间。

"我只是期望，"姐姐答道，"我能为你做点什么，可以让你觉得好受些。"

这话跟别的话一样，实在叫玛丽安受不了。她心中悲痛已极，只能喊道："噢，埃莉诺，我真是太苦了，真的！"说着又泣不成声。

见妹妹的悲伤不可遏制地迸发出来，埃莉诺再也无法保持沉默。

"亲爱的玛丽安，"她大声嚷道，"你如果不想把你自己和所有爱你的人都折磨致死的话，就努力振作起来吧。想想你的母亲。想想你受苦的时候，她会多么悲痛。为了她，你必须振作起来。"

"我做不到啊，做不到。"玛丽安喊道，"要是我让你难过，你就离开我，离开我好了。离开我，恨我，忘掉我！但不要这么折磨我！噢，自己没有伤心事的人，说起话来当然轻巧！幸福快乐的埃莉诺，你根本体会不到我的痛苦！"

"你觉得我幸福快乐吗，玛丽安？啊！但愿你真懂我的感受！我看着你这么悲惨，你觉得我会幸福快乐吗？"

"原谅我，原谅我。"玛丽安搂住姐姐的脖子，"我知道你为我难过，我知道你有一颗善良的心。但是你——你现在一定很幸福。爱德华爱你——噢，有什么样的事情能破坏这样的幸福？"

"很多很多事情。"埃莉诺面无表情地说。

"不，不，不，"玛丽安疯狂地叫了起来，"他爱你，只爱你一个。你不可能有伤心事。"

"看到你现在这个样子，我哪里开心得起来。"

"你永远也看不到我是别的样子了。我的痛苦是无论如何都无法消除的了。"

"你不能这么说，玛丽安。难道你就没有慰藉？没有朋友？难道你的损失大到任何安慰都无效？尽管你现在觉得很痛苦，但你想想看，要是再晚一段时间你才发现他的为人，如果你们订婚很久之后他才提出解除婚约——这是有可能的——那你会遭受多大的痛苦？你若继续信任他，那才是你的不幸。多信任一天，你受到的打击就会多一分。

"订婚？"玛丽安喊道，"我们从来就没有订什么婚。"

"没有订婚！"

"没有，他还没你想象中那般无耻。他没有背弃对我的誓言。"

"但他对你说过他爱你。"

"是的——不——他从没有明确说过。他每天都有暗示，但是从没有明说过。有时候我以为他已经说了，但其实并没有。"

"但你给他写过信吧？"

"是的。事已至此，现在想想，写信应该是不对的吧？我真不知道了。"

埃莉诺没再多说，又转向另外三封信。此刻，这些信引起她更大的好奇，于是马上全部浏览了一遍。第一封信是她们刚到伦敦时妹妹写给威洛比的，内容如下：

> 威洛比，你收到这封信时该会多么惊讶啊！如果你知道我已经到了伦敦，或许会不只是惊讶这么简单吧。虽说必须与詹宁斯太太同路，但到伦敦来的机会却是我们无法抗拒的。我希望你能及时收到这封信，今晚就到这儿来。但我想你未必能来。无论如何，我希望明天能够见到你。现在暂且搁笔。

玛·达[1]

一月，于伯克利街

---

1. 玛丽安·达什伍德的简称。

第二封短信是参加了米德尔顿家的舞会后的第二天早上写的，内容如下：

前天没能见到你，一个多星期前我给你写信也没有收到回信，我的失望和惊讶简直难以言表。我无时无刻不在期待你的来信，更加期待能够见到你。请你尽快来一趟，解释一下为什么总让我的期待落空。你下次最好能来得早点，因为我们通常在一点之前外出。昨晚我们参加了在米德尔顿夫人家举办的舞会。我听说他们也请了你。但真是这样的吗？如果他们确实请了你，而你又没有到场，那必定是我们分开之后你有了很大变化。但我相信这是绝不可能的。我希望很快听到你的亲口保证，情况并非如此。

玛·达

玛丽安给他的最后一封信是这样写的：

威洛比，你要让我怎么想象你昨晚的行为呢？我再次要求你做出解释。久别重逢自然会心生喜悦，所以我本打算同你高高兴兴地见上一面。我们在巴顿时是那样亲密无间，再见面后自然也该无拘无束。没想到，我竟被你拒之千里之外！整整一个晚上，我都在拼命为你寻找借口，解释你那很难不被称作侮辱的行为。尽管我还没有找到任何合乎情理的辩解，但我还是很想听听你自己的辩护。也许你风闻了一些有关我的不实之词或是别有用心的中伤，从而降低了我在你心目中的地位。请告诉我这到底是怎么回事，为什么你要那样对我。我能消除你对我的疑虑，你也应该消除我对你的疑虑。如果我不得不把你往坏处想，那当然会让我痛心不已。

但如果我不得不那样做，如果要让我知道，你不是我们一直
以为的那样，你对我们大家的关心并非出自真心，你对我的
所作所为纯粹出自欺骗，那你还是尽早告诉我吧。我现在进
退两难，一筹莫展。我希望你是无辜的，但事实不论是哪种
情况，只要你给我个明确的回答，我的痛苦都会得到减轻。
如果你的感情已不复从前，就请你退还我的信件和你保存的
我的那绺头发吧。

玛·达

埃莉诺简直无法相信，对这些饱含深情和信任的信件，威洛比
居然能给出那样的答复。不过，她对威洛比的谴责并没有让她忘记，
他们之间的通信本身就不合体统。她在心中悲叹，妹妹竟然如此轻
率，在事先未得到任何保障的情况下，就一厢情愿地冒险吐露真情，
结果遭到最严厉的惩罚。这时，玛丽安发现姐姐看完了信，便说信里
其实没写什么，任谁在同样的处境下都会这样写。

"我以为同他算正经订了婚的，"她补充道，"就像受到最严
格的法律契约约束一样。"

"这我相信，"埃莉诺说，"可惜他并不这样想。"

"他以前也是这么想的，埃莉诺。我们相处的很长很长一段时
间里，他都是这么想的，我知道他真是这样想的。不管他现在变成什
么样——只有针对我的最恶毒的诡计，才会让他变成现在这样——我
曾经是他最亲近的人。就说这绺头发吧，别看他现在轻轻松松就舍弃
了，当初却是向我苦苦哀求才讨到的。要是你当时看见他那副神态，
听见他说话的语气就好了！你还没忘记我们与他在巴顿的最后一晚
吧？还有我们分开的那个上午！当时他告诉我，我们要过好多个星期
才能再见面——他那伤心欲绝样子，叫我怎么忘得了呢？"

她一时间再也说不下去。不过，等这阵激动平息之后，她又用

更加坚定的语气接着说：

"埃莉诺，我受到了无情的虐待。不过，虐待我的人不是威洛比。"

"最亲爱的玛丽安，除了他还能有谁？难道他受到了谁的教唆？"

"全世界都有份，反正他那样对我绝不是他的本意。我宁肯相信，是我认识的所有人串通起来破坏我在他心目中的形象，也不愿相信他的天性会如此残忍。他信中提到的那个女人——不论她是谁——总之，除了亲爱的姐姐你、母亲和爱德华之外的任何人，都会粗暴地抹黑我。我不去怀疑这些人心怀恶意——世上除了你们三个之外的任何人——却偏要去怀疑我非常了解的威洛比？"

埃莉诺不想争辩，只是简单答道："不管是谁这么可恶，想要与你为敌，我亲爱的妹妹，你都要让他们好好看看，你多么清白无辜、心地善良、自尊自强，让他们的邪恶企图统统落空。你理应为自己感到骄傲，这种自豪感足以对抗他们的恶意。"

"不，不，"玛丽安嚷道，"我这样悲惨的一个人，是没有骄傲可言的。谁知道我遭遇了不幸，我都不在乎。世上所有的人尽可以来看我痛苦的模样，获得胜利的喜悦。埃莉诺呀埃莉诺，没有遭受过什么痛苦的人可以骄傲，可以自主，想怎么样就怎么样——可以反抗侮辱，甚至以牙还牙——但我不能。我必须感受到痛苦——我必须痛苦——就让世人知道我的痛苦之后，尽情去幸灾乐祸吧。"

"可是，为了母亲和我……"

"我真的愿意多为你们着想。可是，要我在如此悲惨的时候强颜欢笑——噢，谁能要求我这样做呢？"

姐妹俩又陷入沉默。埃莉诺心事重重地从壁炉前走到窗口，又从窗口走到壁炉前，既没感觉到炉火的温暖，也没看见窗外的风景。玛丽安则坐在床脚，头靠着床柱，又拿起威洛比的信，每看一句都会哆嗦一下，看完后惊呼道：

"真是太过分了！噢，威洛比，威洛比，你怎么会写这样的信？

残忍，好残忍呀——你没有任何理由为自己开脱。埃莉诺，他真的没有。不管他听说了什么有关我的坏话——难道就不应该缓一缓再相信？难道他不应该先来告诉我，让我有权证明自己的清白？"她读起信中的一句话来，"'您惠赠的那绺头发'。这简直无法宽恕。威洛比，你写这些话时良心何在？噢，真是粗暴的侮辱！埃莉诺，难道他这么干有道理？"

"没有，玛丽安，没有任何道理。"

"那么那个女人——谁知道她到底耍了什么把戏？她到底蓄谋了多长时间，又精心策划到何种地步啊！她是谁呢？她能是谁呢？在他认识的女人当中，我听他说起过谁又年轻又迷人呢？噢，没有，没这样一个人。他跟我谈过的，只有我自己呀。"

又是一阵沉默。玛丽安情绪激动得难以自持，最后说道：

"埃莉诺，我必须回家去，我必须回去安慰妈妈。我们明天就走，不行吗？"

"明天，玛丽安！"

"是啊，我为什么还要待在这里？我来就是为了见威洛比——现在谁还在意我？谁还关心我？"

"明天就走是不可能的。詹宁斯太太对我们这么好，我们自然应该以礼相待。而最起码的礼貌也不允许我们走得这样匆忙。"

"那好吧，或许可以暂缓一两天。可是我无法在这里待太久。我不能待在这里忍受那些人东问西问，说长道短。米德尔顿夫妇和帕尔默夫妇——我怎么受得了他们的同情？像米德尔顿夫人那样的女人的同情！噢，他[1]会怎么说啊！"

埃莉诺劝她再躺下，她也确实躺了一会儿。可她翻来覆去，无论换什么姿势都觉得不舒服，身心痛苦不已。后来她越发歇斯底里，

---

1. 指威洛比。

埃莉诺简直无法让她再躺在床上，甚至一度担心不得不叫人来帮忙。不过，埃莉诺好说歹说，终于劝妹妹服下了几滴薰衣草药水。这招很管用，一直到詹宁斯太太回来，玛丽安都安安静静、一动不动地躺在床上。

Chapter 8

詹宁斯太太一回来就马上来到她们房间，敲门之后不等应门便闯了进去，脸上显出真切的关心。

"你好吗，亲爱的？"她带着万分同情的口吻问玛丽安，可玛丽安却背过脸，不愿作答。

"她怎么样了，达什伍德小姐？可怜的孩子！脸色太难看了。这也难怪。没错，事情果然是真的。他马上就要结婚了——这个没用的东西！真受不了他。泰勒太太半个小时前给我说了这件事，她是从格雷小姐本人的一个好朋友那里听来的，否则我绝不会相信。我差点当场就昏倒。唉，我当时就说，我能肯定的只有一件事：倘若这是真的，那他就是可恶地辜负了我认识的一位小姐。我真心希望他太太会把他折磨得心神憔悴。我会永远这么说，亲爱的，我保证。我真不晓得男人还能这么胡来的。若是再遇到他，我非臭骂他一顿不可。他早该受到教训了。不过，我亲爱的玛丽安小姐呀，有一点你还是可以放心的：世上值得去爱的好男人不止他一个，况且你又长得这么迷人，永远都不会缺少仰慕者的。唉，可怜的孩子！我不会再打扰她了，最好让她马上痛痛快快哭一场，然后彻底忘掉这件事。你知道，帕里夫妇和桑德森夫妇碰巧今晚要来，可以让她开心起来。"

说完她便走了，踮着脚尖离开房间，仿佛觉得这位年轻朋友听到脚步声会更加痛苦似的。

出乎姐姐的意料，玛丽安决定与大家共进晚餐。埃莉诺甚至劝她别去了，但她说："不，我要下去，我完全忍受得住。这样也省得大家围着我急得团团转。"尽管埃莉诺觉得妹妹不大可能会坐着把这顿饭吃完，可看到这念头可以让妹妹暂时冷静下来，她也就不再说什么了。玛丽安仍躺在床上，埃莉诺尽可能为她整理好衣服，准备仆人一来请，就扶妹妹去餐厅。

到了餐厅，虽然玛丽安看上去非常悲惨，但比姐姐预想中吃得多，也更镇定。如果她想开口说话，或者留意到詹宁斯太太那些出于好心却不大合时宜的体贴话，这份镇定就不可能保持住。可她一个字也没说，而且她心思全不在这里，对眼前发生的一切全然不知。

詹宁斯太太是一片好心，可表现出来之后往往令人苦恼，有时甚至荒唐可笑。但埃莉诺对此毫无偏见，屡屡向她致谢，回复得礼貌得体，这些正是她妹妹无法做到的。姐妹俩的这位好朋友见玛丽安闷闷不乐，觉得自己理应尽量减轻她的痛苦。所以她就像母亲对待自己最中意的孩子一样，在孩子假期的最后一天，一个劲儿地惯着她，宠着她。炉火前最好的位置给她坐，家里所有的美食都给她吃，当天所有的新闻都说给她听，逗她开心。若不是因为妹妹神色悲戚，不宜取笑的话，埃莉诺真要被詹宁斯太太的行为给逗乐了：她居然想用各种甜点、橄榄和炉火前的好位置来治疗情场失意。不过，她这样反反复复哄玛丽安开心，玛丽安也终于觉察出这份意图，于是再也无法待下去，急忙痛苦地哀叹了一声，对姐姐做个手势，让后者不要跟来，然后立即站起来，匆匆跑出房间。

"可怜的孩子！"她一跑出房间，詹宁斯太太便嚷起来，"看见她这个样子可真叫我伤心！她酒都没喝完就跑掉了！樱桃脯也没吃完！上帝啊！好像没什么能让她高兴起来。我保证，只要我晓得她喜欢什么，就算是搜遍全城，我也一定会给她找来的。唉，这么漂亮的一个姑娘，竟然有男人待她如此恶毒，真是不可思议！不过，要是一方很有钱，而另一方又没什么钱的话，上帝保佑，人们哪里会在乎这些事情啊！"

"这么说，那位小姐——我想您刚才是称呼她格雷小姐吧——非常有钱？"

"有五万英镑啊，亲爱的。你见过她没有？大家说她是位非常时髦的姑娘，不过长相倒是一般。我记得很清楚，她的姑妈叫比迪·亨肖，嫁了一个非常有钱的男人。不过他们整个家族都很有钱。五万英镑！大家都说，这笔钱来得非常及时，因为听说威洛比快要破产了。这也难怪！谁叫他乘着马车带着猎犬到处显摆的！唉，如今说这些已经没什么用了。不过，一个年轻小伙子，不管他是什么人，既然已经向一位漂亮姑娘求爱，并且答应结婚，他就没有权利仅仅因为自己变穷了，又有一位阔小姐愿意嫁给他，就突然反悔变心。这种情况下，他为什么不卖掉马，把房子租出去，辞退仆人，立刻来个彻底的改过自新？我敢向你保证，玛丽安小姐本来是愿意等到情况好转的。不过现在世道变了。这个年纪的年轻人，是绝不会放弃追求享乐的。"

"您知道格雷小姐是个什么样的人吗？听说她挺温和？"

"我从没听说她有什么不好的。事实上，我几乎都没听人提过她。只有今天早上听泰勒太太说，沃克小姐有天曾暗示，她认为埃利森夫妇不会不愿意把格雷小姐嫁出去，因为格雷小姐和埃利森太太总是合不来。"

"埃利森夫妇是谁？"

"她的监护人啊，亲爱的。不过她现在成年了，可以自己选择结婚对象。她挑得可真好啊！"停了一会儿，她又接着说道，"对啦，我想你可怜的妹妹准是到自己房间一个人伤心去了。难道就没办法安慰她一下？可怜的孩子，让她一个人待着真是太残忍了。不过，等会儿就会有几个客人来，让她开心开心。我们玩什么好呢？我知道她讨厌惠斯特，但就没有一种牌戏是她喜欢的？"

"亲爱的太太，您完全没必要为她这么操心。我敢说，玛丽安今晚再也不会离开房间。如果可能的话，我倒要劝她早点上床睡觉，因为她真的非常需要休息。"

"没错，我想那对她再好不过了。她晚饭想吃什么随便点，然后去睡觉吧。上帝啊！难怪这一两个星期她都脸色苍白，精神萎靡，想必这么长时间以来，她都牵挂着这件事呢。今天收到这封信，让她彻底断了念想！可怜的孩子！我先前要是知道一丁点内情的话，就绝不会拿她来开玩笑的。可你也知道，我哪里猜得到会发生这样的事啊？我还满心以为那不过是封普普通通的情书罢了。你知道，年轻人总喜欢有人拿情书来开开玩笑。天啊！约翰爵士和我的两个女儿听到这件事之后，还不晓得会有多担心呢！我要是有点脑子的话，刚才回家的路上就应该到康迪特街去一趟，把这事儿告诉他们。不过我明天还会见到他们的。"

"我相信，用不着您特别提醒，帕尔默太太和约翰爵士也会注意避免在我妹妹面前提起威洛比这个名字，或者暗示一星半点过去发生的事情。他们天性善良，深知在她面前露出一副知情的样子是多么残忍。还有，亲爱的太太，我想您当然能理解，别人少跟我谈起这件事，我心里也会少难过些。"

"噢，天啊！是的，我当然理解啦。你听别人谈起这件事，一定也非常难过。至于你妹妹，我保证绝不会在她面前提半个字。你看，吃晚饭的时候我可是一点都没说啊。约翰爵士和我的女儿们也不会贸然提起，因为他们都是十分细心体贴的人——倘若我给他们提个醒，他们就更不会说了。我是一定会提醒他们的。至于我自己，我觉得这种事说得越少越好，说得越少就忘得越快。你也知道，说来说去能有什么好处？"

"谈论这样的事只有害处——可能比谈论许多类似的事情更有害。因为这件事涉及许多情况，为每个牵扯其中的人着想，这件事确实不适合公开谈论。我必须替威洛比先生说句公道话——他与我妹妹没有正式订婚，因此他没有违背婚约。"

"啊，我的天！别再装作替他辩护了。说什么没有正式订婚，真是的！他都带着你妹妹把整个艾伦汉姆宅邸逛了个遍，还把他们以后要住的房间都定好了，你却说他们没有正式订婚！"

为妹妹着想，埃莉诺不能就这个话题深谈下去。为威洛比着想，她也觉得没必要再说。因为，如果非得将真相揭露出来，玛丽安的声誉固然会大大受损，威洛比也得不到什么好处。双方沉默片刻，本性爱好玩乐的詹宁斯太太又忍不住嚷起来：

"好啦，亲爱的，那句关于'恶风'的俗话[1]说得没错，现在这股风啊，就对布兰登上校有利呢。他终于要得到你妹妹啦。没错，他会的。记住我的话，他们如果没有在仲夏节[2]之前结婚，那才叫奇怪呢。天啊！上校听到这个消息，一定会偷偷乐开花！我希望他今晚就来。他同你妹妹般配多了。一年两千英镑，不用还债，也没有别的减损——当然，他还得养那个小私生女。对了，我差点把她给忘了。不过可以打发她去当学徒嘛，花不了几个钱，到时候还有什么打紧的？我可以告诉你，德拉福德庄园真是个好地方，在我看来，完全称得上风景秀美、古色古香。那里的生活又舒适又便利，四周立着高大的花园围墙，掩映在当地最好的果树丛中。角落里有棵桑树，长得可好

---

1. 英国谚语：只有恶风才能让所有人都倒霉。意思是，大部分事情，不论有多坏，都至少会让某些人受益。

2. 施洗者圣约翰的节日（6月24日）。在当时的英国，这一天同米迦勒节（9月29日）、圣诞节（12月25日）和圣母领报节（3月25日）是一年中的四个季度日。

了！天啊！我和夏洛特只去过那里一次，当时可把我们给撑坏了！那里有一个鸽子棚，几片讨人喜欢的池塘，还有一条非常漂亮的水渠。总之你想要什么那里就有什么。而且，那里临近教堂，离公路也只有四分之一英里，只要往屋后走，坐在老紫杉树的树荫里，就可以看到所有来往的车辆，所以你永远不会觉得无聊。噢，真是个好地方啊！村子边上就是一家肉铺。牧师寓所也就在近旁。要我说，那里可比巴顿庄园强上一千倍。在巴顿庄园，买肉得跑上三英里远，最近的邻居就是你们母亲。好啦，我要尽快给布兰登上校打打气。你知道，'胃口一开，肚子更饿'[1]。我们只要能让她忘掉威洛比就行了！"

"是呀，但愿我们能做到这一点，太太。"埃莉诺说，"以后有没有布兰登上校都可以。"说罢，她便起身去找玛丽安了。走进房间，她发现妹妹正如她预料的那样，俯身在快要熄灭的炉火前，默默伤心。在埃莉诺进来之前，屋里就只有这么点亮光。

"你最好别理我。"做姐姐的只从她那儿得到这么一句回应。

"我会走的，"埃莉诺说，"只要你肯去睡觉。"但玛丽安又急躁又悲痛，一时任性，怎么也不肯上床。不过，在姐姐恳切而温和的劝告之下，她很快又乖乖顺从了。埃莉诺见她把疼痛的脑袋靠到枕头上，准备好好休息，便放心地离开了房间。

埃莉诺回到客厅。不一会儿，詹宁斯太太也来了，手里拿着一只酒杯，里面斟得满满的。

"亲爱的，"她一边走进来一边说，"我刚才想起来，家里还有点史上最好喝的康斯坦蒂亚葡萄酒[2]，所以我倒了一杯给你妹妹。我可怜的丈夫！他是多么喜欢这酒啊！每次他伴随腹痛的痛风一发作，他就说，世上再没有比这酒更有效的良药了。快拿给你妹妹喝吧。"

---

1. 英国谚语。詹宁斯太太是说，威洛比激起了玛丽安对爱情的憧憬，于是她更加渴望另一个男人来取代威洛比。

2. 产自南非开普敦附近的康斯坦蒂亚农场，以高品质著称。

"亲爱的太太，"埃莉诺听她竟然推荐用葡萄酒治疗两种截然不同的病，不禁觉得好笑，但还是答道，"您真是心肠太好了！不过，刚才我已经让玛丽安上床睡了，现在差不多睡着了吧。我想，没有比休息对她更有益的了。如果您允许，这酒就让我喝了吧。"

　　詹宁斯太太虽然懊恼自己没能早来五分钟，但对这个折中的办法还算满意。埃莉诺一边将大半杯葡萄酒吞下肚，一边暗忖，虽然这酒治痛风的功效现在对她无关紧要，但如果它真的能安抚失意的心灵，那她同妹妹一样，都应该试试。

　　正当大家用茶时，布兰登上校进来了。看他环顾室内寻觅玛丽安的样子，埃莉诺立刻就知道，他既不期待，也不希望能在这里见到妹妹。总之，他已经知道玛丽安不在场的原因。詹宁斯太太却不这么想。他一走进来，詹宁斯太太便穿过房间来到埃莉诺的茶桌前，低声说："你瞧，布兰登上校还是像往常一样一脸阴沉呢，他还什么事情也不知道。你就告诉他吧，亲爱的。"

　　上校很快拉出一张椅子，挨着埃莉诺坐下，问起玛丽安的情况来。他那个样子让埃莉诺无比确信，他已经一清二楚。

　　"玛丽安不大好，"埃莉诺说，"她一整天都不大舒服，我们已经劝她去睡了。"

　　"那么，也许，"他吞吞吐吐地说，"我早上听说的事是真的了——刚听说的时候，我还不大相信呢。"

　　"你听说了什么？"

　　"听说有位绅士，我有理由认为—— 总之，这位绅士，我早就知道他已经订了婚——可我怎么跟你说呢？如果你已经知道——你肯定已经知道了——那我也用不着多说了。"

　　"你是指威洛比先生与格雷小姐的婚事吧。"埃莉诺强装镇定道，"没错，我们确实全都知道了。今天似乎是个真相大白的日子，因为我们就是今天早上才知道的。威洛比先生真是深不可测！你是从哪里听到的？"

"在帕玛街的一家文具店里听说的，我到那里办点事。两位女士在等马车，其中一位向另外一位说起这桩即将举办的婚事，声音很大，完全不注意保密，所以我一字不落全听见了。威洛比的姓名——约翰·威洛比——被反复提到，这才引起我的注意。接着，一位女士十分肯定地说，威洛比同格雷小姐的婚事已经最终定好了——这也不再是什么秘密——出不了几个星期就要举行婚礼，还谈了许多具体的准备情况和其他事情。有一件事我记得特别清楚，因为那进一步证明了准新郎的身份。婚礼结束之后，这对新人就要去库姆大厦，也就是威洛比在萨默塞特郡的宅子。我大吃一惊！当时的心情简直无法形容。她们离开之后，我留在文具店里，找人一打听才得知，那位爱嚼舌根的女士是埃利森太太。后来又听别人说，那位女士就是格雷小姐的监护人。"

"没错。你是不是也听说格雷小姐有五万英镑的嫁妆？如果非得找个解释的话，这就是答案吧。"

"有可能。威洛比是干得出这种事的——至少我认为是这样——"他又停顿了一下，然后带着缺乏自信的语气补充说，"那你妹妹呢，她现在……"

"非常痛苦。但愿她痛苦的时间可以相应地短一些。失恋是十分残酷的折磨，过去是，现在也是。我想，直到昨天，她都从未怀疑过威洛比对她的感情。也许到现在她也没怀疑过。但我差不多可以肯定，他从没真正喜欢过她。他一向非常虚伪！而且，在某些方面，他似乎极其冷血。"

"唉！"布兰登上校说，"确实如此！但你妹妹的想法——你刚才也说过——她的想法同你不太一样吧？"

"你知道她的脾气，所以你或许明白，但凡有可能，她都会急于为威洛比辩解呢。"

上校没有作答。不一会儿，茶具撤下去，玩牌的人也组好了队，他们只好放弃这个话题。詹宁斯太太本来一直乐呵呵地注视着他俩谈话，期待看到达什伍德小姐的话发挥立竿见影的效果——布兰登上校听完便会笑逐颜开，仿佛变成一个满怀希望和幸福、活力四射的年轻人。但她惊诧地发现，上校整晚比平常更加神情严肃、心事重重。

Chapter 9

这一夜，玛丽安睡的时间比她预料的要长，不过第二天早上醒后，却依然觉得跟刚合眼时一样痛苦。

埃莉诺鼓励她尽量多说一些自己的感受。早饭准备好的时候，她们已经反复谈了好多遍。埃莉诺总是坚信威洛比有错，满怀深情地劝解妹妹。玛丽安则总是一如既往地鲁莽冲动，毫无定见。有时候，她竟然认为威洛比同她一样不幸，一样无辜。但有时候，她又心灰意冷，觉得威洛比罪无可恕。她有时觉得，全世界的人会怎么评论都无关紧要，有时又想永远与世隔绝，有时又斗志昂扬地要与世界抗争。不过，在一件事情上，她倒是始终如一：但凡有可能，她总是躲着不见詹宁斯太太；如果实在避不开，她就坚决一言不发。她绝不相信，詹宁斯太太会对她的悲伤抱有一丝同情。

"不，不，不，这不可能，"玛丽安嚷道，"她感受不到我有多痛苦。她的好心并不是出于同情，她的和蔼也不是出于体贴。她需要的只是茶余饭后的谈资罢了，而她现在之所以喜欢我，只是因为我给她提供了这些谈资。"

埃莉诺不用听到这番话也知道，妹妹自己非常重视强烈复杂的情感和优雅高贵的举止，因而看待他人时，常常存有偏见。如果说世上大多数人都聪明善良，这些人中的大部分在评判他人时也难免既不通情达理，又有失公正。兼备出众才能和良好性情的玛丽安，也是这种人中的一个。她总是希望别人能抱有与她一样的观点和感受。她通过别人行为对自己的直接影响来判断其动机。一天早饭过后，她与姐姐两人待在自己的房间里，这时发生了一件事，让她越发觉得詹宁斯太太心眼不好。其实，詹宁斯太太之所以有此举动，完全是出自一片好意，却不巧触碰到玛丽安脆弱的神经，给她带来新的痛苦。

詹宁斯太太走进她们的房间，老远便伸出来的手里拿着一封信。她满以为自己带来的东西能宽慰玛丽安，乐呵呵地说：

"瞧，亲爱的，我给你带来一样东西，保管能让你开心。"

玛丽安听得十分清楚。霎时间，一封来自威洛比的信便出现在她的想象之中，信中字里行间都是柔情和悔恨，把过去发生的一切解释得一清二楚，让她既满意又信服。紧接着，威洛比自己便会匆匆闯进房间，跪在她脚下，一双会说话的眼睛望着她，再三保证自己信中句句属实，让她不由得不信。但这白日梦立刻就被现实击得粉碎。眼前的这封信上是母亲的字迹。在此之前，她还从未讨厌过母亲的字。一阵接踵而来的打击向她袭来，令她不由觉得仿佛此刻才是真正遭受苦痛的时候。上一刻还处在疯狂臆想的狂喜云端，下一刻便坠入大失所望的痛苦深渊，这强烈的反差所带来的痛苦，是她此前从未经历过的。

即便在玛丽安最愉快、最能说会道的时候，也无法用言语形容詹宁斯太太是何等残忍。现在她只能用簌簌而下的热泪谴责她，可是，被谴责之人对此却毫无察觉，又说了许多同情的话，然后才走出去，临走前还劝她读读信，好从信中觅得些许宽慰。但是，等她平静下来看这信时，并没有得到什么宽慰。每一页信纸上写的都是威洛比的名字。她的母亲依然坚信他们订了婚，一如既往地深信威洛比忠贞不二。母亲只是应埃莉诺的一再请求，才写信恳请玛丽安对她们更坦率一些。这番陈词，加上母亲对她的宠溺，对威洛比的厚爱，以及对他们未来幸福的坚定信念，让玛丽安看信时一直痛哭不止。

急于回家的念头又冒了出来。她感到母亲从没像现在这样亲切，而这不过是因为母亲对威洛比的执念。玛丽安迫不及待要走，而埃莉诺也拿不定主意，不知究竟是留在伦敦还是返回巴顿对玛丽安更好，因此没有发表任何意见，只是劝妹妹耐心等待，看母亲怎么说。最后，她终于说服妹妹，同意等母亲再来信。

詹宁斯太太比平日更早地出了门，因为她心里憋得难受，非得让米德尔顿夫妇和帕尔默夫妇像她一样伤感不可。埃莉诺提出陪她一起去，被她断然拒绝，然后便独自出去了，整个上午都不在。于是埃莉诺坐下给母亲写信，讲述已经发生的事，征询母亲对女儿们何去何从的指示。她心情沉重，知道这封信必定会给母亲带去痛苦，而从玛丽安收到的母亲的信可以看出，她根本没有给母亲任何思想准备。詹宁斯太太一走，玛丽安也来到客厅，坐在埃莉诺写信的桌前不肯离去，盯着姐姐挥笔成文，不仅为姐姐不得不承担这一重负而伤心，更为母亲收信后的反应而悲痛。

就这样大约过了一刻钟。这时突然传来一阵敲门声，神经已无法承受任何突然响动的玛丽安被吓了一跳。

"会是谁呢？"埃莉诺嚷道，"这也未免太早了！我还以为不会有人来打扰呢！"

玛丽安走到窗前。

"是布兰登上校！"她气呼呼地说，"他总是不放过我们。"

"詹宁斯太太不在家，那他是不会进来的。"

"我才不信呢。"她边说边返回自己的房间，"一个无所事事的人，是不会因为侵占了别人的时间而愧疚的。"

虽然她的猜测是建立在不公和错误的基础上，但事实却证明她猜对了，因为布兰登上校真的走进了门。埃莉诺深信布兰登上校是因为担心玛丽安才来的，而且，从他的脸上忧郁不安的神情，简短而焦虑的问候中，埃莉诺真切地体会到了这份关心，因此她无法原谅妹妹竟然如此轻慢上校。

"我在邦德街遇到詹宁斯太太，"寒暄之后他说，"她劝我来这儿一趟，而我也很容易受到鼓动，因为我想我可能单独见到你，而这正是我求之不得的。我的目的—— 我的希望—— 我之所以想单独见你，只是希望—— 我想应该是—— 是希望给你妹妹带来一点安慰，不，我不应该用安慰这个词—— 不是一时的安慰—— 而是信念，持久的信念。我对她、对你本人、对你们母亲的关心—— 请让我说明一些情况，用来证明我是非常真诚地关心你们—— 我只是渴望对你们有所帮助—— 我想我有理由这样做—— 虽然我花了很长时间来说服自己这样做是正确的，不过我还是担心自己也许错了。"说到这里，他停了下来。

"我明白你的意思，"埃莉诺说，"你一定是有关于威洛比的事要告诉我，进一步揭露他的真实人品。你能说出来，就是对玛丽安最友好的表示。只要你提供的消息有助于我们认清威洛比，我马上就会感激不尽，而她总有一天也会感激你。请说吧，请说给我听。"

"你们会感激我的。长话短说，去年十月我离开巴顿的时候—— 不过，这样说可能让你摸不着头脑—— 我必须从更早的时候说起。达什伍德小姐，你一定会发现，我是个笨嘴拙舌的人，简直不知道从哪里说起好。我想，我有必要先简单谈谈自己，我保证会很简短。这个话题，"他长叹一声，"我根本不想多说。"

他停了片刻，让自己平静下来，又叹了口气，接着说下去。

"你可能已经完全忘记那次谈话了—— 那本来也不可能给你留

下什么印象——就是那天晚上，我们在巴顿庄园进行的一次谈话——那天晚上举行了舞会——我提起我过去认识一位小姐，长相与你妹妹有几分相似。"

"是的，"埃莉诺说，"我没有忘。"听说她还记得，他显得很高兴，继续说道：

"充满柔情的回忆难免会有不够确切、有失偏颇的地方，如果我没有因此产生错觉的话，她们确实非常相像，外貌像，内心也像。她们一样热情，一样热衷幻想，一样精力旺盛。那位小姐是我的近亲，从小父母双亡，由我父亲充当她的监护人。我与她年龄相仿，从小就是玩伴和朋友。我不记得自己还曾有过不爱伊丽莎的时候。长大后，我对她一往情深。你若只看我如今孤苦无依、郁郁寡欢的模样，或许很难想象我也有过那样炽热的情感。而她对我的感情，我想，就跟你妹妹对威洛比的一样热烈。我们的爱情也是不幸的，只是原因不同罢了。她十七岁那年，我永远失去了她。她嫁给了我哥哥，尽管这有违她的心愿。她继承了一大笔财产，而我们家却负债累累。她的舅舅，同时也是她的监护人这样做，恐怕只是出于这一原因[1]。我哥哥配不上她，甚至并不爱她。我曾希望，她对我的爱可以支持她顶住一切困难。在一段时间里，她也确实顶住了。可是，她受到了无情的虐待，这悲惨的处境终于压垮了她，让她的决心开始动摇。虽然她答应过我她不会——瞧我讲得多乱啊！我还没告诉你这种情况是怎么造成的。我们本打算私奔到苏格兰[2]去，但就在动身前几个小时，我表妹的女仆背叛了我们，或者干了什么蠢事，总之计划败

---

1. 根据当时英国的财产继承制度，家族财产由长子继承。而让长子与继承了大笔财产的女人结婚，是解决家族债务问题的一个常见做法，因为女人结婚之后，金钱、证券、器物等动产就会归丈夫所有。

2. 苏格兰当时的法律允许年龄不足二十一岁的男女在未经父母或监护人许可的条件下结婚，而在苏格兰结婚之后，其婚姻在英格兰也会得到法律承认。

露了。我被驱逐到一个远房亲戚家，她则丧失了自由，不能与任何人往来，也不能参加任何娱乐活动，直到我父亲达到自己的目的。我过分信任了她的坚韧，所以受到的打击异常沉重。不过，要是她婚姻幸福的话，尽管我当时很年轻，过几个月也会死心的，至少现在也不必再为此事难过。但她并不幸福。我哥哥对她毫无感情，他追求的都是些不大正当的快乐，而且从一开始就待她不好。对于像布兰登太太这样青春活泼、涉世未深的人来说，接下来的命运就是极其自然的了。起初，她对自己所有的悲惨遭遇都逆来顺受。她因为对我的思念而心怀悔恨，度日如年。如果她当时就过世的话，那反倒是一件幸事。但是，她有这样一个不值得对其忠贞的丈夫，又没有朋友劝阻约束她——他们结婚几个月后，我父亲就死了；我随部队驻防在东印度群岛——她的堕落又有什么好奇怪的呢？要是我留在英国的话，也许——但是我离开她那么多年，就是为了增进他们的幸福。为了达到这个目的，我专门换到另一支部队任职。大约两年后，"他接着说道，声音十分激动，"我竟然听说她离婚了。这个消息令我无比震惊，当年听到她结婚时的感受与之相比简直不值一提。正是这件事导致我终日愁眉不展——直到现在，一想起我当时内心的煎熬……"

他说不下去了，急忙站起身，在房间里来回走动了一阵。他的讲述，特别是他的痛苦模样，令埃莉诺感动得说不出话来。他见埃莉诺满脸关切，便走过来拉住她的手，紧紧握着，感激而恭敬地吻了一下。他又沉默了一会儿，努力平复自己的情绪，继续说道：

"那段伤心的日子过去后，又过了差不多三年，我才回到英国。一回到国内，我心里想的头一件事当然就是寻找她。但令人沮丧的是，搜索一无所获。我只查到第一个引诱她的人便查不下去了。我有充分的理由担心，离开他之后，她在堕落的生活中愈陷愈深。同她原来的财产相比，她拿到的赡养费少得可怜，不足以维持舒适的生活。而我从哥哥那里听说，几个月以前，她领取赡养费的权利也被转让给了他人。他猜想——他居然无动于衷地猜想——一定是她挥霍无度，以致生活穷困，不得不卖掉赡养费领取权，以解燃眉之急。后来，在回到英国六个月之后，我终于找到了她。我以前的一个仆人遭了难，因为欠债不还被关进拘留所，出于对他的关心，我去那里看望他。就在那里，我发现不幸的表妹也被关在同一个拘留所。她完全变了样——憔悴不堪——万般苦难将她折磨得没了人形！我实在无法相信，眼前这个愁苦虚弱的人，竟然就是我曾爱过的那个美丽动人、活力四射、健康可爱的姑娘。看着她那副模样，我真是心如刀割！但我不能再描述下去了，因为我无权破坏你的心情——我已经够让你难过的了。她看上去已处于肺结核晚期，这——没错，在那样的情形之下，这反倒给了我莫大安慰。生命对她而言已经没有任何意义，只不过给了她更好地准备迎接死亡的时间罢了。她也确实得到了这段时间。我亲眼看到她被安置在舒适的房间，受到妥善的护理。在她生命结束前的短暂时日里，我每天都去探望她，陪她到最后一刻。"

他再次停下，平复情绪。埃莉诺不禁长叹一声，对他这位不幸朋友的命运表达出深切的同情。

"我拿你妹妹同我这位堕落了的可怜亲人相比，"他说，"但愿她不会生气。她们的命运和结局不可能是一样的。我的表妹天生性情温婉，倘若她意志坚定，或是婚姻幸福，她的命运或许会同你将看到的你妹妹的命运一样。不过，说这些还有什么用？似乎只是让你白白难过。啊！达什伍德小姐——这样一个话题——我已经十四年没提起过了——说这种事，那可是相当危险啊！我会更冷静些——说得更简洁一点。她将她唯一的孩子，一个小女孩，交给我照管。那是她与第一个偷情的男人生下的。当时那孩子才三岁。她很爱那孩子，一直带在身边。她对我的信任是那么重大，那么宝贵，若是条件许可，我一定很乐意严格履行我的义务，亲自教育她。可我没有娶妻成家，只能把我的小伊丽莎送到寄宿学校去，一有空就去看她。大约五年前，哥哥去世了，我得以继承家业。那之后，她常来德拉福德庄园看我。我对外宣称她是我的远房亲戚，不过我很清楚，大家都怀疑我同她的关系远不止那么简单。三年前，她刚满十四岁的时候，我把她从学校接出来，交给住在多塞特郡的一位非常体面的女士照顾。这位女士同时照顾着四五个年纪相仿的女孩。伊丽莎在那里生活了两年，我对她的情况十分满意。可是，去年二月，也就是大约一年前，她突然失踪了。在她的一再恳求下，我同意她随她的一个年轻朋友去巴斯[1]。事后看来，这个决定非常轻率。她朋友是去照顾在那里养病的父亲的。我知道她父亲是一位很好的人，对他女儿的印象也很好。但事实证明她不配被那样看待，因为她非常固执愚蠢地保守秘密，什么也不肯说，不肯透露一点线索，尽管她肯定什么都知道。而那位先生，她的父亲，虽然心肠不坏，可识人不明，我想他是真的提供不了任何信息。他平时基本闭门不出，两个姑娘则在城里逛来逛去，随心所欲地结交朋友。他完全相信自己女儿同这件事毫无瓜葛，也力图让我相信。总之，我什么也没查出来，只知道她不见了。整整八个月，我对她的情况一无所知，只能瞎猜。你可以想象，我是怎样心绪不宁，惴惴不安，是怎样备受煎熬啊。"

"天啊！"埃莉诺嚷道，"难道那是——是威洛比！"

"我再次得到她的消息，"他接着道，"是去年十月收到的一封她的来信。那封信从德拉福德庄园转来，恰好是大家准备去惠特维尔庄园游玩的那天早晨收到的，这就是我突然离开巴顿庄园的原因。大家当时一定都觉得我很奇怪吧，甚至有人还生了我的气。我想，当威洛比先生的眼神谴责我如此无礼，破坏了大家的出游计划时，他绝没有料到，我是去解救一个被他害得穷困潦倒的姑娘。不过，

---

1. 英国西南部一城市，以温泉著名。

即便他知道了又有什么用？有你妹妹笑脸相对，难道他会不开心、不幸福？不会。他这种薄情寡恩、喜新厌旧的行为，是任何还具有同情心的人都做不出的。他勾引了一个天真无邪的少女，然后抛弃了她，让她沦落到极度悲惨的境地，无家可归，孤立无援，举目无亲，甚至连他的住址都不知道！他离开她的时候，还信誓旦旦地说自己会回来。可是他不仅没有回来，也没有写信，更没有接济她。"

"真是可恶至极！"埃莉诺厉声道。

"现在你清楚他的为人了吧——挥霍无度，放荡不羁，而且还有比这更糟的。你现在知道了这一切，想想看，我已经知晓很长时间了，当我看见你妹妹那么迷恋他，还听说她要嫁给他，我是什么心情。想想看，我是多么替你们全家担忧。上个星期我来找你们，看到只有你一个人，便决定把真相弄清楚。可弄清楚之后该怎么办，我却拿不定主意。我当时的举动一定让你觉得非常奇怪，不过你现在总算能明白了。眼看你们全家如此受骗，眼看你妹妹——可我又能做什么呢？就算我出面干预，也不可能有什么效果。有时候我也在想，也许你妹妹能感化他，令他改邪归正。可事到如今，他竟然这样无耻地对待她，谁晓得他本来对你妹妹安的什么心。不过，无论他有什么打算，只要你妹妹把自己的情况同我那可怜的伊丽莎一比，只要想一下这个可怜女孩处在何等悲惨绝望的境地，想一下这个女孩同她一样深爱着威洛比，却饱受良心的谴责，而这种折磨将伴其终身，你妹妹就会倍感庆幸——不仅现在会，将来无疑也会。这样的对比肯定对她有益。她会觉得自己承受的痛苦都不算什么——她不是因为行为不端而受苦，也就不会蒙受耻辱。相反，每个朋友都会因此而对她越发友爱。他们对她的不幸遭遇的关切，对她的坚忍不拔的敬佩，都会增进他们对她的爱。不过，我告诉你的这些事，你可以自行决定要不要讲给她听。你应该最清楚这样做会有什么效果，如果我不是真心认为这确实能帮到她，减轻她的悔恨，我也不会忍心把家人的惨痛遭遇讲出来烦扰你，因为这听上去似乎是在通过贬低别人来抬高自己。"

听罢这番话，埃莉诺感激不尽。她诚恳地向上校道谢。还保证说，若是把这些事都转告给玛丽安，一定会对她大有帮助。

"最令我痛心的是，"埃莉诺说，"事到如今，她居然还在拼命为他开脱。与其见她因此而烦恼，不如让她彻底相信威洛比是个无耻之徒。这样做，尽管刚开始她会很痛苦，但我相信她很快就会平静下来。"她沉默了一会儿，接着说，"你离开巴顿之后，有没有再见过威洛比？"

"有，"他严肃地答道，"我见过他一次。见面决斗是不可避免的。"

埃莉诺被他的神情吓了一跳，忧心忡忡地看着他，说：

"什么！你见他是为了……"

"我不可能以别的方式见他。伊丽莎虽然很不情愿，但还是向我供认了情人的名字。我回伦敦之后不到两个星期，威洛比也回来了。我们按照约定见面决斗，他是自卫，我则是惩罚他的行为。我们都没有受伤，因此这场决斗也没有外人知道。"

居然想到去决斗，有必要吗？埃莉诺不由得叹了口气。不过，对于一个真正的男子汉，一个勇敢的军人，她认为还是不要贸然指责的好。

"她们，"布兰登上校停了一会儿，说道，"她们母女俩的命运何其相似啊。我真是没有履行好我的责任！"

"她还在伦敦吗？"

"没有了。我见到她的时候，她就快要分娩了。于是她生完孩子一过恢复期，我就把她和孩子都送到乡下，现在还待在那儿。"

过了一会儿，上校想起自己可能妨碍了埃莉诺去陪妹妹，便结束了这次拜访。当他离开时，埃莉诺再次向他表示感谢，并对他充满同情和尊敬。

Chapter 10

达什伍德小姐很快就把这次谈话的详细内容告诉了妹妹，可效果却没有她期望中那般明显。不过，玛丽安也不像是怀疑这话有不实的成分，因为她始终都在非常平静、非常顺从地认真倾听，既没有反驳和评论，也没有试图为威洛比辩护，只是默默地流着泪，仿佛以此表明，她再也找不到替威洛比开脱的理由。这一举动让埃莉诺意识到，妹妹已经认定威洛比的确有罪。埃莉诺很满意这些话产生的效果：布兰登上校之后来访时，妹妹已不再回避，肯同他说话了，甚至是抱着同情和尊敬主动找他攀谈。埃莉诺还看到，妹妹不再像先前那样焦虑不安。但就算是这样，埃莉诺也没有觉得妹妹的沮丧有所减轻。玛丽安的心情确实平静了一些，不过依然沉浸在悲观忧郁中。发现威洛比人格卑劣，比失去威洛比的爱更叫妹妹难以承受。他勾引威廉斯小姐之后又将其抛弃，让那可怜的姑娘处境悲惨，他说不定还曾对自己打过坏主意——这一切都让她内心备受煎熬，甚至不敢向埃莉诺倾诉。比起敞开胸怀，直言吐露，她这样一言不发地沉思，反倒更让姐姐难受。

要描述达什伍德太太收到和回复埃莉诺信件时的心情和语言，只消重复一遍她的女儿们之前的心情和言语就够了。她的失望和痛苦不比玛丽安来得轻，她的愤怒甚至比埃莉诺来得还猛。她一封紧接一封地给女儿们写长信，把她的痛苦和想法全说了出来，既表达了对玛丽安的忧虑不安，又恳求她在面对这种不幸时务必顽强坚韧。母亲居然劝她坚韧，可见玛丽安遭受的痛苦折磨是何等严重！母亲还希望她不要过于悔恨，可见导致悔恨的原因是多么令人难堪！

达什伍德太太顾不得自己的安适，决定玛丽安眼下这个状态在哪里都可以，就是不要回到巴顿。因为一回到巴顿，她目光所及之处全会让她想到过去，仿佛随时都看得到威洛比的身影，就像过去常常见到他出现在那里一样，而这只会给她带来极大的悲痛。所以，她劝女儿们千万不要缩短在詹宁斯太太家做客的时间。这个时间从来就没说定过，不过大家都期待她们能至少住上五六个星期。在詹宁斯太太这里，少不了会有各种各样的活动、五花八门的新奇物件，还有形形色色的朋友做伴，而这些在巴顿都是没有的。母亲希望，伦敦或许能不时哄得玛丽安对外界发生兴趣，不再自怨自艾，甚至参加点娱乐活动，尽管玛丽安现在全然没有这样的念头。

至于说避免再次见到威洛比，达什伍德太太认为待在城里至少跟待在乡下一样保险。因为凡是自认是玛丽安朋友的人，现在一定都与威洛比断绝来往了。他们不可能有意相逢，也不可能因为疏忽不期而遇。伦敦人口密集，相遇的可能性反倒更小。巴顿虽然偏僻，威洛比婚后来拜访艾伦汉姆庄园的时候，说不定会被玛丽安撞见。达什伍德太太起初只是预见有这种可能性，后来竟相信这事注定会发生。

她希望女儿们待在原地，还有另一个原因：她的继子给她去信了，说他与妻子二月中旬以前会去伦敦。她觉得女儿们还是应该时不时同哥哥见上一面。

玛丽安已经答应遵从母亲的意见，所以她毫无异议地留在伦敦，尽管这意见与她的希望大相径庭，而且建立在错误的基础之上，没有半点道理。母亲要她继续留在伦敦，她就会失去减轻痛苦的唯一可能——当面得到母亲的同情——还会使她置身于片刻不得安宁的环境和场合之中。

不过，令她大感安慰的是，虽说留在伦敦对自己是坏事，对姐姐却是好事。另一方面，埃莉诺觉得自己不可能完全避开爱德华，只能安慰自己说：虽然在伦敦多待些时日会妨碍自己的幸福，但总好过让玛丽安马上返回德文郡。

她小心翼翼地呵护妹妹，不让妹妹听到别人提起威洛比。她的这番苦心没有白费。玛丽安虽然对此一无所知，却受益匪浅。因为不论是詹宁斯太太还是约翰爵士，甚至包括帕尔默太太，都没有在玛丽安面前提起过这个人。埃莉诺希望他们能在自己面前也做到这般克制，但他们做不到，于是她不得不日复一日地听他们义愤填膺地声讨威洛比。

约翰爵士简直不敢相信会有这种事。"我一直觉得他这个人很不错啊！性格多么温和！我还以为英格兰再没有比他更勇敢的骑手了呢！简直莫名其妙。真心希望他滚得远远的。无论如何我都不会再跟他说一句话，见一次面，哪里都不行！不，就算在巴顿庄园猎物藏身的树丛边一起潜伏两个钟头，我也绝不会搭理他。他这个流氓！虚伪的混蛋！上回见面时，我还主动说要送他一只富利生的小狗！现在就再也别提这事了！"

帕尔默太太以她的方式表达了气愤。"我决定马上和他断绝来往。谢天谢地，我其实从来没同他有什么交往。我衷心希望库姆大厦离克利夫兰庄园没那么近。不过这也没关系，反正去拜访一回我还嫌太远呢。我恨透他了，打定主意再也不提起他的名字。我逢人便会说，他是个一无是处的窝囊废。"

帕尔默太太的同情还表现在另一个方面：尽力搜集与那场即将举行的婚礼有关的详细情况，然后告诉埃莉诺。她很快就弄清了新马车在哪家马车铺制作，威洛比的画像由哪位画匠绘制，格雷小姐的衣服在哪家高档商店看得到。

这种时候，米德尔顿夫人无动于衷、客客气气的冷漠态度反倒让埃莉诺感到一丝喜悦和安慰，因为其他人总是七嘴八舌地表达关心，令她不胜其烦。在她们姐妹的朋友当中，她可以肯定至少有一个人对此毫无兴趣，有一个人见到她时既不想打听细枝末节，也不担心她妹妹的身体健康，这对她真是个莫大的安慰。

人的每种品质，都会在某种情况下被过分拔高，超出其真实价值。埃莉诺有时候就受不了过分殷勤的慰问，以至于认为在安慰人这件事情上，后天的良好教养比先天的慈悲心肠更重要。

如果这事经常被人提起，米德尔顿夫人每天也会表达一两次自己的态度，说上一句"真太叫人吃惊了！"因为她的情绪通过这种持续而柔和的方式释放掉了，所以见到达什伍德家两位小姐的时候，她从一开始就表现得无动于衷，没过多久甚至都想不起还有这回事了。在如此这般维护过女性的尊严，坚决谴责了男性的过失之后，她便觉得可以心安理得地关心一下自己的社交聚会了，于是决定（虽然与约翰爵士的意见严重冲突），既然威洛比太太马上要成为一位高雅而富有的夫人，那等他们一结婚，她就要把自己的名片送过去。

布兰登上校体贴而谨慎的问候从来没让达什伍德小姐厌烦过。他友好而热诚地努力减轻了妹妹的失望情绪，因而赢得与玛丽安谈论此事的特权。两人谈起话来总是推心置腹。他沉痛地倾诉伤心往事和当前屈辱，并且得到最大的报偿：玛丽安有时会用同情的目光看着他；每当（尽管不常有）她不得或者主动与他说话时，声音总是非常轻柔。这些情况让他相信，他的努力增进了玛丽安对他的好感。这些情况也给埃莉诺带来了希望，认为这份好感今后还会更进一步。但詹宁斯太太对这些一无所知，只晓得布兰登上校一如既往地郁郁寡欢，只晓得无论是说服他亲自求婚，或者说服他委托她说媒，他都做不到。因此过了两天，她便开始在心里嘀咕，他们在仲夏节前是结不了婚了，非得到米迦勒节[1]不可。但一周之后，她又认为这事是彻底没戏了。上校与达什伍德小姐之间总是那么投契，这似乎表明，享受那些桑树、水渠和紫杉树荫的福气，都要转而落到当姐姐的头上了。一时间，詹宁斯太太竟然把费拉斯先生给忘得一干二净。

二月初，就在玛丽安收到威洛比来信不到两个星期，埃莉诺不

---

1. 9月29日。

得不执行一项痛苦的任务：通知妹妹威洛比结婚了。她提前做了准备，让人一知道婚事办完了就把消息转告给她。她看到妹妹每天早上都会急切地翻看报纸，所以很不愿意让妹妹首先从报纸上得知这个消息。

听到时，玛丽安表现得极度平静，一句话也没说，而且一开始也没掉眼泪。不过，没过一会儿，她便泪如雨下。这天接下来的时间里，她一直可怜巴巴的，那模样简直不亚于她最初听说他们要结婚时的情形。

威洛比夫妇办完婚礼就离开了伦敦。自从受到打击之后，妹妹便没出过门，而现在已经没有遇见威洛比夫妇的危险了，所以埃莉诺希望能说动妹妹慢慢恢复外出的习惯。

最近，斯蒂尔小姐也来到霍尔本区[1]巴特利特大楼的表亲家做客。大约就在这段时间，她们又出现在康迪特街和伯克利街两处更尊贵的亲戚家里，受到所有主人的热烈欢迎。

只有埃莉诺不愿见到她们。她们每次出现都只会给她带来痛苦。露西见她还在伦敦，不由得大喜过望，埃莉诺简直不知道怎么回应才礼貌得体。

"要是我没有看到你还在这里，一定会非常失望的。"露西反复说道，把"还"字念得很重，"不过我总觉得会看到你的。我几乎可以肯定，你一时半会儿不会离开伦敦。你知道，在巴顿的时候，你曾告诉我，你待在伦敦的时间不会超过一个月。但我当时就在想，你到时候很可能会改变主意。不等见到你的哥哥嫂嫂就走，那可太遗憾了。现在嘛，你肯定是不会急着走的。你没有说到做到，真是让我太高兴了。"

埃莉诺完全明白她的意思，但她不得不尽力克制自己，装作根

---

1. 当时伦敦的行政区之一。

本听不懂的样子。

"噢，亲爱的，"詹宁斯太太说，"你们是怎么来的？"

"没有乘公共马车，我向你保证。"斯蒂尔小姐马上得意扬扬地答道，"我们一路都是乘驿车过来的，有个非常漂亮时髦的小伙子陪着我们。戴维斯博士也要来伦敦，于是我们就想同他一起坐驿车。他真的非常有绅士风度，比我们多付了十到十二个先令。"

"噢，噢！"詹宁斯太太嚷道，"那可真是太好啦！我向你保证，博士是个单身汉。"

"又来了，"斯蒂尔小姐假装傻笑着说，"每个人都拿博士来开我的玩笑，我都搞不懂这是为什么。我的表亲们都说，我肯定已经征服他了。但我要严正声明，我可真的没有时时刻刻都在想他呀。前些天，表妹看到他过街朝她家走来，便对我说：'天啊！你的情郎来了，南希[1]。'我说：'我的情郎？我真不知道你在说谁呢。博士可不是我的情郎。'"

"没错没错。你说得可真好听—— 不过没有用—— 我知道博士就是你的心上人。"

"没有的事！"斯蒂尔小姐又装出一本正经的样子来，"要是您再听到有人这样说，我求您一定要为我辟辟谣。"

詹宁斯太太当即向她保证，说自己绝不会去反驳的。这回答正合斯蒂尔小姐的心意，她自然乐开了花。

"达什伍德小姐，你兄嫂到伦敦之后，你们想必要去同他们住在一起吧？"饱含敌意的暗讽暂停片刻之后，露西又发起新一轮进攻。

"没有，我想没这个必要。"

"噢，你们会的，我敢说你们会去的。"

埃莉诺没有继续争执下去，因为那样做正好遂了她的意。

---

1. 安妮的昵称。

"达什伍德太太居然舍得两个女儿在外逗留这么长时间，真是太让人开心了！"

"哪里有很长时间啊！"詹宁斯太太插嘴道，"她们才刚到这儿做客没几天呢！"

露西给说得没话了。

"没见到你妹妹，真是太遗憾了，达什伍德小姐，"斯蒂尔小姐说，"听说她不大舒服，我很难过。"其实，她们一到，玛丽安便离开了房间。

"你真是太好心了。错过同你们见面，我妹妹也会同样感到遗憾的。不过，最近她的神经性头痛闹得很厉害，不方便会客说话。"

"噢，亲爱的，真是太遗憾了！不过，露西和我都是她的老朋友！我想她会见我们的。我保证，我们一句话也不说。"

埃莉诺非常客气地拒绝了这一提议。理由是她妹妹也许已经躺在床上，或者只穿着晨衣，不适合来见她们。

"噢，如果只是这样而已，"斯蒂尔小姐嚷道，"我们还是一样可以去见她嘛。"

如此唐突无礼，埃莉诺觉得自己快忍不下去了。幸亏露西厉声斥责了姐姐一句，埃莉诺才不必再压制怒火。同其他许多时候一样，这次对姐姐的训斥，虽然没给露西增添几分可爱，却有效制止了她姐姐的失礼举动。

Chapter 11

一天早上，玛丽安执拗了一阵后答应了姐姐的恳求，同意陪姐姐和詹宁斯太太出去溜达半小时。不过，她提出明确条件：不到别人家做客，顶多陪她们去萨克维尔街的格雷珠宝店。埃莉诺想同这家店商量，用母亲的几件过时首饰折价换新首饰。

她们一行来到店门口时，詹宁斯太太想起，街那头有位太太她应该去拜访一下。她自己在格雷珠宝店也无事可做，便决定趁她的两位年轻朋友办事的工夫，去串个门再回来。

两位达什伍德小姐上楼梯时，发现店里已经来了很多客人，没人顾得上接待她们，她们不得不等着。唯一的办法就是坐在柜台一头，这样似乎可以确保尽快轮到她们。两人前面只站了一位先生，埃莉诺本希望能引起他注意，讲点礼貌，加快办事进度。谁知他眼光又挑剔，品位又高雅，完全顾不上什么礼貌。他要为自己定做一个牙签盒。仔细鉴定了店里所有的牙签盒，还同店员争辩了一番。如此折腾一刻钟之后，他终于凭借极富创造力的想象，将盒子的尺寸、形状和装饰物确定下来。直到此时，他才得空注意到两位小姐，但也只是粗粗瞟了她们三四眼。不过他这一瞟，却让埃莉诺牢牢记住了他的外貌和嘴脸：虽然穿着最时髦的衣服，但终究不过是个一望便知、天生鄙薄的十足小人罢了。

玛丽安倒没有产生任何令自己烦恼的轻蔑憎恶之情，因为不论是那人对她们姐妹俩的无礼打量，还是挑选送到他面前的牙签盒时的自大模样，玛丽安都不曾有半点觉察。她在格雷珠宝店跟在自己卧室一样，专心地想着自己的事，对周围发生的一切全然不知。

终于，这桩买卖谈好了，就连牙签盒上的象牙、金饰、珍珠也都一一做了规定。那人还定了个取货的日子，仿佛如果到了这天拿不到牙签盒，他就会活不下去似的。他从容小心地戴上手套，又向两位达什伍德小姐瞥了一眼，而这一眼似乎不是因为仰慕她们，而是为了让她们仰慕自己。然后，他故意摆出一副飘飘然的模样，神气十足又满不在乎地走了。

埃莉诺连忙做起自己的事。正待成交时，她身边又来了一位绅士。她转头一看，发现来人竟然是哥哥。

他们在格雷珠宝店见面时兴奋开心的劲头，足以让人觉得他们是感情深厚的兄妹。约翰·达什伍德能再见到妹妹们，可以说没有半点不开心。相反，大家都很高兴。而他对她们母亲的问候也很是恭敬殷勤。

埃莉诺发现，他与范妮已经到伦敦两天了。

"我昨天就很想去看望你们，"他说，"但没去成，因为得带着哈里去埃克塞特交易场[1]看野兽，剩下的时间都在陪费拉斯太太。哈里真是高兴坏了。今天早上，我原本打算只要抽得出半个小时，就一定去看望你们。可是刚到伦敦，总有那么多事情要处理。我来这里是给范妮定制图章的。不过，我想明天肯定能去伯克利街，拜会一下你们的朋友詹宁斯太太。我听说她是一个非常有钱的女人，还有米德尔顿夫妇，你一定要把我引见给他们。他们既然是我继母的亲戚，我自然很乐意向他们表达敬意。听说，他们是你们在乡下的好邻居。"

"的确是很好的邻居。他们总是关心我们过得舒不舒服，处处都对我们非常友好，我实在无法用言语来形容。"

"听你这么说，我高兴极了，真的高兴极了。不过这也是理所应当的。他们那么有钱，又跟你们是亲戚，按说该对你们尽到礼数，提供便利，让你们过得很安逸。你们在小乡舍里一定住得非常舒适，

1.伦敦当时最好的动物园之一。

什么都不缺吧！爱德华给我们描述过那个地方，非常迷人。他说，在同类房子中，它堪称完美，还说你们喜欢得不得了。听他这么说，我们其实也非常满意。"

埃莉诺有点替哥哥感到脸红。就在这时，詹宁斯太太的仆人来报告说，他家太太已经在门口等候，于是她才得以幸免，不用再跟哥哥说下去。

达什伍德先生送她们下楼，在马车门边被介绍给詹宁斯太太。他再次表示，希望第二天能去拜访她们，然后便告辞了。

第二天，他果然如约前来，还为她们的嫂嫂没有同来找了个借口道歉："她要陪伴她母亲，实在没空，哪儿都去不了。"不过，詹宁斯太太马上叫他放心，说约翰·达什伍德太太不必拘泥于礼节，因为她们都是表亲，或者说多少有点亲戚关系。她还说，自己不久后一定会去拜访约翰·达什伍德太太，到时会带上埃莉诺和玛丽安一起。他对两个妹妹虽说不怎么热情，但好歹还算十分温和。他对詹宁斯太太则是极其殷勤有礼。他来之后不久，布兰登上校也登门拜访。约翰好奇地打量着上校，那样子仿佛在说：但愿你也是个有钱人，那样我也会同样对你彬彬有礼。

同众人相处半个小时之后，约翰让埃莉诺陪他走到康迪特街，把他介绍给约翰爵士和米德尔顿夫人。那天天气特别好，埃莉诺便欣然同意了。两人一走出屋，约翰开始盘问起来。

"布兰登上校是什么人？他很有钱吗？"

"是的，他在多塞特郡有一份很大的产业。"

"我很高兴。他看起来是个非常有绅士风度的人。埃莉诺，我要恭喜你啊，你这辈子可以有个十分体面的归宿了。"

"我？哥哥！你这什么意思？"

"他喜欢你。我仔细观察了他，相当有把握。他有多少财产？"

"我想大概一年两千英镑吧。"

"一年两千英镑！"他故意表现出极其热情慷慨的样子，接着说，"埃莉诺，为了你好，我真心希望他的收入有两倍这么多。"

"我当然相信你为我好，"埃莉诺说，"但我非常肯定，布兰登上校一点想娶我的意思都没有。"

"你错了，埃莉诺，真是大错特错。你只需要稍微用点力，就能把他捏进手心。也许他目前还犹豫不决，你那点微薄的财产会让他望而却步，他的朋友们也会劝他三思而行。不过，你只要稍稍向他献点殷勤，鼓励鼓励他，就可以让他情不自禁沦为你的俘虏。这些事，是姑娘们轻轻松松就能办到的呀。你没有理由不去努力争取一下。你以前的那种恋情是不会——总之，你知道，那种恋情是不可能有结果的，你面对着难以逾越的困难——你是个有脑子的人，不可能不明白这个道理。布兰登上校跟你才是一对，我一定对他客客气气，让他喜欢你和你的家人。这必定是一门皆大欢喜的亲事。总之，"他压低声音说道，"这是各方面都非常欢迎的事。"说到这儿，他忽然回过神来，补充说，"我的意思是——你的亲人都迫切想看到你嫁个好人家，特别是范妮。老实说，她十分关心你的事。还有她母亲，费拉斯太太，她可是个非常温和的人，我保证她一定会十分高兴的。她前几天就这么说过。"

埃莉诺不愿屈尊作答。

"要是范妮的弟弟和我的妹妹能同时成家，"他继续说，"那可真是了不起的大喜事啊。不过，这也并非不可能。"

"爱德华·费拉斯先生要结婚了？"埃莉诺问得毫不迟疑。

"还没真正定下来，不过已经在考虑这件事了。他有一位特别优秀的母亲。费拉斯太太为人十分慷慨，她主动提出，他们成婚之后，她就会每年给爱德华一千英镑。对方是尊贵的莫顿小姐，已故莫顿爵士的独生女，有三万英镑财产。这门婚事可是双方都求之不得的，我毫不怀疑他们很快就会完婚。做母亲的，一年拿一千英镑给儿子，这数目可不小，而且还是永远给下去。但费拉斯太太的心灵非常高尚。再给你说件表明她为人多么大方的例子：前些天，我们刚到伦敦，她知道我们当时不是很宽裕，就往范妮手里塞了整整两百英镑的钞票。这可帮了我们的大忙，因为住在这里，花销一定很大。"

他停下来，想听她表示赞同和同情，但她只是勉强说了句：

"你们在伦敦和在乡下的花销自然是很高，不过你们的收入也非常可观呀。"

"我敢说没有大多数人以为的那么多。当然，我不是想哭穷，我们的收入确实还说得过去，我希望将来会更好些。诺兰公地的圈地正在进行呢，这工程可是花钱如流水啊。另外，我这半年里还买了一小块田产——东金汉农场。你一定记得，就是老吉布森以前住的地方。从各方面看，那块地都非常理想，又紧挨着我自己的田产，我有义务把它买下来。要是落到别人手里，我会受到良心的谴责。人嘛，想要自己得到好处，那就得付出代价。我为此花了很大一笔钱。"

"高出了你认为这块地的实际价值？"

"噢，我想还不至于。我第二天本可以转手卖掉，还能赚点钱。不过，说起我当时买地的钱，真是差点就买不成了。因为当时的股价特别低，要不是我当时的银行存款碰巧够用，就只好赔血本把全部股票都卖掉。"

埃莉诺只能赔笑。

"我们刚得到诺兰庄园时，还有些其他必要的大笔开支。你很清楚，我们尊敬的父亲把保留在诺兰庄园的斯坦希尔的动产全部送给了你母亲，那都是非常值钱的东西啊。我绝不是埋怨他这么做，他当然有权自由处置自己的财产。不过，由于他这么做了，我们只得购置大量的亚麻布、瓷器之类的东西，用来填补被带走的东西。你可以想象，在支出了这么大笔钱之后，我们哪里还谈得上什么富裕。所以费拉斯太太的慷慨赠予真是来得太及时了。"

"当然。"埃莉诺说，"你们得到她的无私资助，我希望你们以后能过上舒适安逸的生活。"

"再过个一两年也许就差不多了吧。"他一本正经地答道，"但我们还有好多事情要做呢。范妮的温室连块石头都没砌起来，花园就更别提了，还只是张画出的图纸。"

"你们打算把温室建在哪里？"

"就在宅子后的小山上。为了腾地方，那些老核桃树全给砍掉了。从庄园的每个角度看，温室都会很漂亮。花园就在温室前面的斜坡上，建好了会特别美。我们已经把山顶上的荆棘丛全都清除掉了。"

埃莉诺将忧虑和谴责都藏在心中，同时也非常庆幸玛丽安不在场，省得跟着受气。

达什伍德先生已经充分说明自己有多穷，下次去格雷珠宝店就不必给妹妹们买耳环了。想到这里，他不禁愉快起来，于是开始恭喜埃莉诺有詹宁斯太太这么一位朋友。

"她看上去是一个非常富有的女人。她的房子，生活派头，都说明她收入极高。能认识这样的人，不仅对你眼下大有好处，最终还会让你受益匪浅。她能邀请你们到伦敦来，当然是给了你们很大的面子，表明她确实非常喜欢你们。她去世的时候，多半也不会忘了你们，一定会给你们留下一大笔遗产的。"

"我看这绝不可能。因为她只有寡妇所得产[1]而已，将来是要传给她的孩子们的。"

"可她绝不会有多少就花多少。但凡注重节俭的人都不会这样做。她自己攒下来的钱，是有权自行处置的呀。"

---

1. 丈夫生前指定的在自己死后用来维持妻子正常生活的财产。寡妇据此可以每年领取固定数额的金钱。这笔钱，更准确地说是产生这笔钱的资本，通常会在寡妇死后由其子女继承。如果没有子女，则由其丈夫的其他继承人继承。

"难道你不觉得，这笔钱她更有可能留给自己的女儿们，而不是我们？"

"她两个女儿都嫁到了富贵人家，我看她没有必要再给她们留什么遗产。我倒觉得，她这么关心你们，又这般厚待你们，就相当于给了你们将来向她提要求的许可。对一个有良心的女人来说，肯定不会忽略这方面的考虑。她对你们的态度再亲切不过了。她不可能不知道，她这样做会让你们产生期望。"

"但作为真正的当事方，我们并没有对她产生什么期望。说真的，哥哥，你对我们的安乐幸福也真是操心操得太过了。"

"噢，这个是当然啦。"约翰说道，似乎想让自己镇定下来，"人的能力是有限的，非常有限。不过，我亲爱的埃莉诺，玛丽安出什么事了？她看起来很不舒服，脸色苍白，而且瘦得厉害。她生病了吗？"

"她是不大舒服，最近几个星期总是神经痛。"

"我真为她难过。像她这个年纪，不管生的是什么病，都会永远毁掉娇美鲜艳的青春！她的青春真是太短暂了！去年九月她还是那么漂亮，比我见过的其他姑娘都不差，一样能惹男人动心。她的美貌中，有一种特别讨男人喜欢的东西。我记得范妮曾经说，她会比你嫁得更早，也嫁得更好。其实范妮是非常喜欢你的，她只是偶尔想到这一点罢了。不过，她应该想错了。我怀疑，玛丽安现在还能否嫁给年收入五六百英镑以上的男人。你要是超不过她，我会非常失望的。多塞特郡！我对那里不怎么了解，不过，我亲爱的埃莉诺，我非常乐意多了解一些。我想我可以向你保证，最早也最愿意去你家做客的人当中，一定有范妮和我本人。"

埃莉诺非常严肃地告诉他，自己不可能嫁给布兰登上校。不过，他一心沉浸在这门亲事给他带来的巨大喜悦中，完全不肯听她的话。他打定主意要拉近与那位先生的关系，尽力促成这门婚事。他本人从未帮过妹妹们一点忙，心存愧疚，便特别希望别人能多出力。让布兰登上校向埃莉诺求婚，或者让詹宁斯太太给妹妹们留下一笔遗产，是他弥补自己疏于关照的最简单的办法。

他们很幸运，正好碰上米德尔顿夫人在家，而在他们结束拜访之前，约翰爵士也回来了。大家客客气气地寒暄了一番。约翰爵士是什么人都喜欢接触的。尽管达什伍德先生似乎对养马所知不多，约翰爵士却很快认定他是品行极好的人。米德尔顿夫人见他外表高雅，也觉得他值得结交。达什伍德先生告辞时，也很高兴能结识这对夫妇。

"我要向范妮报告一下这次美好的见面，"他一边同妹妹往回走，一边说，"米德尔顿夫人真是一位非常优雅的女士！范妮肯定乐意结识她。还有詹宁斯太太，虽然没有她女儿那样优雅，但也举止端庄。你嫂嫂可以放心大胆地来拜访了。说实话，范妮原来是有点顾忌的。这也正常，因为我们先前只知道詹宁斯太太是个寡妇，她丈夫通过不怎么上得了台面的手段发了财，范妮和费拉斯太太便抱有强烈的偏见，认为她和她的女儿们都不是范妮应该交往的那种人。可是现在，我要回去告诉范妮，她们母女都是非常令人满意的。"

Chapter 12

约翰·达什伍德太太非常信任她丈夫的判断，第二天就去拜访詹宁斯太太和她女儿米德尔顿夫人。她对丈夫的信任没有白费，因为她发现，就连与她两位小姑住在一起的那位太太，也不是不值得搭理的人。至于米德尔顿夫人，她觉得真是世上最迷人的女人之一！

米德尔顿夫人也同样喜欢达什伍德太太。她们两人都冷漠自私，难免惺惺相惜。加上都举止得体却乏味，缺乏常识，于是就更加脾性相投。

不过，约翰·达什伍德太太的举止虽然赢得了米德尔顿夫人的好感，却并不合詹宁斯太太的意。在她看来，这个女人态度傲慢，少言寡语，见到丈夫的妹妹不仅没有半点热情，反而几乎没跟她们说话。她在光临伯克利街的十五分钟里，至少有七分半钟坐在那里一言不发。

埃莉诺虽然没开口询问，但其实很想知道爱德华是否在伦敦。可是，范妮无论如何都不愿在埃莉诺面前主动提起弟弟的名字，除非她能够告诉埃莉诺，弟弟同莫顿小姐的婚事已经谈妥，或者她丈夫对布兰登上校的期望变成了现实。她相信埃莉诺和爱德华仍然深爱着彼此，所以她必须随时保持警惕，以免在其中一人面前提到另一人，或者让两人的行为产生交集。然而，她不肯提供的消息却很快从另一个人嘴里冒出来。没过多久，露西来找埃莉诺，想获得她的同情，因为爱德华和达什伍德夫妇一起到了伦敦，而她却见不到他。爱德华不敢去巴特利特大楼，生怕被人发现。虽然他们急于相会，却不能当面互诉衷肠，目前只能靠写信聊寄相思。

时隔不久，爱德华本人就两次来伯克利街拜访，表明他确实在伦敦。有两次她们上午出去赴约，回来时便发现他的名片摆在桌上。埃莉诺很高兴他能来访，更高兴自己没有见到他。

达什伍德夫妇非常喜欢米德尔顿夫妇，以至于这对素来没有请客习惯的夫妇决定举行一次晚宴招待他们。于是，两家人结识不久后，达什伍德夫妇便邀请米德尔顿夫妇到哈利街吃饭。他们在那里租了一幢上等的房子，租期三个月。他们还邀请了两个妹妹和詹宁斯太太，约翰·达什伍德还特意约上布兰登上校。布兰登上校一向乐意与两位达什伍德小姐相处，获得这番热情的邀约，虽说也感到几分惊讶，不过更多的却是欣喜。他们还将在晚宴上见到费拉斯太太，但埃莉诺不确定她的两个儿子是否会到场。不过，她倒是很期待见到费拉斯太太，所以对这次宴会也颇感兴趣。换作是从前，去见爱德华的母亲肯定会让她忐忑不安，但她现在已经可以十分坦然地面对费拉斯太太，完全不介意后者对她的看法。话虽如此，结识费拉斯太太的渴望，以及了解她到底是怎样的人的好奇心，却一如既往地强烈。

之后不久，她又听说两位斯蒂尔小姐届时也会到场，尽管心里不怎么高兴，对赴宴的兴趣又大大增加了。

虽然露西实际并不文雅，她姐姐甚至连有教养也说不上，但她们对米德尔顿夫人百般殷勤，博得她的欢心，所以她同约翰爵士一样，非常乐意邀请她们到康迪特街住上一两个星期。凑巧的是，达什伍德夫妇请帖中定下的宴会日期，就在斯蒂尔姐妹到康迪特街做客后的几天，这对她们当然特别有利。

她们之所以能得到约翰·达什伍德太太垂青，获得她晚宴上的两个席位，倒不是因为她们是曾经关照过她弟弟多年的那位先生的外甥女，而是因为她们是米德尔顿夫人的客人，必须同样受到欢迎。露西早就盼望爱德华的家人见见自己，近距离观察他们的人品，同时也认清自己面临的困难，并趁机尽力讨好他们，所以接到约翰·达什伍德太太的请帖时，她感到有生以来从未有过的快乐。

埃莉诺的反应则大不相同。拿到请帖后，她立刻断定，既然爱德华与母亲住在一起，那就必定会同母亲一起应邀参加姐姐的晚宴。在发生这么多事情之后，这还是第一次与露西一起见到爱德华！她真不知道该如何承受！

她的这些忧虑或许并非完全建立在理智上，当然也根本不是建立在事实上。这些忧虑后来也消除了，但不是因为她让自己冷静了下来，而是多亏了露西的好意。露西告诉埃莉诺，爱德华星期二肯定不会去哈利街。她认为这样说会让埃莉诺大失所望。为了增加埃莉诺的痛苦，她甚至还说，爱德华之所以避而不见，是因为爱她太深，担心见面之后掩藏不住。

至关重要的星期二终于来了，两位小姐就要见到那位可怕的婆婆了。

"可怜一下我吧，亲爱的达什伍德小姐！"她们一起上楼时，露西说道。詹宁斯太太一来，米德尔顿夫妇也跟着到了，于是大家同时跟着仆人朝楼上走去。"这里也就你还能同情我，体谅我的心情。我简直快站不稳了。天啊！我马上就要见到决定我终身幸福的人啦——我未来的婆婆！"

埃莉诺本来可以告诉她，她们要见到的人，可能会成为莫顿小姐的婆婆，而不是她的，好让她能马上镇定下来。但埃莉诺没有这样做，只是真心诚意地保证说，自己的确很同情她。这使露西大感意外，虽说她确实很不自在，但至少希望自己能成为埃莉诺嫉妒不已的对象。

费拉斯太太是个瘦小的女人，身板挺得直直的，甚至都有点拘谨。她神情严肃，似乎很不高兴。脸色蜡黄，五官偏小，算不上好看，自然也毫无表情。幸亏她眉头一皱，透出一股子傲慢与凶狠，使她免于蒙受表情空洞的恶名。她不怎么说话，因为同一般人不一样，她是有多少想法就说多少话。在偶尔说出的只言片语中，也没有一个字是关于达什伍德小姐的。从她瞅埃莉诺的眼神就知道，她已经打定主意，无论如何也不会喜欢这位小姐。

埃莉诺如今绝不会因为她的这种态度而不高兴。若是换作几个月前，这肯定会深深地伤害埃莉诺。不过，现在费拉斯太太已经无法让埃莉诺感到任何痛苦了。而她对斯蒂尔小姐迥然不同的态度——似乎在故意贬损后者——只是让埃莉诺觉得可笑。她看到她们母女俩对露西彬彬有礼的样子，不禁笑了，因为她们竟然对露西青睐有加。其实，她们若是像埃莉诺一样了解露西的话，一定会迫不及待地羞辱她。而埃莉诺自己呢，虽然相比之下不大会伤害她们的感情，却明显遭到母女俩的冷落。看到母女俩的热情完全用错了对象，她不禁哑然失笑，心想，这只能怪她们既气度褊狭又愚昧无知。她还看到斯蒂尔姐妹也在大献殷勤，力图继续博得母女俩的欢心，不由得对这四人鄙视到极点。

见自己蒙受如此厚爱，露西不禁荣幸之至，欣喜若狂。斯蒂尔小姐只消听到别人拿她与戴维斯博士开玩笑，便会无比高兴。

宴会办得非常盛大，仆人不计其数，一切都表明女主人很想炫耀，而男主人有能力满足她的虚荣心。虽然诺兰庄园还在进行改造和扩建，虽然诺兰庄园的主人为了凑出几千英镑差点亏本抛售股票，他也试图以此说明自己经济拮据，但从这顿晚宴看，却一点受穷的迹象都没有。

除了谈话，这里什么都不缺。最缺的就是谈话。约翰·达什伍德本就没什么值得一听的话，他太太的话就更少了。不过，这还算不上特别丢脸，因为他们的大多数客人也是这样。他们有的缺乏理智（或先天愚钝，或不学无术），有的优雅不足，有的全无活力，有的不够沉着，说起话来几乎全都让人不舒服。

用完晚餐，女士们回到客厅，谈话的贫乏就更为明显了。先前男士们还提供了杂七杂八的谈资，什么政治啦，圈地啦，驯马啦，可现在这些都谈完了，于是直到咖啡奉上来为止，女士们都在讨论一个话题：年龄相仿的哈里·达什伍德和米德尔顿的二儿子威廉，究竟哪个更高一点。

如果两个孩子都在场，马上量一下，问题就轻松解决了。可偏偏只有哈里在场，两家人只好凭空猜测，每个人都有权表明自己的意见，而且可以不厌其烦地一再重复。

各方观点如下：

两位母亲实际上都相信自己的儿子高一点，但出于礼貌，却说对方的孩子更高。

两位外祖母虽然与做母亲的一样偏心，但比她们更坦率，都在一个劲儿地说自家的外孙更高。

露西对两位母亲都想讨好，于是说两个孩子年龄虽小，个子却特别高，她简直分不出谁高谁矮。斯蒂尔小姐则更加油滑，只是连珠炮似的将两个孩子一通猛夸。

埃莉诺曾发表过意见，说威廉高一点，这不仅惹恼了费拉斯太太，范妮更是生气，于是她识趣地闭上嘴，不再坚持己见。玛丽安呢，别人问她意见，她却说自己在这个问题上没有任何看法，这一下把大家全得罪了。

搬离诺兰庄园之前，埃莉诺曾给嫂嫂绘制了一对非常漂亮的隔热屏风[1]。现在这对屏风刚刚装在画框里拿回家，摆在客厅里做装饰。其他男宾进来时，约翰·达什伍德看见这对屏风，便殷勤地拿给布兰登上校欣赏。

"这都是我妹妹埃莉诺画的，"他说，"你这么有品位，我敢说你一定会喜欢。我不知道你以前有没有见过她的作品，不过大家普遍认为她画得十分出色。"

上校虽然极力否认自己是什么鉴赏家，却对这两幅屏风大加赞赏。他对达什伍德小姐的画作向来不吝溢美之词。这当然引起了其他人的兴趣，于是争相传看。费拉斯太太不知道这是埃莉诺的作品，还特意要求给她看看。待米德尔顿夫人发表了一番心满意足的赞赏之后，范妮便把屏风呈给母亲，还体贴地告诉她，这是达什伍德小姐画的。

"嗯，"费拉斯太太说，"非常漂亮。"其实她连看都没看一眼，就把屏风还给了女儿。

---

1. 当时英国室内取暖的唯一热源就是炉火，所以火通常很旺，特别是在大房间。隔热屏风挡在炉火与人之间，以免靠近炉火的人感觉太热。隔热屏风有大小之分，大的带基座，小的带把手。埃莉诺画的应该是后一种。

也许范妮一时也觉得母亲实在太无礼，因为她脸一红，马上说：

"很漂亮，对吧，妈妈？"但她又担心自己说得太客气太恭维，便当即补充说，"妈妈，您看这画是不是有点像莫顿小姐的画风？她确实画得好极了。她最近完成的那幅风景画多美啊！"

"确实漂亮！不过她做什么都很优秀！"

玛丽安再也听不下去了。她对费拉斯太太本就非常不满，现在又听后者这么不合时宜地称赞另一个人，贬低埃莉诺，虽说她不明白她们主要意图何在，但顿时火冒三丈，激动地嚷道：

"你们的夸奖还真够特别的！莫顿小姐干我们什么事？谁认识她？谁在乎她画得好不好？我们现在想的说的都是埃莉诺。"

说着，她从嫂嫂手里一把夺过画屏，自顾自地大加称赞起来。

费拉斯太太看起来恼怒至极，身板挺得比先前更直，恶声恶气地反驳道："莫顿小姐是莫顿爵士的女儿。"

范妮也很气愤，她丈夫则被妹妹这种胆大妄为的行为吓坏了。埃莉诺刚才受委屈的时候还没那么难过，现在看到玛丽安气冲冲地替自己打抱不平，反倒痛苦得多。不过，布兰登上校一直注视着玛丽安，仿佛在说，自己只看到她善良的一面：玛丽安有一颗热情的心，无法容忍姐姐受到丝毫轻蔑。

玛丽安的愤怒并没有就此打住。费拉斯太太居然如此冷酷无礼地对待姐姐，玛丽安几乎可以预见埃莉诺将来的生活必定充满苦难。一想到这里，她那受伤的心灵就一阵惊恐。在强烈情感的驱使下，她走到姐姐的椅子旁，一只胳膊搂住姐姐的脖子，侧脸紧贴住姐姐的侧脸，热切地低声说道：

"我最最亲爱的埃莉诺，别理她们。不要让她们搞得你不高兴。"

她再也说不下去，难以自持地一头扑在埃莉诺的肩上，痛哭起来。这引起在座每个人的注意，而且几乎每个人都流露出关切的神情。布兰登上校站起身来，不由自主地朝她们走去。詹宁斯太太会心地喊了一声"唉，可怜的姑娘"，就赶紧把嗅盐拿出来给她闻。约翰爵士对这场精神痛苦的始作俑者极度愤恨，马上换到露西·斯蒂尔小姐身边的座位，将那件万分可恶的事情简要地向她低声讲述了一遍。

过了几分钟，玛丽安好歹算是平静下来，这场骚乱才告结束。她又同大家坐到一起，但这件事之后，她整晚的情绪都受到影响。

"可怜的玛丽安！"她哥哥一引起布兰登上校的关注，便低声对他说，"她的身体没有姐姐那样好——太神经质了——没有埃莉诺那样的体质。一个年轻的姑娘，原本是个美人儿，后来却丧失了个人魅力，这当然会让人非常难过。说起来你也许不信，玛丽安几个月前确实非常漂亮——简直同埃莉诺一样漂亮。可现在你瞧瞧，全都烟消云散了。"

Chapter 13

埃莉诺想见费拉斯太太的好奇心得到了满足。她发现，有这位太太在，她一点都不期待两家人的关系更进一层。她看够了这位太太的傲慢、小气和对自己根深蒂固的偏见，所以她非常明白，即使爱德华与她可以不受约束订了婚，也必定会面临重重困难，以至于迟迟无法结婚。看清这一切后，她便为自己感到庆幸，幸好还有一个更大的障碍摆在面前，使她得以免于面对费拉斯太太制造的其他障碍，免于忍受她那反复无常的脾气，免于费尽心机地博取她的好感。爱德华因为同露西之间的婚约而不得自由，对此她真的很难高兴起来，但她至少可以断定，假如露西能更可爱些，那她本应为他们二人感到高兴的。

令埃莉诺感到惊奇的是，露西居然因为费拉斯太太对她客气就那样兴高采烈。她居然被利益和虚荣蒙蔽了双眼，看不出费拉斯太太之所以对她殷勤，只是因为她不是埃莉诺而已——她竟认为这是在真心恭维她。费拉斯太太只是因为不了解她的真实情况才对她有所偏爱，而她居然从中受到莫大的鼓舞。这种心情不仅当天就从她的眼神中流露出来，而且第二天上午她还公开讲了出来。她特意要求米德尔顿夫人让她在伯克利街下车，希望有机会单独见见埃莉诺，告诉对方自己有多幸福。

而她偏偏得到了这个机会，因为她刚到不久，帕尔默太太便来了一封信，把詹宁斯太太请走了。

"我亲爱的朋友，"只剩下她们两人之后，露西便嚷道，"我是专门来告诉你我有多幸福的。费拉斯太太昨天对我那样好，还有比这更令人高兴的事吗？她是多么和蔼可亲啊！你知道我原本很害怕见她，可就在我被介绍给她的那一刻，她的态度是那样平易近人，简直是在说她非常喜欢我。事情不就是这样吗？你全都看见了，难道你不感动？"

"她确实对你相当客气。"

"客气！你只发现她对我很客气？我看她对我远不止客气这么简单。除我之外，她对谁有这么好啊！一点也不傲慢，也一点也不摆架子，你嫂嫂也是如此——亲切和蔼极了！"

埃莉诺很想谈点别的，但她硬要逼埃莉诺承认她有理由感到很幸福。埃莉诺也只好接话。

"要是他们知道你们订了婚，"她说，"还能像昨天那样对待你，那自然再好不过了。但事实并非如此……"

"我就猜到你会这么说，"露西马上回答，"但她要是不喜欢我，又为什么要装出喜欢我的样子呢？有她喜欢我，我就什么都不怕了。你可别给我泼冷水。我会获得一个圆满结局的。我一直担心的那件事，肯定能顺顺当当地达成。费拉斯太太是一位可爱的女士，你嫂嫂也是。跟她们相处，我快乐极了，真的！我不明白，怎么从未听你说过达什伍德太太这么和蔼可亲！"

听到这里，埃莉诺实在无言以对，也不想再说什么。

"你病了吗，达什伍德小姐？你看起来无精打采的，也不怎么说话，是身体不舒服吧。"

"我的身体从来没这么好过。"

"那我打心眼儿里替你高兴。但你看上去真的不太好。你要是病了，我会很难过的。你一直都是这世上给我最大安慰的人！天知道，要是没了你的友谊我该怎么办。"

埃莉诺努力给出一句客气的回答，但她自己都拿不准说得是否得体。不过，露西倒似乎很满意，因为她立即答道：

"真的，我完全相信你对我的关心。除了爱德华的爱，你的关心就是我最大的安慰了。可怜的爱德华！不过现在好了，我们可以见面了，而且可以常常见面。因为米德尔顿夫人很喜欢达什伍德太太，我们准会常去哈利街的，而爱德华有一半时间都待在他姐姐那里。另外，米德尔顿夫人和费拉斯太太也会互相走动。费拉斯太太和你嫂嫂真好，她们不止一次说过，什么时候都乐意见到我。她们就是这样可爱的两位太太！如果你要告诉你嫂嫂我对她的看法，那我保证你无论怎么说都不会过分。"

但埃莉诺一言不发，因为她不想让露西存有希望，认为自己会跟嫂嫂提这种事。露西接着说：

"如果费拉斯太太不喜欢我，我肯定立刻就会看出来。比方说，她一声不吭，只是出于礼貌跟我打个招呼，此后再也不理睬我，再也没向我投来温和的眼神——你知道我是什么意思——如果我遭受那种可怕的冷遇，肯定早就死心了。我可受不了那样的对待。因为我知道她若是不喜欢谁，肯定会厌恶到骨子里的。"

埃莉诺听完这番客客气气的胜利宣言，还来不及做任何回应，仆人便推门进来，通报说费拉斯先生来访，紧接着爱德华就进来了。

这下真是再尴尬也没有了。三人面面相觑，不知所措。他们的神情都极不自然。爱德华似乎又想往里走，又想往外退。眼前这种局面，原本是他们要极力避免的，这下却以最难堪的形式落在了他们头上。三人不仅都聚到一起，而且还没有其他人可以帮助解围。两位小姐首先恢复镇定。露西认为自己不宜主动表达亲昵，表面上还得保守秘密，所以只是眉目传情，轻描淡写地打了个招呼，便不再作声。

但埃莉诺要做的就多了。而且，为了爱德华和自己，她还必须处理得妥帖周到，于是她定了定神，强装出轻松开朗的模样，对他的到来表示欢迎。接着她又努力加了把劲儿，神态就更加自然了。虽然露西在场，而且自己也受了些委屈，但她还是说："很高兴见到你。上次你来伯克利街拜访时我不在家，真是遗憾啊。"虽然察觉到露西正用锐利的目光紧盯着自己，她却没有畏缩。爱德华本来就是她的朋友，而且多少算是亲戚，她对他以礼相待也无可厚非。

她的这种态度让爱德华稍感放心，鼓起勇气坐了下来。不过，他仍然比两位小姐更窘迫一些。虽然这种神情在男人身上不多见，不过此刻出现在他身上，也是情有可原。他无法像露西那样满不在乎，也不可能像埃莉诺那样问心无愧。

露西故意装出端庄严肃的样子，一句话也不肯说，好像打定主意不让他们好受些一样。几乎所有话都是埃莉诺一个人说。她母亲的身体状况，她们姐妹俩如何来到伦敦，诸如此类的情况，本该由爱德华主动问起，他没开口，埃莉诺只好主动介绍起来。

埃莉诺勉强自己做的事并未到此为止。不一会儿，她陡然生出一股勇气，决定借口去叫玛丽安，把他们两人单独留在房里。她敢想敢做，而且做得极其得体。她怀着无比高尚的坚毅精神，在楼梯平台上徘徊了几分钟才去找妹妹。可玛丽安一到，爱德华的"狂喜"就不得不结束了。因为玛丽安一听爱德华到了，便兴高采烈地冲进客厅。见到他，她实在开心得不得了。同她的其他情感一样，这份重逢之情十分充沛，表达得也十分强烈。她伸出一只手来让他握，语气如妹妹般亲切。

"亲爱的爱德华！"玛丽安叫道，"这真是天大的幸福时刻！见到你，所有的不如意都一笔勾销了！"

爱德华也想对她报以好意，可是当着三位小姐的面，他连真实的感受一半都不敢说出来。他们再次坐定，一时间全都沉默不语。玛丽安用最温情的目光，一会儿看看爱德华，一会儿又瞧瞧埃莉诺，唯一感到遗憾的是，露西偏偏在场，破坏了快乐氛围，很是可恶。爱德华先打破沉默，说玛丽安的模样变了，担心她在伦敦住不惯。

"噢！就别管我了！"她兴奋而诚恳地答道，尽管说话时双眼噙满泪水，"不用担心我的身体！你瞧，埃莉诺好好的。对我俩来说，这就足够了呀。"

玛丽安说这些话，既不是为了让爱德华和埃莉诺放轻松，更不是为了博得露西的好感。露西抬头盯着玛丽安，脸色可不大好看。

"你喜欢伦敦吗？"爱德华想随便说点什么，好把话题岔开。

"一点也不喜欢。我原本以为会在这里玩得很开心，结果一点都不。爱德华，能在这里见到你，就是伦敦给我的唯一安慰。谢天谢地！你还是老样子没有变！"

她顿了顿，但客厅里没人作声。

"埃莉诺，"她马上补充道，"我觉得，我们应该劳烦爱德华送我们回巴顿。再待一两个星期，我们就该走了。我相信，爱德华不会不愿意接受这个差事吧。"

可怜的爱德华咕哝了一句，不过谁也没听清他在说什么，连他自己也不知道。他这副激动不安的样子，玛丽安是看到了，但她立刻就找到最令自己满意的解释，于是反而非常开心，很快又谈起别的事情。

"爱德华，我们昨天在哈利街可受罪了！非常无聊，无聊得要命！关于这事儿，我还有好多话要跟你讲，只是现在没法讲。"

她的谨慎态度令人钦佩，因为她硬生生把话吞了回去，直到单独相处的时候，她才一吐为快，说他们的那几个亲戚比过去更加讨厌，他的母亲尤其可恶。

"但是你怎么不在场呢，爱德华？你为什么没来啊？"

"我与别人有约在先了。"

"有约在先！但如果你要同我们这些朋友聚会，又为什么还要去赴别的约呢？"

"玛丽安小姐，"露西很想趁机报复她一下，便大声嚷道，"你或许以为，年轻男人只要不想去赴约，那不管这约会重不重要，都可以不信守诺言吧。"

埃莉诺非常生气，但玛丽安似乎完全没觉察出话里带刺，因为她仍旧平静地答道：

"我一点也不这么认为。说正经的，我非常肯定，爱德华之所以没去哈利街，只是凭良心办事。我的确相信，他是世上最体贴、最有良心的人。只要是约定好的，不管多么无关紧要，不管他怎样不感兴趣或者不喜欢，他都会规规矩矩地践行自己的诺言。他是最怕给人带来苦痛、最怕令人失望的了，也是我见过的人中最不自私自利的。爱德华，事实如此，我就要实话实说。什么！你不愿听人表扬自己？那你就别做我的朋友。凡是愿意接受我的爱戴与尊敬的人，必须也接受我的公开称赞。"

不过，在当前情况下，她的这番称赞恰好令她三分之二的听众特别不舒服，爱德华更是大感不快，起身便要往外走。

"这么快就走啦！"玛丽安说，"我亲爱的爱德华，这可不行啊。"

她把他稍稍拉到一边，低声劝她说，露西不会待多久的。但就连这样的鼓励也没用，因为他执意要走。就算他再待上两个小时，露西也会奉陪到底。可现在，他前脚刚走，露西也跟着离开了。

"她干吗来得这么勤？"等露西一走，玛丽安便说，"难道她看不出来我们想要她走！多让爱德华恼火啊！"

"怎么这么说？我们都是他的朋友，露西认识他的时间比我们都长。他想见见我们，自然也想见见她。"

玛丽安定定地看着姐姐，说："你知道，埃莉诺，我可受不了这种话。我看你说这话就是存心想让人反驳你。如果真是这样，那你记住，我绝不会做那样的事。我可不会傻到上你的当，说些完全不需要的废话。"

说完她便离开房间。埃莉诺不敢跟着她出去再说什么。因为埃莉诺对露西保证过要替后者保守秘密，所以就不能透露什么能让玛丽安信服的情况。这种一错再错的后果或许令人痛苦，但埃莉诺也只能默默忍受。她只希望，爱德华不要让她或他自己常听见玛丽安激动地信口胡说，或者再次遭受他们这次见面招致的别的痛苦——她有充分的理由抱此期待。

Chapter 14

这次见面后没几天，报上就登出消息：托马斯·帕尔默先生的太太平安诞下一名男婴，这孩子将成为帕尔默家的继承人。这真是一条令人颇感兴趣又心满意足的消息，至少那些事先了解情况的至亲好友都是这样认为的。

这件事对詹宁斯太太来说是天大的喜事，所以她暂时改变了自己的时间安排，而这也影响到她年轻朋友们的社交活动。詹宁斯太太希望尽量多陪陪夏洛特，每天早晨一穿好衣服就过去，一直待到晚上很晚才回来。应米德尔顿夫妇的特意要求，两位达什伍德小姐每天从早到晚都在康迪特街度过。为舒适着想，她们还是宁愿待在詹宁斯太太家里，至少整个上午都待在那里。但是她们又不能违背众意，提出反对意见。因此，她们只好同米德尔顿夫人和斯蒂尔姐妹一起消磨时光。但事实上，米德尔顿夫人和斯蒂尔姐妹不仅没有公开邀请两位达什伍德小姐，心里更是不欢迎她们。

她们都是脑子清醒的人，不适合做米德尔顿夫人的理想伙伴。而斯蒂尔姐妹更是向她们投来嫉妒的目光，认为她们闯入了自己的领地，分享了她们意欲独占的友好款待。虽然米德尔顿夫人对埃莉诺和玛丽安都极其礼貌，但她其实一点也不喜欢她们。因为她们既不恭维她，也不夸奖她的孩子们，她无法相信她们足够友好。而且，她们喜欢读书，于是米德尔顿夫人觉得她们爱挖苦——也许她并不清楚"爱挖苦"到底是什么意思，但这并不重要。反正这是大家动不动就拿出来指责人的词儿。

她们的到来对她和露西都是约束，既妨碍了前者无所事事，又妨碍了后者的讨好巴结。米德尔顿夫人会因为在她们面前无所事事而羞愧，露西则担心她们会鄙视她的阿谀奉承——倘若她们不在场，主动献殷勤这种事，无论是想起来还是做起来，她都会倍感自豪。三个人中，对达什伍德姐妹的到来最不感到烦恼的，是斯蒂尔小姐。她们完全有能力让她无奈地接受事实。晚饭后，她只好把炉火前最好的位置让出来，因为达什伍德姐妹毕竟是客人。不过，倘若她们中有谁将玛丽安与威洛比先生之间的故事从头到尾、仔仔细细地讲给她听，她肯定会觉得，虽然自己吃了点亏，但得到的回报却非常丰厚。不过，她们却没有同她达成和解。尽管她常常向埃莉诺表示对玛丽安的同情，还不止一次在玛丽安面前流露过对花花公子无情善变的谴责，但这些除了换来埃莉诺的漠然和玛丽安的厌恶之外，并没有取得其他任何效果。

只要她们稍微务一点力，就能让她成为朋友——只要拿博士开开她的玩笑就够了！可她们却与别人一样，根本不肯帮她。因此，只要约翰爵士不在家吃饭，那她一整天都听不到别人用这件事来戏弄她，她只好自己拿自己打趣。

不过，这些妒忌和不满全然没有引起詹宁斯太太的怀疑，她觉得姑娘们待在一起是件令人愉快的事。每天晚上，她都要祝贺她的年轻朋友们不必陪着她这个无趣的老太婆，享受这么长时间的自由。她有时候到约翰爵士家，有时候在自己家，跟她们待在一起。不过不管在哪里，她总是兴高采烈，满心的欢喜和自豪，把夏洛特的顺利恢复归功于自己的精心照料。她很想事无巨细地讲述夏洛特的情况，可惜真正愿意听的也只有斯蒂尔小姐一个人而已。有件事情确实让她烦心，每天都要抱怨两句：帕尔默先生坚持男人中普遍的观点，认为所有婴儿都长得一个样儿。这哪里像个做父亲的！虽然詹宁斯太太不止一次分明看出，这婴儿同他父母双方的家人都极像，却无法让孩子的父亲相信这一点。她无法使他相信，这个小家伙与同龄的其他小孩并不一模一样，甚至无法让他认同一个简单的主张：他儿子是全世界最漂亮的小孩。

大约就在这时，一件不幸的事落在了约翰·达什伍德太太头上，我现在就来讲讲。就在她的两个小姑与詹宁斯太太第一次到哈利街拜访她时，她的另一位朋友碰巧也来串门——这件事本身倒不会给她带来任何不幸。但别人总是会臆想、误解我们的所作所为，单凭表面现象就做出判断，所以在一定程度上，我们的幸福就只能听任命运的摆布。就以这件事为例吧，来访的这位太太的想象最后完全脱离了事实，简直荒诞不经，她一听到两位达什伍德小姐的名字，知道她们是达什伍德先生的妹妹，便立即断定她们住在哈利街。基于这样的误解，一两天后她便发来请帖，邀请她们与其兄嫂到她家中参加一场小型音乐会。这下不仅给约翰·达什伍德太太带来极大的不便，只得派车去接达什伍德姐妹，更糟糕的是，她还必须强忍不快，装出对她们关怀备至的样子。而且，谁敢说她们就不会期待下一次再同她一起外出会友？当然，她有权拒绝她们。但就算拒绝了也没用，因为人一旦认定一种就连自己都明知不对的行为方式，任何期待他们做出改变的想法都会让他们觉得受了委屈。

玛丽安现在已经渐渐习惯每天都要赴约，因而去不去对她都无所谓。虽然她并不期望从中得到哪怕一丁点乐趣，而且往往直到最后一刻才知道自己要去哪儿，但她还是平静而机械地为每晚的约会做着准备。

玛丽安已经完全不在乎自己的穿着打扮了。她花在梳妆上的精力，还不及斯蒂尔小姐在见到她之后的五分钟里为观察她所付出的认真劲儿的一半。斯蒂尔小姐观察得细致入微，对什么都充满好奇。她样样都看，事事都问，不弄清玛丽安每件衣服的价钱决不罢休。她可以猜出玛丽安总共有多少件晚礼服，比玛丽安自己都说得准。她甚至有希望在她们出发前弄清楚玛丽安每周洗衣要花多少钱，每年得在自己身上花多少钱。通常来说，在这种唐突的质问之后，提问者总免不了说几句奉承话结尾，这本来是为了安抚被盘问的对象，但玛丽安却认为这种奉承话无礼至极。因为，在被详细调查了晚礼服的价格和样式、鞋子的颜色和头发的梳法之后，玛丽安几乎可以肯定斯蒂尔小姐接下来会告诉她："说实话，你看上去真是漂亮极了。我敢说你会征服不少男人。"

带着这样的"鼓励"，玛丽安终于得以脱身，去乘坐她哥哥的马车。马车停到门口才不过五分钟，她们就已经准备妥当，坐了进去。

其实，她们的嫂嫂并不喜欢她们这么守时，因为她赶在她们之前去朋友家里了，本希望她们能多耽搁一会儿。这也许会给马车夫造成不便，不过她们准时赶到却只会给她造成不便。

晚上的聚会活动并没什么特别精彩的。与其他音乐会一样，这场音乐会的听众中，有很多人能真正欣赏演出，但还有更多的人根本一窍不通。至于那些表演者，则一如既往地自以为是，也被他们的亲朋好友视为英格兰一流的民间表演家。

埃莉诺本来就不喜欢音乐，现在也不想假装喜欢，所以她可以毫无顾忌地随意将目光从钢琴上挪开。就连竖琴和大提琴也无法吸引她的目光。室内的东西，她爱看什么就看什么。就在这样东张西望的时候，她从一群年轻小伙子里发现了一个人，正是这位先生，在格雷珠宝店给她们上了一堂如何挑选牙签盒的课。她发现这个人很快也在望着她，同时与她哥哥亲密地交谈。她刚决定向哥哥打听他的名字，他们二人却一齐朝她走来。达什伍德先生向她介绍说，这位便是罗伯特·费拉斯先生。

他随随便便地同埃莉诺打了个招呼，歪着头冲她鞠了一躬，那样子就像明确告诉她，他就是露西对她讲过的那个自大而愚蠢的公子哥。如果她当时喜欢爱德华不是因为看上了他的人品，而是他家人的德行，那她该多么"走运"啊！他母亲和姐姐的坏脾气本已令她颇为反感，现在他弟弟的这一鞠躬则将这种反感推向顶点。尽管她对这两名年轻男子的区别深感诧异，却也没有因为这一位的浅薄自负，而对另一位的谦逊高尚失去好感。至于兄弟俩为何会判若云泥，在长达一刻钟的谈话中，罗伯特亲自向她做出解释。谈起自己这个哥哥，他就不由得惋惜，说哥哥之所以无法跻身上流社会，就是因为极不擅长交际。他坦率大方地承认，哥哥并非天生有缺陷，只是不幸上了私塾。而他自己呢，虽说并没有过人的天赋，但他蒙受了公学教育带来的好处，善于与人交往，比谁都不差。

"说实话，"他补充说，"每当母亲为此难过时，我便常告诉她，事情就是这么回事。'亲爱的妈妈，'我总这么跟她说，'您千万要放宽心。哥哥的不幸已经无法挽回，而这全都要怪您。谁叫您当时不坚持自己的意见，偏偏要听舅舅罗伯特爵士的话，让爱德华在人生最关键的时期去上什么私塾？您只要把他像我一样送进威斯敏斯特公学，而不是送到普拉特先生家，那么这一切都不会发生了。'这就是我对此事的一贯看法。我母亲已经完全相信是她做了错事。"

　　埃莉诺不想反驳他的说法，因为不管她对上公学的好处有什么看法，她对爱德华住在普拉特先生家这件事，无论如何是不满意的。

　　"我想，你住在德文郡的一座乡舍里吧，"罗伯特接下去说道，"就在道利什城附近。"

　　埃莉诺纠正了他说的位置。他似乎很讶异：居然有人住在德文郡，却不靠近道利什。不过，他对她们所住的那种房子还是衷心赞扬了一番。

　　"就我个人而言，"他说，"我非常喜欢乡舍。这种房子总是非常舒适，雅致。假如我手头宽裕，准会买一小块地自己建一座，就在离伦敦不远的地方，这样随时可以驱车前往，约上几个朋友一起去快活一番。凡是想盖房子的人，我都建议他们盖乡舍。前些天，我朋友考特兰爵士特意来找我征求意见。他拿出博诺米[1]给他画的三份建筑图纸给我看，要我选出最好的那份。'我亲爱的考特兰，'我说，随手就将图纸全扔进火炉，'哪一份都别用。无论如何你都要建乡舍。'我想事情最后就是这么办的。"

　　"有些人认为乡舍条件又差，空间又小，这真是大错特错。上个月，我住在朋友埃利奥特家里，就在达特福德附近。埃利奥特太太想举办一次舞会。'可怎么开得了呢？'她说，'我亲爱的费拉

---

1. 约瑟夫·博诺米（1739—1808），当时英国最优秀的建筑师之一。

斯，告诉我该怎么办吧。这座乡舍里没有一个房间容得下十对舞伴，夜宵又在哪里吃呢？'我马上就看出这没什么好犯难的，便对她说：'我亲爱的埃利奥特太太，不用担心。餐厅能轻松容纳十八对舞伴，牌桌可以摆在客厅里，可以到书房吃茶点和其他点心，夜宵在会客室里吃好了。'埃利奥特太太听了我的意见非常高兴。我们量了一下餐厅，发现恰好能容纳十八对舞伴，结果事情完全照我的设想继续下去。所以你瞧，只要人们知道该怎么安排，住在乡舍里也能尽享舒适，就跟住在最宽敞的住宅里一样。"

埃莉诺完全赞同他的这番话，因为罗伯特还不值得她去据理反驳。

约翰·达什伍德与妹妹埃莉诺一样，对音乐不感兴趣，因而心思也放在别的事情上。那晚他忽然冒出一个念头，回到家里便说给妻子听，征求她的同意。既然丹尼森太太误以为他两个妹妹在他家做客，那他就应该趁詹宁斯太太在外忙碌这段时间，确实请她们来家里住些日子。花销微乎其微，也不会带来什么不便。况且，他是个很有良心的人，当然会履行他对先父的诺言，而为了彻底问心无愧，他必须好好关照她们。范妮听到丈夫的建议，不禁大吃一惊。

"我真不知道，"她说，"你这样做怎么能不得罪米德尔顿夫人，毕竟她们天天都跟她待在一起呀。不然我也会非常乐意的。你知道，我一直都想尽量关照她们，今晚我不就带她们出去了吗？不过，她们是米德尔顿夫人的座上宾，我怎么能把她们从她身边夺走呢？"

她的丈夫没看出她的反驳有什么说服力，但还是表现得非常谦卑。"她们已经在康迪特街住了一个星期，再到像我们这样的近亲家里住上同样的天数，米德尔顿夫人不会不高兴的。"

范妮停了一会儿，然后又打起精神说：

"亲爱的，要是能做到的话，我一定真心请她们来。不过我刚刚决定，要让两位斯蒂尔小姐来跟我们住几天。她们都是循规蹈矩的好姑娘。她们的舅舅对爱德华那么好，我们也应该款待她们一下。你知道，我们今后哪一年都可以请你妹妹们来，但两位斯蒂尔小姐可能再也不会到伦敦来了。我保证你会喜欢她们的。你知道，你其实已经很喜欢她们了，我母亲也喜欢。何况，哈里又跟她们特别要好！"

达什伍德先生被说服了。他觉得有必要立即邀请两位斯蒂尔小姐，而且当他决定来年再邀请两个妹妹来住上些日子，良心马上得到了安慰。不过，同时他又暗暗怀疑：来年就没有必要邀请她们了，因为到时候，埃莉诺将作为布兰登上校的夫人来伦敦，而玛丽安会成为他们家的座上宾。

范妮为自己能摆脱麻烦而高兴，又为自己的急中生智而自豪。于是第二天一早，她便给露西写信，请她与她姐姐在米德尔顿夫人肯割爱时就到哈利街小住几日。露西当然有理由感到由衷的快乐。达什伍德太太似乎真的在亲自帮她，令她心想事成！对她来说，能有这样的机会同爱德华及其家人住在一起，比任何事情都重要。这样的邀请怎能不让她心满意足！她打心底里感激不尽，也迫不及待地想抓住机会。她们在米德尔顿夫人家做客，原本没有明确的期限，但她现在突然决定过两天就走，仿佛一直都是这样打算的一样。

收到这封信不过十分钟，露西便拿给埃莉诺看。看完后，埃莉诺第一次觉得露西还真有几分成功的希望。露西同达什伍德太太才相识几天，就得到后者非同寻常的厚爱，这似乎表明：达什伍德太太对露西的好意并非完全源自对埃莉诺的敌视；她们二人多相处些时日，露西再耍耍手段，说不定真能得偿所愿。她的甜言蜜语已经征服了傲慢的米德尔顿夫人，打开了约翰·达什伍德太太紧锁的心扉，这些成果昭示着未来更大的成功。

两位斯蒂尔小姐搬去了哈利街，据说她们在那里相当吃得开。消息传到埃莉诺耳里，进一步增强了她对露西好事将近的期待。约翰爵士不止一次去看望斯蒂尔姐妹，回来便说她们是如何大得欢心，任谁听了都会觉得叹服。达什伍德太太这辈子还从未像喜欢她们那样喜欢过其他年轻女子呢。她送给她们俩一人一只外来移民[1]做的针线盒，甚至直呼露西的教名，仿佛再也离不开她们了。

---

1. 为躲避法国大革命而逃到英国的法国人，其中多数都有贵族背景。

Volume 3

Chapter 1

帕尔默太太产后两周，身体已经恢复得很好了。她母亲认为没有必要再把全部时间都用来陪她，每天去探视一两次也就够了，于是结束了这一阶段的照料，回到家中，恢复了先前的习惯。她发现，达什伍德家的两位小姐很乐意继续同她一起生活。

她们重返伯克利街后，大约第三天或第四天的上午，詹宁斯太太去看望帕尔默太太回来，走进客厅时看到埃莉诺独自坐着，便急急忙忙、神气十足地走了进去，像是要告诉埃莉诺什么惊人的消息。埃莉诺刚这么想，詹宁斯太太便证实了她的猜测，开口说道：

"天啊！亲爱的达什伍德小姐！你有没有听到这个消息？"

"没有，太太。什么消息？"

"可奇怪了！但我会全告诉你。我刚才到帕尔默先生家里，发现夏洛特正被孩子弄得焦头烂额。她一口咬定孩子得了重病——他又哭又闹，浑身都是小脓疱。我赶紧看了一下，说：'天啊！亲爱的，这不过是出牙疹罢了！'保姆也这么说。可夏洛特还是不放心，便派人去请多纳文先生。碰巧他刚从哈利街回来，于是马上就赶来了。他一看孩子便说，这只是出牙疹，跟我们说的一模一样，夏洛特这才放心。多纳文先生刚要走，也不知怎么搞的，我脑子里突然闪过一个念头，想问他有没有什么新消息。他呵呵傻笑了两下，然后摆出一本正经的样子，像是知道什么秘密似的。最后，他压低声音说：'您照顾的两位小姐的嫂嫂抱恙，这事儿我怕传到她们耳中会惹她们不快，所以我还是这么说好了：我认为没有理由大惊小怪，希望达什伍德太太会很快好起来。'"

"什么！范妮病了！"

"我当时也是这么说的，亲爱的。'天啊！'我说，'达什伍德太太病了？'接着，全都真相大白了。总之，据我了解，事情是这样的：爱德华·费拉斯先生，就是我常拿来取笑你的那个年轻人——但现在弄清楚了，你们俩根本没什么，这让我很欣慰——这位爱德华·费拉斯先生，似乎已经与我的远亲露西订婚一年多了！亲爱的，你看居然还有这等事！除了南希，别人居然一点都不知道！难道你相信会有这种事？他们俩情投意合，这也没什么奇怪的。但事情竟然发展到私订终身这一步，却没有引起任何人的猜疑！这可真是怪！我从来没碰巧见到他们在一起，不然肯定马上就能猜出来。唉，他们一直严守秘密，生怕费拉斯太太知道。她和你哥嫂都从未有过丝毫怀疑，直到今天上午。可怜的南希，你知道，她本是个好心人，可就是脑子太不够用，一不留神就全抖搂出来了。'天啊！'她在心里自言自语，'她们都那么喜欢露西，肯定不会反对露西的婚事的。'她就是怀着这样的心思去找你嫂嫂的。你嫂嫂正独自一人坐在那儿织毯，压根儿没想到会听到这晴天霹雳——就在五分钟之前，她还在对你哥哥说，想把爱德华同某位爵士的女儿还是什么的撮合起来呢，我记不清是谁了。你可以想象，这对你嫂嫂的虚荣心和自尊心是多么大的打击。她当场就歇斯底里地大喊大叫起来。你哥哥坐在楼下自己的更衣室里，想给他乡下的管家写封信。他听到尖叫，立刻飞奔上楼，然后可怕的一幕上演了，因为这时露西刚好上来，她做梦也想不到发生了什么。可怜的孩子！我真可怜她。我得说，她受到无情的对待。你嫂嫂像泼妇似的破口大骂，不久就把她骂得昏死过去。南希跪在地上痛哭。你哥哥在房里转来转去，不知如何是好。达什伍德太太宣称，她们在她家多待一分钟也不行。你哥哥也被迫跪倒在地，求她允许她们收拾好衣服再走。但你嫂嫂又歇斯底里起来，达什伍德先生吓得赶紧派人去请多纳文先生。多纳文先生发现他家简直闹翻了天。马车已经停在门口，准备送走我那两位可怜的远亲。她们上车的时候，多纳文先生正好下车。他说，可怜的露西连路都走不动。还有南希，情况几乎一样糟。我跟你明说吧，我受不了你嫂嫂。我衷心希望，他们能顶住你嫂嫂的压力，有情人终成眷属。天啊！可怜的爱德华先生要是听说这事，该会多么愤怒啊！自己的心上人竟遭到这般践踏！据说他十分喜欢露西，这是很有可能的。就算他勃然大怒我也不会奇怪！多纳文先生也有同感。这件事他同我谈了很多。最有意思的是，他后来又去了哈利街。因为我远亲一走，他们就派人去叫费拉斯太太，而你嫂嫂觉得，母亲听到消息后肯定也会歇斯底里的，所以要提前让大夫准备好，随叫随到。她也许会吧，我才不关心呢。她们俩我全都不可怜。我算是开眼了，人竟然会为了金钱和地位闹成这样。爱德华先生为什么不能同露西结婚？毫无道理嘛。我想，费拉斯太太肯定有能力确保儿子过得不错。虽说露西本人差不多身无分文，但她比谁都善于精打细算。我敢说，就算费拉斯太太一年只给儿子五百英镑，露西也能把日子过得像有八百英镑的人一样体面。天啊！他们可以舒舒服服地住在你家那种乡舍里—— 或许稍大一点 —— 雇两个女仆、两个男仆。我想我可以帮他们找个女仆，因为我的女仆贝蒂有个妹妹没事干，正好可以上他们家去。"

詹宁斯太太说到这里才住嘴，这给了埃莉诺足够的时间整理思绪，对这个话题做出合乎情理的回应和评论。她很高兴地发现，詹宁斯太太并没怀疑她对此事特别感兴趣。而且，詹宁斯太太也不再认为她还对爱德华依依不舍（这正是她最近常常希望的）。最让她感到高兴的是，因为玛丽安不在场，她觉得自己谈论这件事的时候一点也不尴尬。而且相信，对与此相关的每个人的行为，自己完全可以给出不偏不倚的判断。

她说不准自己究竟期待事情会有怎样的结局，但她总是忍不住会去想，或许最终爱德华和露西不会结婚。说实话，她一直在努力驱走这样的念头。费拉斯太太会怎么说，怎么办，尽管答案是无可置疑的，但她还是迫切地想知道。她更想知道爱德华会怎么办。对于他，她是深感同情的。对于露西，她几乎毫无怜悯，而这一点点怜悯，还是她好不容易从心底唤起的。对于其他有关的人，她则毫不同情。

由于詹宁斯太太没有别的话题好谈，埃莉诺很快认识到，有必要让玛丽安对这种议论做好准备。不能再瞒着她了，必须尽快向她说明真相，而且必须努力让她在听人谈起这件事的时候，不要露出为姐姐担忧、对爱德华不满的神情。

埃莉诺要做一件痛苦的事。她妹妹一直将爱德华对她的忠贞感情视为主要的精神慰藉，而她将剥夺这一慰藉—— 将爱德华的详细情况讲给妹妹听，恐怕会永远破坏妹妹对爱德华的好印象。而且，得知姐姐也感情不顺之后，玛丽安定会觉得自己和姐姐同病相怜，进而再次哀叹自己的不幸。尽管万般不情愿，这件事还是不得不做，于是埃莉诺立刻付诸行动。

她决不想多谈自己的情感，不想表露自己多么痛苦。自从获悉爱德华订婚以来，她一直在克制自己，她想以此暗示玛丽安该怎么做。她的叙述简单明了，尽管不能完全不带感情，但她没有过度激动，也没有纵情悲伤。反倒是听她说话的人情绪失控——玛丽安惊骇地听着，痛哭不止。埃莉诺自己痛苦的时候，反倒成了别人的安慰者，正如别人痛苦的时候她也要去安慰一样。她立即千方百计地安慰妹妹，向妹妹保证说自己的内心十分平静，还一本正经地替爱德华辩解，只说他有些轻率。

但是，玛丽安当下根本不相信姐姐的保证和辩解。在她眼中，爱德华就是威洛比第二。既然埃莉诺承认自己曾真心爱过爱德华，难道姐姐心里会比自己好受！至于露西·斯蒂尔，她认为她一点也不可爱，一个明智的男人根本不可能爱上她。所以，得知爱德华竟然喜欢过那样的女人，她的第一反应是难以置信，紧接着就觉得爱德华简直不可饶恕。她甚至不愿承认那是正常的男欢女爱。埃莉诺只好劝她，人心远比她理解的复杂，玛丽安这才接受了事实。

第一次交谈中，埃莉诺刚说完爱德华同露西已订婚，以及订婚了多长时间，玛丽安便激动地打断她，让她无法有条不紊地讲述下去。一时间，埃莉诺只能去缓解她的痛苦，减轻她的惊慌和怨愤。玛丽安提出的第一个问题引出更多细节。她问："埃莉诺，你多久前知道的？他给你写过信没有？"

"我知道四个月了。露西去年十一月第一次来巴顿庄园时，私下告诉了我。"

听到这话，玛丽安眼中满是惊讶，但嘴上却一个字不说。她愣了片刻，然后大声道："四个月！这事你已知道四个月啦？"

埃莉诺给出肯定的答复。

"什么！我深陷痛苦的时候，你来照料我，这事就已经压在你心头了吧？我还责怪你，说你幸福！"

"当时便告诉你我有多么不幸是不妥当的。"

"四个月！"玛丽安再次喊道，"你却那么镇定！那么乐观！你怎么撑下来的啊？"

"我觉得这是我该做的。既然我向露西做出承诺，就必须保守秘密，所以我不能透露半点风声，这是我应尽的义务。我还要对家人和朋友负责，不让他们担忧，所以也不能把真相告诉大家。"

　　玛丽安似乎深受震撼。

　　"我常常想让你和母亲明白实情，"埃莉诺接着说，"我试过一两次，但除非我违背诺言，否则绝不可能让你们相信。"

　　"四个月！可你还爱他！"

　　"是的。但我不仅爱他一人，还怕引起大家的不安，情愿大家不知道我心里有多难过。现在，无论是想起还是谈起这件事，我都可以做到心平气和。我不想让你们为我难过。我向你保证，我已经没有那么悲痛了。我可以从许多地方寻求安慰。我知道，这次失意绝不是由于我自己的轻率引起的。我一直强忍着痛苦，没有宣扬出去。爱德华并没有犯什么大错。我希望他能非常幸福。我相信他是一个负责到底的男人，虽说现在也许有点悔恨，但他最终一定会幸福的。露西是个明白事理的人，有这个基础，他们将来一切都会好起来的。玛丽安，坚贞不渝的爱情固然令人憧憬，一个人的幸福固然可能完全寄托在另一个人身上，但这并不意味着人人都得这样想，这样做——那是不应该，也不可能的。爱德华会娶露西的。他娶的那个人，容貌和见识都胜过世上半数女人。年深日久、习以为常之后，他会忘记自己曾觉得有另一个女人比她更好。"

　　"如果你是这样思考问题的，"玛丽安说，"如果你在失去最珍贵的东西之后，可以如此轻易地用别的东西加以弥补，那你的坚忍和克制也许就不足为奇了——就更容易让我理解了。"

　　"我明白你的意思。你觉得我并没有多么痛苦。四个月呀，玛丽安，这件事一直压在我心头，又不能向任何人倾诉。我知道，我无法让你们做好半点思想准备，在这种情况下，一旦向你和母亲做出解释，只会给你们造成极大的悲痛。那个人告诉我这件事——她是逼着我听的——正是因为那个人同爱德华订了婚，我所有的希望都被毁掉。我觉得她是带着洋洋得意的神情给我说的。所以我必须打消她对我的怀疑，对我最关心的事情，努力装出漠不关心的样子。这事还不止发生过一次，我得三番五次地听她说自己如何满怀希望，如何欣喜若狂。我知道，我与爱德华永远都不可能在一起了，但却没听到一件事让我想结束同他的关系。没有任何情况证明他不值得我爱，也没有任何情况表明他对我冷漠无情。我不得不一直与他姐姐的冷酷和他母亲的蛮横对抗。这段感情让我饱受折磨，却没有品尝到一丝甜蜜。而且你很清楚，那段时间里，我遭遇的不幸还不止这一件。假如你认为我并非铁石心肠的话，那你现在或许会发现我其实一直都生活在痛苦之中吧。现在我已经能冷静地看待这件事，而且我也愿意自我安慰，这些都是我拼命克制的结果，而不是自然发生的。我起初也没有因此得到宽慰。没有，玛丽安。如果我当时不是必须保持沉默，也许无论什么事情都不可能完全阻止我公开表现自己是何其不幸，即使是我对最爱的亲友所承担的责任也不行。"

玛丽安被彻底说服了。

"噢！埃莉诺，"她喊道，"你简直是要让我痛恨自己一辈子。我对你太残忍了！你一直是我唯一的安慰。我悲痛的时候，你始终在分担我的痛苦。你似乎向来只是在为我难过！难道我就这样感谢你？难道这就是我对你的唯一报答？因为你的优点让我相形见绌，所以我总是竭力视而不见。"

忏悔之后，便是一阵最温柔亲切的拥抱。以玛丽安此刻的心情，埃莉诺无论想要她承诺什么，她都会一口答应。经姐姐要求，玛丽安保证跟他人谈论这件事时决不露出半点怨恨；见到露西时决不显出丝毫越发厌恶的神色；即使偶然见到爱德华本人，也要一如既往地热情。这些都是很大的让步。不过，一旦玛丽安认为自己伤害了别人，只要能弥补过失，叫她做什么她都不觉得过分。

她严守诺言，谨慎得令人惊叹。不管詹宁斯太太在这个问题上说什么，她都面无表情地听着，不提一句反对意见，并且说了三次"是的，太太"。听到詹宁斯太太赞扬露西，她只是从一张椅子挪到另一张椅子上。詹宁斯太太谈到爱德华对露西的深情时，她只是喉头痉挛了一下。看见妹妹能这么快就坚强起来，埃莉诺觉得自己什么事都能扛住。

第二天早晨，他们的哥哥来访，带来进一步的考验。他的脸色十分阴沉，告诉了她们那件可怕的事，还有他太太的情况。

"我想你们都听说了吧，"他刚坐下便一本正经地说，"我们家昨天有了无比惊人的发现。"

她们的神情表明她们都听说了。气氛顿时十分尴尬，没人愿意开口。

"你们的嫂嫂痛苦极了。"他接着说，"费拉斯太太也是如此——总之，家里是一幅混乱悲惨的景象。不过，我希望这场风暴很快就会过去，不会把我们中的任何人压垮。可怜的范妮！她昨天歇斯底里了一整天。但我不想让你们过于惊慌。多纳文说，其实没什么好担忧的。她体质健壮，意志顽强，什么都顶得住。她以天使般的刚毅撑过来了！她说她再也不会相信世上有好人。这也难怪，她被骗惨了啊！她待她们那样好，又那样信任她们，她们却这样忘恩负义！她邀请这两位小姐到家里住，完全是出自善意。她之所以这样做，只是因为她觉得她们值得去关心，而且都是天真无邪、循规蹈矩的姑娘，陪在身边会让自己心情愉悦。否则我们都非常愿意，在你们那位好心的朋友照料女儿期间，邀请你和玛丽安来家里做客。现在可好，我们得到的竟是这样的报答！'我打心眼里希望，'可怜的范妮情深意切地说，'我们当初请的是你们两姐妹，而不是她们。'"

他说到这里便停住，等着妹妹们道谢。听到感谢之后，他才继续说下去。

"可怜的费拉斯太太，她从范妮口中第一次听说这个消息时，简直痛苦得无法形容。她正想着给儿子谋求一桩门当户对的婚事，哪想到他早同别的女人秘密订婚！她万万想不到会出这种事！就算她疑心儿子早有对象，也不可能是那个人。'说真的，对那个人，'她说，'我本以为可以放一万个心。'她痛苦极了。不过，我们一起商量了该怎么办，最后她决定把爱德华叫来。他来是来了，但是说起后来的事情，真叫人难受。费拉斯太太苦口婆心地劝他取消婚约。你们当然猜得到，我和范妮也在一旁帮腔——我晓之以理，范妮动之以情——但这一切都是徒劳。什么责任啊，感情啊，全被他抛诸脑后。我从未想过爱德华会这么固执，这么无情。他母亲对他说明了利害：如果他娶莫顿小姐，他母亲便打算给予他慷慨的资助——她会把诺福克郡的一份田产转给他，那里用不着缴纳土地税，每年足有一千英镑的收入。她甚至还提出，儿子经济状况窘迫的时候，她愿意在一千英镑的基础上再多给两百英镑。相反，如果他依然坚持要同那个低贱的女人结婚，那么婚后必然贫困无依。她明说他自己的两千英镑将是他的全部财产。她永远不要再见到他，绝不会给他一丝一毫的帮助，即便他找到一份有望改善收入的职业，她也要竭尽全力阻止他出人头地。"

玛丽安听到这里，顿时火冒三丈，两手一拍，叫道："天啊！这可能吗？"

"玛丽安，"她哥哥答道，"你当然会奇怪他怎么如此顽固不化。我们怎么劝说他都不听。你大喊大叫也是难免的。"

玛丽安正要反驳，但又想起自己的承诺，只好忍住。

"不过，"约翰继续说道，"我们说了那么多，都是白费力气。虽然爱德华很少吱声，但他说的仅有的几句话都十分坚决。任凭别人怎么劝，他都不肯放弃婚约。他要坚持到底，不惜一切代价。"

"听你这么说，"詹宁斯太太再也忍不住，直率而诚实地嚷道，"他的所作所为倒像个老实人！请恕我直言，达什伍德先生，他如果没这样做的话，我反倒觉得他是流氓。我同你一样，和这件事多少有点关系，因为露西·斯蒂尔是我的远亲。我认为她是世上最好的姑娘，也最应该嫁个好丈夫。"

约翰·达什伍德大吃一惊。但他性情温和，很少发火，从不愿意得罪人，特别是有钱人。所以他心平气和地答道：

"太太，我绝没有不尊重您的哪位亲戚的意思。我敢说，露西·斯蒂尔小姐是一位非常好的姑娘，绝对值得拥有一个好丈夫。但是您知道，目前这种情况下，他们二人的结合是不可能的。同她舅舅照顾的一位年轻人秘密订婚，而这位年轻人又是费拉斯太太这种大富人的儿子，这也许真的有点不寻常。总而言之，我并不想指责您所关心的任何人的行为，詹宁斯太太。我们全都祝她无比幸福。费拉斯太太自始至终的所作所为，是任何一位认真负责的好母亲在相同情况下都会做的。她的举止一向体面大方。爱德华已经盲目地做出选择，我担心他选错了。"

玛丽安同样忧虑地叹了口气。埃莉诺为爱德华心如刀绞——他那么勇敢地面对母亲的威胁，竟然是为了娶一个不会给他带来任何回报的女人。

"那么，先生，"詹宁斯太太说，"这事的结果是什么？"

"说来很遗憾，太太，结果发生了极其不幸的决裂——爱德华被母亲赶走了，永远断绝关系。他昨天离开母亲家，但到哪儿去了，现在是否还在伦敦，我一概不知，因为我们当然不好去打听。"

"可怜的小伙子！他将来怎么办啊？"

"是啊，太太！想起来真叫人伤心。他可是生来就注定锦衣玉食一辈子的啊！我无法想象还有比这更悲惨的遭遇。两千英镑生的利息——一个人怎么能靠这点钱生活！要不是因为他自己傻，不出三个月，他本可以每年享有两千五百英镑的收入，因为莫顿小姐有三万英镑的财产[1]。考虑到这一点，我无法想象还有比这更可怜的境况了。我们都很同情他，因为我们完全没有能力帮助他，就越发同情他了。"

"可怜的小伙子！"詹宁斯太太喊道，"我非常欢迎他来我家吃住。我要是能见到他，就会这么对他说。他现在还不该自费租房子或者住旅馆。"

埃莉诺从心底感谢她如此关心爱德华，但这种关心方式却让她忍俊不禁。

"只要他能像亲友们期望的那样行事，"约翰·达什伍德说，"完全可以过得称心如意，要什么有什么。但事实上，谁也帮不了他的忙。而且还有一件倒霉事等着他呢，比什么都严重—— 他母亲很自然地决定把那份田产立即转给罗伯特。在正常情况下，这份财产原本是爱德华的。今早我离开费拉斯太太时，她正在和律师商量这件事。"

"唉！"詹宁斯太太说，"那是她的报复。每个人都可以自行其是。但我想我不会因为一个儿子惹恼了我，就让另一个儿子富得无须为生计操劳。"

玛丽安立起身，在房间里走来走去。

"眼看着本该属于自己的产业被弟弟捞走，"约翰继续说，"还有什么事比这更可恨的？可怜的爱德华！我真心同情他。"

又感慨了几分钟之后，约翰便打算告辞了。他一再向妹妹们保证，他确信范妮的病没有什么大危险，她们不必过于担忧。说罢便走了，此时此刻，留下的三位女士抱着完全一致的观点，至少对费拉斯太太、达什伍德夫妇和爱德华的所作所为的看法毫无分歧。

---

1. 按照百分之五的普通投资回报率计算，莫顿小姐的三万英镑每年可以有一千五百英镑的收益，外加费拉斯太太答应每年给的一千英镑，总计两千五百英镑。

约翰·达什伍德一离开房间，玛丽安强忍了许久的愤慨就爆发出来。她是那么慷慨激昂，让埃莉诺不可能再矜持下去，詹宁斯太太也没必要继续缄默，于是她们七嘴八舌地将那伙人狠狠地抨击了一顿。

Chapter 2

詹宁斯太太热情赞扬了爱德华的行为，但只有埃莉诺和玛丽安懂得他这样做的真正价值。只有她们知道，实在没什么值得爱德华违抗母命，以至于失去亲友，丢掉财产。他得到的唯一安慰是对得起自己的良心。埃莉诺为他的正直诚实而自豪，玛丽安则同情他受到这么重的惩罚，宽恕了他所有的过失。真相大白之后，姐妹俩虽然恢复了之前无话不谈的亲密关系，但她们独处的时候，谁也不愿再谈这事。埃莉诺原则上尽量避而不谈，但反倒越发难以释怀，因为玛丽安总是激动又武断地认为爱德华仍然钟情于姐姐，而埃莉诺本来是很想打消这种念头的。玛丽安很快也没勇气再谈这个话题，因为每次谈起来，总免不了将埃莉诺的行为同自己的对比，而这会让她对自己愈来愈不满。

玛丽安感到了这种对比带来的压力，但并不像她姐姐期待的那样，令她振作起来。她不断自责，百般痛苦，懊恼以前从没克制过自己。然而，这只带来悔恨的折磨，没有带来改过的希望。她的意志变得如此薄弱，觉得现在要振作起来也是不可能的，便越发消沉下去。

此后的一两天，哈利街和巴特利特大楼都没有传来什么新消息。她们对这件事已经知道了很多，足够詹宁斯太太到处传播消息了，根本无须再去打探，但她还是从一开始就决定尽早去看一下两位远亲，聊表安慰，同时也问问情况。只是这两天家里客人比往常多，使她一时脱不了身。

她们知道这件事详情后的第三天，是一个天气晴朗、阳光明媚的星期日。虽然才到三月的第二个星期，肯辛顿公园却已经游客如织。詹宁斯太太和埃莉诺也置身其中。但玛丽安得知威洛比夫妇又来到伦敦，而她一直都怕碰到他们，所以宁肯待在家里，也不敢前往公共场所。

刚进公园不久，詹宁斯太太的一位老熟人便加入她们。埃莉诺并不介意，因为有这个朋友，詹宁斯太太便可以同她聊个不停，埃莉诺就能安安静静地想自己的心事了。她没见到威洛比夫妇，也没见到爱德华。公园里这么多人，不论是端庄肃穆的，还是轻松愉快的，一时间竟然没有一个人让她提得起兴趣。可是最后，她有点意外地发现斯蒂尔小姐在跟她打招呼。斯蒂尔小姐虽然看上去很腼腆，却表示见到她们十分高兴。詹宁斯太太对斯蒂尔小姐非常客气，后者受到鼓励，暂时离开自己的同伴，来到她们中间。詹宁斯太太当即压低声音对埃莉诺说：

"亲爱的，可要让她一五一十都说出来。只要你问，她什么都会告诉你的。你瞧，我现在还不能丢下克拉克太太。"

幸运的是，詹宁斯太太和埃莉诺的好奇心都被满足了，因为根本不用问，斯蒂尔小姐便什么都说了。要是她不肯说，埃莉诺也不会主动去问的。

"见到你们我真高兴，"斯蒂尔小姐说，一边亲热地挽起埃莉诺的手臂，"我最盼望的事情就是见到你。"然后她压低声音，"我想詹宁斯太太一定都听说了。她生气吗？"

"我想她一点也不生你的气。"

"太好了。那米德尔顿夫人呢，她生气吗？"

"我想她不可能会生气。"

"那可让我太高兴啦。天啊！我当时难受死了！我还从没见过露西生那么大的气。她一开始就赌咒发誓，说这辈子再也不帮我装饰新帽子，也不帮我做别的事情。但她现在已经消气，我们又成了好朋友。瞧，她为我的帽子打了这个蝴蝶结，昨天晚上还装饰了羽毛。哈，你肯定也要嘲笑我啦。可为什么我就不能用粉红缎带呢？我才不在乎这是不是博士中意的颜色。说真的，要不是他碰巧说过，我肯定不会知道那是他最喜欢的颜色。我的表亲们可真把我烦死了！不瞒你们说，在他们面前，我有时候连眼睛往哪里看都不知道。"

她说着说着就转移了话题，埃莉诺搭不上话，因而她很快认定，最好回到原来的话题。

"对了，达什伍德小姐，"斯蒂尔小姐洋洋得意地说，"有人说费拉斯先生宣布自己不要露西了。随他们怎么说吧，反正这不是真的，我可以向你保证。到处散布这种恶毒的流言，真是太可耻了。不管露西自己怎么想，别的人都无权捕风捉影啊。"

"我向你保证，我从没听过关于那件事的流言蜚语。"埃莉诺说。

"噢，你没听说过吗？但我很清楚，确实有人这样说过，而且不止一个人。戈德比小姐就对斯帕克斯小姐说过。凡是有点理智的人，都不会相信费拉斯先生会放弃像莫顿小姐那样拥有三万英镑财产的女子，而去娶露西这样一无所有的人。我可是亲耳听到斯帕克斯小姐说的。还有呢，我表兄理查德就说过，他担心费拉斯先生到了节骨眼儿上会打退堂鼓。爱德华有三天没来找我们，我自己也没有主意。我打心眼儿里相信露西也彻底放弃了。因为我们是星期三离开你哥哥家的，星期四、星期五、星期六，我们整整三天没见到他，也不知道他现在怎么样。露西曾想给他写信，但后来又自尊心作祟，不肯写了。不过，我们今天上午刚从教堂回来，他就来了，这下事情就全清楚了。原来，他星期三被叫到哈利街，他母亲和全家人都跟他谈了话。他当众宣布，只爱露西，非她不娶。他被这些事搞得心烦意乱，离开母亲家就跨上马，跑到乡下的什么地方散心去了。星期四和星期五两天，他都待在一家小旅馆里，好让自己的心情恢复平静。他说他再三考虑，既然自己现在差不多一贫如洗，再与露西保持婚约，似乎对露西太残酷，只能让她跟着吃苦，因为他只有两千英镑，也没有指望取得别的收入。他想过去担任神职，但充其量只能做个助理牧师。他们怎么能靠此生活呢？只要想到露西要陪自己受穷，他就于心不忍。因此他恳求说，只要露西愿意，马上可以解除婚约，让他去自谋生计。这些话我都听得清清楚楚。他之所以提出解除婚约，完全是为露西好，完全为她考虑，绝不是为自己。我可以发誓，他从没说过厌烦露西、想娶莫顿小姐之类的话。不过，露西当然不愿听这些，所以马上对他说——你知道，她说了一大堆情意绵绵的话。哎呀！那些话我可不能复述出来，你知道的——她马上对他说，她压根儿没想过要解除婚约，只要有点微薄的收入，她就能与他一起生活下去。无论他多穷，她都愿意接受。你知道，就是这样的话。所以爱德华特别高兴，然后就开始谈论他们该怎么办。两人决定，爱德华应该立即担任神职，等他正式成为牧师后他们再结婚。我再没听到下面的话，因为这时我表兄在楼下叫我，说理查森太太乘马车到了，要带我们姐妹俩中的一个去肯辛顿公园。所以我不得不进房去打断他们，问露西要不要跟我们一起去。但她不愿意离开爱德华，于是我就跑上楼，套上长筒丝袜，然后就随理查森夫妇走了。"

"我不太明白你刚才说的打断他们是什么意思。"埃莉诺说，"你们全待在一个房间里，不是吗？"

"当然不是！我们没在一个房间里。哎呀！达什伍德小姐，你以为人们当着别人的面会谈情说爱吗？噢，真丢脸！你当然知道那是不可能的。"说到这里,她装模作样地大笑起来,"不,不,他们在客厅里,那些话全是我站在门口听到的。"

"什么?"埃莉诺惊呼,"原来你对我说的这些,都是你在门口偷听到的?很遗憾我之前不知道,否则我绝不会让你把你本人都不应该知道的谈话细节讲给我听。你怎么能对妹妹做出这样不正当的事呢?"

"哎呀!那有什么嘛!我只是站在门口,听到一些能听见的话罢了。我相信,换作是露西,也会这么做的。一两年前,我和玛莎·夏普常常有许多知心话要讲。她总是躲在壁橱里或者壁炉板后面偷听,一点也不顾忌。"

埃莉诺努力转移话题,但斯蒂尔小姐一心惦记着那件事,对别的话题都不能聊上两三分钟。

"爱德华说他不久要去牛津,"她说,"不过他现在寄居在帕玛街的某户人家。他母亲可真是性情乖张,对吧?你兄嫂也够不和善的!不过,当着你的面,我不能说他们的坏话。的确,他们是用自己的马车送我们回家的,这倒是出乎我的意料。我当时都快吓死了,就怕你嫂嫂把头两天送给我们的针线盒要回去。但她根本没提,我就小心翼翼地把针线盒藏了起来。爱德华说他在牛津有点事要办,要去待一段时间。那之后,一有机会碰到主教,他就会请主教授予神职。我真想知道他能得到什么助理牧师的职位。天啊!"她边说边傻笑起来,"我敢用性命打赌,我知道我的表亲们听到后会说什么。他们会告诉我,我应该给博士写封信。博士刚在一个教区当上牧师,大可以帮爱德华找个助理牧师的职位。我知道他们准会这么说,但我当然不会干这种事。'哎呀!'我当即就会说,'我不知道你们怎么会想出这样的事来?要我给博士写信,真的!'"

"好啊,"埃莉诺说,"有备无患嘛。你把怎么回答都想好了。"

斯蒂尔小姐刚要作答,与她同来的那伙人就过来了,她只好换个话题。

"噢，理查森夫妇来了！我还有好多话要跟你说，可又不能离开他们太久。告诉你吧，他们都是上流社会的体面人。理查森先生挣了许多钱，他们有自己的马车。我没有时间同詹宁斯太太说话了，但请你转告她，听说她没有生我们的气，还有米德尔顿夫人也没有生我们的气，我感到十分高兴。万一你和你妹妹有事要离开，她需要有人做伴的话，我相信我们姐妹俩一定非常乐意去陪她。她要我们待多久，我们就待多久。我想，米德尔顿夫人这段时间都不会再叫我们去了。再见。可惜玛丽安小姐没有来，请代我向她问好。哎呀，你真不该穿上这件花点子细布衣服！真搞不懂，你也不怕把这衣服扯破了呀。"

这就是她临别时表达的关心。说完这话，她刚来得及向詹宁斯太太殷勤道别，就被理查森太太叫走了。埃莉诺了解到的这些情况，尽管并不比她早已预见到的多多少，但还是可以供她好好思考一阵子。事情与她推断的一样：爱德华要与露西结婚是确定无疑的，只是结婚时间还遥遥无期。也如她所料，一切都取决于他是否能获得牧师职位，但目前看来，这似乎希望渺茫。

她们一回到马车里，詹宁斯太太就迫不及待地打听起来。但埃莉诺觉得那些消息来路不正，还是尽量少传播为好，所以她只是草草复述了几条简单的消息。她确信，为了在别人眼中不掉价，露西也很愿意让别人知道这些事。埃莉诺只透露了露西和爱德华依然保持着婚约关系的事实，以及他们为达到目的将采取的办法。詹宁斯太太听完后，自然发表了以下评论：

"等他获得牧师职位！是啊，我们都知道最后会是个什么结局。他们会等上一年，发现什么也没等到。助理牧师一年五十英镑的薪资，两千英镑所产生的利息收入，再加上斯蒂尔先生和普拉特先生的一点点接济——他们就得靠这些安家。然后他们每年都会生个孩子！上帝保佑！他们会穷成什么样啊！我得看看能送他们点什么，帮他们布置房子。他们必须雇两个女仆、两个男仆！我那天就是这么说的来着。不，不行，他们必须找一个身强力壮的姑娘，把家务活全包了。这下贝蒂的妹妹绝对是不合适了。"

第二天上午，埃莉诺收到一封同城邮件，是露西亲笔写的，内容如下：

亲爱的达什伍德小姐：

希望你能够原谅我冒昧写来这封信。但我知道你我友谊深厚，在我们最近连遭不幸之后，你一定非常愿意听我好好讲讲我本人和我亲爱的爱德华的情况。所以，我就不用再道歉了，直接往下说吧。谢天谢地！我们虽然饱经苦难，但现在一切都好。我们相亲相爱，并将永远幸福下去。我们经历了重大考验和残酷迫害，但与此同时，我们还是要向许多朋友表达感激，其中当然包括你。我将永远铭记你对我的深情厚谊。我把你帮我的事都告诉爱德华了，他也将感激你一辈子。我相信，你和亲爱的詹宁斯太太将很乐意知道，昨天上午，我和他在一起度过了两个小时的幸福时光。我认为自己有义务为他着想，便诚恳地劝他，谨慎起见，我们还是分手为好。只要他同意，我愿意立刻同他一刀两断，永不来往。但他死活不同意，说我们绝不能分手，只要我爱他，他就不在乎母亲的愤怒。我们的前途确实并不光明，但我们必须等待，必须抱着乐观的期待。他不久就会接受神职，如果你有能力将他推荐给什么人，赐他个牧师职位的话，我想你肯定不会忘了我们的。还有亲爱的詹宁斯太太，我相信她一定会向约翰爵士、帕尔默先生，向所有能帮上我们的朋友美言几句。可怜的安妮干了糊涂事，的确该受到谴责，可她完全是出于一片好心，所以我也没什么好说的。希望詹宁斯太太哪天上午经过此地，能够光临寒舍，那将是对我们的极大恩惠。我的表亲们将十分荣幸能够结识她。信纸快写满了，我只得就此搁笔[1]。你若有机会见到詹宁斯太太、约翰爵士、米德尔顿夫人，以及那几个可爱的小家伙，请代我向他们转达我最感激、最恭敬的问候。还有，请代我向玛丽安小姐问好。

你的露西

三月，于巴特利特大楼

埃莉诺看完信，就把信交给詹宁斯太太，因为她断定这才是写信人的真实意图。詹宁斯太太一边大声朗诵，一边说了许多满意夸赞的话。

"真好！她写得多好啊！是啊，要是爱德华愿意，同他解除婚约也是很恰当的。那才是露西的行事风格呢。可怜的姑娘！我衷心希望能够替他谋到一个牧师职位。你看，她称我为亲爱的詹宁斯太太。她真是世上最善良的姑娘。太棒了，我可是在说大实话！这句话写得好极了。没错，没错，我肯定要去看她的。她考虑得多么周全啊，所有人都考虑到了！亲爱的，谢谢你把信拿给我看。这是我见过的写得最漂亮的一封信。从信上看，露西既聪明又好心。"

---

1. 当时英国信纸很贵，而且邮费是按照信纸的张数计费的，所以人们写信时非常注意节省信纸。

Chapter 3

两位达什伍德小姐已经在伦敦待了两个多月，玛丽安归家的情绪可以说是与日俱增。她渴望乡下的空气、自由和宁静。在她看来，如果说这世上还有一个地方能让她感到无忧无虑，那就是巴顿。埃莉诺同她一样归心似箭，只是不想马上就走，因为她知道归途漫漫，困难重重。但玛丽安却意识不到这一点。不过，埃莉诺已经开始认真思考回家的问题，也将姐妹俩的心愿告诉了和善的女主人。女主人自然好心好意地挽留她们，并提出一个解决方案。埃莉诺觉得，总体而言，这不失为最合理的选择，只是按照这个方案，达什伍德姐妹还得再耽搁几个星期才能回家。帕尔默夫妇三月底要到克利夫兰庄园过复活节，夏洛特热情邀请詹宁斯太太和她这两位朋友一起去。敏感谨慎的达什伍德小姐原本觉得接受这种邀请并不合适。然而，自从得知妹妹的不幸感情经历之后，帕尔默先生对她们的态度就大有转变，这次他又真心诚意地提出邀请，于是她愉快地答应下来。

不过，当她告诉玛丽安这个决定时，玛丽安最初的反应却并不积极。

"克利夫兰庄园！"她激动地嚷开了，"不，我不能去克利夫兰庄园。"

"你忘记了，"埃莉诺温和地劝道，"克利夫兰庄园不在……不靠近……"

"但那也是在萨默塞特郡啊。我不能去萨默塞特郡。我以前曾盼望去那里……不，埃莉诺，你别指望我会去那里。"

埃莉诺不愿争辩，没有跟妹妹说应当克制情感之类的话。她只是试图唤起妹妹别的情感，从而抵消负面情绪。因此她转而劝道，既然妹妹这么想见母亲，那么同帕尔默夫妇一起去克利夫兰庄园，就能把重返母亲身边的时间给定下来，而且比其他回家的办法更可行，也更舒服，或许也耽搁不了多少时间。克利夫兰庄园距离布里斯托尔只有几英里，从那里去巴顿庄园，只有一天的路程，尽管得走整整一天。她们母亲的仆人大可赶到那里接她们回家。她们在克利夫兰庄园顶多住一个星期，这样算来，再过三个星期她们就可以到家了。玛丽安对母亲的感情无比真诚，这当然能轻松打消她对这趟旅行的种种顾虑。

詹宁斯太太对她的客人还远谈不上厌烦，所以非常诚恳地请求她们和她一起从克利夫兰庄园再回伦敦。埃莉诺对她的好意表示感谢，但也表示她们的计划不会再变。她们的母亲立刻同意了这个计划，并为她们的回家做好充分准备。估算出还有多久就能回到巴顿庄园之后，玛丽安总算心里踏实了些。

"唉！上校，我真不知道两位达什伍德小姐回家之后，我们俩该怎么办。"达什伍德姐妹决定要走之后，在布兰登上校第一次上门拜访时，詹宁斯太太便对他说，"她们铁了心要从帕尔默夫妇家回巴顿。我回来之后，我们会变得多孤单凄凉啊！天啊！到时候我们俩就只得对坐着，像两只无精打采的猫一样大眼瞪小眼了。"

也许詹宁斯太太这样着力描绘他们将来的无聊生活，只是为了刺激上校求婚，好让他自己免遭这份罪。如果真是这样，她马上就有充分的理由相信，她的目的达到了。为了替她朋友临摹一幅画作，埃莉诺挪到窗前，想要尽快量好尺寸。这时，上校似乎有意跟过去，同她谈了好几分钟。上校的话对埃莉诺产生的影响，当然没逃过詹宁斯太太的眼睛。虽说她是个体面人，不愿偷听，甚至为了不让自己听见，还特意把位子换到玛丽安正在弹奏的钢琴边上。但她还是忍不住朝那边瞟了一眼，只见埃莉诺脸色陡变，显得异常激动，连手头的活儿也停了下来，专心致志地听着上校的话。在玛丽安弹奏曲子的间隙，上校说的只言片语不可避免地飘进她的耳朵，似乎是在为自己的房子不好而致歉，这就进一步印证了詹宁斯太太的期盼。看来，这件事已经不容置疑。但她还是觉得很奇怪，他为什么非得说这种话呢。她猜这也许只是惯常的客套话罢了。至于埃莉诺回答了什么，她没听清，但从唇形判断，埃莉诺应该是在表示那根本不成问题。詹宁斯太太真心赞赏埃莉诺的诚实坦率。接着他们又谈了几分钟，但她一个字也没听见。幸好玛丽安的琴声这时又停了下来，让她得以听见上校平静的话语：

"恐怕这事一时半会儿还办不成。"

一听到这种没有人情味的话，詹宁斯太太不禁大为震惊，差点喊出声来："天啊，还有什么妨碍他们的？"但她还是强忍住冲动，只是在心里惊呼：

"太奇怪了！他根本没必要再等下去嘛。"

可是，上校那位漂亮的朋友似乎没有因为他的延期要求而感到丝毫恼怒或羞辱。他们很快便结束谈话。两人分手时，詹宁斯太太清清楚楚地听见埃莉诺语气真挚地说道：

"我将永远对你心存感激。"

这句表达感谢的话让詹宁斯太太又高兴起来，只是暗自诧异，上校听到这句话后，居然还能极其平静地离开，甚至都没有答复埃莉诺一句！詹宁斯太太着实没有想到，她这位老朋友求婚时竟然如此漫不经心。

但上校与埃莉诺之间的谈话实际上这样的：

"我听说，"上校满怀同情地说，"你的朋友费拉斯先生受到家人的不公正对待。如果我理解得不错的话，他因为不肯放弃同一位非常可爱的姑娘的婚约，而被家人扫地出门。我没有听错吧？事情真是这样？"

埃莉诺告诉他确实如此。

"把两个长期相爱的年轻人分开，或者企图将他们分开，实在是太残酷无情，蛮横无理了。"他按捺不住激动地说道，"费拉斯太太不知道自己在干什么——不知道会把自己儿子逼到怎样的境地。我曾在哈利街见过费拉斯先生两三次，非常喜欢他这个人。他不是那种很快就能熟络起来的年轻人。但我见过他好几回，真心希望他能幸福。作为你的朋友，我更要祝福他。我听说他打算去当牧师，你可不可以转告他，我今天收到一封信，得知德拉福德教区的牧师职位刚刚空了出来。如果他不嫌弃，那职位就是他的了[1]。不过，既然他目前正处在不幸的境况中，我相信他不会拒绝。我只希望他能多挣点。他拿的是教区长的薪资，但钱不多。我想，已故牧师每年收入不会超过两百英镑。虽然肯定还会提高，但恐怕不足以让他过上非常舒适的生活。尽管如此，我还是十分高兴能推举他接任此职。请你务必让他放心。"

听到这一委托，埃莉诺不禁大为吃惊。就算是上校真的向她求婚，也不会让她更惊讶了。就在两天前，她还认为爱德华没有希望得到牧师职位，现在却突然从天而降，让他有条件结婚了。而世上那么多人，偏偏要让她去告诉爱德华这个消息！她的情绪波动被詹宁斯太太误认为是另一个截然不同的原因所致。尽管这种情绪也掺杂着不那么纯洁、不那么愉快的因素，但她钦佩布兰登上校施与众人的仁慈，也感激他对自己的特殊情谊——正是这两者促使上校伸出援手。她对上校的钦佩和感激不仅在心中激荡，也从口中热情地表达出来。她向上校致以衷心的感谢，并称扬了爱德华的原则和性情。她知道，爱德华完全当得起这样的赞美。她还答应，如果上校确实希望有人代他执行这么一件大受欢迎的任务，那她很乐意接受委托。不过，她仍旧觉得，还是由上校本人去说最好。总而言

---

1. 富裕的地主往往能操控他们所属教区的牧师职位，也就是说，当牧师职位出现空缺的时候，他们能任命某人接替。

之，她不想让爱德华因为欠她这个人情而痛苦，所以她非常希望自己能置身事外。可布兰登上校也是出于同样微妙的原因不愿自己去说，所以他似乎依然非常想让她去转告，她便没有理由再推辞。埃莉诺相信爱德华还在伦敦，而且她碰巧从斯蒂尔小姐那里听说了他的住址，所以她可以当天就将这个消息告诉他。两人议定之后，上校又说，自己能有这么一位令人尊敬又讨人喜欢的邻居，必将大有收获。正是这时，他不无遗憾地提到，那座房子比较小，质量又一般。对于这个问题，埃莉诺一点也不介意，至少并不在乎房子的大小。埃莉诺的这一表示，詹宁斯太太倒是没有猜错。

"房子小这个缺陷，"她说，"我想不会给他们带来任何不便，因为这同他们家的人口和收入正好相符。"

听她这么说，上校很是意外，因为他发现她已经认定，爱德华接受推荐后便会结婚。而上校觉得，德拉福德教区牧师的薪资不高，习惯了爱德华那种生活方式的人，恐怕难以靠这点收入就成家立业。他将这一看法照实告诉了埃莉诺。

"这点牧师薪资只能让费拉斯先生过上舒适的单身汉生活，结婚就不行了。很遗憾，我只能帮到这一步，个人关系也用到头了。不过，如果将来出现意料之外的机会，我能再多帮他一些。只要没彻底改变对他这个人的看法，那我就一定会像现在这样尽心竭力。当然，我现在的这点帮助似乎微不足道，因为这无助于达成他最主要，也是唯一的幸福目标。他的婚事仍然是遥不可及的喜事。至少，恐怕这事一时半会儿还办不成。"

最后这句话造成詹宁斯太太的误解，给她敏感多虑的心灵平添了烦恼。不过，得知布兰登上校同埃莉诺在窗前的真实谈话内容之后，就不难看出，埃莉诺在两人分手时说的那句激动的感谢话是合情合理的，也很妥帖得体，倒真像听到有人向她求婚后的反应。

Chapter 4

"达什伍德小姐，"布兰登上校一走，詹宁斯太太便狡黠地笑着说，"我也不问你上校都跟你说了什么。不瞒你说，我尽量躲到听不见的地方，可难免还是有一两句话飘进了我的耳朵，让我猜出他在干什么。我就实话跟你说吧，我一辈子就没这么高兴过。我衷心祝你快乐。"

"谢谢您，太太，"埃莉诺说，"这确实是一件让我十分快乐的事。我感受到了布兰登上校的盛情厚意。愿意像他这样做的人确实不多，像他这样富有同情心的人更是凤毛麟角！我平生从未如此吃惊过！"

"天啊！亲爱的，你也太谦虚了。我一点也不觉得这有什么好吃惊的。我近来常想，这事儿迟早会发生的。"

"您知道上校心地仁慈，所以才会做此判断。但您至少预见不到，机会竟然来得这么快！"

"机会！"詹宁斯太太重复道，"噢，这个嘛，只要男人下定决心做这件事，就总是会很快找到机会的。噢，亲爱的，我要再三祝你快乐。如果世上真有美满的夫妻，我想我很快就知道该去哪里找啦。"

"我想，您是要跟着去德拉福德找啦。"埃莉诺微微一笑。

"嗯，亲爱的，我正是这个意思。至于说房子不好，我不明白上校是什么意思，因为那是我见过的最好的房子。"

"他说房子年久失修了。"

"噢，那能怪谁？他为什么不修？他自己不修谁修？"

仆人进来打断了她们的对话，传报说马车已停在门口。詹宁斯太太一边立刻准备出发，一边说：

"好啦，亲爱的，我的话还没讲完一半就要走了。不过，到晚上我们可以从头再谈，那时就没人打扰我们了。我不会叫你跟我一起出去的。我敢说，你现在满脑子都想着那件事，才没心思陪我呢。何况，你一定急着要去告诉妹妹吧。"

在她们开始谈话之前，玛丽安就离开了房间。

"当然，太太，我是要告诉玛丽安的。但现在我还不打算给别人说。"

"噢，好吧，"詹宁斯太太回答时非常失望，"这么说，你不让我告诉露西啦。我本来还想着今天跑一趟霍尔本区呢。"

"是的，太太，请连露西也不要告诉。推迟一天没什么关系。在我写信给费拉斯先生之前，我想还是不要向任何人提起这件事为好。我马上就去写信。重要的是不能耽误他的时间，因为他要接受神职，当然有很多事情要做。"

这番话让詹宁斯太太大惑不解。为什么要急着给费拉斯先生写信，她一时没想通。但思索片刻后，她明白过来，不禁乐了，于是大声说道：

"噢！我明白你的意思了。那件事就得费拉斯先生来做。这对他再好不过了。是呀，他当然要准备接受神职啦。我真高兴，事情已经进展到这个程度了。但是亲爱的，你来写这封信是不是不大合适？难道不该由上校亲自来写？没错，要他写才对嘛。"

埃莉诺不大明白詹宁斯太太开头说的那几句话，但她觉得没必要追问，所以只是回答了最后这个问题。

"布兰登上校是心思非常细腻的人。他不愿自己去向费拉斯先生说明自己的打算，宁愿别人代他转述。"

"所以只好由你去说啦。哎哟，这种细腻的心思还真古怪！不过，我就不打扰你了。"看到她准备写信，詹宁斯太太又说，"你们自己的事，你们自己最清楚怎么办。再见了，亲爱的。自从夏洛特生孩子以来，我还没听到过如此让我开心的事呢。"

说完她便走了，但没一会儿又折回来。

"亲爱的，我刚想起贝蒂的妹妹，我很高兴能给她找一个这么好的女主人。不过，我也说不准她能不能当一位太太的贴身侍女。她是个出色的女仆，做得一手好针线活儿。不过，这种事还是等你空下来再考虑吧。"

"当然，太太。"埃莉诺答道。其实，詹宁斯太太的话她并没有听进去多少。她一心想着能一个人静静，才不要被当成女主人去谈论女仆的问题呢。

现在她全心全意思考的，是这封写给爱德华的信该如何开头，自己该如何表达。他们之间曾有过特殊关系，对别人来说轻而易举的事，她办起来反而困难重重。她既害怕说多了，又担心说少了，只能握笔坐在那里，对着信纸冥思苦想，直到爱德华本人进来，才打断了她的思路。

爱德华是来送告别卡的，在门口碰到正要上车的詹宁斯太太。她道歉说自己不便回屋，但敦促他务必上去，因为达什伍德小姐就在楼上，有非常特别的事情要同他讲。

埃莉诺刚才发呆迷茫时还在庆幸，不管在信中表达自己有多么困难，总胜过当面告诉对方。但她的客人偏偏在这时来访，让她不得不去做这世上最大的难事。爱德华的突然现身叫她大惊失色，不知所措。自从爱德华订婚的消息公开之后，也就是说，自从他知道埃莉诺听说过这件事之后，埃莉诺就再也没见过他。这种情况，再加上埃莉诺先前一直犹豫不决，此刻又不得不将那件事告诉爱德华——这些因素凑在一起，让埃莉诺好一阵子都很不舒服。爱德华同样非常苦恼。他们一起坐下来，看样子接下来的谈话氛围会异常尴尬。爱德华记不清自己进屋时有没有请埃莉诺原谅自己的贸然闯入，不过保险起见，坐定之后，他一有机会说话便正式道了歉。

"詹宁斯太太告诉我，"他说，"你想同我谈谈，至少我认为她是这个意思，否则我也不会这样来打扰你。不过，如果不见见你和你妹妹就离开伦敦，我一定会万分遗憾的。尤其是，我很可能会离开一段时间——大概一时半会儿都见不到你们了。我明天要去牛津。"

"但是，"埃莉诺恢复了镇静，决定尽快完成那项可怕的任务，于是说道，"即便我们不能当面向你表达临别祝福，你也不至于不愿接受我们的祝福就走吧。詹宁斯太太说得一点不错，我有件重要的事要告诉你，刚才我正打算给你写信呢。我受人委托，要办一件令人非常愉快的事。"说到这里，她的呼吸变得急促起来，"布兰登上校十分钟前还在这里，他要我转告你，他知道你打算去做牧师，所以非常乐意向你推荐刚刚空缺出来的德拉福德教区牧师的职位，只是薪资不算理想。请允许我祝贺你有一位如此可敬又明智的朋友。我和他都希望这份薪资能更优厚——目前只有大约一年两百英镑——以便使你更有能力，不仅解决自己的临时食宿问题，还可以……总之，要是能帮你实现成家立业的愿望就好了。"

爱德华此时心里是什么滋味，他自己都说不出来，别人就更不可能替他说出来了。他满脸震惊。听到这样一个做梦都想不到的消息，当然会让他露出这样的表情。但他只说出五个字：

"布兰登上校！"

"没错。"最难堪的时刻已经过去，埃莉诺变得更加坚定，接着说道，"布兰登上校这样做，是为了表示他对最近发生的事情的关心——你家人的无理行径将你置于痛苦的境地——当然，玛丽安和我，还有你所有的朋友，都同他一样关心你。另一方面，他的这一举动也表明，他高度尊敬你的人格，尤其赞许你现在的所作所为。"

"布兰登上校给了我一个牧师职位！这可能吗？"

"你家里人对你无情无义，才让你对在别处得到的友谊如此惊讶。"

"不是这样。"爱德华突然醒悟过来，答道，"我并不会惊讶于你的友谊。因为我知道，这一切都是多亏了你，多亏你对我的好意。我对你充满感激——要是做得到的话，我一定用语言充分表达出来——但你知道，我这个人嘴太笨。"

"你完全弄错了。说实话，这事完全归功于——至少绝大部分归功于——你自己的美德，以及布兰登上校对你这种美德的赏识。我根本没有做什么。在获悉他的打算之前，我甚至都不知道这个职位空了出来。我也从未想到，他有能力为你安排这个职位。作为我和我一家人的朋友，他也许会——我知道他肯定会——十分乐意将这个职位赠送给你。不过，我向你保证，我从未求他帮你，所以你不用谢我。"

事实迫使埃莉诺承认，自己多少还是发挥了一些作用。不过，她非常不愿意以爱德华的恩人自居，所以承认起来犹犹豫豫。或许这一表现加深了爱德华最近形成的一种怀疑。埃莉诺说完之后，他坐在那里沉思了一会儿。最后，他仿佛费了好大的劲儿才终于张开口，说道：

"布兰登上校似乎是个品德高尚、值得尊敬的人。我总听人这样评价他。而且我还知道，你哥哥非常尊重他。他无疑是通情达理之人，绅士风度十足。"

"没错。"埃莉诺回答道，"我相信，对他有进一步了解之后，你就会发现他正是你听说的那种人。考虑到你们即将成为近邻——我听说牧师寓所就紧挨着他的府邸——他就该是这样人，这是极其重要的。"

爱德华没答话。但当埃莉诺扭过头去，他趁机看了她一眼，眼神是那样严肃，那样热诚，那样忧郁，仿佛在说，他真希望以后牧师寓所离上校府邸越远越好。

"我想，布兰登上校是住在圣詹姆斯街吧？"过了一会儿他说道，一边从椅子上站起身。

埃莉诺告诉他门牌号码。

"我必须走了。既然你不让我谢你，我只好去向上校表达感激。我要告诉他，他已让我成为一个非常——一个无比幸福的人。"

埃莉诺没再留他。他们分手时，埃莉诺真诚地表示，不管他的处境发生怎样的变化，她都会永远祝他幸福。爱德华也很想表达同样的祝福，却无力说出来。

"等我再见到他的时候，"门在爱德华身后关上时，埃莉诺自言自语道，"他就是露西的丈夫了。"

怀着这种愉快的期待，她坐下来重新思考刚才发生的事，回忆说过的话，努力理解爱德华的所有感受。当然，她也带着不满反思了自己的言行。

詹宁斯太太见了些从未见过的人，回到家中本该大谈特谈一番，但由于一心惦记着她掌握的那个重大秘密，别的事都顾不上了，一见到埃莉诺，她就重提起那个话题。

"对了，亲爱的，"她嚷道，"我叫那小伙子上来找你了。我没做错吧？我想你没遇到多大困难吧。你没觉得他很不乐意接受你的提议吧？"

"没有，太太。那倒不会。"

"好吧，那他多久能准备好？事情似乎全得靠他了。"

"说真的，"埃莉诺说，"我不懂这种事该怎么办，说不准要用多长时间，要做哪些必要的准备。不过，我想两三个月应该就能完成神职受任的事吧。"

"两三个月！"詹宁斯太太惊呼，"天啊！亲爱的，你说起来还真冷静呀。难道上校还能等两三个月不成！上帝保佑！反正我肯定是等不下去的！虽说我们大家都很乐意帮助可怜的费拉斯先生，但我觉得为他再等上两三个月真的不值啊。肯定可以找到别的什么人，照样能做事——找个已经有神职的人。"

"我亲爱的太太，"埃莉诺说，"您都在想什么呀？要知道，布兰登上校唯一的目的就是想帮帮费拉斯先生啊。"

"上帝保佑你，亲爱的！你总不至于要我相信，上校娶你就是为了给费拉斯先生十个几尼吧！"

此话一出，双方的误会才终于结束。两人立即解释一番，都没觉得有什么扫兴的，反而相当开心。对詹宁斯太太来说，先前是为上校和埃莉诺高兴，现在只是换作为爱德华和露西高兴。何况，上校和埃莉诺的喜事依然有戏。

"没错，没错，牧师寓所确实很小，"一开始的惊喜过后，她说，"很可能是年久失修了。我当时还以为他在为自己那座房子道歉呢。就我所知，那房子光是底层的客厅就有五间，而且我记得他家的女管家还说过，房子里放得下十五张床！当时我就奇怪他为什么要道歉，何况还是对你道歉，你可是住惯了巴顿乡舍的人啊！真是太可笑了。但话说回来，亲爱的，我们还得提醒上校，在露西嫁过去之前把牧师寓所修缮一下，让他们住得舒服一些。"

"但布兰登上校似乎认为牧师薪资太低，不够让他们结婚的。"

"上校是个傻瓜，亲爱的。他自己每年有两千英镑的收入，就认为没这么多收入的人无法结婚。记住我的话，只要我还活着，就要在米迦勒节之前去拜访德拉福德的牧师寓所。当然，要是露西不在那里，我是不会去的。"

埃莉诺同詹宁斯太太的想法一样：爱德华和露西很可能不会再等下去了。

Chapter 5

爱德华先是赶去布兰登上校那里致谢，然后欢天喜地地跑去找露西。赶到巴特利特大楼时，他早已乐开了花。等第二天詹宁斯太太来祝贺时，露西对她说，自己还从未见到爱德华这般兴高采烈过。

至少露西自己肯定是非常幸福、非常兴奋的。她同詹宁斯太太一样，非常热情地盼望着大家能在米迦勒节前在德拉福德的牧师寓所欢聚一堂。她知道爱德华会高度称赞埃莉诺，所以主动代表他们二人热情洋溢、满怀感激地赞扬了他们同埃莉诺的友谊，当即承认埃莉诺对他们恩重如山，还公开宣称，无论达什伍德小姐现在或是将来怎样尽心竭力地帮助他们，她都不会感到惊讶，因为她相信，达什伍德小姐对其真正重视的人是什么忙都肯帮的。至于布兰登上校，她不仅要把他当成圣人来崇拜，还殷切期盼在所有俗世生活中，他也能像圣人一样乐善好施——期盼他向教会多多缴纳什一税[1]。她还暗下决心，等自己住到德拉福德后，要尽可能利用他的仆人、马车、奶牛和家禽。

还是一个多星期前，约翰·达什伍德拜访过伯克利街。这之后，除了口头询问过一次，大家再也没有理会他妻子的病情，埃莉诺开始觉得有必要去探望探望。不过，履行这项义务不仅有违她自己的本心，而且也没得到同伴们的鼓励。玛丽安不仅自己坚决不去，还拼命劝阻姐姐也不要去。詹宁斯太太虽然允许埃莉诺随时使用自己的马车，但她实在太厌恶约翰·达什伍德太太，尽管她很想看看爱德华的秘密订婚曝光之后他姐姐是什么反应，虽然她很想帮爱德华在他姐姐面前打抱不平，但她无论如何也不想再同这个人打交道了。

---

1. 向教会缴纳的农作物、牲畜等税，其税率约为年产值的十分之一。

结果埃莉诺只好独自出发，做这次没有人比她更不情愿去做的拜访，而且还要冒着与嫂嫂单独会面的危险。其实，与她相比，妹妹和詹宁斯太太都没有那么多理由去憎恶那个女人。

仆人传报说，达什伍德太太不在家。但马车还没有在房前掉头，达什伍德先生就碰巧出来了。他表示见到埃莉诺非常高兴，还说他正准备去伯克利街拜访，范妮见到她一定会十分开心，便邀请她快进屋。

他们走上楼，进入客厅。里面没有人。

"我想范妮在她自己房间里，"他说，"我这就去叫她，我想她绝不会不愿见你。绝不会，真的。尤其是现在，那是不可能的。不过，我们一向很喜欢你和玛丽安。玛丽安怎么没来？"

埃莉诺随便为妹妹找了个借口。

"只见到你一个人也挺好的，"他回应道，"因为我有许多话要对你说。布兰登上校的那个牧师职位——难道是真的？他真的赠给爱德华了？我是昨天偶然听说的，正想专程找你打听一下。"

"千真万确。布兰登上校把德拉福德教区牧师的职位给了爱德华。"

"真的！啊，这可太让人吃惊了！他们又不是亲戚！一点关系都没有！而且现在牧师职位的要价可不低呀！这职位每年能赚多少？"

"大约每年二百英镑。"

"很不错啊。将这种收入的牧师职位卖给后任——假定前任牧师年老多病，位子很快就会空缺出来——我敢说，上校可以赚一千四百英镑。他为什么不在前任牧师去世前就把这笔买卖敲定呢？现在卖确实太迟了。布兰登上校可是那么精明的人啊！我不明白，在这么普通平常的一件事上，他怎么会这么没有远见！不过，我相信几乎每个人的性格中都有许多矛盾的地方。细想起来，我觉得情况很可能是这样：爱德华仅仅是暂时担任这个职务，那个从上校手中真正买走职位的人到了年纪就会来上任。嗯，嗯，就是这么回事，信我的没错。"

埃莉诺断然否认了这种说法。她说，受布兰登上校所托、负责将此事转告给爱德华的就是她本人，所以她当然知道这份馈赠是无条件的。她哥哥不得不尊重她的权威意见。

"太惊人了！"听完妹妹的话，他嚷道，"上校这么做，到底是出于什么原因？"

"非常简单，就是想帮费拉斯先生。"

"好吧，好吧，不管布兰登上校怎样，爱德华都算是撞了大运了！但你别跟范妮提这件事。虽然我已经告诉过她，她听了也很平静，但她还是不喜欢听这事被人说来说去。"

埃莉诺原本想说，她认为范妮听到弟弟获得这一笔财富，是可以表现得泰然自若的，因为范妮和她的孩子绝不会因此而陷入贫困。费了好一番力气埃莉诺才把这话咽进肚子。

"费拉斯太太现在还不知道这件事，"他压低声音接着说，让人觉得这是个非常重要的话题，"我想最好能完全瞒着她，能瞒多久就瞒多久。我担心等他们一结婚，她就什么都知道了。"

"但为什么要这么小心啊？就算知道儿子有足够的钱维持生活，费拉斯太太应该也不会感到丝毫满意——谁都认为这不可能。鉴于她最近对儿子的所作所为，谁会觉得她在乎儿子的死活？她已经同爱德华断绝关系，永远地抛弃了他，还让所有她能左右的人都抛弃了他。在她做出这样的事情之后，你当然不能想象她还会为爱德华感到悲伤或快乐。爱德华遇到的任何事情都不可能引起她的兴趣。她不是个多愁善感的人，既然连孩子过得好不好都不管，哪里还会有当母亲的焦虑！"

"啊！埃莉诺，"约翰说，"你说得很对，但那是建立在不懂人类天性的基础上的啊。等到爱德华缔结这桩不幸的婚姻时，我保证他母亲会像从来没有抛弃过他一样难过。因此，凡是能促成那种可怕结局的事，最好都尽量瞒着她。费拉斯太太绝不会忘记爱德华是她的儿子。"

"你这话真让人意外。我反倒觉得，她现在差不多把爱德华忘得一干二净了。"

"你太冤枉她了。费拉斯太太可以说是世上最慈爱的母亲之一。"

埃莉诺无言以对。

沉默了一会儿，达什伍德先生接着说："我们现在正在考虑，让罗伯特娶莫顿小姐。"

听哥哥用这样严肃、肯定、自负的口气说话，埃莉诺不禁一笑，平静地答道：

"我想，那位小姐在这件事上没有什么偏好吧。"

"偏好！你这是什么意思？"

"我只是觉得，照你的说法，不管是嫁给爱德华还是嫁给罗伯特，对莫顿小姐来说都是一样的。"

"当然没有什么区别。罗伯特实际上要被母亲当成长子了。至于其他方面嘛，他们两兄弟都是非常讨人喜欢的年轻男子，我看不出谁比谁强。"

埃莉诺没再多说，约翰也沉默了一阵子，最后说出这样的想法：

"有一件事，我亲爱的妹妹，"他温柔地握住妹妹的手，郑重地低声说，"我可以明确告诉你，我也愿意告诉你，因为我知道这一定会让你很高兴。我有充分的理由认为—— 我真的是从最可靠的人那里得来的消息，不然我也不会向你复述。如果消息来源不可靠，说什么都是大错特错。但我的消息来源确实是可靠的。我没有亲耳听到费拉斯太太自己这样说，但她的女儿听到了，我就是从范妮那里听说的。总而言之，爱德华与你—— 你明白我的意思，如果爱德华要娶的人是你，尽管也会遭到种种反对，但同眼前这门亲事相比，还是令人满意得多，费拉斯太太也远不会像现在这样生气。听说费拉斯太太有这样的看法，我很高兴。你知道，这样一来，我们大家都会非常满意。'现在这个自然同那丫头没得比。'她说，'两害相权取其轻，那丫头就是轻的。我现在宁可选那丫头呢。'但这一切都不可能了——想也别想，提也别提。说到你们曾有的感情，你知道——那绝不可能——已经全成过眼云烟。但我还是想告诉你，因为我知道这一定会让你感到非常高兴。倒不是说你有什么可后悔的，我亲爱的埃莉诺。你无疑过得相当不错——总体上说，简直同样理想，甚至更加理想。布兰登上校最近总跟你在一起吗？"

埃莉诺真是听够了，这些话没有满足她的虚荣，也没有激起她的自负，反而搞得她精神紧张，心事重重。所以，见到罗伯特·费拉斯先生进来，她开心极了，因为这样她就不用回答哥哥，也不用再听他继续扯个没完。闲谈一阵子之后，约翰·达什伍德想起范妮还不知道妹妹已经来了，便走出客厅去找她。埃莉诺和罗伯特单独留下来，也就对他有了进一步的了解。他生活放荡，却博得母亲异常不公的偏爱和厚待；他哥哥为人正直，却被赶出家门，从此生活无着。他寻欢作乐、无忧无虑的模样，逍遥自在、自命不凡的派头，让埃莉诺加深了对他的反感，认定他只是个头脑空空、胸无大志的公子哥。

他们在一起刚刚待了两分钟，他就谈起爱德华。因为他也听说了那个牧师职位的事，很想打听一番。埃莉诺把事情原原本本地又讲了一遍，就像刚才告诉约翰的那样。罗伯特的反应与约翰大不相同，却同样令人咋舌。他放肆地大笑起来。一想到爱德华要当牧师，住在一座狭小的牧师寓所里，他就乐不可支。再想象爱德华穿上白色法衣念祈祷文，公布约翰·史密斯和玛丽·布朗[1]即将结婚的

---

1. 约翰·史密斯和玛丽·布朗是当时英国十分常见的名字，这里代指平民百姓。

消息，他就更觉得滑稽透顶。

埃莉诺沉默不语，一动不动地板着脸，等待他结束这种愚蠢的举动，同时又忍不住用极度轻蔑的眼神注视着他。但她将这种眼神拿捏得恰到好处，既发泄了自己的情绪，又让对方浑然不觉。罗伯特慢慢停止嬉笑，恢复了理智，但这是因为他自觉没趣，而不是因为受到指责。

"我们可以把这当成个笑话。"他终于止住笑声，说道。其实这并没有什么好笑的，他不过是要装模作样多笑一阵子罢了。"但是，老实说，这是一件非常严肃的事情！可怜的爱德华！他被永远毁了。我感到万分难过，因为我知道他是个心地很好的人。论善良，他比世上任何人都不差。达什伍德小姐，你可不能根据你同他的泛泛之交便对他妄下结论。可怜的爱德华！他的言谈举止确实不太讨人喜欢。不过，你知道，我们不是生来就具备相同的能力和谈吐风度的。可怜的家伙！看到他同一群陌生人待在一起，真够可怜的！不过说句良心话，我相信他跟我们这个王国里的任何人一样好心。我向你保证，这事曝光的时候，我这辈子就没那么震惊过。简直叫我无法相信。是我母亲告诉我的，我觉得她是想让我果断采取行动，于是我当即对她说：'亲爱的母亲，我不知道你眼下会怎么办，但就我个人来说，我必须承认，倘若爱德华真娶了那个年轻女人，我永远都不想再见他了。'这就是我脱口而出的话。我真是非同寻常地惊讶。可怜的爱德华！他完全把自己毁了！让自己永远被排除在上流社会之外！但是，正如我当时立刻跟母亲说的那样，我对此一点也不觉得意外。考虑到他所受的教育方式，注定是要出这种事的。我可怜的母亲差不多快疯了。"

"你见过那位小姐吗？"

"是的，见过一次。那时她还住在这里。我刚好来访，待了十分钟，把她好好打量了一番。只不过是个粗野的乡下丫头，既没风度，又不优雅，很难说有什么姿色。我清清楚楚记得她的样子。我觉得，就是她那种姑娘才能俘获可怜的爱德华。我母亲把事情跟我一说，我就主动提出要跟他好好谈谈，劝他放弃这门婚事。但我发现为时已晚，再做什么都来不及了。可惜我一开始不在家，直到爱德华和家里闹翻，才知道这件事。而那个时候我已经没办法插手。但如果我早知道几个小时，说不定还能想出个对策。我肯定会直言不讳地对他指明利害。'我的好兄弟，'我会说，'想想你在干什么吧。你要结的这门婚事太丢人了，全家人都不赞同。'总之，我忍不住会想，事情本来是有余地的。但现在一切都太晚了。你知道，他肯定要挨饿。这一点是毋庸置疑的，绝对会挨饿。"

他刚镇定自若地表达了自己的观点，约翰·达什伍德太太就走了进来，他不得不中断话题。虽然她没有对外人谈过这件事，但埃莉诺还是看得出来，这件事给她的精神造成极大的影响——她进来时神色有点慌乱，后来又努力要对埃莉诺表现得热情些。得知埃莉诺和玛丽安就快离开伦敦时，她甚至还表达了关切之情，弄得就像自己想常常见到她们似的。她这番惺惺作态的表白，在陪她一起进屋、在旁入神倾听的丈夫耳中，仿佛字字句句都饱含感情，优美动听。

Chapter 6

埃莉诺后来又短暂拜访了哈利街一次。她哥哥对她表达祝贺，因为她们可以搭便车前往离巴顿那么近的地方。而且，布兰登上校过一两天也要跟着去克利夫兰庄园。这次访问之后，他们兄妹在伦敦的交往便结束了。范妮淡淡地说，无论什么时候，只要她们顺道，随时欢迎到诺兰庄园做客。这当然是不可能的。约翰则更为热情，但表达得比较含蓄。他向埃莉诺保证说，他将很快就去德拉福德看她。可以预见，将来他们若在乡下见面，无外乎就是这两种情形。

埃莉诺发现，她所有的朋友似乎都决心把她送到德拉福德去，这不禁让她觉得好笑。那里现在正好是她最不愿拜访、最不愿居住的地方。她的哥哥和詹宁斯太太认为那就是她未来的家，就连露西与她分手时，也一再请求她到德拉福德之后去探望自己。

四月初的一天，天色尚早，汉诺威广场和伯克利街的两家人分别从家中出发，约好在路上碰头。为了方便夏洛特母子，女眷们计划在路上走两天多。帕尔默先生和布兰登上校走得更快些，能在女眷们到克利夫兰不久后就赶到。

虽说玛丽安在伦敦没过几天舒心日子，早就盼望着回家，可现在真要离开了，她却不能不满怀悲痛地同这座房子告别。就是在这座房子里，她曾最后一次对威洛比抱以希望和信任，而现在这一切都永远破灭了。离开这个地方，她不由得潸然泪下，因为威洛比还留在这里，忙着赶赴新约会，展开新计划，但这一切都与她无关了。

离别时，埃莉诺的喜悦却是实实在在的。她没有什么值得留恋的东西，也没有抛下什么不愿分离的人，因此也感觉不到丝毫遗憾。她反倒很高兴自己能够摆脱露西的友谊带来的困扰，很感激自己能带妹妹离开这个地方，让威洛比自结婚后就再也见不到妹妹。她期待着返回巴顿，去过几个月平静的生活，一方面能够让玛丽安的心神恢复安宁，另一方面也可以让自己更加平静。

一路上她们都走得很顺利，第二天便进入萨默塞特郡。玛丽安曾对那里充满憧憬，后来又将那里视为禁区。第三天上午，她们抵达克利夫兰庄园。

克利夫兰庄园的宅邸是一座非常宽敞的现代建筑，位于一片斜坡草坪上。没有花园，但娱乐场还算宽阔。与别的同样高雅的地方一样，这里也有开阔的灌木丛和视野受限的林间小径。一条平坦的石子路蜿蜒着绕过一片种植园，一直延伸到前门。草坪上点缀着几棵树。冷杉、花楸、刺槐组成一道厚密的屏障，守护着大宅本身。几棵高大的钻天杨散布其中，把下房遮盖得严严实实。

玛丽安走进宅子，心中激动不已，因为她知道这里离巴顿只有八十英里，离库姆大厦则不到三十英里。进屋待了不到五分钟，她就趁大家忙着帮夏洛特把孩子抱给女管家看的时候，独自离开，悄悄穿过秀色方露的曲折灌木丛，朝远处的山丘走去。她从那上面的希腊式神庙极目远眺，目光越过一大片原野，朝东南方投去，最后温柔地落在最远处的地平线上。她想，站在那里的山脊上，或许就能看见库姆大厦。

她终于来到克利夫兰，在这个宝贵的、堪称无价的时刻，她不禁悲喜交加，泪水夺眶而出。她从另外一条道绕回宅子，享受着逍遥自在的乡下生活——可以奢侈地独自闲逛，想走到哪儿就走到哪儿。她决定，在帕尔默家逗留的这段日子，每天每时都要沉浸在这样的独自漫步中。

她回来时，正好赶上大家准备出门去附近散步，于是她又跟大家一同出来。一行人来到菜园，一边观赏墙上的花朵，一边倾听园丁抱怨病虫害。接着她们来到暖房，由于没有小心覆盖起来，夏洛特最心爱的花草全被持续的霜冻冻死了，逗得她哈哈大笑起来。然后去参观她的家禽饲养场，喂家禽的女工有些失望，说老母鸡不是不肯在窝里下蛋，就是被狐狸叼了去，一窝本来很有希望的小鸡一下子都死了，这些又成了夏洛特的新笑料。就这样，上午剩余的时间很快就被消磨光。

上午的天气晴朗干燥，玛丽安在决定自己的户外计划时，并没有想过在克利夫兰逗留期间天气会骤变。晚饭后下起连绵大雨，让她后来再也没能出过门，真是万万没有料到。她原本指望黄昏时分到希腊式神殿去散散步，也许还能到处走走逛逛。如果天气仅仅只是有些寒冷潮湿，那自然是阻止不了她，但如此连绵大雨，就算是她也无法认为这是干燥宜人、适合散步的好天气。

庄园上的人也不多，日子就这样静悄悄地溜走了。帕尔默太太照顾孩子，詹宁斯太太织地毯。她们谈论留在伦敦的朋友，设想米德尔顿夫人的各种应酬，猜测帕尔默先生和布兰登上校当晚是否已经过了里丁[1]。埃莉诺虽然并不关心这些事情，但还是会同她们谈论。玛丽安则很快就拿到一本书，因为无论是在谁家里，她都有本事找到连主人也一般不会去的书房。

帕尔默太太总是客客气气，高高兴兴的，达什伍德姐妹一点都不觉得自己不受欢迎。帕尔默太太不够沉着、优雅，往往显得非常失礼，但她的坦率和热忱弥补了这方面的不足。她和蔼亲切，再加上那副漂亮的面孔，让她分外迷人。虽然她的愚蠢很明显，但还不至于招人厌恶，因为她并不傲慢。除了她的笑声，其他方面埃莉诺都觉得可以接受。

第二天，两位先生终于到了，正好赶上一顿很迟的晚餐。屋里人多了，大家都很开心。他们带来新的谈资，氛围一下子活跃起来，这正是大家求之不得的。因为大雨一直没停，整个上午都在下，大家原本没有什么谈话的兴致。

埃莉诺以前很少见到帕尔默先生。根据仅有的几次见面，她觉得帕尔默先生对她和她妹妹的态度实在变幻莫测，所以拿不准他在自己家里会如何表现。但她发现，他对所有客人都彬彬有礼，只是偶尔对妻子和岳母有些粗鲁。埃莉诺发现，他完全可以与人融洽相处，现在之所以常常做不到这一点，只是因为他过分自负，觉得自己比一般

---

1. 伦敦西部一城市，距伦敦约四十英里。

人厉害许多，就像他认定自己比詹宁斯太太和夏洛特都高明一样。若从个性和习惯等方面考量，埃莉诺觉得，他跟同年龄段的男人也没什么与众不同。他对饮食十分讲究，作息缺乏规律；他很爱自己的孩子，却要装出不在乎的样子；上午的时间本该做些正经事，却全被他用来打台球。不过，总体上来说，埃莉诺对他的看法还是比预料中好得多，但这份好感也仅有这么多了，对此她毫无愧疚。看着这位先生如此贪图享乐、自私自利又骄傲自满，再想到爱德华的慷慨、简朴还有谦和，埃莉诺不禁得意起来，对此她也毫不惭愧。

布兰登上校最近去了一趟多塞特郡，埃莉诺从上校那儿听说了爱德华的消息，至少是听说了他的部分情况。在布兰登上校看来，埃莉诺既是费拉斯先生的无私朋友，也是自己的知心好友，于是便跟她谈起了德拉福德牧师寓所方方面面的情况，指出那座房子的种种不足，还谈起自己打算怎样修缮。上校在这件事情上，还有别的许多事情上对她的态度，在分别区区十天后再与她见面时明显流露出的喜悦，还有随时愿意同她交谈、尊重她意见的那种样子，都证明詹宁斯太太关于布兰登上校钟情于埃莉诺的猜测相当有道理。要不是埃莉诺从一开始就知道上校真正倾心的人是玛丽安，或许连她自己也会产生同样的怀疑。其实，她从来没动过这样的念头，除非詹宁斯太太提起。她不禁觉得，与詹宁斯太太比起来，还是自己观察得更细致入微：她注意的是上校的眼神，而詹宁斯太太看到的只是他的行为。当玛丽安觉得头晕喉咙痛，有重感冒迹象时，布兰登上校只流露出焦虑关心的神情，而没有在语言上表达出来，所以詹宁斯太太根本就没有觉察到。但埃莉诺却从上校的眼中看出了情人才有的火热情感和无谓惊慌。

来到这里的第三天和第四天傍晚，玛丽安都出门愉快地散了步。她不仅在灌木丛中的干燥碎石路上漫步，而且走遍了大宅周边，特别是最偏远的角落。那里比其他地方更荒凉，树木也是最古老的，草也是最高、最潮湿的。更冒失的是，她还穿着打湿了的鞋袜坐在那里。这一切终于使她患上重感冒。生病的头一两天，她根本不以为意，甚至不承认自己生病，后来病情越来越重，引起大家的关心，她自己才不得不重视起来。四面八方的药方像雪片般飞来，但她一如既往地统统谢绝了。虽然脑袋昏沉，发着烧，四肢酸痛，又是咳嗽，又是喉咙痛，但她觉得，只要好好休息一晚，应该就能彻底复原。她上床的时候，埃莉诺费了老大的劲儿才说服她服下一两种最普通的药。

Chapter 7

第二天早上，玛丽安照惯常的时间起床，不管谁来问，她都说自己好些了。为了证明这一点，她忙着去做平时会做的事情。但是这一整天，她不是瑟瑟发抖地坐在火炉跟前，手里捧着本书读不下去，就是无精打采地躺在沙发上。从这些情况看，她的病可没怎么好转。后来，她越来越不舒服，早早上床睡觉去了。这时，布兰登上校觉得很惊讶，妹妹病成这样，埃莉诺这个当姐姐的居然还能镇静自若。其实，埃莉诺已经不顾妹妹的反对，整天都在陪伴、照顾她，夜里还逼她吃了点合适的药品。不过在心里，埃莉诺跟玛丽安一样，都觉得睡眠肯定有效，所以并没有真的惊慌。

但这天晚上玛丽安一直在发烧，翻来覆去睡不着，姐妹俩的期望都落了空。玛丽安硬撑着要起床，却又承认自己坐不住，主动躺回去。埃莉诺立即采纳詹宁斯太太的建议，派人去请帕尔默夫妇的药剂师来。

药剂师来了，诊察了病人，他虽然一边鼓励达什伍德小姐，说她妹妹用不了几天就会恢复健康，一边却又宣称她的病有斑疹伤寒的倾向，嘴里还漏出"传染"两个字。帕尔默太太当即被吓一跳，很为自己的孩子担心。对玛丽安的病，詹宁斯太太从一开始就比埃莉诺看得严重，现在听到哈里斯先生的诊断，脸色立马凝重起来。她认为夏洛特的恐惧和谨慎是有道理的，催女儿马上带着孩子离开。帕尔默先生虽然认为她们纯粹在瞎操心，但妻子那副忧心忡忡、胡搅蛮缠的样子，实在让他吃不消，便决定让她离开。于是，哈里斯先生来了之后不到一个小时，夏洛特就带着小家伙与保姆出发了，打算到帕尔默先生的一位近亲家去，那里位于巴斯另一侧几英里处。经她一再恳求，她丈夫终于答应一两天后就去那里与她做伴。她还几乎同样热切地恳求母亲去那里陪她。但詹宁斯太太却宣称，只要玛丽安还病着，她就决不离开克利夫兰；既然是自己把玛丽安从她母亲身边带走的，那自己就要代替她母亲全心全意照料她。詹宁斯太太的这番好意让埃莉诺真的很爱她。埃莉诺发现，詹宁斯太太随时都会主动积极地帮助别人，渴望分担埃莉诺的辛劳，而且她看护病人比较有经验，常常能发挥很大的作用。

可怜的玛丽安被这场病折磨得无精打采，心情低落，总觉得自己浑身都不舒服，再也不能指望第二天便可康复。一想到第二天的计划被这倒霉的病给完全毁了，她似乎又病重了几分。因为她们本来是打算第二天启程回家的，一路由詹宁斯太太的一个仆人陪伴，第三天上午就能给母亲一个惊喜。尽管埃莉诺努力让玛丽安打起精神，让她相信耽搁的时日会非常短暂——埃莉诺自己当时也确实是这么认为的——但玛丽安还是几乎没说话，仅有的几次开口，都是在悲叹这无法避免的耽搁。

第二天，玛丽安的病情变化不大，或者也可以说没有任何变化。好转肯定谈不上，但也谈不上恶化。家里的人更少了，因为帕尔默先生尽管很不情愿离开——一方面是出自真正的仁爱温厚，另一方面也是不想让自己看上去像被妻子吓走的——最后还是被布兰登上校说服，准备履行陪伴妻子的诺言。他准备离开的时候，布兰登上校也开始说自己得走，但这话他费了九牛二虎之力才讲出口。这时，好心的詹宁斯太太又插了嘴，令埃莉诺非常满意。詹宁斯太太认为，上校的心上人正在为妹妹焦虑不安，这时把他放走，岂不是要叫他们俩都不得安宁？所以她马上对上校说，她需要他留在克利夫兰，因为晚上达什伍德小姐上楼陪妹妹时，她想让他同自己打皮克牌[1]云云。詹宁斯太太极力挽留，上校只装模作样推托了一下就答应了，因为留下来正是他愿意的。尤其值得一提的是，詹宁斯太太的恳求得到帕尔默先生的强烈支持。他似乎觉得，自己走后留下布兰登上校，能在紧急情况下帮达什伍德小姐的忙，替她出主意，自己也就放心了。

这一切安排当然都是瞒着玛丽安的。她现在还不知道，克利夫兰的主人们回到家才大约七天，便又相继离家而去，而这都拜她所赐。她见不到帕尔默太太也并不奇怪。这事她毫不在意，连夫人的名字都没提起过。

帕尔默先生走了两天，玛丽安的病情仍旧不见好转。哈里斯先生每天都来看她，依然是信誓旦旦地说她很快就会康复。达什伍德小姐也满怀期待，但其他人却没这么乐观。詹宁斯太太早在玛丽安得病之初就断定她这关没那么容易过。布兰登上校心境不佳，听了詹宁斯太太的可怕预言，完全抵抗不住，也跟着丧气起来。他努力说服自己不用忧虑，因为医生诊断玛丽安没事，自己却在那里担惊受怕很荒唐。但他每天都要独处很久，忧思重重，总是无法打消再也见不到玛丽安的念头。

---

1. 一种两人玩的纸牌游戏。

不过，到了第三天早晨，两人的悲观预感差点烟消云散。因为哈里斯先生来看过后，宣布病人的情况大为好转。她的脉搏跳动得有力多了，所有症状都比他上次来的时候好。埃莉诺见自己的乐观期待全实现了，不禁大为开心。她庆幸自己在写给母亲的信里一直坚持自己的看法，没有接受她朋友的判断，对导致她们滞留克利夫兰的那点小病，她只是轻描淡写地说了两句。她几乎确定了玛丽安可以动身回家的时间。

但这一天结束时，却远不像开始时那么吉利。接近傍晚时，玛丽安又发起病来，比以前更沉重，更躁动。不过，埃莉诺仍然很乐观，认为这种变化，只不过是在给玛丽安铺床时让她坐起来，受了点累的缘故。她细心照顾妹妹服用了医生开的镇静剂，满意地看着妹妹终于睡下，期望睡眠会对她大有裨益。玛丽安睡得虽然没有埃莉诺期盼的那样安稳，但还是睡了相当久。埃莉诺急于亲自看到效果，便决定寸步不离地守在妹妹床前。詹宁斯太太尚不知玛丽安病情有变，便早早地上床睡觉了。而她的女仆，同时也是一个主要的看护，正在女管家房里消闲解闷，只有埃莉诺一个人守着玛丽安。

玛丽安睡得越来越不安稳。她姐姐聚精会神地观察着她，只见她不停地辗转反侧，嘴里不时发出含糊不清的呓语，几乎要将她从痛苦的睡眠中唤醒。不料玛丽安突然被屋里的什么声响惊醒，噌地坐起来，狂热兴奋地大喊道：

"妈妈来了吗？"

"还没有，"埃莉诺回答道，竭力掩饰自己的恐惧，扶着玛丽安重新躺下，"不过，我想她很快就会到。你知道，这里离巴顿还有好长一段路呢。"

"她千万不能从伦敦绕道过来啊！"玛丽安还是那样急迫地大嚷着，"要是她去了伦敦，只怕我再也见不到她了。"

埃莉诺震惊地意识到，妹妹已经有点神志不清了。她一边尽量安抚妹妹，一边急忙去摸她的脉搏，发现脉搏竟比以前更弱更急促。玛丽安仍在发狂似的念着妈妈，埃莉诺立刻慌了神，决定马上叫人把哈里斯先生请来，同时派人去巴顿把母亲接来。下定决心后，她当即想到找布兰登上校商量怎样才能最快地接母亲过来。她拉铃叫来仆人替她照看妹妹，然后匆忙跑到楼下客厅。她知道，即使是在比现在晚得多的时候，她多半也能在客厅找到上校。

事不宜迟。她立即向他说明自己的忧虑和困难。对于她的忧虑，上校没有勇气和信心替她解除，只是沮丧地默默听着，但她的困难却马上解决了，因为上校自告奋勇地要当信使，并将达什伍德太太接过来。那爽快劲儿似乎说明，他早已做好准备，就等着埃莉诺开口呢。埃莉诺起先不同意，但没坚持多久便答应了。她简短却又热诚地向上校道谢。上校打发仆人马上去请哈里斯先生，并火速租好驿马。与此同时，埃莉诺给母亲写了封短信。

在这样危急的时刻，能有布兰登上校这样一位朋友，有这样一个人陪母亲同来，埃莉诺一颗悬着的心总算放了下来——她是多么感激他啊！他的判断能破除母亲的迷茫，他的照顾能缓和母亲的忧虑，他的友谊能减轻母亲的痛苦！如果说这次突然的召唤带给母亲的震惊能得到缓解，那缓解这震惊的就是布兰登上校的出现、他的态度，还有他的帮助。

另一方面，不管心中有何感想，上校行动起来都沉着冷静，踏实稳重。他迅速而有效地进行每一项必要的准备工作，精确计算回来的时间，一分一秒也不耽搁，好让埃莉诺心中有数。驿马甚至不到约定时间就牵来了，布兰登上校临走时只是神色严肃地握了握埃莉诺的手，低声说了几个她也没听清的字，便匆匆上了马车。这时已是十二点左右，埃莉诺又赶回到妹妹房里，一边等候医生，一边彻夜看护妹妹。这一晚，姐妹俩都痛苦不堪。玛丽安被病痛折磨得难以入睡，一直在胡言乱语；埃莉诺则又担忧又焦急。一个小时又一个小时过去，哈里斯先生依然不见踪影。先前埃莉诺对妹妹的康复充满信心，现在却忧从中来，令她备受煎熬。她不愿叫醒詹宁斯太太，便让那女仆陪她熬夜，可后者却反复暗示女主人一贯的想法，反倒增添了埃莉诺的烦恼。

玛丽安仍然不时就语无伦次地叫一两声母亲。每当她喊到母亲时，可怜的埃莉诺心里就像被刀扎了一下似的。她责备自己，妹妹病了那么多天，她却始终未予重视，还妄想马上会好，但现在，她觉得所有康复的希望也许都会化为泡影，因为一切都拖得太久了。她想象着饱经苦难的母亲到得太迟，见不上宝贝女儿最后一面，或者说见不到清醒状态下的女儿了。

埃莉诺刚要打发人再去请哈里斯先生——或者，如果他来不了，就去请别的医生——哈里斯先生就到了。但那时已经过了五点。好在他的意见稍稍弥补了他的耽搁：他承认病人的病情发生了令人大感意外的可怕变化，却认为这并不凶险。他满怀信心地谈到，用一种新的疗法可以令病情好转。这份信心多多少少也传给了埃莉诺。哈里斯先生答应过三四个小时再来看看。他走的时候，病人和焦虑地看护病人的埃莉诺都比他到来时镇定了些。

第二天早上，詹宁斯太太一边忧心忡忡地听埃莉诺讲述夜里的情形，一边责备她们不该不叫醒她来帮忙。她先前的忧虑现在得到了进一步证实，玛丽安的结局显然已经确定无疑了。虽然她尽量安慰了埃莉诺，但对玛丽安病情的绝望让她也说不出能带给埃莉诺希望的话。她的心情十分悲痛。玛丽安还这么年轻，长得又这样可爱，竟然马上就要香消玉殒。即便是不太相关的人见了，也难免心碎。何况玛丽安身上还有别的原因让詹宁斯太太尤为怜悯。她在詹宁斯太太身边陪伴了三个月，现在依然受詹宁斯太太照顾，而且谁都知道，她受到极大的伤害，一直郁郁寡欢。同时，詹宁斯太太太还眼看着自己最宠爱的埃莉诺饱受煎熬。至于两位小姐的母亲，詹宁斯太太意识到，玛丽安之于达什伍德太太，大致相当于夏洛特之于她自己，不禁对母亲的痛苦感同身受。

哈里斯先生第二次来得倒十分准时。他本以为上次开的药方能产生些效果，但这下却大失所望。他的药并没起作用，高烧没有退下去，玛丽安只是更安静了——这相当反常——处于重度昏迷之中。埃莉诺立刻看出哈里斯先生的担心，以及担心背后的深层含义，于是便建议另请大夫来看。但他认为并没这个必要，因为他还有别的新药可以试试。他相信这药一定有效，就跟他相信前一种药方有效一样。最后他又说了一通保证没事的话鼓励埃莉诺，可对于这些保证，达什伍德小姐只是听听，心里再也无法相信。她表现得相当冷静，除了想到母亲的时候。但实际上，她内心已濒临绝望。直到中午，她都处在这样的情绪里，守在妹妹床边，几乎一动不动。她的脑海里浮现出一张张悲哀的面孔，一个个伤心的亲友。詹宁斯太太的话使她的情绪跌落到谷底。这位太太毫不犹豫地将玛丽安这次剧烈又危急的发病，归结于失恋所引发的历时数周的身体不适。埃莉诺承认她说得很有道理，回顾过去时又平添了新的痛苦。

不过，等到正午时分，埃莉诺便开始想象，也由衷希望，她能在妹妹的脉搏中发现一丝好转的迹象，但她非常小心，生怕失望，甚至对她的朋友都缄口不言。她等待着，观察着，一次又一次地把脉。以前她将所有的痛苦都埋在心底，现在却再也难掩内心的激动，于是大着胆子将自己的希望讲了出来。詹宁斯太太虽然被逼着摸了摸脉，承认暂时确有好转，却极力劝她这位年轻的朋友不要奢望这种现象会持续下去。埃莉诺仔细考虑了妹妹未必会康复的理由，警告自己不可盲目乐观。但为时已晚，她心中已经点燃希望。她分明感到那希望的火苗在焦灼地跳跃，于是俯身观察妹妹，但自己也不知道在观察什么。半个小时过去了，她欣喜地发现，那可喜的征候依然还在，甚至同时出现了别的表现，进一步证明妹妹确实在好转。从她的呼吸、皮肤和嘴唇上，她都欣喜地看到了好转的希望。玛丽安凝视姐姐的眼神虽然无精打采，但却露出理智的光芒。此时此刻，希望与忧虑同时压在埃莉诺心头，让她片刻也不得安宁，直到四点钟哈里斯先生到来。检查过后，哈里斯先生向埃莉诺言之凿凿地说，她妹妹的病情正在好转，而且好转的速度如此之快，简直出乎意料，这实在可喜可贺。听到这些话，埃莉诺才真正相信自己的判断，一直悬着的心总算落地，不由得涌出喜悦的泪水。

玛丽安各方面都大大好转，哈里斯先生宣布她已经完全脱离危险。玛丽安病情恶化时，大家都陷入惊慌，但也部分证明了詹宁斯太太的预言。或许正是因为这一点，詹宁斯太太才肯相信哈里斯先生的判断，承认玛丽安有可能完全康复。她的喜悦是发自内心的，不一会儿大家都看出了她有多么欢快。

但埃莉诺却不能那样欢快。她的喜悦是另一种形式的，没有笑逐颜开，手舞足蹈。一想到妹妹脱离了生命危险，恢复了健康，可以回到朋友中间，重返宠爱她的母亲的怀抱，她心中就充满无尽的欣慰与真诚的感激。不过，她的喜悦之情丝毫都没有表露出来，嘴里没说，脸上也没有笑。但埃莉诺的胸中满满的都是称心如意，这感情无声无息，却又无比强烈。

整个下午，她一直守在妹妹身边。妹妹精神虚弱，惊魂未定。埃莉诺竭力安抚妹妹，回答她的问题，满足她的需求，密切注视妹妹的每一个眼神、每一次呼吸。当然，妹妹的病情可能会反复，有时想到这里，她就又品尝到焦灼的滋味。不过，经过多次仔细检查，她认为所有的症状都表明，妹妹在持续康复中。等到傍晚六点，她看着妹妹安安静静、平平稳稳地沉入了梦乡，显得十分安适，这才彻底打消心中的疑虑。

布兰登上校预计回来的时间越来越近了。母亲在赶来的路上必定是提心吊胆，但埃莉诺相信，等到十点钟，或者顶多再晚一点，母亲就能长舒一口气了。上校肯定也一样！他八成也是个饱受煎熬的可怜人儿！噢！时间过得多慢啊，他们现在还不知道玛丽安已经转危为安了呢！

七点钟的时候，埃莉诺离开正在熟睡的玛丽安，去客厅和詹宁斯太太一起用茶点。她因为担忧过度，早餐一口未吃；又因为突然转悲为喜，晚餐也没吃多少。现在，她总算可以心满意足地好好享受茶点了，所以觉得特别可口。用完茶点，詹宁斯太太原想劝埃莉诺在母亲到来之前休息一下，由她替埃莉诺守候玛丽安。可埃莉诺此时毫无倦意，压根儿就睡不着。除非万不得已，她一刻也不肯离开妹妹。于是，詹宁斯太太陪她上楼，进入病人房间，看到一切正常，也觉得很满意，便让她留在那里边照料妹妹边想心事，自己则回房写信，然后睡觉。

这天夜里非常寒冷，暴风雨大作。屋外狂风怒吼，雨滴拍得窗户啪啪作响。但埃莉诺满心喜悦，对恶劣的天气毫不在意。尽管风狂雨大，玛丽安却酣然沉睡。而赶路的人尽管当下还在艰难跋涉，却有一份丰厚的报偿在等着他们。

钟敲了八下。如果敲的是十下，埃莉诺就能断定她会听到马车驶向大宅来的声音。尽管按路程来算，赶路的人几乎不可能现在就到，但她非常确信自己听到的就是马车声，于是她走进隔壁的小化妆室，打开一扇百叶窗，想看个究竟。她当即发现，自己果然没有听错。窗一打开，马车闪烁的车灯便跃入眼帘。透过摇曳不定的灯光，她看出那是一辆四匹马拉的车。这表明她那可怜的母亲是多么惊恐，同时也解释了为什么他们来得如此之快[1]。

埃莉诺这辈子还从未像当时那样心潮起伏，难以平静。她知道马车停到门口时母亲会是怎样的心情：疑虑——恐惧——也许还有

---

1. 当时英国长途旅行用的马车一般是两匹马拉的，四匹马拉的马车更贵，但也更快。

绝望！她也知道自己要说什么！一想到这一切，她的心情简直无法平静。现在唯一要做的就是快，所以她一等可以将妹妹交给詹宁斯太太的女仆照料，就迅速跑下楼。

穿过一道内廊的时候，她听见门厅传来忙碌的声音，知道来人已经进屋。她朝客厅奔去，进入房间，不料见到来人竟是威洛比。

Chapter 8

一见到他，埃莉诺顿时惊慌得倒退了几步，脑子里冒出的第一个念头就是转身离开。她的手已经摸到门锁上，但整个人又僵住了，因为威洛比急忙走上前来，用与其说是哀求，不如说是命令的语气说：

"达什伍德小姐，我请你留一下——只要半个小时——十分钟。"

"不，先生，"埃莉诺断然答道，"我不想留下。你不会是来找我的。我想仆人忘了告诉你，帕尔默先生不在家。"

"就算他们告诉我，"威洛比激动得叫嚷起来，"帕尔默先生和他家人都下了地狱，我也不会走的。我就是来找你的，只找你一个人。"

"找我！"埃莉诺万分惊愕，"好吧，先生——快说吧——如果可以的话，别那么激动。"

"坐下吧。你说的这两点我都能做到。"

埃莉诺犹豫不决，不知所措。她忽然想到，说不定布兰登上校会在这里撞见威洛比。不过，她已经答应了他，就得言而有信，何况她也产生了好奇。她考虑片刻，觉得谨慎起见，还是让他快快说完为妙。而要他快快说完，最好的办法就是顺从他的意思。于是她默默走到桌边坐下，威洛比则坐到对面的椅子上。整整半分钟，两人都没有开口。

"请快说吧，先生，"埃莉诺不耐烦地说，"我没有闲工夫。"

威洛比坐在那儿像在沉思，似乎没有听见她的话。

过了一会儿，他突然说道："我从仆人那里听说，你妹妹已经脱离危险了。感谢上帝！可这是真的吗？是千真万确吗？"

埃莉诺不肯说话。威洛比更加急切地追问道：

"看在上帝的份上，告诉我她脱离危险了没有？"

"我们希望如此。"

威洛比站起身，走到房间的另一头。

"如果我半个小时以前就知道这些情况该多好。可是，既然我已经来了，"他又回到座位上，装出一副快活的样子说道，"晚点知道又有什么关系？达什伍德小姐，就让我们快乐地相处这一次吧——或许是最后一次了。我现在心情很好。老实告诉我，"他的脸唰地更红了，"你认为我是个骗子，还是个傻瓜？"

埃莉诺用无比讶异的眼神看着他。她开始觉得他一定喝醉了，否则很难解释他这次奇怪的来访和奇怪的举止。有了这样的想法，她立即站起身来说：

"威洛比先生，我劝你现在还是回库姆去吧。我没空再跟你待在一起。不管你找我有什么事，最好还是等明天再说，因为那时你会想得更周全，解释得更清楚。"

"我明白你的意思。"威洛比露出意味深长的笑容，用十分平静的语气说，"没错，我喝得酩酊大醉。我在莫尔伯勒吃了点冷牛肉，喝了一品脱黑啤酒，就醉倒了。"

"在莫尔伯勒[1]！"埃莉诺叫道，越发搞不懂他要干什么。

"是啊——我今天早晨八点从伦敦出发。那之后，我离开马车的时间只有十分钟。我就是趁这个时间在莫尔伯勒吃了顿点心。"

威洛比说话时神情稳重，目光炯炯。埃莉诺觉得，不管他到克利夫兰还抱有什么不可宽恕的愚蠢动机，他都肯定不是因为喝醉了酒才来的。埃莉诺思考片刻，接着说道：

"威洛比先生，你应该明白，而我当然是明白的——在发生了所有这些事情之后，你像现在这样来到这里，硬要找我谈话，那一定有非常特殊的原因。你到底是什么意思？"

"我的意思是，"威洛比说得掷地有声，"尽可能让你不要像现在这样恨我。我想为过去我的所作所为做点解释，表示点歉意；我想把我的整个心都剖开给你看，希望让你相信，尽管我一直都是个白痴，但我并非总是混蛋；我想得到玛——得到你妹妹的原谅。"

"这是你来这里的真实原因？"

"我发誓就是这样。"威洛比答道，那热情的样子使埃莉诺想起过去的威洛比。她不由自主地认为他是诚恳的。

"如果你要的只是这个，那你已经如愿以偿了。因为玛丽安宽恕了你——她早就宽恕了你。"

"真的？"威洛比用依旧急迫的语气喊道，"那她就是过早宽恕了我。但她会再次宽恕我的，而且理由更加充分。现在，你肯听我说了吗？"

埃莉诺点头同意。

两人之间出现短暂的沉默。埃莉诺在期待威洛比开口，威洛比则在思索。片刻过后，他说道："我不知道你是怎么看待我对你妹妹

---

1. 莫尔伯勒距克利夫兰庄园以东差不多五十英里，按照当时的交通条件，中午在莫尔伯勒吃饭，晚上八点便来到克利夫兰庄园几乎是不可能的。

的所作所为的，也不知道你认为我抱着何种邪恶的动机。也许你不大会瞧得起我了，但我还是要把整件事的来龙去脉全都告诉你——这值得一试。最初与你们一家人相熟之后，我对我们的关系并没有别的企图或目的，只是想让自己不得不待在德文郡的那段日子过得愉快些——比以往在德文郡的时候更愉快。你妹妹的相貌那么可爱，举止那么迷人，让我不由得不喜欢。而她对我的态度，几乎从一开始就有点——现在回想起当时的情况，回想起她那副样子，我简直惊诧自己为何会麻木不仁到那般地步！但我必须承认，她对我的态度起初只是助长了我的虚荣心。我没有考虑过她的幸福，只想要自己快活，就放纵自己继续去享受我一向沉溺其中的那种感情，于是我用尽一切办法，努力讨她欢心，却从没想过如何回报她的深情。"

听到这里，达什伍德小姐向他投去极其愤怒而鄙夷的目光，打断了他的话头，说道：

"威洛比先生，你没必要再说下去了，我也没必要再听。你用这样的话开场，再讲下去也不会有任何意义。别让我再听到你谈那件事，那只会增加痛苦。"

"我一定要让你听完。"威洛比答道，"一直以来，我的财产都不多，可我大手大脚惯了，总是爱与比自己收入多的人交往。成年以后，甚至从尚未成年的时候开始，我便债台高筑。虽然我的老表亲史密斯太太一去世，我就能从账务泥潭中脱身，但那又说不准是什么时候，也许还早得很呢，所以我早就想娶个有钱的女人，改善自己的经济状况。所以让我娶你妹妹是不可想象的。我就是这样，一边努力博取她的深情，一边从不考虑如何回报。这种卑鄙、自私、残忍的行为，不管别人用多么愤慨、多么鄙夷的目光来谴责我，甚至达什伍德小姐你这样看我，都不会过分。不过，我要说明一下，尽管我自私自利，爱慕虚荣，可恶透顶，但我并不知道我会给别人造成多大的伤害，因为我当时根本不懂什么是爱情。可我后来懂了吗？这很值得怀疑。因为如果我真的爱她，我会为了追求虚荣或财富而牺牲感情吗？还是说，我会牺牲她的感情？但我却这样做了。我一心只想避免陷入贫困，但事实上，有了她的爱情和陪伴，穷根本就不可怕。如今我虽然有了一大笔钱，但却失去了贫穷可以带给我的所有幸福。"

"照你这么说，"埃莉诺的语气稍微温和了一些，"你确实认为你曾经爱过她。"

"她那样的美貌，那样的柔情，世上有谁抵挡得住！没错，我发现自己不知不觉真的爱上了她。我这一生中最幸福的时光，就是同她一起度过的那些日子。我觉得自己的意图是高尚的，感情是清白的。那个时候，尽管我已下定决心向她求婚，但我不愿意在捉襟见肘的经济条件下同她订婚，于是我将求婚的日子一拖再拖，这样做是极不妥当的。我犹犹豫豫地不愿做出荣誉攸关的婚约承诺，在这件事上，我不想为自己辩护，也不想停下来让你数落我多么荒唐——简直荒唐透顶。这件事已经表明，我是个自作聪明的蠢货，一直在小心翼翼地等待机会，让自己变成一个永远可鄙、可怜的家伙。不过，我最后还是打定主意，决心一有机会与她单独相会，就向她表明我的殷勤从来都是真心实意的，向她坦承我过去尽力表达的感情是千真万确的。但就在这个时候，就在再过几个小时就能同她私下交谈的时候，却出了一件事，一件非常倒霉的事，摧毁了我的决心，也埋葬了我安乐的生活——我的事败露了。"说到这里，他有些犹豫，不禁垂下了头。"史密斯太太不知道怎么听说了我的一桩丑事，听说了我同一个女人有瓜葛。应该是我的一个远房亲戚告发的吧，那人从自己的利益出发，想让史密斯太太嫌弃我——我不需要再解释这件事了吧？"他面孔涨得通红，拿探询的目光望着埃莉诺，"你和布兰登上校的关系特别亲密——这个故事你大概早就听说了吧……"

"是的。"埃莉诺答道，脸色同样变得通红，但她又下了狠心，决定不再怜悯他。"我全都听说了。坦白说，在那桩可怕的丑事中，我认为你没有半点理由可以为自己开脱罪责。"

"别忘了，"威洛比嚷道，"你是听谁讲述这件事的。会不会有失公平？我承认，那个女孩的处境和名声应该受到我的尊重。我无意替自己辩解，但我也不能由着你认定我已无话可说。因为她受到了损害，所以就无可指责了？因为我是浪子，所以她就是圣人？如果她那强烈的感情，还有贫乏的理智——我倒不是有意为自己开脱。她对我的深情厚谊，本该得到更好的回报。而我也常常带着深深的自责，回忆起她对我的柔情蜜意。一时间，我也对她产生了一丝感情。我希望——我打心底里希望，当初要是没有发生那件事就好了。那件事不仅伤害了她，而且也伤害了另一个人。此人对我的一片深情——我可以这样说吗？——完全不亚于她，而此人的心灵——噢，真是高尚无比！"

"然而，你对那个不幸姑娘没有动真心——我很不愿意谈论这件事，但我必须得说——你对她没有动真心，并不能成为你残忍抛弃她的借口。别以为她有许多缺点，天生缺乏理智，你就可以明目张胆地残害她。你应该知道，你在德文郡纵情享乐、追求新欢、终日快活的时候，她却穷困潦倒，生活艰难。"

"我发誓我不知情，"威洛比急切地答道，"我不记得有没有告诉她我的地址。况且，只需稍具常识，她就能够查到。"

"好吧，先生，史密斯太太说了什么？"

"她当场就责备了我，我的惊慌可想而知。她一生洁身自好，思想正统，不晓世故——这一切都对我不利。事实本身我无法否认，也试过大事化小，却徒劳无功。我想，她早就怀疑我行为不端，再加上我那次拜访期间对她不够关心，很少花时间陪她，她对此十分不满。总之，结果就是她跟我彻底决裂了。我只有一个办法可以拯救自己。她道德高尚——真是个善良的女人！——她答应我，只要我肯娶伊丽莎，她就会原谅我的过去。但这是我做不到的，于是她正式收回我的继承权，把我赶出家门。就在事发后的那天夜里——我第二天一早就得离开——我一直在思索将来怎么办。思想斗争是激烈的，但结束得太快了。我爱玛丽安，而且我深信她也爱我，但这些都不足以令我摆脱对贫穷的恐惧，克服对财富的执念。我天生就有这样的倾向，再加上常与出手阔绰的有钱人交往，这样的倾向便越发严重。我相信，我有把握得到我现在的妻子，只要我肯向她求婚就行。我认为，谨慎起见，确实只有这一条路可走。但在我离开德文郡之前，还有一个难堪的场面等着我：根据先前的约定，我那天要到你们家吃饭，所以我必须为自己不能赴约而道歉。但究竟是写信，还是当面解释，我一直举棋不定。我很害怕去见玛丽安，甚至怀疑再见到她之后会动摇决心。但在这一点上，事实证明，我低估了自己的意志。因为我去到你们家，见到她，发现她很痛苦，但我还是离开了她，留她独自受苦，而且离开时还希望永远别再见到她。"

"威洛比先生，你为什么要亲自去呢？"埃莉诺用责备的口吻说，"写一封短信就足够了，为什么非得亲自去呢？"

"我的自尊心要求我这么做。我不能容忍就这样离开乡下，让你们和左邻右舍猜到我与史密斯太太之间真正发生的事情。因此，我决定在去霍尼顿的途中顺便到乡舍看看。见到你妹妹，我内心非常忐忑。更糟糕的是，我只见到她一个人。你们都不在，不晓得到哪儿去了。我头天夜里离开她时，还暗下决心一定要做正确的事！再过几个小时，我就会与她订下终身大事。我还记得，从乡舍返回艾伦汉姆的路上，我是多么幸福，多么高兴。我心满意足，逢人就乐！可是这一次，我们作为朋友最后一次见面，我只能满怀内疚地向她走去，几乎无法掩盖真实的感情。我告诉她我不得不马上离开德文郡，她表现出的悲伤、失望，还有深深的惋惜，我永远也忘不了。而且，她还那样信任我！噢，上帝！我是个多么铁石心肠的混蛋！"

两人沉默了一阵，埃莉诺首先开口：

"你有没有告诉她你不久就会回来？"

"我不知道我是怎么对她说的。"威洛不耐烦地答道，"毫无疑问，过去该说的事，我说得少；而对于未来的空头许诺，我八成说了许多。我想不起来了。想也没用。后来，你亲爱的母亲来了，她对我那么和蔼，那么信任，让我越发痛苦。谢天谢地！我确实备受煎熬，很痛苦。达什伍德小姐，你肯定想不到，回想过去的痛苦对我是多大的慰藉。我对自己的愚蠢和卑劣深恶痛绝，以至于我过去遭受的痛苦如今反倒让我感到无比得意与欢喜。就这样，我走了，离开了我热爱的一切，到那些我无论如何都喜欢不起来的人中间去了。去伦敦的路上——我独自驾着马车，无聊透顶——没有可以说话的人——但思前想后，我又快乐起来——遥想将来，是一片诱人的前景！回想巴顿，是一幅祥和的画面！噢！好一次幸福的旅行！"

他停住了。

"嗯，先生，"埃莉诺说，她虽然可怜他，却越发急迫地想让他走，"说完了？"

"完了！不，还没，难道你忘了伦敦发生的事情？那封无耻的信！她给你看了没？"

"看过，你们之间的通信我都看过。"

"收到她的第一封信时——因为我一直在伦敦，信马上就收到了——我当时的心情，借用一句套话，就是'难以形容'。说得更简单点——也许简单得让人无动于衷——我的心情非常、非常痛苦。每一行，每一字——若是亲爱的写信人在这里的话，她一定会不准我用这个陈词滥调的比喻——都犹如利剑扎在心头。听说玛丽安就在伦敦——用同样老掉牙的比喻，简直就是晴天霹雳。晴天霹雳加利剑钻心！她会怎样责备我啊！她的爱好，她的观点，我全都熟悉，甚至比对我自己的更熟悉，当然也觉得更宝贵。"

在这次非比寻常的谈话中，埃莉诺的心情一直起伏不定，现在又平静下来。但她觉得自己有义务制止对方抱有刚刚表达的那种想法。

"这是不对的，威洛比先生。别忘了你已经结婚。你只该对我说你良心上觉得非说不可的话。"

"玛丽安在信中对我说，她仍然像以前那样爱我——尽管我们分离了许多星期，她的感情却始终不渝，同时深信我的感情也始终不渝。那些话唤起了我的悔恨。之所以说'唤起'，那是因为我久居伦敦，一面忙于事务，一面放纵享乐，多多少少平息了自责，变成一个麻木不仁的恶棍。我自以为对她的感情早已淡漠，便想当然地认为她对我也一定不再留恋。我对自己说，我们过去的相爱只不过是无聊时的消遣。我还会耸耸肩，表示自己根本没把那段感情当回事。我会不时暗暗告诉自己：'要是听说她嫁了个好人家，我会由衷地高兴的。'想借此摆脱责难，打消顾虑。可这封信让我清醒过来。我认识到，对我来说，她才是世上最可爱的姑娘，而我却无耻地利用了她。但当时，我和格雷小姐的婚事刚刚谈妥，已经不可能抽身。我别无他法，只能避开你们。我没有给玛丽安回信，想以此让她不再挂念我。我甚至一度决定不去伯克利街。但最后我觉得，还是装作自己是个冷漠的普通朋友最明智。于是一天早晨，看到你们都出了门，我才放心地进去留下名片。"

"看到我们出了门？"

"正是如此。如果我告诉你我常常注视你们，有许多次差点就跟你们打上照面，你一定会吓一跳的。我往好多商店里躲过，为的就是在你们马车驶过时不让你们看见。我住在邦德街，几乎每天都能看见你们中的一位。正是因为我毫不松懈地小心提防，一门心思地躲着你们，所以这么长时间我们才没见上面。我尽量避开米德尔顿夫妇，还有我们双方可能都认识的其他人。就在约翰爵士到伦敦的第一天，也就是我去詹宁斯太太家送名片的第二天，我就撞见了约翰爵士，当时我还不知道他和夫人也到伦敦来了。他邀请我晚上到他家参加舞会。为了引诱我去，他说你和你妹妹也要参加。但即便他没有这么说，我也不会大胆前往，因为我知道你们一定会去的。第二天上午，我又接到玛丽安寄来的一封短信——依旧热情洋溢，坦率真诚，单纯无邪，推心置腹——相形之我，我的行为简直可恶至极。我实在写不了回信。我试过，可一句话也写不出来。但我相信，我每天无时无刻不在想她。达什伍德小姐，如果你肯可怜我，就请可怜一下我当时的处境吧。我脑里想的、心里念的全是你妹妹，却不得不在另一个女人面前扮演快乐的情人！那三四个星期真是再糟糕不过了。哎，后来我还是被迫见到了你们，那件事就不用我说了。我当时真是出了大洋相！多么痛苦的一晚啊！一方面，玛丽安美丽得像个天使，用那样的声调叫我威洛比！噢，上帝啊！她向我伸出手，一双充满渴望的迷人眼睛紧盯着我的脸，要我向她做解释！另一方面，索菲娅却嫉妒得如同魔鬼，看上去简直就像——算了，没什么要紧的，反正都结束了。那一晚呀！我一有可能便跑开了，尽量躲着你们。但我还是看到了玛丽安那张白纸一样的甜美面孔。那就是我瞧见她的最后一眼，那就是她留给我的最后印象。那模样真是太可怕了！但是今天，当我想到她真的会死去，这对我反倒成了一种安慰，因为我能想象出，守在她床前见她离世的人眼中她是什么样子。我赶来的路上，她就在我眼前，一直在我眼前，就是那个样子，就是那种神色。"

接着，两人沉思了一会儿。威洛比先回过神来，打破沉默道：

"好啦，让我赶快说完就走吧。你妹妹真的有所好转，真的脱离危险了吗？"

"我们确信无疑。"

"还有你们可怜的母亲！玛丽安可是她的心肝宝贝。"

"可是那封信，威洛比，你写给我妹妹的那封信。对此你还有什么话要说吗？"

"是的，是的，那件事尤其要说明一下。就在第二天早晨，你妹妹又给我写了封信。你应该知道她所写的内容。我当时正在埃利森家吃早饭，有人从我的住所将她的那封信，还有其他几封信带了过来。索菲娅碰巧比我先看到那封信。信的大小，纸张的精致程度，还有信上的笔迹，这些加在一起，立刻勾起她的疑心。她先前就听说过一些模糊的传言，说我爱上了德文郡的一位小姐，而头天晚上她亲眼看到的一切又表明了那位小姐是谁，这让她醋意大发。于是她装出开玩笑的样子——如果是你心爱的女人做出那样子，本是非常讨人喜欢的——马上拆开信，读了起来。她因为这一轻率举动受到了严厉惩罚。她看到使她无比沮丧的内容。我可以忍受她的沮丧，但她的暴怒——她的恶意——我无论如何都要平息下去。总之，你觉得我妻子的写信风格怎么样？细腻，温柔，地地道道的女人味儿——难道不是吗？"

"你妻子！可信上是你自己的笔迹呀。"

"是的，但我所有的功劳只是像仆人一样照抄她的语句，简直没脸在信上签名。信里的内容全出自她——她的巧妙构思，文雅措辞。但我有什么办法？我们订了婚，一切都准备就绪，连结婚的日子都差不多定好了——瞧我说的是什么傻话呀。筹备婚事！挑选日子！说实话，我要的是她的钱。处在我这样的境地，只要能避免同她关系破裂，我什么事都做得出来。毕竟，我用什么样的语言回信，会多大程度上影响玛丽安和她的亲友对我这个人的看法呢？只会是同一个结果。我反正都要向她宣布自己是个恶棍，至于是鞠着躬说，还是咆哮着说，都无关紧要。'我在她们心目中的形象彻底毁掉了，'我对自己说，'她们永远也不会同我交往了。她们已经把我看成无耻之徒，这封信只会让她们认为我是个流氓恶棍。'我就是抱着这种绝望而淡漠的态度，抄写了我妻子的话，退回玛丽安留给我的最后几件纪念物。她的三封短信，不巧都放在我的皮夹子里，否则我会否认还有别的信，把它们永远珍藏起来。但被她发现之后，我不得不把信拿出来，甚至都不能吻一吻它们。还有那绺头发，我也放在同一只皮夹子里，随时带在身上，结果还是被恶毒的夫人笑里藏刀地搜了出去。那绺心爱的头发，唉，所有纪念物都被夺走了。"

"威洛比先生，你的做法相当不对，应该受到谴责。"埃莉诺说，语气中却禁不住透着同情。"你不该这样谈论威洛比太太和我妹妹。那是你自己的抉择，不是别人强加给你的。你妻子至少有权要求你尊重她，对她以礼相待。她一定很爱你，否则也不会嫁给你。你对她不好，在言语上轻蔑她，这绝不是对玛丽安赎罪，而且也不可能让你的良心得到安慰。"

"不要跟我谈我的妻子。"威洛比说着，重重叹了口气，"她不值得你同情。我们结婚的时候，她知道我不爱她。就这样吧，既然我们结了婚，那就到库姆大厦快活快活，再回伦敦寻欢作乐吧。达什伍德小姐，你现在有没有可怜我？还是说，我这些话都白说了？在你眼中，我的罪过是不是比以前少了，哪怕只是少一丁点呢？我并不总是一肚子坏水。这番解释有没有减轻一点我的罪过呢？"

"不错，减轻了一点。不过只是一点点。你证明了你的过失总的来说没有我想象的那么大，证明了你的心不是那么坏——远没那么坏。但我真不知道——你使别人遭受那么大的痛苦——我真不知道，世上还会有什么比这更恶劣的事情。"

"等你妹妹康复之后，能不能麻烦你把我刚才这些话转告给她，让我在她心目中像在你心目中一样，减轻一些罪过？你说她已经宽恕了我。但我依旧心怀憧憬：如果她能更好地了解我的心，了解我当前的心情，她就会更主动、更自然、更温柔地宽恕我，而不是那种屈尊俯就般的原谅。告诉她我的痛苦、我的忏悔，告诉她我从没对她变过心。如果你愿意的话，请告诉她，我此刻比以往任何时候都爱她。"

"我会把所有相对站得住脚的你的辩解都告诉她。但你还没有告诉我，你在这时候前来，到底是为什么。你怎么知道她病了？"

"昨晚，我在德鲁里巷剧院的门厅碰见约翰·米德尔顿爵士，他一认出我是谁，就跟我说起话来，这还是近两个月来头一次。自从我结婚以来，他就一直不理我，对此我既不惊讶也不怨恨。他本就是个温厚、诚实、脑子有点转不过弯儿的人，这一次，出于对我的满腔愤恨和对你妹妹的深切关心，他禁不住把那些他觉得应该会令我痛苦的事告诉了我，虽然他很可能认为我不会真的痛苦。他直言不讳地跟我说：玛丽安·达什伍德在克利夫兰得了斑疹伤寒，已经奄奄一息。就是那天早晨，他收到詹宁斯太太的一封信，说玛丽安就快不行了，帕尔默全家都吓跑了，等等。听到这个消息，我简直无法掩饰内心的震惊，即使感觉迟钝的约翰爵士也察觉到了。他见我这么痛苦，忍不住心软了，对我的敌意也大减，临别时差点跟我握手，还提起他曾答应送我小猎犬的事。我听说你妹妹生命垂危，但她就算快死了，也仍旧将我看作世上最大的恶棍，鄙视我，仇恨我，我心里是什么滋味呀？我怎么说得清，她会不会已经断定我当初怀着什么可怕的企图呢？肯定有人会把我说成是什么事都干得出来的大坏蛋。我怕极了！我当即做出决定，今天早晨八点就坐上马车。现在，你全都明白了吧。"

埃莉诺没有回答。她在默默思考：这个人才貌出众，加上天生性情开朗诚实，敏感热情，却因独立得过早，染上了游手好闲、奢侈无度的恶习，对他的心灵、个性和幸福造成不可弥补的伤害。这个世界让他变得挥霍无度，爱慕虚荣；而挥霍无度和爱慕虚荣又让他变得冷酷自私。他不惜损人利己，只为达到追求虚荣的罪恶目的，却不料经历了一段真正的爱情。但是挥霍无度，或者说，至少是挥霍无度导致的贫困，迫使他不得不牺牲爱情，引他走向邪路的错误嗜好同样也让他备受惩罚。他不顾名誉，辜负感情，抛弃更多的利益，公然割断了这段爱情。现在，在两人已不可能相爱如初的时候，他又为玛丽安牵肠挂肚起来。为了娶到现在的妻子，他无所顾忌地将玛丽安推进痛苦的深渊，而这段婚姻很可能为他带来无可挽回的不幸。埃莉诺这样沉思了几分钟才被威洛比打断，威洛比也从至少同样痛苦的沉思中惊醒过来，突然起身要走，说道：

"待在这里也没有用，我得走了。"

"你要回伦敦？"

"不，我去库姆大厦。去那儿有事要办，过一两天再从那儿回伦敦。再见。"

他伸出手，埃莉诺不好拒绝，只得也伸出手。他热情地一把握住。

"你对我真的有所改观？"他说着松开手，靠在壁炉架上，仿佛忘记了要走一样。

埃莉诺给出肯定的答复，说自己原谅他，同情他，也祝他幸福——甚至对他的幸福表示关心——并对如何增进这种幸福提出温和的忠告。但威洛比的回答却不那么鼓舞人心。

"说到这一点，"他说，"我必须尽量撑下去。家庭幸福已经不可企及。不过，如果我的命运和行动还能有幸得到你和你妹妹的关心，这也许可以——这也许让我警醒——至少，这会成为我活下去的意义。当然，我已经永远失去了玛丽安。可是，万一上帝保佑，我可以重获自由——"

埃莉诺一声呵斥，打断了他的话头。

"好吧，"威洛比答道，"再说一次再见吧。我现在就要走了，但还有一件事是我担心的。"

"你指什么？"

"你妹妹的婚姻。"

"这根本不是你该担心的事。你已经彻底失去了她，她的将来与你无关。"

"但别人终究会得到她，而如果那人偏偏就是我最受不了的——我还是走吧，如果让你知道，我伤害得最深的人，最后竟成了我最不能原谅的人，你对我的同情与善意也将荡然无存。再见，上帝保佑你！"

说着，他几乎是跑着离开了房间。

Chapter 9

威洛比走后好久，甚至连他的马车声都听不见了，埃莉诺依然思绪纷乱，心事重重，这些心事都让她感到忧伤，以至连病榻上的妹妹都忘了。

威洛比——就是半小时前，她还对这个人深恶痛绝，斥为卑鄙小人——威洛比，尽管罪孽深重，却也因此痛苦万分，这多少激起她的同情。再想到现在他与她们家已一刀两断，就不由得感到隐隐的心痛与遗憾。但她很快意识到，自己这种感受恰好遂了他的心愿，而与他的德行大不相称。埃莉诺明白，有些原本无足轻重的因素影响了她对他的看法，包括他那异常迷人的模样，开朗、热情、活泼的举止——这些都算不上美德——还有他仍然怀有的对玛丽安的一片深情——沉溺于这种深情甚至都是一种罪过。威洛比的外在魅力深深影响了她对他的看法，过了很久她才渐渐清醒。

埃莉诺终于回到毫不知情的玛丽安的病榻前，发现妹妹刚刚苏醒。在甜甜地睡了一觉之后，妹妹的精神终于如愿恢复了。埃莉诺心潮起伏，思绪万端。过去，现在，将来——来访的威洛比，正在复原的玛丽安，即将到来的母亲——这一切使她心情激动，倦意全无。她只担心妹妹看出她的心事。好在担心的时间不长，威洛比走后不到半个钟头，她又听见马车声，便再次奔下楼去。为了让母亲不再不必要地担惊受怕，她立即跑进门厅，来到外门口，恰好迎上母亲，把她搀了进来。

他们快到大宅的时候，达什伍德太太就已经惊恐至极，几乎认定玛丽安已经不在人世，连话都说不出来，无法询问玛丽安的情况，甚至也无法问候埃莉诺。但埃莉诺不等母亲张口问候或询问，便立即报告了喜讯，让他们长舒了一口气。母亲一向容易激动，刚才还忧心如焚，转眼间又欣喜若狂。在女儿及其朋友的搀扶下，她走进客厅，脸上流着喜悦的泪水，虽然仍旧说不出话，却反复拥抱埃莉诺，还不时转过身去握布兰登上校的手，那神情既是在表达感激，又是在表示，她相信他也在分享这巨大的喜悦。上校的确在分享喜悦，只是表现得比她还要沉默。

达什伍德太太一镇静下来，首先要求去看玛丽安。两分钟后，她便见到了心爱的孩子。经过这场分离、不幸和危险之后，她觉得玛丽安比以前更亲了。埃莉诺看到两人见面时如此激动，自己也跟着高兴起来，只是因为担心玛丽安不能继续安睡，才收敛了自己的情感。不过，在自己孩子面临生命危险的时候，达什伍德太太还是能沉住气，甚至非常谨慎的。玛丽安得知母亲就在身边，便安下心来。她知道自己身体太虚，不宜说话，便遵照周围看护者的嘱咐，乖乖地一言不发。达什伍德太太一定要通宵守着她，埃莉诺答应了母亲的要求，自己睡觉去了。她整整一宿没有合眼，又在焦虑中熬了好几个钟头，本该好好休息，但由于心情激动，反而睡不着。她无时无刻不在想威洛比——现在她肯叫他"可怜的威洛比"了。她真不该听那番辩解，她时而责怪自己先前对他的看法太偏激，时而又觉得自己这样做并没有错。但她答应了威洛比，要把他的话说给妹妹听，这一直让她十分为难。她害怕这样做，唯恐会给妹妹带来不良后果。她怀疑，经过这么一番解释，玛丽安还会不会在别人身上找到幸福。一时间，她甚至希望威洛比变成鳏夫。但她又想到布兰登上校，便立刻责备自己，觉得上校为了妹妹受尽痛苦，而且痴心不改，妹妹应该报答的人是他，而不是他的情敌，于是她又觉得威洛比太太绝不能死。

达什伍德太太一直惴惴不安，布兰登上校去巴顿接她时，她反倒没有很惊讶。她已经为玛丽安的病情操碎了心，决定不再等候新的消息，当天就启程去克利夫兰。布兰登上校还没到，她就做好了出发的准备。但她不想把玛格丽特带到可能染病的地方，在等着凯里夫妇随时来将小女儿领走。

玛丽安一天天好起来。达什伍德太太美滋滋、喜洋洋的精神头儿，证明她确实像她一再宣称的那样，是世界上最幸福的女人。埃莉诺听母亲这样说，又看到母亲高兴的样子，有时候心中不免怀疑母亲还记不记得爱德华。埃莉诺曾给母亲写信，有节制地表达了自己的失望。这些话，达什伍德太太都信。但她正沉浸在无边的喜悦中，只想着那些让她喜上加喜的事。女儿玛丽安已经重回她的怀抱，但她现在才认识到，当初是自己看错了人，鼓励玛丽安爱上威洛比，才让女儿陷入不幸，差点性命不保。玛丽安的病愈给她带来另一份喜悦，只是埃莉诺还不知道。一等有机会能跟埃莉诺单独谈话，她便迫不及待地告诉埃莉诺。

"现在终于只剩我们俩啦。我的埃莉诺，你还不知道全部的喜事呢。布兰登上校爱上玛丽安了，这是他亲口对我说的。"

埃莉诺一言不发，全神贯注地听着，心里既高兴又痛苦，既惊讶又平静。

"你向来都不像我，亲爱的埃莉诺，否则我一定会奇怪你怎么能这么平静。坐下来为我们家的幸福着想的话，我最想达成的目标就是让布兰登上校娶你们姐妹中的一个。我相信，你们俩当中，还是玛丽安嫁给他会更幸福。"

埃莉诺很想问问母亲凭什么这样认为。她相信，只要公平地比较一下自己同妹妹的年龄、性格和感情，母亲一条理由都拿不出来。但对于自己感兴趣的话题，母亲总是喜欢想入非非，所以她没有开口发问，只是一笑置之。

"昨天在路上，他把心里话全讲给我听了。这来得太意外，太突然。你知道，我开口闭口肯定都在谈我的孩子，上校也掩饰不住自己的悲痛。我发现他和我一样伤心。他也许觉得，按常理而论，他对玛丽安如此深切的同情，不能简单解释为出自纯粹的友谊——也许他根本什么都没想——反正他忍不住什么都说了，我这才知道，他对玛丽安抱有真诚、温柔、坚贞的爱情。我的埃莉诺，他对玛丽安可是一见钟情哟。"

不过，埃莉诺已经听出来了，布兰登上校说了什么，有没有做过那样的表白，实际上都不重要。重要的是，她的母亲想象力旺盛，天生喜欢添枝加叶，无论什么事，她总喜欢往能令自己开心的方向想。

"上校对玛丽安的爱，远远超过威洛比的种种真情假意，因为这份爱要热烈得多，真诚得多，专一得多——随你怎么说都行——他明知亲爱的玛丽安早就不幸爱上那个卑鄙的年轻人，却还始终爱着她！不带一点私心，不抱一分希望！他竟忍心看到玛丽安与别人幸福生活。多么崇高的心灵！多么坦率，多么真诚！没有人会对他失望。"

"布兰登上校人品出众，"埃莉诺说，"这是众所周知的。"

"这我知道，"母亲郑重地答道，"否则经过这次教训，我绝不会鼓励这种爱情，甚至听了都会不高兴。但上校如此积极主动、热情友好地跑来接我，就足以证明他是世上最可敬的人。"

"不过，"埃莉诺答道，"他的人品可不是仅仅体现在这一件善举上，因为抛开他的仁爱之心不谈，他对玛丽安的钟情也会促使他这样做的。詹宁斯太太和米德尔顿夫妇早就深知他的为人,他们都很喜爱他,敬重他。尽管我自己最近才认识他,但对他已经相当了解。我十分尊重他,敬佩他。如果玛丽安同他结合能幸福,我的看法会同您一样:这门婚事将是我们家的天大幸事。您是怎么回答他的?您给他希望了吗?"

"噢,亲爱的!我那会儿可没法给他,或者给我自己什么希望,那会儿,玛丽安说不定快死了。不过,上校没有要求我给他希望或鼓励。他不是在恳求一位母亲,而是无意中向一个能宽慰他的朋友说说知心话,只是感情太汹涌,止也止不住。我一开始震惊得说不出话来,但过了一会儿,我确实跟他说,要是玛丽安能活下来——我相信她会活下来的——我最大的幸福就是促成他们的婚事。我们赶到这里,得知玛丽安已经转危为安的喜讯之后,我又再次表明了态度,而且这次说得更全面。我竭尽所能地鼓励他。我告诉他,过段时间,很短的一段时间,一切自然会水到渠成。玛丽安的心思不会永远浪费在威洛比身上。上校自身的优点一定会很快赢得我女儿的芳心。"

"不过,从上校的情绪来看,你还是没能让他像你一样乐观。"

"不错。他认为玛丽安对威洛比用情太深,不经过很长时间是改变不了的。就算她能敞开心扉再接纳他人,他也不敢相信自己能博得她的青睐。毕竟,他们在年龄和性情上相去甚远。但在这一点上,他完全错了。他的年龄比玛丽安大,这反倒是件好事,因为他的性格和信念已经定型。至于他的性情,我深信,正是这种性情的人才可以给你妹妹幸福。他的外貌和风度也都是加分项。我对上校的偏爱还没到盲目的程度:他当然没有威洛比英俊。但与此同时,他的面容中有一种更讨人喜欢的东西。如果你记得的话,我说过威洛比的眼神里有时会冒出一种东西,我始终都不喜欢。"

埃莉诺记不起来。但母亲没等她同意,又接着说下去:

"我觉得，他的风度——上校的风度——比威洛比的可爱得多，而且我知道，这种风度能赢得玛丽安的真心爱慕。他举止文雅，待人真诚，率直不做作，一身男子汉气概，这同威洛比常常不自然又不合时宜的浮浪性情比起来，更能与玛丽安的真正性格相符。我非常肯定，就算威洛比与实际情况相反，是个亲切和蔼的人，玛丽安嫁给他也绝比不上嫁给布兰登上校幸福。"

她停住了。女儿并不十分赞同她，但没说出来，所以她也没有生气。

"玛丽安若是嫁到德拉福德，就算我们仍住巴顿，相距也不远。"达什伍德太太又说，"很可能——我听说那是个大村子——那附近肯定有小房子，或者小乡舍，跟我们现在住的地方一样适合我们。"

可怜的埃莉诺！母亲的新计划会把她也弄到德拉福德去！但她已打定主意，坚决不从。

"还有他的财产！你知道，到了我这岁数，谁都会关心那个问题。虽然我不知道，也不想知道他究竟有多少财产，但我相信肯定非常可观。"

说到这里，有人进来，打断了她们的谈话。埃莉诺趁机退出房间，把整件事单独思考了一番。她祝福朋友能如愿以偿，同时又为威洛比痛心不已。

Chapter 10

玛丽安这一场病虽然害她虚弱了不少，但好在发病时间不长，恢复起来也挺快的。她年纪轻，体质好，再加上有母亲在旁看护，康复得十分顺利。母亲到后第四天，她就可以去帕尔默太太的化妆室坐坐了[1]。一到那里，她就特别提出，想请布兰登上校过来见面，因为她迫不及待地要向布兰登上校致谢，感谢他将母亲接来。

上校进入房间，见到玛丽安变了样的面容，握住她立即伸出来的苍白的手时，心情无比激动。埃莉诺推测，上校的这种反应，肯定不仅仅是因为他钟情于玛丽安，或者他的情意已经为别人所知。他看玛丽安的眼神充满忧郁，脸色也阴晴不定，埃莉诺立刻意识到，他很可能回想起过去那些悲惨的情景。他本就认为玛丽安与伊丽莎长得很像，如今，妹妹那空虚的眼神、苍白的面容、弱柳扶风的姿态，还有对他由衷感激的热情，更是让他觉得两人相差无几。

跟埃莉诺一样，达什伍德太太也留意到这一幕。但她俩各怀心思，得到的印象也就南辕北辙。从上校的行为中，达什伍德太太只看到最单纯、最明显的情感流露。而从玛丽安的言谈举止中，达什伍德太太相信自己看到了比感激更多的东西。

又过了一两天，玛丽安明显好转，每过半天就强壮一分。达什伍德太太同女儿们一样思家情切，于是开始提返回巴顿的事。她两位朋友的行程取决于她的安排：詹宁斯太太在达什伍德母女逗留期间是不能离开克利夫兰的；而布兰登上校在大家的一致要求下，很快认识到，他也陪在那里，虽说不如詹宁斯太太那样不可或缺，但也义不容辞。反过来，在他和詹宁斯太太的一致要求下，达什伍德太太终

---

1. 化妆室通常是与卧室相连的大房间，可以在那里会客或进行其他活动。

于同意回家时乘用他的马车，好让她生病的女儿舒适些。而在达什伍德太太和詹宁斯太太的共同邀请下——詹宁斯太太善良活跃，不仅自己殷勤好客，还代别人慷慨相邀——上校愉快地答应，在近几周内会去乡舍拜访，取回马车。

离别的日子到了。玛丽安特意跟詹宁斯太太道别了很久。她非常诚恳地表示了感激，话里充满敬意和祝愿，似乎是发自真心地默认自己过去有所怠慢。随即，她带着朋友般的热忱向布兰登上校告别，由他搀扶着小心翼翼地上了马车。上校看上去非常希望让她至少占据车厢内一半的空间。达什伍德太太和埃莉诺也跟着上了车，留下的人继续谈论她们，倍感冷清。后来，詹宁斯太太被喊上自己的马车。因为两位年轻的朋友已经走了，她只好同女仆闲聊解闷。很快布兰登上校也独自回德拉福德庄园去了。

达什伍德母女路上走了两天。这两天玛丽安都经受住了，并没感到十分疲惫。母亲和姐姐一路上尽职尽责，热心地看护，并细致地照顾，尽量让她舒服。只要她身体安适，情绪平静，母亲和姐姐就觉得自己的努力没有白费。能好好观察妹妹，对埃莉诺来说就是非常愉快的事。她曾一周又一周地目睹妹妹饱受煎熬，心痛不已。但这种痛苦，她既没有勇气说出口，又不能坚强地掩藏住。现在，看见妹妹明显镇定下来，埃莉诺心中的喜悦是别人难以体会的。她相信，这是妹妹痛定思痛之后冷静思考的结果，最后必将让妹妹获得真正的满足和快乐。

她们离巴顿越来越近了，这里的每一块田地、每一棵树木都能勾起一段独特的痛苦回忆。此情此景让玛丽安陷入沉思。她扭过脸，避开母亲和姐姐的视线，一本正经地凝视窗外。妹妹这个样子，埃莉诺既不诧异也不责怪。搀扶玛丽安下车时，埃莉诺发现妹妹刚哭过。她觉得，妹妹触景伤怀完全是值得怜悯的人之常情，默默垂泪更是值得称许。在妹妹后来的一举一动中，她发现妹妹已经清醒地认识到，为人处世都必须运用理智。刚跨进公共起居室，玛丽安就用坚定的目光环视四周，仿佛已下定决心，必须让自己习惯每一件可以使她想起威洛比的物品。她没说几句话，但每句话都是为了让家人高兴。虽然不经意间也会发出叹息，但叹息过后，她总会用微笑弥补。晚饭后，她想弹弹钢琴，便走到琴边，不料最先看到的竟是一本歌剧乐谱，那是威洛比替她搞来的，里面有几支他们喜爱的二重唱，乐谱封面上还有威洛比亲手写的她的名字。这可不行。她摇摇头，把乐谱推到一边，只弹了一会儿，就抱怨手指无力，把琴盖合上。但与此同时，她又坚决表示以后一定多多练琴。

第二天早晨，玛丽安身上的这种征兆一点都没减少。相反，经过一夜的休息，她的身心越发强健，神态和语气也都越发精神。她盼着玛格丽特快点回来，那样全家就能开心地重聚一堂，相互消遣，其乐融融。这才是她唯一希冀的幸福。

"等天气好起来，我的体力恢复之后，"玛丽安说，"我们每天都要一起散步，走得远远的。我们要去丘陵草原边缘的农场，看看那里的孩子们怎么样了。我们要去约翰爵士在巴顿十字路的新种植园，还要去修道院属地。我们要常去小修道院遗址探索地基，直到找到传说中地基曾延伸到的地方。我知道我们一定会很快乐。我知道整个夏天我们都会过得非常开心。我打算早上不迟于六点起床，从起床直到吃晚饭的全部时间，我都要用来弹琴或者读书。我已经制定好计划，决定认真学习一段时间。我很清楚我们家的藏书，除了消遣读物之外没有别的了。不过，巴顿庄园有许多书很值得一读。我还知道，从布兰登上校那里可以借到更现代的书。我只要每天花六个小时来看书，一年下来，我就能学到好多我现在欠缺的知识。"

埃莉诺称赞了妹妹的这项伟大计划。不过，同一种热切的幻想，过去曾让妹妹极度消沉，自怨自艾，现在又让妹妹原本如此合理而自制的计划走向极端。想到这里，埃莉诺不由得笑了。可是，当她想起自己还没履行对威洛比的诺言，微笑顿时变成叹息。她担心自己转达了威洛比的话之后，玛丽安的情绪会再生波澜，至少暂时毁掉玛丽安计划中的忙碌而平静的生活。为了推迟这一不幸时刻的到来，她决心等妹妹的情况更加稳定之后，再找时机告诉她。谁知计划赶不上变化。

玛丽安在家里待了两三天，天气才转晴，让她这样的病人也敢冒险出门转转了。最后，终于迎来一个温暖宜人的早晨，勾起玛丽安外出的欲望，母亲也觉得这并无大碍。于是，玛丽安获准在埃莉诺的搀扶下，到房前的小路上散散步，只要不觉得疲倦，想走多久都行。

玛丽安身体还很虚弱，从没像今天这样活动过，所以姐妹俩出发时走得非常缓慢。两人走到离房子不远的地方，可以对房后那座重要的小山一览无余。这时玛丽安停下脚步，朝小山望去，用平静的语气说道：

"那儿，就在那儿。"玛丽安一手指着说，"就在那座高岗上，我就是在那儿摔倒的。在那儿第一次见到威洛比。"

说到这个名字，她的声音低了下去，但马上又振作起来，接着说道：

"我很庆幸，再次见到那个地方，我一点痛苦都没有了！埃莉诺，我们能谈谈那件事吗？"她吞吞吐吐地说，"或者还是不该谈？我希望我现在可以谈，也应该谈了。"

埃莉诺温和地请她畅所欲言。

"要说悔恨，"玛丽安说，"对于他，我已经再无悔恨。我不想跟你谈我以往对他的感觉，而只想谈谈现在的看法。现在，要是我还能相信，他并非总在演戏，并非总在骗我——要是我还能相信这一点该多好。但最重要的是，如果我可以相信，他从来没有像我有时想象的那样邪恶该多好。因为那个不幸姑娘的事……"

玛丽安说不下去了。埃莉诺欣喜地将这话暗自记下，应道：

"如果你可以确信这一点，心情就会平静？"

"是的。这从两方面影响着我的心情。一方面，他与我有过那样的感情，而我却怀疑他居心不良，这是多么可怕啊；另一方面，如果他真的居心不良，那我自己又成什么人了？对我来说，要不是我极不体面、毫无防备地爱上他，也不会把自己置于——"

"那么，"姐姐问道，"你想如何解释他的行为呢？"

"我宁愿认为—— 噢！我多么乐意认为他只是用情不专啊——非常、非常用情不专。"

埃莉诺没再多说。她在心里盘算，究竟是马上把她知道的情况都告诉妹妹好，还是等妹妹身体再稳定些。两人又默不作声地缓步走了几分钟。

"我希望他暗自回忆往事的时候，不会比我更不愉快。"玛丽安又叹息一声，"我的这点希望并不过分。那段回忆已经足够他痛苦的了。"

"你是在拿你和他的行为做比较？"

"不，我是拿我的行为与理应如何做比较，与你的行为做比较。"

"我们的处境几乎毫无共通之处。"

"我们的行为不同，但处境却有不少相近的地方。我最亲爱的埃莉诺，你就不要好心为我辩解了，我知道你在理智上肯定会谴责我的。我的这场病让我开始反思。我在病中有大量空闲去冷静地仔细回想过去。早在恢复说话能力之前，我就已经可以思考了。回想过去，我发现自从去年秋天与他结识以来，我的一连串行为，对自己来说是轻率的，对别人来说是不厚道的。我认识到，是我的感情造成了我的痛苦，而我在痛苦面前又缺乏坚强的意志，并因此差点丢掉性命。我很清楚，我的病完全是自己造成的。我明知糟践身体不对，但还是一意孤行。就算我真的死了，那也是自寻死路。直到脱险之后，我才知道自己曾经身陷险境。但是，越是回忆我就越诧异：

我竟然真的康复了——我一心渴望能活下来，以便有时间向上帝、向你们大家赎罪，最后居然真的苟全了性命。万一我真的死了，那会给你——我的看护，我的朋友，我的姐姐——带来多大的悲痛呀！我近来所有的烦躁和自私，你全都看在眼里；我心里所有的怨愤，你全都知道！我会在你的记忆中留下怎样的印象！还有母亲！你可怎么安慰她呀！我简直说不出多么痛恨自己。每当我回顾过去，总感到自己有些责任没有尽到；或者说，有点放纵自己的缺点。我似乎伤害了身边所有人。詹宁斯太太向来对我好心好意，可我不但不感激，还瞧不起她。对米德尔顿夫妇、帕尔默夫妇、斯蒂尔姐妹，甚至对一般相识的人，我都是既无礼又不公。我硬起心肠，对他们的优点视而不见。他们明明在关心我，我反倒生他们的气。对约翰、范妮——没错，即便是对他们，我也没有给予应有的尊敬，尽管他们几乎不配。但是你，尤其是你，我都冤枉过，甚至比对母亲还厉害。我，而且只有我，了解你的心事和悲痛。但我对你做了什么？我没有同情你，尽管这种同情对你对我都有好处。你这个榜样就在我眼前，但又有什么用？我有没有更体贴你，更为你的舒适着想？我本该像你那样包容大度，减轻你的压力，同你一起承担殷勤恭维、感激致谢之类的义务，不让你独自应酬，但这样的事我做了吗？没有。见你心情舒畅，我就躲得远远的，不去交际或者见朋友。在明知你不开心的时候，我也这样。我觉得世上只有我一个人才是痛苦的。那个人抛弃我，辜负我，我只为这件事悔恨不已，却让我自称无比热爱的姐姐为我伤心。"

玛丽安滔滔不绝的自责停了下来。埃莉诺生性诚实，不爱说恭维话，但她急于安慰妹妹，于是立刻赞扬并肯定了玛丽安。而玛丽安这番坦率的忏悔，也完全值得姐姐的赞扬和肯定。玛丽安紧握着姐姐的手，回答说：

"你真好。我将来一定会证明给你们看。我已经制定好计划，如果我能坚持执行的话，就能控制情感，改好脾气，再也不让别人烦恼，不让自己痛苦。现在，我将只为我们一家人活着。你、母亲，还有玛格丽特，今后就是我的一切。你们将分享我全部的爱。我绝不会再离开你们，离开我的家。如果我当真与外人来往，那只是说明，我的态度更谦恭，心灵更完整了。社交礼仪虽然只是生活中的细枝末节，但我也能平和而耐心地履行这种义务。至于威洛比，要说我是会很快忘掉他，还是永远忘掉他，这都没有意义。无论环境和看法如何改变，我都是忘不掉他的。不过，这种思念也要适可而止，要用宗教的信仰、理智的判断和固定的工作来加以抑制。"

玛丽安顿了顿，接着低声补充道："要是我知道他心里到底怎么想的，那一切都好办了。"

对于现在冒险把话说出来是否恰当，埃莉诺已经考虑一阵子了，还是举棋不定。正在这时，她听到妹妹的这句话。她知道，思前想后解决不了问题，必须当机立断，于是便把真相一五一十全说了出来。

她的陈述正如她希望的那样颇有技巧。埃莉诺提醒焦急倾听的妹妹，对她要说的话做好心理准备。她把威洛比自我辩白的主要论点简明如实地讲了一遍，不偏不倚地传达了他的悔过之意，只是在说到他宣称仍对妹妹恋恋不舍时轻轻带过。玛丽安一言不发，浑身发抖，两眼紧盯着地面，双唇比患病时更加苍白。上千个问题涌上她的心头，但是她一个也不敢提出。她一边喘着粗气，一边急切地听着，一个字也不肯漏过。不知不觉间，她的一只手已经紧紧握住姐姐的手，泪流满面。

埃莉诺怕她太累，便领着她朝家里走去。埃莉诺很容易就猜出妹妹想问什么却强忍住没问，所以她一路上都在谈论威洛比以及他们之间的谈话，直到抵达乡舍门口。他言谈神态的每一个细节，但凡细说无妨的，她都仔仔细细地描绘了一遍。她们一进屋，玛丽安就不胜感激地吻了姐姐一下，并流着泪清晰地说出四个字："告诉妈妈。"随后便离开姐姐，缓缓朝楼上走去。埃莉诺不愿打扰妹妹，因为她完全理解妹妹想独处一会儿的心情。她焦急地设想着妹妹的最终反应，暗下决心，倘若妹妹避而不谈，自己也要主动重提这个话题。然后她转身进入客厅，去完成玛丽安刚才的嘱托。

Chapter 11

听完以前所宠爱的威洛比的辩白，达什伍德太太心里不无感慨。首先她感到高兴，因为部分归咎到威洛比身上的罪过得到了澄清；然后她为他感到惋惜；最后她依然祝他幸福。但过去的感情已经无可挽回。玛丽安曾经完全信任他，认定他的品格完美无瑕，但这样的形象已经彻底毁掉，无从弥补。他给玛丽安带来的痛苦是否认不了的，他对伊丽莎犯下的罪行也抹杀不掉。因此，玛丽安绝不可能再像过去那样敬重他；而布兰登上校在玛丽安心中的地位也不会被动摇。

如果达什伍德太太像埃莉诺一样听到威洛比本人说这些话，又目睹他痛苦的样子，被他的表情和态度所感染的话，她很可能会更同情威洛比。不过，埃莉诺既不能也不愿详细解释，让母亲也产生她当初那样的感受。经过思考，她已经能平静地判断是非，对威洛比应该受到的惩罚有清醒的认识。因此，她只想道出简单的事实，把能够真实反映他人格的情况说清楚就够了，绝不好心替他美化辩白，以免母亲误解。

晚上，母女三人聚到一起的时候，玛丽安又主动说起威洛比。不过，她先是坐在那里忐忑不安地沉思了半晌，后来一开口脸就红了，声音都在颤抖，这表明提起威洛比对她绝非易事。

"我想向你们俩保证，"她说，"正像你们希望的那样，我全都想通了。"

达什伍德太太本要打断女儿，软言劝慰几句。但埃莉诺很想知道妹妹对威洛比的公正看法，于是连忙打手势让母亲不要作声。玛丽安接着慢慢说道：

"今天早晨埃莉诺告诉我的话，对我来说是莫大的安慰。我终于听到我一心想听的话。"她哽咽片刻，然后定了定神，继续说下去，比先前更加镇定，"我现在完全知足了。这样再好也没有了。我知道这一切之后—— 这我迟早总会知道的—— 再和他在一起是绝不会幸福的。我不会再信任他，尊重他。我的这种感情是没有任何办法可以消除的。"

"我知道，我知道，"母亲嚷道，"与一个放荡的人在一起哪能幸福！他破坏了我们最亲爱的朋友，也是世上最好的人[1]的安宁，谁能和他在一起！不，这样的人怎么可能给我的玛丽安带来幸福！玛丽安的良心，她那敏感的良心，会感到她丈夫虽然应该，但却没有感受到的感情。"

玛丽安叹了口气，又说了一次："这样再好不过了。"

"你能这样考虑问题就对了，"埃莉诺说，"任何一个有头脑、有见识的人都应该这样。我想你与我一样，不仅从这件事，而且还从其他许多事充分认识到：你若和他结婚，肯定会陷入重重困难，感到百般失望。你们的这种婚姻维系不了多久，因为他对你的感情根本就不可靠。你结了婚，注定会永远受穷。就连他都承认自己挥霍无度。他所有的行为都表明，他完全不懂得自我克制。你们收入微薄，他却欲壑难填，而你又没有持家经验，这一定会让你痛苦

---

1. 指布兰登上校。

不堪。这种痛苦绝不会因为你事先完全没有想到而减轻几分。我知道，你一旦认识到自己的处境，你的荣誉感和诚实就会让你千方百计去节约。当你只是自己节衣缩食，或许吃点苦头也能熬过去，但如果你想让你丈夫也那样——他婚前便已入不敷出，任凭你再苦苦经营，恐怕也无济于事！何况，如果你削减了他的物质享受——不管出于多么合理的目的——难道你就不担心，你不仅不能说服这个自私成性的人赞同你，反而会让你与他心生嫌隙，让他后悔跟你结婚，以致陷入这样的穷困境地？"

玛丽安的嘴唇颤抖了一下，把"自私成性"这四个字重复了一遍，那语气仿佛是在反问："你真认为他自私成性吗？"

"在这件事情上，"埃莉诺答道，"他所有的行为始终建立在自私的基础上。正是出于自私，他先是玩弄了你的感情，后来当他自己也动情的时候，又迟迟不肯表白，最后离开了巴顿，追求自己的享乐，或者说自己的安适，才是指导他所有行为的根本准则。"

"确实如此。我的幸福从来都不是他的目标。"

"如今，"埃莉诺接着说，"他后悔自己干了那些事。可他为什么会后悔呢？因为他发现自己的愿望并没有达成。他并没有获得幸福。他现在已经摆脱了窘境——他不再受经济拮据之苦，只是觉得他娶的这个女人性情不如你可爱。但这就意味着他娶了你就会幸福？与你结婚会带来别的问题。他会为金钱苦恼。现在这个问题对他来说已经不存在了，所以他才不把金钱当回事。他本想娶一个性情上无可指摘的妻子，但那样他会永远受穷。他很可能过不久就会觉得，即使对家庭幸福来说，一块没有债务的田产和一笔可观的收入带来的物质享受，要比妻子的性情重要得多。"

"这我毫不怀疑，"玛丽安说，"我没有什么好悔恨的，只怪自己太傻。"

"你该怪你母亲太轻率，我的孩子。"达什伍德太太说，"她该负责任。"

玛丽安不想让母亲说下去。埃莉诺见母亲和妹妹都认识到自己的错误，心中不胜欣慰，便不愿再追究过去，以免影响妹妹的心情。于是，她又回到一开始的话题，接着说：

"我想，分析整件事情，可以得出一个公正的结论，那就是：威洛比的一切不如意都源自他最初对伊丽莎·威廉斯的不道德行为。他的那次罪过导致了他所有较小的罪过，以及现在所有的不满。"

玛丽安对此深有感触，无比赞同。母亲听了这话，便顺势说起布兰登上校受过多少伤害，身上有多少优点，那热情劲儿既出自友情，也包含故意撮合的意思。可看玛丽安的模样，这番话她似乎没听进去多少。

正如埃莉诺担心的那样，在随后两三天，玛丽安不像前几天那样持续好转。但玛丽安的决心并未动摇，仍然尽量显出快活轻松的样子，埃莉诺这才放下心，相信再过些日子，妹妹的身体就会完全康复。

玛格丽特也回来了，一家人终于团聚，在乡舍里重新过起平静的生活。她们学习起来不像初来巴顿时那么劲头十足，但至少在计划将来会继续努力。

迟迟没有爱德华的音信，埃莉诺日渐焦急。离开伦敦以后，她一直没有听到他的消息，不知道他有什么新的打算，甚至不知道他现在住哪儿。因为玛丽安生病的缘故，她与哥哥通过几次信。约翰在第一封信里写了这么一句话："不幸的爱德华近况如何，我们一无所知，也不便违禁查问，不过他应该还在牛津。"这就是她从通信中获知的有关爱德华的全部消息。此后约翰来的几封信里，甚至连爱德华的名字都没提到。不过，幸运的是，这种对爱德华的全不知情的局面并没有一直保持下去。

一天早晨，她家的男仆被打发去埃克塞特办事。回来伺候用餐的时候，他回答了女主人关于这趟差事办得如何的询问，然后主动提到一件事：

"太太，我想您知道费拉斯先生结婚了吧。"

玛丽安猛地一惊，紧盯着埃莉诺，看到她面色苍白，身子一瘫，倒在椅背上。达什伍德太太回答仆人的询问时，目光也不由自主地朝同一方向望去。她从埃莉诺的脸上看出女儿十分痛苦，不禁大为震惊。紧接着她又看了看玛丽安，那模样同样让她忧虑。一时间，她都不知道该主要关心哪个女儿为好。

男仆看见玛丽安小姐犯了病，便懂事地唤来一名女仆。在达什伍德太太的帮助下，女仆先把埃莉诺扶进另一房间。此时玛丽安已经大为好转，母亲把她交给玛格丽特和女仆照料，自己则回到埃莉诺身边。虽然依然心烦意乱，但埃莉诺已经恢复了神志，能开口说话了，正在问托马斯[1]这消息是从哪儿听来的。达什伍德太太立即亲自承担起问询任务，于是埃莉诺不用自己费力便得知了事情的原委。

"托马斯，谁告诉你费拉斯先生结婚了？"

"太太，我今天早晨在埃克塞特亲眼见到了费拉斯先生，还有他太太，就是斯蒂尔小姐。他们坐在一辆马车里，停在新伦敦旅馆门前。我去那里替巴顿庄园的萨莉给她当车夫的兄弟送封信。我经过那辆马车的时候，碰巧一抬头，当即看见斯蒂尔家的二小姐，于是摘下帽子向她致意。她认识我，把我叫住，问起了太太您的情况，还问起几位小姐，特别是玛丽安小姐，吩咐我代她和费拉斯先生向你们致以衷心的问候和敬意；还说他们非常抱歉，没有工夫来看望你们。他们急着出发，因为还有一段路要赶，不过他们说回来的时候一定来看望你们。"

"可是，托马斯，她告诉你她结婚了吗？"

---

1. 男仆的名字。

"是的，太太。她微笑着告诉我，她到了这一带之后就改了姓氏[1]。她向来是个和蔼可亲、心直口快的小姐，举止相当文雅。于是我就冒昧祝她幸福。"

"费拉斯先生和她一道坐在马车里？"

"是的，太太。我看见他后仰着靠在车里，但是没有抬头，他从来都是一位寡言少语的先生。"

埃莉诺不难明白他为什么没有向前探身。达什伍德太太可能也猜到了。

"车里没有别人？"

"没有，太太，就他们俩。"

"你知道他们从哪儿来的吗？"

"他们直接从伦敦来的，这是露西小姐——费拉斯太太告诉我的。"

"还要往西走？"

"是的，太太。不过不会待太久。他们很快就会回来，到时肯定会来这里拜访。"

达什伍德太太看了看女儿。但埃莉诺心里明白，他们不会来的。她从这条消息中已经看穿了露西。她深信爱德华绝不会再接近她们，她轻声对母亲说："他们大概要去普利茅斯附近的普拉特先生家。"

托马斯的消息似乎说完了。埃莉诺似乎还想多听点。

"你离开以前看见他们出发了没有？"

"没有，太太。马刚牵出来，但我不能再耽搁了。我怕回来晚了。"

"费拉斯太太看上去身体好吗？"

"是的，太太，她说她身体好极了。在我看来，她一向是个非常漂亮的小姐。她好像非常称心如意。"

---

1. 结婚后改为夫姓。

达什伍德太太想不出别的问题了。托马斯也好，桌布也好，现在都不需要了，她便立即让托马斯带着桌布走了。玛丽安早就打发人来说过，她不想吃饭。达什伍德太太和埃莉诺同样没有胃口。玛格丽特或许会觉得自己很走运，不像两个姐姐那样，最近总是那么焦虑不安，总是有那么多理由动不动就不吃饭，她自己还从未有过非饿肚子不可的时候呢。

等甜点和红酒摆上桌，桌前只剩下达什伍德太太和埃莉诺两人。她们默默不语，一同陷入沉思，这样过了很久。达什伍德太太唯恐出言有失，不敢贸然安慰女儿。她现在发现，自己过去误信了埃莉诺的自我描述。达什伍德太太有充分的理由断定，因为当时自己已经为玛丽安忧心如焚，为了不给母亲增添悲伤，埃莉诺明显故意淡化了她的所有苦恼。达什伍德太太发现，自己被埃莉诺的小心体贴欺骗了，以为女儿同爱德华的感情并没有自己一贯认为的那样深厚，但事实证明并非如此。她担心，抱着这样的错误认识，她对她的埃莉诺有失公道，有失关怀——不，简直是有失仁慈。玛丽安的痛苦人人都看得见，就摆在她眼前，所以她倾注了太多的呵护，以至于忘记了埃莉诺可能正在遭受同样的折磨，只不过埃莉诺更加坚强，不像玛丽安那样自怨自艾。

Chapter 12

埃莉诺现在发现，对于一件不愉快的事，不管你多么确信它一定会发生，事前等待与果真出现时给人的感觉终究是不同的。她现在发现，只要爱德华还没结婚，她总免不了抱有一线希望，希望会出现什么事让他与露西结不成婚；希望他自己能下定决心，他的亲友能从中调解，或者露西能遇到什么更合适的契机，促成大家皆大欢喜。但他现在却结婚了，埃莉诺责备自己不该心存侥幸，要是没有这种心理，她在听到爱德华已婚的消息后也不会如此痛苦。

爱德华竟然这么快就结婚了，还没（像埃莉诺预想的那样）当上牧师，获得牧师薪资，这使埃莉诺感到有点意外。不过，她很快就想通了，露西这样一个只为自己着想的人，为了尽快将爱德华绑住，必须不顾一切尽快结婚，以免夜长梦多。他们在伦敦结了婚，现在正匆匆赶往她舅舅家。爱德华来到离巴顿不过四英里的地方，遇见埃莉诺母亲的男仆，还听到了露西让男仆传递的口信，这一切会让他有何感受！

埃莉诺想，他们很快就会在德拉福德住下来。德拉福德，就是这个地方，有好多事情都勾起她的兴趣，使她既想了解又想回避。她仿佛立刻就看见他们住在自己的牧师寓所里，露西勤快机灵地操持家务，一方面极力节俭，一方面努力维持表面光鲜的生活，生怕别人猜到她在艰难度日，让她颜面无存。她费尽心机地追求自己的利益，巴结布兰登上校、詹宁斯太太，以及每一位有钱的朋友。她并不懂爱德华，也不知道自己希望他是怎样的人。至于他幸福还是不幸，都不会令她高兴。她根本就不会去想象婚后生活中丈夫的模样。

埃莉诺满以为，伦敦的某位亲戚会写信告诉她这件事，将来龙去脉说给她听。但一天天过去了，她一封信也没收到，一点消息也没听到。她不知道该怨谁好，便把每位不在跟前的亲友数落一遍，怪他们不是太自私就是太懒惰。

"母亲，您什么时候给布兰登上校写信？"焦急难耐、不知所措之中，她突然提出这样一个问题。

"亲爱的，我上星期给他写了封信。实际上，我盼着能见到他，而不只是又收到他的信。我诚恳地敦促他快来我们这里。如果他今明两天就到，我是一点都不会惊讶的。"

这话起了作用，埃莉诺马上觉得有了盼头。布兰登上校肯定能带来点消息。

埃莉诺刚想到这里，就听到有人骑马前来，于是朝窗外望去。那人在门口停住。一位绅士——就是布兰登上校。这下她可以听到更多的情况了。想到这里，她不禁浑身战抖。但来者不是布兰登上校。举止和身材都与上校不符。如果可能的话，她想说来者肯定是爱德华。她再一看，那人刚刚下马。她不会搞错，就是爱德华。她离开窗口，坐了下来，心里暗想：他特地从普拉特先生家赶来看望我们。我一定要镇静，一定要控制住自己。

她很快察觉到，家里其他人也发现来者不是布兰登上校。看到母亲和玛丽安脸色一变，望了她一眼，然后相互耳语了几句，她真恨不得能告诉她们，让她们明白，她希望她们不要冷落他，怠慢他。但她一个字也没说出来，只好任由她们自行其是。

大家一言不发，都在默默等待客人现身。先是听到他走在碎石路上的脚步声；一眨眼工夫，他就进入走廊；再一转眼，他已经来到她们面前。

爱德华进房的时候，神情不怎么开心，甚至对埃莉诺也是如此。他的脸色因为不安而发白，看上去很担心受到冷遇，同时也知道，自己不配受到礼遇。但达什伍德太太强作笑颜，伸出手去，祝他愉快。她相信自己这样做正是女儿所希望的，而一切都顺女儿的意思来，正是此时爱心满满的达什伍德太太想做的。

爱德华的脸唰一下红了，结结巴巴地回答了一句。埃莉诺跟着母亲动了动嘴唇，说完又巴不得自己也和他握握手，但为时已晚。她只好装出一副坦然的模样，重新坐下，谈起了天气。

玛丽安尽可能退到隐蔽的地方，不让别人看见她的痛苦。玛格丽特对姐姐的事情略知一二，却也觉得自己应该保持尊严，于是找了个离爱德华尽可能远的地方坐下，始终一言不发。

在埃莉诺对这干燥季节表示完喜悦之后，房间里出现十分尴尬的沉默。达什伍德太太只好打破沉默说，希望爱德华离家时费拉斯太太一切都好。爱德华慌忙给出肯定的答复。

大家再次陷入沉默。

埃莉诺虽然害怕听到自己的说话声，但还是把心一狠，开口问道：

"费拉斯太太在朗斯特珀尔吗？"

"在朗斯特珀尔！"爱德华面带诧异地答道，"不，我母亲在伦敦。"

"我是想，"埃莉诺一面说，一面从桌上拿起针线，"想问问爱德华·费拉斯太太的情况。"

埃莉诺不敢抬眼，但她母亲和玛丽安却一齐把目光投向爱德华。爱德华脸上一红，似乎有些茫然，不解地看了看她们，犹豫一阵之后才说：

"也许你说的是我弟弟。说的是——罗伯特·费拉斯太太。"

"罗伯特·费拉斯太太！"玛丽安和母亲用无比震惊的语气重复道。埃莉诺虽然说不出话，她的眼睛却带着同样急切又惊讶的神情盯着爱德华。爱德华从座位上站起来，走到窗前，显然不知如何是好。他拿起一把放在那儿的剪刀，一通乱剪，不仅把剪刀套都剪成了碎片，连剪刀都剪坏了。他一边剪一边声音急促地说：

"可能你们还不知道——或许还没听说，我弟弟最近同那位二小姐——露西·斯蒂尔小姐结婚了。"

在场的人，除了埃莉诺之外，都带着无法言表的惊奇表情，把他的话重复了一遍。埃莉诺埋头在手中的针线上，激动得不知自己身在何处。

"是的，"爱德华说，"他们是上星期结婚的，现在在道利什。"

埃莉诺再也坐不住，几乎是跑着离开了房间。她刚一关上门，便喜不自禁地哭起来。她一开始还以为这喜悦的泪水永远也止不住了。爱德华先前一直将视线投向别处，不敢看她，现在却看到她跑了出去，或许还瞧见，甚至听出了她激动的心情。因为他紧接着就陷入沉思，任凭达什伍德太太怎么说，怎么问，怎么亲热地同他交谈，都无法打破他的沉思。最后，他一言不发地离开房间，朝村子走去，留下别人对他如此出奇又突然的变化深感震惊和困惑。

而这种困惑，他们只能通过自己的猜测来消解。

Chapter 13

不管在达什伍德母女眼中，爱德华解除婚约是多么不可思议的一件事，但他获得自由却是千真万确的。而他将如何利用这次自由的机会，她们很轻易便猜到了。爱德华瞒着母亲，轻率地订了一次婚，然后得到四年多的"祝福"。现在这门婚事告吹了，他的第一反应当然是马上订另一次婚。

其实，爱德华来巴顿的任务很简单，就是请求埃莉诺嫁给他。考虑到他在这种事上又不是毫无经验，这次他居然会如此惴惴不安，如此需要鼓励，需要新鲜空气，真是不可思议。

不过，他在村子里走了多久才下定求婚的决心，等了多久才出现求婚的机会，他是怎样说的，又是怎样被接受的，这一切都无须细说。要说的只有一点：大约四点钟，也就是大约在他到来三个钟头之后，大家一道坐下吃饭，他已经赢得了意中人的首肯，取得了她母亲的同意，成为"世上最幸福的人"——这不仅是情人狂喜的表白，更是无可辩驳的事实。现在的局面的确令他格外高兴。他心潮澎湃，情绪高昂，不仅仅是求婚成功的缘故。他终于摆脱了长期的痛苦纠缠，摆脱了一个他早已不爱的女人，自己又无可指责，而且他还更进一步，立刻同另一个女人订了婚。要知道，当初他刚产生这种渴望的时候，心里几乎认定这是毫无可能的。他不是从疑虑或不安之中，而是直接从痛苦中跃入了幸福。这种心情的转变，他毫不掩饰地表现了出来。那种从内心喷涌而出、饱含感激的欢快劲儿，是他的朋友们以前从未见过的。

现在，他向埃莉诺敞开了心扉。他承认了自己的全部弱点和过失，并带着二十四岁的人所能具有的睿智与尊严，讲述了自己跟露西幼稚的初恋。

"那时我又愚蠢又无聊，"他说，"我对人情世事一无所知，而且无所事事，这一切导致了那件事的发生。我十八岁脱离普拉特先生的照顾之后，若是我母亲给我找一份有事可干的工作，我想——不，我敢肯定，那种事就绝不会发生。因为我离开朗斯特珀尔的时候，虽然对普拉特先生的外甥女产生了抑制不住的喜爱，但只要有点事做，能忙上几个月，和她分开几个月，特别是多跟社会接触——在有工作的情况下，接触社会是必然的——那我很快就会抛开对她那种虚妄的眷恋。可我回到家里，无事可干。母亲既没给我找工作，也不允许我自谋职业。这接下去的一年里，我甚至都没有名义去念个大学，直到十九岁我才进入牛津。于是我无事可做，只能沉溺于爱情的幻想。加上母亲没给我一个十分舒服的家庭，我又跟弟弟合不来，而且讨厌结识新朋友，我自然就常去朗斯特珀尔，因为我在那里总是很自在，也肯定会受到欢迎。就这样，从十八岁到十九岁，我绝大部分时间都在那里度过。露西似乎非常友善亲切。她长得也很漂亮，至少我当时是这么认为的。我几乎没见过别的女人，无从比较，看不出她有什么缺点。所以，尽管我们的订婚是愚蠢的，而且被彻底证明是愚蠢的，但是考虑到这些情况，我希望你们能觉得，这在当时并非不合情理、不可宽恕的荒唐举动。"

经过几个小时的交谈，达什伍德母女不仅是激动，而且快乐无比。这份突如其来的巨大幸福足以让他们满心欢喜地度过一个不眠之夜。达什伍德太太高兴得不知如何是好——她不知道如何喜欢爱德华，如何赞扬埃莉诺；不知道如何既对爱德华解除婚约表示足够的庆幸，又不伤害他脆弱的感情；不知道如何才能既给他俩一起畅谈的时间，又能满足自己的心愿，多瞧瞧这对孩子，多和他们待在一起。

玛丽安的喜悦只能通过眼泪来表示。她免不了要做一番比较，心中难免悔恨。她虽然真心为姐姐感到高兴，就像她真心爱姐姐一样，但这种喜悦却不能让她振奋，也不能让她说出话来。

可是埃莉诺呢，她的心情应该如何描述呢？从她得知露西嫁给别人，爱德华重获自由的那一刻开始，到爱德华如她所愿，迅速向她求婚，她的心情可谓百感交集，从未平静。但当这一刻过去之后，当所有的疑虑和不安消散之后，当她将现在的处境同不久前的做对比，就在不久前，她看到他从过去的婚约中体面地解脱出来，看到他一获自由就立刻向她求婚，宣布自己一直深爱着她，就像她始终认为的那样——她就会被自己的幸福感压得透过不气。尽管只要是好事，人总能很容易就适应，但她想镇定下来，心里不再翻腾，怎么也得花上几个小时。

现在，爱德华在乡舍住下了，至少一个星期都不会走。因为不管他还有别的什么事要做，他与埃莉诺欢聚的时间都不可能少于一个星期。否则的话，对于过去、现在和未来的事，他们连一半的话都说不完。正常情况下，两个理智的人连续不断地苦苦谈上几个小时，再多的话题也都聊完了，但对恋人来说，情况却不一样。在他们之间，同一个话题至少得聊上二十遍才算完，否则都算不上交谈。

露西突然与别人结婚，这件理应让所有人惊奇不已的事，当然也是这对恋人最早谈论的话题之一。埃莉诺对男女双方都特别了解，所以他们的婚事，无论从哪个角度看，都是她平生听到的最反常、最费解的事。他们怎么会凑到一块儿？罗伯特受到了怎样的诱惑，才会娶这个埃莉诺曾听他亲口说一点也不可爱的姑娘？要知道，他哥哥可是同这姑娘订过婚，并且为了这个姑娘才被赶出家门的啊。这一切真叫埃莉诺百思不得其解。从情感上讲，这是件喜事；从想象上讲，这简直称得上荒谬；而从理智上讲，这完全就是个不解之谜。

爱德华只能凭想象去解释：也许他们先是不期而遇，一方的奉承极大地满足了另一方的虚荣，从而引发出以后所有的事。埃莉诺还记得罗伯特在哈利街对她说过，如果他出面调解的话，他哥哥的事就会怎样怎样。她把那些话向爱德华复述了一遍。

"那正是罗伯特会干的事。"爱德华马上说道，"也许，"他紧接着补充，"他们刚开始认识的时候，他脑子里可能就有了那个念头。露西起初也许只想求他帮我的忙，别的想法都是后来才冒出来的。"

不过，他们之间究竟好了多久，爱德华同埃莉诺一样，完全不清楚。因为自从离开伦敦之后，他就一直待在牛津，除非露西本人写信，否则便无从得知她的消息。而露西的信直到最后都同以往一样频繁，一样热情。所以他从未起过半点疑心，对后来发生的事毫无思想准备。当他最后从露西本人的来信中获知这一消息时，他觉得自己大脑空白了好一阵。同露西的订婚就这样解除了，他说不出自己是惊讶、恐惧还是欢喜。他将那封信交到埃莉诺手里。

亲爱的先生：

因为我确信自己早已失去了你的爱情，所以我认为自己有权将爱情另给他人。我毫不怀疑，我跟他在一起会很幸福，将像我曾认为同你在一起会幸福一样。既然你的心已另有所属，我就不屑再同你牵手。衷心祝愿你的选择能带给你幸福。我们现在已经成了近亲，理应一直都是好朋友。倘若不能如此，那可不是我的过错。我可以向你保证，我对你绝无恶意。我相信你也会慷慨大度，不至于为难我们。你弟弟已经获得了我的全部爱情，我们俩离开了彼此就活不下去。我们刚到教堂结了婚，现在正在赶往道利什。你亲爱的弟弟很想看看那个地方，我们准备在那里住几个星期。但我想先写几行字给你。我永远是——

你真诚的祝福者、朋友和弟媳

露西·费拉斯

　　你的信，我已全部烧掉；你的画像，我一有机会就会送还。请将我的信也毁掉吧。至于戒指和头发，欢迎你继续保存。

埃莉诺看完信便还给了爱德华，未做任何评论。

　　"我不想问你对这封信的文笔有什么看法，"爱德华说，"要在以前，我无论如何也不会把她的信拿给你看。作为弟媳，竟然写这样的信给我，真是够丢人。她可是我弟弟的妻子啊！我看到这封信就脸红！我想可以这样说，除了我们之间的愚蠢——关系——建立后的头半年，这还是我从她那儿收到的唯一一封内容可以弥补文笔缺陷的信。"

　　"不管事情是怎么发生的，"埃莉诺沉默了一会儿，说道，"他们肯定已经结了婚。你母亲自作自受，这是对她最恰当不过的惩罚。她因为对你不满，便把一笔足以维持生计的资产赠给罗伯特，结果让他有能力自己选择结婚对象。实际上，她是在用一年一千英镑收买一个儿子去做另一个儿子想做的事，而那个儿子就是因为想做这件事才被她剥夺了财产继承权。我想，罗伯特娶露西给她带来的打击，很难说会比你娶露西给她带来的打击小。"

"她只会受到更大的打击，因为她一向偏爱罗伯特。罗伯特这么做，会让她更伤心，但基于同样的原因，罗伯特也很快会得到她的原谅。"

现在罗伯特与母亲的关系如何，爱德华不得而知，因为他没有同家里任何人联系过。收到露西的信不到二十四小时，他就离开了牛津，心里只有一个目标，那就是走最近的路赶往巴顿，因而没有时间去考虑与这条路线有没有最紧密联系的行动计划。在能确定自己同达什伍德小姐的关系之前，他什么事情也干不了。他如此急迫地前来确认关系，从这一点便可以知道，尽管他嫉妒过布兰登上校，尽管他对自己的评价总是很谦卑，谈起自己的疑虑时非常恳切，但总的来说，他并不认为自己会受到多么冷漠的接待。不过，按照求婚的惯例，他应该说他唯恐自己受到冷遇，而他也非常礼貌地这么说了。至于他一年以后谈起这个话题时会说什么，那就只能留给做夫妻的读者去想象了。

露西早先让托马斯给她们捎来口信，完全就是个骗局，目的在于恶意中伤爱德华。埃莉诺把她的把戏看得一清二楚。爱德华自己也洞悉了露西的本性，毫不怀疑她能干出更卑鄙下作的事。虽然早在认识埃莉诺之前，他就从露西的见解中看出了她的无知和狭隘，但他总认为这是缺乏教育的结果。在收到她的最后一封信之前，他一直相信她是个亲切善良的姑娘，对他一往情深。正是因为抱着这种信念，他才始终没有解除婚约。但早在他母亲发现他们秘密订婚，对他大发雷霆之前，他就一直在为这门亲事烦恼悔恨了。

"当我被母亲抛弃，全世界似乎没有一个亲友愿意帮我的时候，"爱德华说，"我认为，不管我自己是什么感情，都有义务让露西选择是否继续保持婚约。我当时那样的处境，似乎没有任何东西可以勾起人的贪心和虚荣心，她又那么诚恳热情，坚持要与我有难同当，这叫我怎么能不相信，她这样做只是出自最无私的爱情呢？即使到现在，我也无法理解，她当时抱着怎样的动机，或者幻想着怎样的好处，居然要同一个她根本不爱，只有区区两千英镑财产的人绑在一起。她肯定不可能预见布兰登上校会给我一个牧师职位啊。"

　　"她是无法预见，不过她也许在想，说不定会出现对你有利的情况，你的家人也许迟早会回心转意。无论如何，继续婚约对她并无损害，因为她已经证明，婚约既不能束缚她的意愿，也不能限制她的行动。这当然是一桩体面的亲事，很可能得到亲友们的尊重。就算没有出现更好的结果，她嫁给你也总比单身强呀。"

　　爱德华马上意识到，露西的行为再自然不过，她的动机也再明显不过。

　　就像女人总是责备男人说恭维她们的话不够谨慎一样，埃莉诺严厉责备了爱德华，说他不该在诺兰庄园同她们共处那么长时间，那时他肯定发觉自己用情不专了。

　　"你的行为当然是非常错误的，"她说，"因为，且不说我自己怎么想，我们的亲人都在你的误导下产生了不切实际的想象和期待。而照你当时的处境，这种想象和期待是不可能实现的。"

　　爱德华只好推说自己太无知，误信了婚约的力量。

　　"我幼稚地认为，既然我已经同别人订立婚约，那同你在一起就没什么危险；只要能意识到自己有婚约在身，我的心就会像我的荣誉一样可靠、圣洁。我感到我爱慕你，但我总对自己说，那只不过是友情。直到我开始拿你和露西进行比较，才知道自己走得太远了。我想，那之后，我不该继续留在萨塞克斯郡那么长时间，而我用来安慰自己的理由是：危险是我自己的，除自己之外，我并没伤害任何人。"

埃莉诺微微一笑，摇了摇头。

得知布兰登上校要来乡舍，爱德华非常高兴，因为他不仅真心盼望跟布兰登深交，而且想借此机会让上校相信，对于上校送给他德拉福德牧师职位的事，他不会再感到不愉快。他说："我当初向他致谢时非常不礼貌，他一定会以为我没有宽恕他赠送的这份差事。"

现在爱德华才惊讶于自己竟然从未去过那个地方。不过，他以前对这件事毫无兴趣，以至于关于住宅、花园、圣职领地、教区范围、土质状况，以及什一税率的全部情况，都是通过埃莉诺了解到的。埃莉诺从布兰登上校那儿听到大量情况，而且听得非常仔细，完全像是当家主妇。

这之后，他们只剩下一个问题需要解决，只有一个困难需要克服。他们是因为相互爱慕才结合的，他们真正的朋友都予以热情的称赞。他们相知甚深，看上去一定会幸福。他们唯一缺少的是生活费用。爱德华有两千英镑，埃莉诺有一千英镑，这三千英镑再加上德拉福德的牧师薪资，便是他们自己的全部资产。达什伍德太太不可能再给他们点什么，他们也没有被热恋冲昏头脑，认为一年三百五十英镑[1]会给他们带来舒适的生活。

对母亲可能改变对他的态度，爱德华并非完全不抱希望。相反，他就指望着从母亲那里得到他们的其余收入。但埃莉诺却不抱同样的期望。因为爱德华还是不能娶莫顿小姐，而费拉斯太太只是勉强承认，爱德华选埃莉诺，要比选露西·斯蒂尔好那么一点点罢了。所以她不免担心，罗伯特这样冒犯他母亲，只会让好处都给范妮占去。

---

1. 牧师的全年薪资是两百英镑。按照百分之五的普通投资回报率来计算的话，爱德华的两千英镑和埃莉诺的一千英镑每年会带来一百五十英镑的收入。

爱德华到后约四天，布兰登上校也来了。达什伍德太太心满意足，觉得自己脸上颇有光彩，因为自从迁居巴顿以来，她还是第一次迎来这么多客人，屋子里都快容纳不下了。爱德华先来，便有权继续住在乡舍，布兰登上校只好每晚走回巴顿庄园的老地方住宿。他常常一大早便从那儿回来，正好打断那对恋人早饭前的第一次密谈。

　　布兰登上校在德拉福德庄园住了三个星期。在这段日子里，至少在每晚闲着没事的时候，他总在考虑三十六岁配十七岁会是多么不协调。抱着这样的不安心情，他来到巴顿。只有亲眼看到玛丽安恢复元气，受到她的友好欢迎，听到她母亲鼓舞的话语，他才会快活起来。果然，来到这样的朋友中间，受到如此热情的款待，他又变得兴致高昂了。他还没有听说露西结婚的消息，事情的经过他一无所知。因此，他到来后的头几个小时，全在听别人讲话，自己只是惊讶而已。达什伍德太太把整件事的来龙去脉告诉了他。他发现自己更有理由为给费拉斯先生做的事而高兴了，因为这最终让埃莉诺受益。

　　不用说，两位先生交往得越深入，对彼此的好感就越强烈，绝不可能出现相反的结果。即使没有别的因素让他们惺惺相惜，仅凭他们在道义、见识、性情和思维方法上的相似，也足以令他们成为好友。本来，他们是要经过长时间的交往和谨慎的判断之后才会互生敬意，但他们爱上了两姐妹，而且是相亲相爱的两姐妹，这就必然让他们立刻形成了深笃的关系。

　　若是前几天收到伦敦来的信，埃莉诺的每根神经都会激动得发抖，但现在读起这封刚到的信，她心里连喜悦也算不上了。詹宁斯太太写信来告诉她这件令人震惊的事，发泄了一番对那负心女子的愤恨，表达了对可怜的爱德华先生的同情。她相信爱德华先生肯定太宠溺那个无耻的小荡妇，据说他现在待在牛津心都快碎了。"我真心觉得，"她接着写道，"她这件事做得真是太诡秘了，因为就在两天前，露西还来我这里坐了两个小时。没有一个人怀疑她会干这种事，就连南希也没有。这可怜的孩子！南希第二天哭哭啼啼地跑来找我，生怕费拉斯太太大发雷霆。她也不知道该怎么去普利茅斯，因为露西结婚前把她的钱全借走了，想必是有意要摆摆阔，弄得可怜的南希手头连七先令都没有。所以我主动给了她五几尼，让她到埃克塞特去。她想在那里与伯吉斯太太一起待上几个星期，希望能像我说的那样再次碰到博士。我还得说，露西执意不带南希乘马车一起走，真是太过分了。可怜的爱德华先生！我心里老惦记着他，你一定要让他去巴顿，玛丽安小姐一定要好好安慰他。"

达什伍德先生的来信语气更加严肃。他说，费拉斯太太是世上最不幸的女人，可怜的范妮则痛不欲生——这两人受到如此沉重的打击还能幸存于世，真叫他谢天谢地，惊叹不已。罗伯特罪不可恕，露西更是罪大恶极，他以后永远不会向费拉斯太太提起这两人。即使费拉斯太太有朝一日原谅了自己的儿子，也绝不会承认他的妻子是她的儿媳，更不会允许那个女人出现在她面前。他们俩干的所有勾当都瞒着大家，这理应大大加重他们的罪行，因为，倘若别人对他们产生了一丝怀疑，就会采取适当的措施阻止这门婚事。他要求埃莉诺同他一道后悔：早知露西会像现在这样让全家遭受更大的不幸，还不如当初让露西与爱德华履行婚约。约翰在信中接着写道：

"费拉斯太太尚未提及爱德华的名字，对此我们并不奇怪。不过，使我们大为惊讶的是，这种时候，爱德华竟然没有给家里寄来只字片言。不过，也许他是怕惹母亲生气才保持缄默的，所以我想往牛津写封信给他个暗示，就说他姐姐和我都认为，如果他能写一封适当服软的信，或许可以寄给范妮，再由范妮转给母亲，母亲大概是不会见怪的。因为我们都知道，费拉斯太太心肠软，最希望同子女保持良好的关系。"

这段话对爱德华的前途和行动相当重要。他决定试图争取和解，但并不完全按照他姐夫、姐姐指出的方式。

"一封适当服软的信！"爱德华重复道，"难道他们想让我乞求母亲宽恕罗伯特对她忘恩负义，对我背信弃义？我不能服软。对于已经发生的事，我既不觉得丢脸，也不觉得后悔。我现在非常幸福，但这对他们无关紧要。我根本不知道怎样服软才是适当的。"

"你当然可以请求母亲宽恕。"埃莉诺说，"因为你确实冒犯了她。我认为，你现在不妨大胆表示，对上次订婚惹她生气一事，你有些于心不安。"

爱德华同意可以这样办。

"当她宽恕你之后，你再承认自己已第二次订婚，或许应当说得谦恭一点，因为在她看来，这几乎与第一次订婚一样轻率。"

爱德华对此并无异议，但仍然不肯写一封适当服软的信。他公开声称，如果真要做这种不体面的让步，他宁愿当面去说，也不愿写信。因此，为了不难为他，他们决定：他不给范妮写信，而是去伦敦当面恳求母亲帮忙。"如果他们当真愿意促成这次和解，"玛丽安带着最近才有的公正口吻说道，"那我会认为，即使约翰和范妮也并非一无是处。"

布兰登上校只待了三四天，两位先生一道离开巴顿。他们立即赶往德拉福德，以便让爱德华亲自了解一下他未来的家，并帮助他的恩人和朋友决定哪里需要修缮。他将在那里待上两夜，然后启程去伦敦。

Chapter 14

费拉斯太太似乎一向就怕别人说自己心慈手软,为了免遭非议,她先是很有分寸地拒不同意,话说得十分坚决,十分肯定,然后才允许爱德华来到跟前,宣布他又成了她的儿子。

她家里最近闹得天翻地覆。多年来,她一直有两个儿子。但就在几周前,爱德华因为私自订婚的可耻行径,被她赶出了家门。接着,罗伯特又因为类似的原因而遭到驱逐。于是,两个星期之内,她一个儿子也没有了。现在,爱德华浪子回头,她又有了一个儿子。

尽管爱德华重新获得了当儿子的权利,但在透露目前的订婚之前,他觉得自己的地位并非万无一失。他担心自己公布了这件事,便会立刻丧失已经拥有的权利,像上次那样被扫地出门。所以,他带着诚惶诚恐的心情,小心翼翼地讲了自己订婚的事。但听到这个消息,他母亲却出乎意料地平静。一开始,费拉斯太太摆事实讲道理,费尽口舌苦苦相劝,让他不要娶达什伍德小姐。母亲告诉他,莫顿小姐是个更高贵、更有钱的女人。为了增强说服力,她特别指出,莫顿小姐是贵族的女儿,有三万英镑财产;而达什伍德小姐只是个无名绅士的女儿,财产绝不会超过三千英镑。可是她发现,尽管爱德华完全承认她指出的事实,却根本不想改变心意。根据之前的经验,她断定最明智的办法还是依从儿子。于是,在愤愤不平地拖延了一阵之后——这都是为了维护她的面子,免得别人怀疑她心肠太软——她终于宣布,同意爱德华与埃莉诺结婚。至于如何帮助儿子儿媳增加收入,则是她下一步要考虑的问题。但有一点是明确的:爱德华现在虽然是她唯一的儿子,却不能享受长子的待遇,因为一方面,她已经承诺要赠给罗伯特一年一千英镑;另一方面,她也不反对爱德华为了顶多两百五十英镑的年收入去当牧师。除了送给爱德华和范妮一人一万英镑，她对现在和将来没有做出任何别的许诺。

不过，爱德华和埃莉诺所想要的也不过如此，而且还超出了他们的期望。费拉斯太太一味推诿卸责，似乎只有她在为自己没有多给感到惊讶。

这样一来，爱德华和埃莉诺得到了足以满足他们需要的收入。爱德华正式就任牧师之后，他们只差新房便能结婚了。布兰登上校热切盼望埃莉诺入住牧师寓所，正在对房屋进行大幅修缮。不过，工人们照常拖拖拉拉，让他们经历了无数次失望和延期。在等待了一段时间之后，房子仍然未能完工。于是，埃莉诺就像所有焦急的新娘一样，临时改变最初的决定，不再等一切就绪之后才结婚，入秋不久就在巴顿教堂举行了婚礼。

婚后的第一个月，他们是在德拉福德庄园跟他们的朋友一起度过的。住在这里，他们可以监督牧师寓所的改造进展，随时到现场指挥一切。他们可以选择墙纸，规划灌木丛，设计通往房门口的车道。詹宁斯太太之前的预言虽然弄错了人，但其他方面大体都应验了。因为她终于赶在米迦勒节前到牧师寓所拜访了爱德华夫妇，而且正如她所确信的那样，埃莉诺和她的丈夫是世上最幸福的一对夫妻。实际上，他们没有别的奢望，只盼着布兰登上校和玛丽安能缔结良缘，还有他们的奶牛能吃到更好的牧草。

他们刚安好家，几乎所有的亲友都来拜访了。费拉斯太太前来视察，看到这对小夫妻幸福的模样，自己当初批准他们的婚事时还感到惭愧呢。就连达什伍德夫妇也不惜破费，从萨塞克斯郡远道而来，向他们道喜。

"我的好妹妹，我不想说我感到失望。"一天早晨，一道在德拉福德庄园门前散步时，约翰说道，"那样说太过分，因为事实上你当然是世上最幸运的姑娘之一。不过，坦白说，我要是能管布兰登上校叫妹夫，那我会感到无比开心。他在这里的财产、地位和宅邸，一切都是那样体面，那样优越！还有他的树林！现在生长在德拉福德陡坡丛林的那种树木，我在多塞特郡的其他地方还从未见过呢！也许玛丽安不像是那种吸引他的姑娘，但我想你们现在最好让他俩常常同你们待在一起。布兰登上校似乎常常在家，谁也说不准会发生什么事。如果他们两个老凑在一起，身边又没有旁人——而且，你们总有办法让玛丽安的优点凸显出来……总而言之，你们不妨给她一个机会。你懂得我的意思。"

虽然费拉斯太太确实来看望过他们，而且总是摆出一副非常喜欢他们的样子，但是他们从来没有真正得到她的欢心与偏爱。这都要拜罗伯特的愚蠢和露西的狡诈所赐。他们婚后没几个月，就成功赢得了费拉斯太太的宠爱。露西的自私与精明，当初曾令罗伯特陷入窘境，后来又成为解救他的主要手段。因为她终于逮到一丝机会，发挥她那恭敬谦卑、百般殷勤和阿谀谄媚的本领，让费拉斯太太认可了罗伯特的选择，并彻底恢复了对他的喜爱。

所以，露西在这件事上的所作所为，以及最终获得的成功，可以拿来充当最鼓舞人心的榜样，说明只要坚定不移、锲而不舍地追求私利，不管表面上会遇到多大的障碍，都会吉星高照，好运连连，唯一的代价不过是时间和良心。罗伯特第一次见她，私自去巴特利特大楼找她的时候，本是受哥哥所托，勉为其难去的。他只打算劝她放弃婚约。因为这种事，只要压制双方的感情即可，所以他本以为谈上一两次就能解决问题。但在这一点上，也只是在这一点上，他错了。虽说露西很快就让他充满希望，觉得凭自己的伶牙俐齿，迟早都会说服她。但每次谈完之后，却总是需要再谈一次，才能达到说服她的目的。每次分别的时候，露西心里总是残留着一些疑虑，只有同他再谈半个小时才能消释。就这样，他成了她的常客，后来的事便水到渠成了。他们渐渐不再谈论爱德华，转而只谈罗伯特。对于这个话题，罗伯特总是特别健谈，露西也马上表现得兴致勃勃，那热乎劲儿几乎不亚于罗伯特本人。总之，两人立即发现，罗伯特已经完全取代了哥哥的位置。他为自己征服了露西而得意，为戏弄了爱德华而骄傲，为不经母亲同意秘密结婚而倍感自豪。紧接着发生的事，大家都知道。他们在道利什非常快活地度过了几个月，因为露西同许多亲戚旧交都断绝了关系，罗伯特则画了几幅豪华乡舍的图样。他们从那里回伦敦后，在露西的怂恿下，罗伯特只是张了张嘴请求原谅，便取得了费拉斯太太的宽恕。当然，一开始得到宽恕的只有罗伯特。露西对罗伯特的母亲本来就不负有义务，也就谈不上什么冒犯。过了好几个星期，她还是没有得到宽恕。但她持之以恒地伏低做小，对罗伯特的罪过深自愧责，对她受到的冷遇深表感激。最后，高傲的费拉斯太太终于理睬她了，这份天大的恩赐简直令她承受不起。此后不久，她便迅速获取费拉斯太太的万般宠爱，两人之间的关系无比亲密。对费拉斯太太说来，露西变得像罗伯特和范妮一样必不可少。爱德华因为曾想娶她而一直得不到真心谅解，埃莉诺在财产和出身上又要胜她一筹，却还是被当成这个家的闯入者，而无论是从各种待遇看，还是从费拉斯太太的公开声明看，她都成了这个家里最受宠的孩子。他们在伦敦住下来，得到费拉斯太太极其慷慨的资助，而且与达什伍德夫妇的关系好得超乎想象。如果不考虑范妮和露西之间依然存在的嫉妒和敌意——她们的丈夫之间当然也有份——也不考虑罗伯特和露西之间常常爆发的家庭矛盾，那可以说，他们这群人相处得再和谐不过了。

爱德华究竟为什么失去了长子的权利，这个问题可能使许多人迷惑不解；而罗伯特又凭什么继承了哥哥的权利，这个问题就更令人莫名其妙了。不过，这种安排的原因虽然不明不白，但其结果却令兄弟俩各得其所。从罗伯特的生活方式和说话派头来看，没有任何迹象表明他对自己的巨额收入问心有愧——既不为给哥哥留得太少而后悔，也不为自己占得太多而惭愧。而从爱德华时时处处恪尽职守，与妻子感情日笃，总是兴高采烈的样子来看，他似乎同样对自己的命运心满意足，决不肯同弟弟互换。

结婚后，埃莉诺巧做安排，既让自己与家人尽量减少分离，又让巴顿乡舍不至于荒废，因为她母亲和妹妹有大半时间跟她住在一起。达什伍德太太之所以常来德拉福德做客，既是为了母女团聚的快乐，也是为了她的小算盘——她想把玛丽安和布兰登上校撮合到一起的愿望同约翰一样强烈，尽管她的心胸要宽广得多。现在，这已成为她梦寐以求的目标。有玛丽安陪在身边，这固然可贵，但她更愿意把这种乐趣永远让给她敬重的朋友。而且，爱德华和埃莉诺也一样希望见到玛丽安住进上校的宅邸。他们都感受到了上校的悲伤，也知道自己肩负着对上校的责任。他们一致认为，玛丽安必将报答上校付出的所有深情厚谊。

面对这样一群共谋者，又如此了解上校的美德，加上深信上校对她的钟情——这份感情早就人所共知的，现在终于突然向她喷涌而出——玛丽安到底该怎么做呢？

玛丽安·达什伍德生来命运就与众不同。她命中注定会发现自己的看法是错误的，会用她的行动否定她最钟爱的准则；她命中注定会克服直到十七岁才形成的恋爱观，主动将自己的手交到另一个人手里，而她对这个人只抱有强烈的尊敬和诚挚的友谊！而这个人在上一次恋爱中遭受的痛苦并不比她少。就是这个人，两年前玛丽安还认为太老了，不能结婚；就是这个人，现在还要穿着法兰绒背心保护身体。

不过，事情就是这样。玛丽安没有像她曾经盲目相信的那样，沦为不可抗拒的感情的牺牲品；也没有像她后来头脑冷静下来时决定的那样，终身守在母亲身边，唯一的乐趣就是幽居学习。在十九岁的年纪，她发现自己已经顺应了新的情感，担负起新的职责，安居在一个新家里，成了妻子、家庭的女主人，还有村庄的女保护人。

布兰登上校现在非常幸福，所有最喜爱他的人都认为这是他该享有的。玛丽安抚平了他过去的所有创伤。在她的关心与陪伴之下，他的精神恢复了活力，心情重新欢快起来。每个明眼的朋友都高兴地看到并且坚信，玛丽安给他带来了幸福，也从中找到了自己的幸福。玛丽安绝不会在爱情中有所保留，她把整颗心都献给了丈夫，就像从前完全献给威洛比一样。

威洛比听到玛丽安结婚的消息，不可能不心如刀割。没过多久，他又受到史密斯太太的终极惩罚——她主动宽恕了他，表示他与正派女人结婚乃是她厚待他的前提。这让他有理由相信，当初他若能公正地对待玛丽安，原本可以同时得到幸福与财富。威洛比的不当行为让他自作自受，他对此懊悔不已。这份悔恨是千真万确、毋庸置疑的。同样肯定的是，在很长一段时间里，他只要一想起布兰登上校就妒火中烧，一想起玛丽安就万般懊悔。但是，可千万别以为他会永远自怨自艾，逃避遁世，患上习惯性精神忧郁症，或者心碎而死，因为他根本不会。他活得很顽强，也常常很快乐。他的妻子并不总是郁郁寡欢，他在家里并不总是如坐针毡！他在驯马养狗和各种游猎活动中找到不少家庭快乐。

他就靠着这种粗野的方式，熬过失去玛丽安后的痛苦期，但他明显一直对玛丽安恋恋不舍，对她身上发生的每件事都深感兴趣，并暗中将她奉为完美女人的典范。在以后的岁月里，他身边也出现过许多青春正好的少女，但他全都看不上眼，因为她们根本无法与布兰登太太相比。

达什伍德太太很慎重，仍然住在乡舍里，并不打算搬到德拉福德庄园。对约翰爵士和詹宁斯太太来说，幸运的是，玛丽安出嫁之后，玛格丽特到了非常适合跳舞的年龄，就算找个情人也不是那么有悖常理了。

由于深厚的家族感情，巴顿乡舍与德拉福德庄园之间自然往来不断。而在埃莉诺和玛丽安的诸多优点和幸福之中，有一点绝不能等闲视之：她们虽说是姐妹，而且近在咫尺，彼此之间却能和睦相处，毫无龃龉，她们的丈夫之间也从未冷淡疏远。

[全书完]

简·奥斯汀

Jane Austen（1775. 12. 16 — 1817. 7. 18）

1775年12月16日生于英国汉普郡斯蒂文顿。

1796年，完成小说《第一印象》，后改名为《傲慢与偏见》，于1813年1月28日出版。

1923年，牛津大学出版社发行《简·奥斯汀小说集》，正式开启了简·奥斯汀研究的时代。评论家认为"就塑造角色而言，简·奥斯汀仅次于莎士比亚"。

1949年，毛姆主编"世界十佳小说"丛书中，《傲慢与偏见》位列第二。

2003年，英国广播公司调查"最受英国人喜爱的小说"，《傲慢与偏见》高居榜眼，而达希先生成为英国女性最想约会的虚构人物。

2017年，简·奥斯汀的头像被印制在新版10英镑纸币上，以此致敬。

扫一扫，
测测你是经典文学世界中的谁?

理智与情感

产品经理｜周　颖	书籍设计｜星　野
技术编辑｜顾逸飞	责任印制｜路军飞
产品监制｜吴　涛	出 品 人｜吴　畏

图书在版编目（CIP）数据

理智与情感 / (英) 简·奥斯汀著；汪洋译. -- 天津：天津人民出版社，2018.10
ISBN 978-7-201-14130-5

Ⅰ.①理… Ⅱ.①简… ②汪… Ⅲ.①长篇小说－英国－近代 Ⅳ.①I561.44

中国版本图书馆CIP数据核字(2018)第207351号

理智与情感

LIZHI YU QINGGAN

出　　版	天津人民出版社	
出 版 人	黄　沛	
地　　址	天津市和平区西康路35号康岳大厦	
邮政编码	300051	
邮购电话	022-23332469	
网　　址	http://www.tjrmcbs.com	
电子信箱	tjrmcbs@126.com	

责任编辑　金晓芸
特约编辑　韩　伟
产品经理　周　颖
书籍设计　星　野

制版印刷　北京盛通印刷股份有限公司
经　　销　新华书店
开　　本　880×1230毫米　1/32
印　　张　10.25
印　　数　1-7,000
字　　数　265千
版次印次　2018年10月第1版　2018年10月第1次印刷
定　　价　49.80元